CATHERINE COULTER

STURMWIND DER LIEBE

Roman

Deutsche Erstausgabe

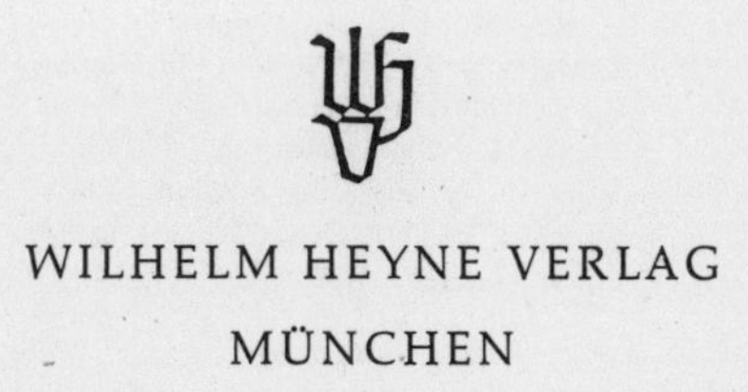

WILHELM HEYNE VERLAG
MÜNCHEN

HEYNE ROMANE FÜR ‹SIE›
Nr. 04/75

Titel der Originalausgabe
NIGHT STORM
Aus dem Amerikanischen übersetzt
von Ekkehart Reinke

Printed in Germany 1992
Umschlagillustration: Elaine Duillo/Schlück
Umschlaggestaltung: Atelier Ingrid Schütz, München
Satz: IBV Satz- und Datentechnik GmbH, Berlin
Druck und Bindung: Pressedruck, Augsburg

ISBN 3-453-05495-4

PROLOG

Landsitz Carrick, Northumberland, England
Dezember 1814

Mit den Lippen berührte Alec die bleiche Stirn seiner Frau, die noch immer von einem feinen Schweißfilm überzogen war. Jetzt war es zu spät. Zu spät, um die Worte auszusprechen, die ihm in der Kehle steckengeblieben waren. Schließlich nahm er ihre Arme und legte sie ihr über Kreuz auf die Brust. Sie fühlte sich schon kalt an.

Dennoch wäre er nicht überrascht gewesen, wenn sie plötzlich die Augen aufgeschlagen, ihn angelächelt und ihn gebeten hätte, ihr ihren Sohn zu bringen. Sie hatte sich so sehr einen Sohn gewünscht. Er sollte den Namen Harold erhalten. Nach dem Sachsenkönig, der gegen William von der Normandie gekämpft hatte und unterlegen war.

Alec schaute auf sie hinab und dachte: Ein Kind, Nesta, war es nicht wert, daß du dein Leben dafür gabst. O Gott, schlag die Augen auf, Nesta! Aber sie rührte sich nicht. Sie schlug die Augen nicht auf. Seine Frau war nach fünf Jahren Ehe tot! Und in einem anderen Zimmer lag ein kleines Menschenkind und lebte. Der Gedanke war unerträglich.

»My Lord.«

Langsam wandte Alec sich um. Vor ihm stand der Arzt seiner Frau, ein kleiner, stutzerhaft gekleideter Mann, der in dem warmen Zimmer heftig schwitzte.

»Ich kann gar nicht sagen, wie leid es mir tut, my Lord.«

Alec stand auf. Turmhoch ragte er vor dem Arzt auf. Er wollte ihn einschüchtern. Der Mann sollte vor Angst zittern. Er hatte seine Frau sterben lassen. Er sah das getrocknete Blut an den Händen des Arztes und an den Ärmeln seines schwarzen Jacketts, und er hätte ihn am liebsten umgebracht.

»Das Kind?«

Dr. Richard zuckte bei dem barschen Ton Baron Sherards zusammen. »Sie ist anscheinend kerngesund, my Lord.«

»Anscheinend, Sir?«

Dr. Richards senkte den Blick. »Ja, my Lord. Es tut mir aufrichtig leid. Ich konnte die Blutung nicht stoppen. Ihre Frau hat viel Blut verloren, und sie war sehr schwach. Ich konnte nichts dagegen tun. Wenn so etwas geschieht, ist die ärztliche Kunst machtlos. Ich...«

Mit einer Handbewegung wehrte der Baron die Worte des Arztes ab. Vor drei Tagen hatte Nesta noch gelacht und voller Vorfreude Pläne für das Weihnachtsfest gemacht. Trotz ihres mächtigen Leibesumfangs, der geschwollenen Fußgelenke und der quälenden Rückenschmerzen. Jetzt war sie tot. Und er war nicht bei ihr gewesen, als sie starb. Der Arzt hatte ihn nicht gerufen. Der Mann hatte gesagt, es sei alles sehr schnell geschehen. So plötzlich, daß keine Zeit gewesen sei, ihn zu benachrichtigen. Alec fand keine Worte. Ohne sich umzuschauen, ging er rasch aus dem Schlafzimmer seiner Frau.

»Jetzt hat er nicht mal einen Erben«, sagte Mrs. Raffer, die Hebamme, und bedeckte das Gesicht der Baroneß sorgfältig mit einem Laken. »Na ja, ein Gentleman findet immer und überall eine andere Frau, besonders ein so schöner Pfau wie der Baron. Er wird schon noch einen Erben bekommen.«

»Hat er schon einen Namen für das Kind genannt?«

Die Hebamme schüttelte den Kopf. »Er ist noch nicht mal bei dem Baby gewesen, hat es sich nur nach der Geburt kurz angesehen. Die Amme sagt, es trinkt wie verrückt. Was soll man dazu sagen? Die Mutter verblutet, und das kleine Ding ist so munter wie ein Wiesel!«

»Ich glaube, der Baron hat seine Frau sehr geliebt.«

Die Hebamme nickte nur. Dann verließ der Arzt das Haus. Dieser eingebildete, nichtsnutzige Dummkopf! Er fühlte sich schuldig. Mit Recht. Innere Verblutung! Die Baroneß war kerngesund gewesen. Aber Dr. Richards hatte ihr zugeredet, recht viel zu essen, und sie war zu schwer geworden. Ganz rot im Gesicht. Zu hoher Blutdruck. Es war ein schweres

Kind, die Geburt hatte zu lange gedauert, und Dr. Richards hatte nichts getan, als an ihrem Bett zu stehen und die Hände zu ringen. Verdammter alter Narr!

Alec Carrick, fünfter Baron Sherard, ließ seinen Hengst Lucifer satteln. Von den Stallungen ritt er barhäuptig im schwarzen Jackett und nichts darüber in den Schneesturm hinaus.

»Er wird sich den Tod holen«, sagte Davie, der erste Stalljunge auf dem Landsitz Carrick.

»Es hat ihn schrecklich mitgenommen«, sagte der Knecht Morris, dessen Hauptaufgabe es war, die Ställe auszumisten. »Die Baroneß war eine nette Dame.«

»Er hat doch sein Kind«, sagte David.

Morton erschauerte in der grimmigen Kälte. Als ob der Baron keine Gefühle hätte, als ob es ihm nichts ausmachen dürfte, daß seine Frau gestorben war!

Drei Stunden später kam Alec zum Landsitz zurück. Er war steifgefroren. Die Hände waren gefühllos, und zum Glück fühlte er auch nicht mehr den Schmerz tief im Inneren. Smythe, der alte Butler, warf einen Blick auf ihn und scheuchte dann die Diener und die beiden Hausmädchen weg. Er packte den Baron am Arm und führte ihn wie ein Kind in die dunkle, holzgetäfelte Bibliothek, wo ein lodderndes Kaminfeuer brannte.

Er rieb dem Baron die eiskalten Hände und schalt ihn, als wäre er wieder ein siebenjähriger Junge. »Ich bringe Ihnen jetzt einen Brandy. Nehmen Sie Platz! Ja, so ist's gut, bleiben Sie hier sitzen!«

Smythe gab ihm den Brandy und rührte sich nicht von der Stelle, bis der Baron ihn bis zum letzten Tropfen ausgetrunken hatte. »Sie werden sehen, es wird alles wieder gut.«

Alec sah zu dem zerknitterten alten Gesicht auf, das voller Freundlichkeit und Kummer war. »Wie kann denn alles wieder gut werden, Smythe? Nesta ist tot.«

»Ich weiß, my Lord, ich weiß. Aber Kummer vergeht, und Sie haben jetzt eine Tochter. Vergessen Sie nicht Ihre kleine Tochter!«

»Ich habe hier gesessen und Nestas Schreie gehört. Und jetzt ist es so still im Haus.«

»Ich weiß, ich weiß«, sagte Smythe hilflos. »Aber, my Lord, vergessen Sie Ihre kleine Tochter nicht! Ich habe sie wie einen kleinen General nach Milch krähen hören. Die Kleine hat eine wirklich kräftige Lunge.«

»Das ist mir gleich.«

»Nun, nun ...«

»Hören Sie, Smythe, es besteht keine Gefahr, daß ich im Irrenhaus lande. Sie brauchen sich nicht mehr um mich wie um einen Kranken zu bemühen.« Alec stand auf und trat näher zum Kamin. »Jetzt kribbelt es mir in den Händen. Das ist ein gutes Zeichen. Ich muß Arielle und Burke schreiben und ihnen mitteilen, daß Nesta tot ist.«

»Soll ich Ihnen die Schreibsachen holen?«

»Nein. Wenn mir wieder warm ist, gehe ich in den Salon.«

»Das Abendessen, my Lord?«

»Nein, Smythe.« Danach stand Alec noch eine Stunde vor dem Kamin. Jetzt konnte er die Hände wieder bewegen. Aber in seinem Inneren war alles taub.

Die Erde war steinhart gefroren. Unter den Schaufeln der Totengräber brach sie in groben Klumpen weg. Die Männer stöhnten bei der Arbeit.

Auf Nestas Grab konnte man keine blühenden Rosen legen. Nur Schneeflocken, weich und weiß und kalt, würden den Sarg bedecken, bevor die Erde auf ihn fiel.

Alec stand schweigend da und sah zu, wie die Männer die schwarze Erde auf den Sarg schaufelten. Die Familiengrabstätte der Devenish-Carricks lag auf einer breiten Anhöhe, von der man das Spriddlestone-Tal überschaute. Die prunkvollen Grabsteine waren von Efeu, Rosenstöcken und Rittersporn umgeben. Im Frühling und im Sommer sah das prächtig aus. Jetzt im Winter wirkten die gestutzten Sträucher kläglich. Roßkastanien, Pappeln und mehrere Trauerweiden säumten mit nackten Ästen die Grabstätte. Leise und frostig strich der Dezemberwind durch die Bäume.

Ehrwürden McDermott hatte seine beredte Traueransprache beendet. Auch er stand schweigend da und wartete. Alle Bediensteten des Landsitzes, die Pachtbauern und ihre Angehörigen, die Ladeninhaber aus dem Dorf Devenish und die Vertreter aller ansässigen Familien standen schweigend da und warteten. Sie warten auf mich, merkte Alec plötzlich. Er mußte etwas tun.

»Alec.«

Es war Ehrwürden McDermott, der leise zu ihm getreten war.

Alec blickte dem alten Mann in die mattblauen Augen.

»Es wird gleich stark schneien, Alec. Es ist Zeit, die Leute zu entlassen.«

Zu entlassen. Was für ein seltsamer Ausdruck! Alec nickte und trat vom Grab zurück. Das wirkte wie ein Signal. Einer nach dem anderen kam zu ihm, murmelte seinen Beileidsspruch und ging dann. Es dauerte lange, sehr lange.

Wie sonderbar das alles ist, dachte Alec später, als er allein in seiner Bibliothek stand. Die letzten Gäste hatten sich sattgegessen, mit gedämpfter Stimme Gespräche geführt und waren nun, Gott sei Dank, gegangen. Es war sonderbar, daß er einfach nichts fühlen konnte. Noch immer war alles in ihm taub. Und so blieb es auch in den nächsten drei Tagen.

Am dritten Tag trafen Arielle Drummond, Nestas Halbschwester, und ihr Mann Burke Drummond, Earl of Ravensworth, im Landsitz ein. Arielle war blaß, ihre Augen waren vom Weinen gerötet. Burke war förmlich und wirkte genauso in sich gekehrt, wie Alec sich fühlte. Er dankte ihnen aufrichtig für ihr Kommen.

»Es tut mir so leid, daß wir nicht an der Beerdigung teilnehmen konnten«, sagte Arielle und drückte Alec fest die Hand. »Wir konnten wegen des Schneesturms nicht von Elgin-Tyne weg. Es tut mir schrecklich leid, Alec.«

Arielle hatte Alec Carrick bei sich immer den ›schönen Baron‹ genannt. Ein alberner, aber zutreffender Name. Doch jetzt sah er eingefallen aus. Über den Gesichtsknochen spannte sich die Haut. Die sonst so strahlenden blauen Augen, beim Lachen so hell wie der Sommerhimmel, in der Erregung so tief wie die Nordsee, waren jetzt stumpf, fast undurchsichtig. Leer. Und es kam Arielle vor, als wäre er nicht wirklich mit ihr und Burke zusammen. Er sprach zwar mit ihnen, er beantwortete ihre Fragen und nahm ihr Beileid entgegen, aber er war nicht da. Wenn Arielle sich früher gefragt hatte, was Alec für Nesta empfand, so war sie jetzt nicht mehr im Zweifel. Vor Mitleid mit ihm und aus eigenem Kummer brach sie in Tränen aus.

»Geht es dem Kind gut?« fragte Burke und zog Arielle an sich.

Alec sah ihn unsicher an.

»Deine Tochter, Alec. Geht es ihr gut?«

»Oh, ich nehme an, ja. Man hat mir jedenfalls nichts Gegenteiliges gesagt. Ich lasse Mrs. MacGraff rufen. Sie wird für eure Bequemlichkeit hier sorgen. Bitte, bleibt noch! Das Unwetter hält sicherlich noch eine Woche lang an. Nestas Grab liegt wahrscheinlich tief im Schnee. Ich bringe euch hin. Ah, hier ist Mrs. MacGraff. Bitte, wein doch nicht, Arielle! Burke, ich danke euch nochmals, daß ihr gekommen seid.«

Etwas später, als sie in ihrem Zimmer waren, gewann Arielle die Fassung zurück. »Er steht unter Schock«, sagte sie zu ihrem Mann. »Der arme Alec! Und das Kind. Wir müssen es uns ansehen. Wie heißt es?«

Alec wirkte verdutzt, als Arielle ihn beim Abendessen nach dem Namen fragte. »Sie muß einen Namen bekommen, Alec. Und getauft werden, und zwar bald.«

»Ist sie denn krank?«

»Nein, das bestimmt nicht. Aber getauft muß sie werden. Hat Nesta einen Namen für sie ausgesucht?«

»Harold.«

»Und für ein Mädchen?«

Alec schüttelte den Kopf.

»Hast du irgendwelche Namenswünsche?«

Alec schwieg. Das Kind lebte und wurde gut versorgt. Er konnte es oft genug aus Leibeskräften brüllen hören. Smythe hatte recht, sie hatte eine kräftige Lunge. Und jetzt diese

Frage! Wen kümmerte der Name? »Hallie«, sagte er schließlich mit einem Achselzucken. »Hallie. Das klingt so ähnlich wie Harold. Nesta würde der Name gefallen.«

Doch weiterhin besuchte Alec seine Tochter nicht. An dem Tag vor ihrer Abreise vom Landsitz Carrick brachten Arielle und Burke das Thema bei ihrem Gastgeber zur Sprache.

»Alec, Arielle und ich haben ausführlich darüber diskutiert. Wenn es dir recht ist, nehmen wir Hallie mit zu uns nach Ravensworth.«

Alec starrte ihn an. »Ihr wollt das Kind mit nach Ravensworth nehmen? Aber warum denn nur?«

»Du bist ein Mann, Alec. Und ich bin immerhin ihre Tante. Ich würde sie liebevoll aufziehen, genau wie Burke. Hier hat sie doch keinen, der sich um sie kümmert, außer der Amme. Ein Kind braucht Pflege und Liebe, Alec.«

Leise und zerstreut antwortete Alec: »Ich kann mein Kind nicht weggeben.«

»Doch«, sagte Burke. »Du brauchst nicht zu befürchten, daß du damit verantwortungslos handelst. Du bist ein alleinstehender Mann, ein Witwer. Du willst doch sicherlich wieder zu deiner Schiffahrt zurückkehren, oder? Wieder Kapitän auf einem deiner Handelsschiffe werden, nicht wahr? Welches ist dein Lieblingsschiff? Ach ja, die *Night Dancer*.«

»Ja, die Schonerbark ist ein wunderbares Schiff«, erwiderte Alec. »Hier im Hause ist es so still, wißt ihr. Ich will nicht mehr lange hier bleiben. Mein Verwalter Arnold Cruisk ist ein fähiger Mann und wird den Landsitz gut in Ordnung halten. Ich habe ihn selber ausgebildet. Ihm kann ich vertrauen.«

»Du kannst doch wohl einen Säugling nicht mit an Bord nehmen und mit ihm wer weiß wohin segeln«, sagte Arielle. »Sie braucht ein Heim, Alec, Nestwärme und Menschen, die sich um sie kümmern. Burke und ich können das übernehmen.«

»Ich muß mir das überlegen. Es scheint mir nicht richtig – mein Kind anderen zu überlassen und – nun, ich werde jetzt ausreiten und mir die Sache durch den Kopf gehen lassen.«

Arielle wollte ihn darauf aufmerksam machen, daß es draußen wieder schneite, behielt es aber für sich. Als Alec das Wohnzimmer verlassen hatte, sagte Burke leise zu ihr: »Er braucht Zeit. Es ist eine schwere Entscheidung.«

Als sich Alec abends zum Essen umzog, hörte er das Baby oben brüllen – es stieß scharfe, durchdringende Schreie aus, die ihn zusammenzucken ließen. Er brachte den Krawattenknoten nicht zustande. Das Geschrei hörte nicht auf, sondern wurde immer lauter. Er blickte in den Spiegel, riß die Krawatte ab und warf sie weg. Dann schloß er die Augen. Was war da los? Warum schrie sie, als wäre sie in Lebensgefahr?

»Hör auf!« flüsterte er. »Um Gottes willen, sei still!«

Das Baby brüllte, als stecke es am Spieße.

Alec konnte es nicht mehr aushalten. Er ging vom Schlafzimmer den breiten Flur entlang zu der Treppe, die zum Kinderzimmer im zweiten Stock führte.

Dann riß er die Tür zum Kinderzimmer auf. Da stand Mrs. MacGraff, die Haushälterin, hielt den Säugling im Arm, wiegte ihn und versuchte ihn zu beruhigen.

»Wo zum Teufel ist die Amme?«

Mrs. MacGraff fuhr herum. »Oh, my Lord, die Amme mußte nach Haus. Ihr eigenes Kind ist krank, und ihre Familie... Jetzt bekommt Hallie ihre Milch nicht und hat Hunger.«

Energisch unterbrach Alec ihren Wortschwall. »Geben Sie sie mir! Dann gehen Sie runter und sagen Smythe, er soll die Amme sofort holen lassen! Sie soll ihr Kind mit herbringen. Um Gottes willen, so gehen Sie doch!«

Alec nahm seine Tochter auf den Arm. Im ersten Augenblick erschrak er. Sie war so winzig klein. Und dabei brüllte sie, daß ihm die Ohren weh taten. Ihr kleiner Körper zuckte beim Schreien. Erst wollte er nicht, aber dann zwang er sich doch, sie anzusehen, sie sich richtig anzusehen. Ihr Gesicht war verzerrt und voller roter Flecke. Der Kopf war mit dichten hellblonden Haaren bedeckt. Das war genau die gleiche Haarfarbe, die er als kleines Kind gehabt hatte. Seine Mutter hatte es ihm oftmals zärtlich erzählt.

Leise sagte er: »Psst, Kleine, alles ist gut. Du bekommst gleich deine Milch.«

Einen Augenblick hörte das Baby zu schreien auf, als es die seltsame, tiefe Stimme vernahm, und riß die Augen sehr weit auf. Sie schaute dahin, wo die Stimme herkam. Ihre Augen hatten die Farbe der Nordsee bei wildem Unwetter. Ein dunkles, tiefes Blau. Genau wie seine.

Der kleine Körper wand sich und kämpfte gegen den Griff dieser ungewohnten Hände an. Alec hielt sie von sich ab. Schließlich ertrug er es nicht mehr und zog seine Tochter an die Schulter. Er summte bedeutungslose Wörter und Töne, immer von neuem, leise, wieder und wieder. Zu seiner Überraschung stieß sie mehrmals auf, steckte sich die Faust in den Mund und legte den Kopf an seine Schulter. Noch einmal lief ein Beben durch den kleinen Körper. Dann wurde sie still. Da dachte er erschrocken, daß sie tot wäre. Aber nein, sie war nur eingeschlafen. Was sollte er jetzt tun?

Vorsichtig setzte er sich auf den Schaukelstuhl vor dem Kaminfeuer, legte einen Wollschal über Hallie und schaukelte sie, bis er selber einnickte.

In der offenen Tür standen die Amme und Mrs. MacGraff.

»Es ist zum Staunen«, sagte Mrs. MacGraff. »Seine Lordschaft war noch nie hier oben.«

Die Amme hielt ihr eigenes Kind an die von Milch geschwellten Brüste. Es tat weh. »Ich muß Hallie füttern«, sagte sie.

Alec wachte auf und drehte sich zur Amme um. »Sie schläft«, sagte er nur. »Ich habe sie geschaukelt.«

Die Amme platzte heraus: »Sie sieht genauso aus wie Sie!« Und hielt erschrocken inne.

Alec stand auf. Davon erwachte Hallie. Sie schaute unsicher zu ihm auf und machte ein Bäuerchen. Alec grinste. »Sie braucht Sie«, sagte er zu der Amme.

Er sah zu, wie die Amme ihr eigenes Kind hinlegte und

ihm dann mit geschickten Händen Hallie abnahm. »Wenn das Baby wieder eingeschlafen ist, will ich Sie sprechen. Bitten Sie Mrs. MacGraff, Sie zur Bibliothek zu bringen!«

Er nickte den beiden Frauen zu und ging aus dem Kinderzimmer. Sein Schritt war leicht, die Schultern waren gereckt. Endlich fühlte er etwas anderes als Kummer.

1

An Bord der Schonerbark Night Dancer
Nahe der Chesapeake-Bucht
Oktober 1819

Alec Carrick stand an Bord der *Night Dancer* in der Nähe des Ruders. Er behielt das schlagende Segel des vollgetakelten Fockmasts im Auge, während er gleichzeitig seine kleine Tochter beobachtete. Sie hockte im Schneidersitz auf dem Achterdeck auf einem aufgeschossenen Hanftau und übte Knoten. Von seinem Standort sah es so aus, als beschäftige sie sich gerade mit einem Schifferknoten. sie nahm nie eine neue Aufgabe – oder in diesem Fall einen neuen Knoten – in Angriff, bevor ihr nicht der vorhergehende Knoten zu vollster Zufriedenheit gelungen war. Er erinnerte sich, daß sie sich mit dem Rollsteek fast zwei Tage abgemüht hatte. Schließlich hatte Ticknor, der zweite Maat der *Night Dancer*, sie dazu überredet aufzuhören. Der junge Mann von 23 Jahren, der aus Yorkshire stammte und bei jedem Witz wie ein Schuljunge rot wurde, hatte gesagt: »Nun, Hallie, jetzt ist's aber genug. Du hast's ja geschafft, ja, hast du. Wir wolln doch nich, daß du Schwielen an de Hände kriegst, oder?«

Wie alle seine Matrosen trug sie ein rot-weiß gestreiftes Wollhemd zu groben blauen Kattunhosen. Die saßen, wie bei den Matrosen, ihrem kleinen Körper so eng an wie ein Handschuh, und hatten nur unten einen breiten Schlag. Auf dem Kopf hatte sie einen geteerten Strohhut mit breiter Krempe, von der bei Regen das Wasser gut ablaufen konnte. Teer und Öl hatten ihn schwarz gefärbt und wasserdicht gemacht. Vor allem aber schützte er Hallies hellhäutiges Gesicht vor der Sonne. Er hatte ihr gesagt, er wolle nicht erleben, daß sie die erste Vierjährige würde, die ein verwittertes Ledergesicht bekäme wie Punko, der alte Segelmacher.

Hallie hatte die blauen Augen auf ihn gerichtet und gesagt: »Wirklich, Papa, ich bin schon fast fünf.«

»Entschuldige«, sagte er und zog ihr den Hut vorn beinahe bis zu den Augenbrauen herunter. »Wenn du schon beinahe fünf bist, bin ich ja ein alter Mann. Nicht lange nach deinem Geburtstag werde ich zweiunddreißig.«

Hallie musterte ihn mit durchdringendem Blick. »Nein, du bist nicht alt, Papa. Da bin ich derselben Ansicht wie Miß Blanchard. Du bist ein schöner Mann. Sogar Mrs. Swindel guckt dich manchmal mit Stielaugen an.«

»Miß Blanchard«, wiederholte Alec verdutzt mit schwacher Stimme.

»Sie war doch mal hier, erinnerst du dich nicht? Im Mai, als wir in London waren. Du hast sie zu Besuch mitgebracht. Sie hat gelacht und dir gesagt, wie schön du bist und daß sie dir irgendwas Gutes antun wollte, und du hast ihr gesagt, ihr Hintern sei auch nett anzusehen und...«

»Schon gut, das reicht«, sagte Alec und verschloß ihr den Mund mit der Hand. Er sah, wie Tucknor ihn anstarrte und sich das Lachen verkniff. Alec fühlte sich sehr schuldig, hätte aber andererseits wie ein Verrückter loslachen können. An diesen Nachmittag vor fünf Monaten erinnerte er sich gut. Er hatte damals gedacht, Hallie wäre bei Mrs. Swindel, ihrem Kindermädchen, in deren Londoner Stadthaus. Deshalb hatte er Eileen Blanchard eingeladen, eins seiner Schiffe zu besichtigen, als sie ihn darum bat. Nachträglich wurde ihm heiß und kalt. Ein Glück, daß er sie wenigstens nicht ins Bett gezogen hatte. Hallie hätte hereinplatzen und in ihrer ruhigen neugierigen Art fragen können, was sie da machten.

Hallie war ein frühreifes Mädchen, manchmal eine Nervensäge, dabei sehr ernst und so hübsch, daß ihm zuweilen die Tränen in die Augen treten wollten, wenn er sie nur anschaute. Und sie gehörte ihm. Ein Gott hatte sie ihm geschenkt, der ihm seinen Groll, seine Kälte und seine anfängliche Bitterkeit verziehen hatte.

Mit den nackten Zehen schlug sie den Takt zu Pippins Shantygesang. Es war ein ulkiges Lied über einen Kapitän, der sein Schiff und die gesamte Ladung an den Teufel verloren hatte, weil er zu dumm war zu merken, daß bei einem Herrn mit Mistgabel und einem Schwanz Vorsicht geboten war. Pippin war an Bord Alecs Kabinenboy und an Land sein zukünftiger Kammerdiener, ein intelligenter fünfzehnjähriger Junge, den seine Mutter als Säugling auf der Treppe der St. Pauls-Kathedrale abgelegt hatte. Der Junge verehrte ihn und liebte Hallie.

Alec schaute zum Fockmast hoch. Es herrschte beständiger Nordwestwind. »Mr. Pitts, luven Sie etwas an!« rief er dem ersten Steuermann Abel Pitts zu, der seit sechs Jahren bei ihm war und sich mit den Eigenschaften eines Schiffs genauso gut auskannte wie mit den Launen seines Kapitäns.

»Aye, aye, Käpt'n«, rief Abel zurück. »Ich habe gerade diesen verdammten Albatros beobachtet, der uns dauernd nachfliegt.«

Alec grinste. Der Albatros, dessen Flügel an die fünf Meter Spannweite hatten, machte Sturzflüge, brauste weg, kehrte zur Schonerbark zurück und jagte dann wieder davon. Es war ein schöner Tag Anfang Oktober. Die Sonne schien kräftig, der Himmel war tiefblau mit blendend weißen Wölkchen, das Meer ruhig und der Wellengang eine sanfte Dünung. Wenn der Wind anhielt, würden sie am nächsten Morgen die Chesapeake-Bucht erreichen. Danach mußten sie noch 150 Meilen durch die Bucht navigieren, um das Binnenbecken zu erreichen. Dann würde er in Baltimore Mr. James Paxton besuchen – oder dessen Sohn Mr. Eugene Paxton.

Mr. Pitts rief: »Käpt'n, Clegg hat Ihr und Miß Hallies Mittagessen fertig!«

Alec nickte und winkte Clegg zu, der ebenso breit wie groß war und von allen an Bord das sonnigste Gemüt hatte. Hallie war so versunken, daß sie nichts gehört hatte. Eine Weile begnügte er sich damit, dieses herrliche kleine Wesen zu betrachten, das er gezeugt hatte. Sie war so ganz anders als Nesta und er. Dann rief er sie leise beim Namen.

Hallie blickte auf und schenkte ihm ihr wunderbares Lächeln. »Papa, sieh mal!« Sie hielt ihm den Knoten unter die

Nase. »Was sagst du dazu? Aber sag deine ehrliche Meinung! Ich kann Kritik vertragen.«

»Na, ich halte das für den besten Einfachknoten, den ich je gesehen habe.«

»Papa! Das ist doch kein Einfachknoten, es ist ein Schifferknoten!«

»Hmm, ich glaube, du hast recht. Bist du hungrig, mein kleiner Kürbis?«

Hallie sprang auf die Beine. »Ich könnte einen Meeresdrachen vertilgen.«

Sie schlurfte durch die Luke den Niedergang hinunter und betrat gleich nach ihm die Kabine. Obwohl die Decke nur fünf Zentimeter über Alecs Kopf reichte, war es eine geräumige Kabine. Durch die beiden Heckfenster war sie luftig und mit dem unten festgeschraubten Tisch, der breiten Koje und dem Schreibtisch aus feingeschnitztem Mahagoni recht elegant eingerichtet. An der Backbordseite waren Regale voller Bücher über Navigation, Seefahrtsgeschichte, Londoner Zeitungen und allen Exemplaren des *Britischen Nautischen Jahrbuchs*. Außerdem standen Hallies Lese- und Lehrbücher darauf. Eine Verbindungstür führte in Hallies Kabine. Sie war viel kleiner, aber das machte nichts, denn sie suchte sie meistens nur zum Schlafen auf. Abends pflegte sie sogar in Alecs Kabine zu spielen. Es geschah selten, daß er nicht mit seiner Tochter zusammen war. »Setz dich, Hallie! Was gibt es heute, Clegg?«

»Frischen Kabeljau, Käpt'n. Ollie hat heute vormittag ein gutes Dutzend gefangen. Dazu Salzkartoffeln, damit Miß Hallie so gesund wie eine kleine Schiffsratte bleibt, und die letzten grünen Bohnen. Gott sei Dank laufen wir ja morgen den Hafen an.«

Alec hatte den Eindruck, daß der Kapitänstisch stets besser gedeckt war, wenn sich Hallie an Bord befand. Er sah sie langsam und mit Sorgfalt essen, so wie sie fast alles tat. Und er wußte, daß sie nach einem halben Dutzend gut gekauter Bissen anfangen würde zu sprechen. Oder besser gesagt, ihn zum Erzählen zu bringen.

Und richtig, vor dem siebenten Bissen sagte sie: »Erzähl mir von den Baltimore-Klippern, Papa!«

Hallie konnte nie genug von den Klippern zu hören bekommen. »Nun, sie sind so, wie ich es dir schon gesagt habe, mein Kürbis. Der Baltimore-Klipper ist ein zweimastiger Schoner. Er ist schnittig gebaut und schnell, weil er hart am Wind segeln kann. Seine Masten sind gute sechs Meter höher als die unserer Schonerbark. Und die Klipper sind klein, gewöhnlich nicht länger als 30 Meter, mit breiten, leeren Decks. Und sie liegen richtig tief im Wasser.«

Hallie hatte sich vorgelehnt. »Das stimmt, Papa. Im Nordatlantik, wo es oft stürmisch ist, bewähren sie sich aber nicht. Die Wellen würden glatt über die Decks spülen, und die Stürme würden ihre Masten umlegen. Aber sie können schnelle Manöver ausführen. Da kommt keine Fregatte, keine Brigg, keine Schnau und keine Barke mit.«

»Das stimmt. Sie ist leicht gebaut und kann sich ducken und verbergen, kann schneller segeln und schneller wenden als ein Albatros. Unsere englische Kriegsmarine haßt den Baltimore-Klipper, und das aus gutem Grund. Die amerikanischen Freibeuter haben unsere Jungs im Krieg regelrecht gedemütigt. Besonders ein gewisser Kapitän Boyle. Iß weiter, Hallie!«

»Hassen sie uns auch, Papa? Wir sind Engländer.«

»Hoffentlich nicht mehr so wie früher. Aber du darfst nicht erwarten, daß die Leute in Baltimore uns mit offenen Armen empfangen.«

»Dich heißen sie bestimmt willkommen, Papa. Einen Gentleman wie dich! Du bist doch so witzig und klug. Und die Damen werden dir nachlaufen, weil du so schön und charmant bist.«

»Iß weiter, Hallie!«

Alec bestand darauf, daß sie ein Mittagsschläfchen hielt. Als er sie schließlich dazu gebracht hatte, sich in ihre Koje zu legen, ging er in seine Kabine zurück, setzte sich an den Mahagoni-Schreibtisch und zog aus dem obersten Schubfach einen Brief. Er las:

Lieber Lord Sherard,
von meinem Vater weiß ich, daß Sie sich vor drei Jahren in New York kennengelernt haben. Er hat Ihre Karriere im Schiffsbau verfolgt und ist von Ihrem Scharfsinn und von Ihren Fähigkeiten stark beeindruckt.

Ich möchte Ihnen in Erinnerung bringen, daß mein Vater und ich hier in Baltimore eine Werft besitzen. Wir haben in den vergangenen 20 Jahren die tüchtigsten Baltimore-Klipper gebaut, die über die Meere segeln. Ich übertreibe nicht, my Lord, es ist die Wahrheit. Doch wie Sie wahrscheinlich wissen, hat es bei uns nach Kriegsende einen schweren wirtschaftlichen Rückschlag gegeben. Nicht nur im Schiffsbau, sondern auch in unseren wichtigsten Exportartikeln wie Tabak, Mehl und sogar bei Baumwolle. Das hängt alles mit den Neuengländern zusammen und ihren elenden Forderungen nach immer höheren Zöllen.

Jedenfalls kennt mein Vater Ihren Ruf und würde sich gern mit Ihnen treffen, um über eine mögliche Partnerschaft zwischen uns zu sprechen. Wie Sie wissen, ist der Baltimore-Klipper das geeignetste Schiff für den Karibikhandel, und unsere Klipper sind die allerbesten. Ich möchte Sie daher bitten, eine Fusion oder Partnerschaft zu erwägen, und hoffe, daß Sie bald einmal nach Baltimore kommen, da mein Vater zur Zeit nicht in der Lage ist, nach England zu reisen.

Mit vorzüglicher Hochachtung Ihr
Eugene Paxton
Paxton-Werft
Fells Point, Maryland

Der Brief trug ein Datum vom August, vor zweieinhalb Monaten. Alec war an dem Vorschlag interessiert. Er war in der Tat mehr als interessiert. Paxtons Sohn hatte in dem Brief die gegenwärtigen wirtschaftlichen Probleme der Vereinigten Staaten gröblich vereinfacht dargestellt. In Wirklichkeit steckte die Paxton-Werft in schweren finanziellen Schwierigkeiten. Vielleicht konnte er, Alec, etwas Besseres als eine Partnerschaft erreichen. Vielleicht konnte er sich mit einem

Anteil in die Werft einkaufen, der ihm die Kontrolle darüber ermöglichte. Schon seit mehreren Jahren hatte er seine Schiffe selber bauen wollen. Außerdem wollte er eine maßgebliche Kraft im Karibikhandel werden. Und mit Baltimore-Klippern in seiner Flotte konnte er das auch. Seine gegenwärtige Flotte umfaßte das Schiff, das er selber führte – die Schonerbark *Night Dancer* – zwei Briggs, einen Schoner und eine Schnau. Einen Baltimore-Klipper in dem ruhigen, klaren Gewässer der Karibik zu segeln, würde das reinste Vergnügen sein. Er wußte natürlich, daß der Klipper nur für warmes Klima in Frage kam, gerade weil er auf Schnelligkeit konstruiert war und bei jedem Sturm auf dem Nordatlantik mindestens einen Mast einbüßen würde.

Wenn er sich nicht irrte, und daran glaubte er nicht, so war aus Paxtons Brief ein Unterton der Verzweiflung herauszuspüren. Um so besser! Dann würde er bei den Verhandlungen die besseren Karten in der Hand haben.

Doch gerade in solchen Augenblicken geschah es ihm, daß er nicht mehr an das Imperium denken konnte, das er für sich errichten wollte. Dann dachte er über das Leben nach, das er führte, und über das Leben, das seine kleine Tochter mit ihm teilte. Es lag, gelinde gesagt, außerhalb der Norm. Aber er müßte verdammt sein, wenn er zugelassen hätte, daß sie von jemand anders großgezogen würde, und wäre es auch von ihrer Tante Arielle und Onkel Burke gewesen, die jetzt selber zwei kleine Söhne hatten. Wenn Hallie anders als die anderen Kinder ihres Alters war – sei's drum. Das war nicht so wichtig.

Bei solchen Gelegenheiten dachte er auch an Nesta. Was würde sie wohl davon halten? Die Erinnerung an Nesta bereitete ihm keinen scharfen Schmerz mehr, nur eine sanfte Trauer. Im vergangenen Februar hatte er zum letztenmal das Haus seiner Kindheit, den Landsitz Carrick, aufgesucht. Von da an waren er und Hallie nach Frankreich, Spanien und Italien gereist. Er hatte sie sogar nach Gibraltar mitgenommen, wo sie mit Sir Nigel Darlington, dem englischen Gouverneur, zu Abend gegessen hatte.

Ihn und Hallie hatte Mrs. Swindel begleitet, ihr steifes Kindermädchen, deren scharfe Zunge so ziemlich jeden einschüchterte. Bis auf Dr. Pruitt, Alecs Schiffsarzt. Wenn Alec richtig vermutete, so bahnte sich da eine Romanze an. Nun, es machte kaum etwas aus, wenn Mrs. Swindel ihre Anstellung aufgab. Hallie bedurfte ihrer eigentlich nicht mehr. Sie war wirklich schon sehr vernünftig geworden.

Er erinnerte sich an Hallies Bemerkungen über Eileen Blanchard. Mein Gott, war das ein Erlebnis gewesen! In aller Seelenruhe war ihm Eileen mit der Hand in die Hose gefahren und hatte ihn da gestreichelt, auf dem ganzen Weg den schwach beleuchteten Niedergang hinunter, wo ihnen jeden Augenblick ein Mitglied der Mannschaft begegnen konnte. Er hatte jetzt seit mehreren Monaten keine Frau gehabt. Es war ein einsames Leben. Vielleicht sollte er wieder heiraten. Aber wie sollte er die richtige Frau finden, die die Mutterstelle an Hallie vertreten könnte? Bei diesem Gedanken schreckte er zurück. Eine Frau sollte Mutter einer Fünfjährigen werden, die ein echter Matrose war? Eines kleinen Mädchens, das Röcke und Unterröcke vielleicht sechsmal im Leben getragen hatte? Und die ihre Verachtung für solche albernen Kleidungsstücke sehr deutlich zum Ausdruck zu bringen pflegte? Nein, so eine Frau konnte er sich nicht vorstellen, wollte es auch gar nicht. Er wollte nicht wieder heiraten. Niemals.

Alec blickte auf. In der offenen Verbindungstür stand Hallie und rieb sich die Augen. Er lächelte sie an und breitete die Arme aus. Sie kam zu ihm und gestattete, daß er sie auf den Schoß nahm. Dann kuschelte sie sich an ihn und setzte ihr Nickerchen fort.

Genny Paxton ließ sich das nicht gefallen. Nein, auf keinen Fall. Und sie nahm kein Blatt vor den Mund.

»Sie haben schlecht gearbeitet, Minter. Sie müssen noch einmal ran, und zwar sofort!«

Der neue Klipper, 33 Meter lang mit den zwei betakelten Marssegeln, würde der Stolz der Paxton-Werft werden. Aber nicht, wenn so schlampig gearbeitet wurde wie am oberen Fall des Besanmasts.

Minter warf ihr einen hämischen Blick zu. Er mokierte sich darüber, daß sie in Männerkleidung an Bord der Schiffe herumstolzierte und in die Takelage kletterte. Wie konnte eine Frau nur so ihre Beine und Hüften zeigen! Und richtigen Männern Befehle erteilen! Nur leider mußte man auch seinen Lebensunterhalt verdienen, verdammt und zugenäht. Also duckte er sich und machte sich erneut an die Arbeit am Fall.

Genny nickte befriedigt und sagte kein Wort mehr. Minter war ein tüchtiger Mann, aber nur, wenn man ihn ständig kontrollierte.

Wieder mußte sie wie schon so oft an ihre gefährdete Zukunft denken. Und an den Brief, den sie vor einigen Monaten an diesen englischen Lord geschickt hatte. An die kurze Antwort, die sie erhalten hatte. Darin hatte er nur eben angekündigt, daß er irgendwann im Oktober nach Baltimore kommen werde. Na, und jetzt war doch Oktober. Wo zum Teufel steckte er?

Langsam schritt Genny über den Klipper, sprach mit einigen Männern, nickte grüßend anderen zu, genauso, wie es ihr Vater früher getan hatte. Schließlich ging sie unter Deck, um die Holzarbeit in der Kapitänskabine zu überprüfen. Bitte, lieber Gott, betete sie innerlich, mach, daß der englische Lord sich für uns interessiert! Sie wußte, daß er sehr reich war. Ihr Vater hatte es gesagt.

Sie hatte bisher nur wenige Engländer kennengelernt und noch gar keinen englischen Adligen. Sie hatte aber gehört, daß die Adligen im allgemeinen unnütze Menschen waren, die sich nur für den Schnitt ihres Jacketts, die Menge feingearbeiteter Falten in ihren Krawatten und die Zahl der Geliebten interessierten, die sie bestiegen hatten. Falls aber dieser Lord an dem Schiffsbauunternehmen der Paxtons interessiert war und sich einkaufte, dann würde sie, Genny, zweifellos das Kommando behalten. Ihr Vater vertraute ihrem Urteil. Sicherlich würde er sie in allem, was sie vorhatte, rückhaltlos unterstützen.

Seufzend reckte sie sich. In zwei Wochen würde das Schiff fertig sein. Noch hatten sie keinen Käufer. Wenn nicht bald einer kam, würden sie die Werft endgültig schließen müssen. So einfach war das. Mit ihren Gläubigern würde dann Mr. Truman von der Bank der Vereinigten Staaten verhandeln müssen. Der Gedanke war ihr unerträglich. Und diesen Mr. Jenks, einen Mann mit lüsternem Blick, einer alten Ehefrau und herablassendem Wesen, den konnte sie nicht ausstehen.

Dabei war der Klipper eine echte Schönheit. Sie könnte damit selber in die Karibik segeln, Mehl und Baumwolle gegen Rum und Melasse handeln und einen schönen Gewinn erzielen. Sie mußte nur noch ihren Vater überreden, daß sie neben dem Schiffsbau auch Kauffahrtei betrieben. Und dann mußte er Mr. Truman dazu bringen, daß er ihm das nötige Kapital lieh, bis Miß Genny, der Kapitän, aus der Karibik zurückkehrte. Mr. Truman würde spöttisch reagieren. Und ganz Baltimore ebenfalls. Es war nicht fair, daß sie eine Genny war und kein Eugene.

Sie blickte auf. Mimms stand in der Tür.

»Auf Deck ist ein Mann, der Mr. Eugene Paxton oder Ihren Pa, Mr. James Paxton, sprechen will. Ein verdammter Engländer.«

Er war hier! Vor Aufregung zitterten ihr plötzlich die Hände. »Ich komme rauf und spreche mit ihm, Mimms.«

»Wer ist denn dieser Eugene?«

»Geht Sie nichts an.« Genny verstaute ihre dicken Haarflechten unter einer Wollstrickmütze, gab dem Hemd einen lockeren Sitz, damit es ihre Brüste nicht verriet, und schritt dann zu dem schmalen Spiegel, der über der Kommode gegen die Wand gestellt war. Sie erblickte darin ein gebräuntes, angenehm anzusehendes Gesicht, das hoffentlich auch männlich genug wirkte. Na, sicher, jetzt sah sie wie ein Mann aus, daran gab es keinen Zweifel. Beruhigt stellte sie den Spiegel zurück, blickte hoch und sah, wie Mimms sie von der Tür her anstarrte und den Kopf schüttelte.

Wortlos rauschte Genny erhobenen Kopfes an ihm vorbei.

2

Alec stand an Deck des Baltimore-Klippers und staunte über den scharf nach hinten geneigten Bug, das lange Achterpiek, die hohen, schlanken Maste und das ausgezeichnet gearbeitete niedrige Freibord. Die Segelleinwand und die kräftigen Taue in der Takelage waren erstklassig, das Holz von bester Eiche, wie er es noch nie gesehen hatte. Auf dem Wasser sah die scharfe Aufkimmung fast wie ein V aus. Völlig anders als bei den anderen Schiffen, die an den Seiten ziemlich gerade abfielen und fast flache Böden hatten. Der Baltimore-Klipper konnte wie ein scharfes Messer sauber durchs Wasser schneiden und in seinem schmalen Kielwasser alle hinter sich lassen.

Alec trug schwarze Stiefel, die Pippin auf Hochglanz gebracht hatte, enganliegende Hirschlederhosen, ein am Kragen offenes weißes Leinenhemd und ein weites hellbraunes Jackett. Und er war bereits recht ungeduldig, endlich die Bekanntschaft von Mr. Eugene Paxton zu machen.

»Das ist ein feiner Pinkel«, sagte Minter mit spöttischem Blick auf den eleganten Gentleman.

»Und ein verdammter Brite«, sagte ein anderer. »Bildet sich ein, ihm gehört die ganze Welt, ja, das bildet der sich ein.«

»Weiß er nicht mehr, daß wir ihnen vor gerade zwei Jahren den Schwanz böse gerupft haben? Die haben ein kurzes Gedächtnis, haben die.«

Alec hörte das leise Gesumm der Unterhaltung der Männer und nahm mit Recht an, daß die meisten Bemerkungen auf ihn gemünzt und durchaus keine Komplimente waren. Wo blieb nur dieser verdammte Paxton?

»Lord Sherard?«

Die Stimme klang leise, weich und jugendlich. Langsam drehte Alec sich um und sah vor sich einen schlanken jungen Herrn – mein Gott, er konnte nicht älter als 18 sein – dem die Kleidung lose um den Körper hing. Die Wollmütze, die er trug, war fast bis zu den Augenbrauen in die Stirn gezogen.

»Ja, ich bin Lord Sherard«, sagte Alec lässig und reichte dem anderen die Hand.

Genny glaubte ihren Augen nicht zu trauen. Mit so was hatte sie überhaupt nicht gerechnet. Nie in ihren 23 Jahren hatte sie je so einen Mann erblickt. Einen Mann, der so aussah wie er, sollte es eigentlich nur auf den Seiten von Mrs. Mallorys Liebesromanen geben. Er war sehr groß, hielt sich gerade, hatte breite Schultern, Haare, die im Sonnenschein wie gemünztes Gold glänzten, und Augen von einem so tiefen Blau, daß es beinahe weh tat, ihn anzuschauen. Das Gesicht war gebräunt, die Züge vollkommen geformt, Knochen, Fläche und Kanten wie von Künstlerhand gebildet.

Und sein Körper war so herrlich, wie ihn sich eine Frau nur vorstellen oder erträumen konnte. Sie wußte auf der Stelle, daß er nie so werden würde wie andere erfolgreiche Männer, die mit den Jahren geistig und körperlich abschlaffen. Er war fantastisch gebaut, schlank, keine Unze Fett an dem herrlichen Körper, und dennoch kräftig... Verdammter Kerl, so was dürfte es einfach nicht geben! Er war bestimmt für jede Frau zwischen siebzehn und achtzig gefährlich. Er war gutgekleidet, aber sicherlich kein Stutzer, der Wert auf übertriebene Eleganz legt. Er war einfach fabelhaft. Jetzt lächelte er, und sie mußte schlucken.

»Sie sind Eugene Paxton?«

Genny gab ihm die Hand. Seine tiefe Stimme war höchst eindrucksvoll. »Ja. Und wir schreiben Oktober. Ich bin froh, daß Sie endlich gekommen sind.«

Er schüttelte ihr die Hand und sah auf sie hinab. Und im selben Augenblick wurde ihm klar, daß dieser Eugene in Wirklichkeit eine Eugenia war.

Alec war ein Frauenkenner, und er fragte sich, warum dieses Mädchen ihn zum Narren halten wollte. Na schön. Gelegentlich traf Alec blitzschnelle Entscheidungen, die er meistens hinterher nicht zu bereuen hatte. Jetzt sah er, milde gesagt, eine Quelle ständigen Amüsements vor sich, wenn er das Spiel mitmachte. Falls das Schicksal es gut mit ihm meinte, könnte es sogar faszinierend werden.

Er wandte den Blick von ihr. »Nun, Mr. Paxton, Sie haben recht. Es ist Oktober. Ich habe gerade Ihre Werft und Ihren Klipper bewundert. Wann glauben Sie, wird das Schiff fertig sein?«

»In zwei Wochen, my Lord.«

»Sagen Sie doch Alec zu mir!« forderte er sie lässig auf und lächelte sie wieder auf diese unwiderstehliche Art an. »Ich hoffe, wir werden gute Freunde werden.«

So gute Freunde bestimmt nicht, dachte Genny und schluckte wieder. »In Ordnung – Alec. Darf ich Sie durch die Werft führen?«

»Nun, eigentlich habe ich dort schon alles auf eigene Faust besichtigt. Wie gesagt, es sieht so aus, als hätten Sie einen leistungsfähigen Betrieb und gutausgebildete Männer. Dennoch glaube ich, daß es problematisch für Sie wird, ohne ausreichendes Kapital weiterzumachen.«

»Sie äußern sich ziemlich unverblümt, my Lord.«

»Sie haben mir geschrieben, Mr. Paxton. Sie sind in finanziellen Schwierigkeiten, nicht ich. Nun, ich würde jetzt gern meinen Rundgang durch den Klipper fortsetzen und mich dann mit Ihrem geschätzten Vater zusammensetzen.«

»Ich versichere Ihnen, Alec, daß ich in allen Geschäftsbereichen meines Vaters bewandert bin. Wir werden beide mit Ihnen verhandeln.«

»So? Hmm.« Er hätte ihr gern diese alberne Wollmütze vom Kopf gezogen, so neugierig war er auf ihre Haarfarbe. Sie hatte dunkle, fein gebogene Augenbrauen, und die Augen waren von tiefdunklem Grün. »Wie alt sind Sie eigentlich, Eugene?«

»Ich bin dreiundzwanzig.«

»Komisch, ich hielt Sie für jünger«, sagte er und fügte dann grinsend hinzu: »Sie haben ja noch gar keinen Bart.«

»Ach ja, wissen Sie, die Männer der Familie Paxton waren nie so schrecklich behaart.«

Er nickte lachend. Dreiundzwanzig, dachte er, also schon beinahe eine alte Jungfer. War sie Paxtons einziges Kind? Es sah so aus, als sei ihr die Leitung des Klipperbaus übertragen. Er faßte sie schärfer ins Auge und sah, daß in ihren dunkelgrünen Augen noch dunklere Goldtupfen um die Iris tanzten. Sehr hübsche, sehr ausdrucksvolle Augen, die sie im Augenblick ein wenig verengt hatte. Ihre Männerkleidung war so formlos, daß man ihre weiblichen Reize nicht abschätzen konnte, abgesehen von den Beinen und Hüften. Nichts verbarg die Tatsache, daß ihre Beine lang, und soweit Alec das ermessen konnte, recht schlank und gutgeformt waren. Die Hüften waren jungenhaft fest. Sie bewegte sich anmutig, aber ohne jede wiegende Bewegung in der Taille.

So, da hätten wir also eine Frau als Chefin einer Werft vor uns! »Welchen Namen wollen Sie dem Klipper geben?«

Mit deutlich sichtbarem Stolz sah sich Genny um. »Ich denke an *Pegasus*, wenn Vater einverstanden ist. Es wird das schnellste und schönste Schiff auf dem Meer sein. Haben Sie schon mal einen Baltimore-Klipper gesegelt, Alec?«

»Noch nicht. Das Schiff, mit dem ich herkam, ist eine Schonerbark und heißt *Night Dancer*. Außerdem besitze ich zwei Briggs, einen Schoner – einen Dreimaster mit Stagsegel – und eine Schnau. Es sind alles schnelle Schiffe, aber nicht annähernd so schnell, wie es dieses schöne Schiff einmal sein wird.«

»Sie haben recht, es sind ganz tüchtige Schiffe«, sagte Genny mit herablassendem Grinsen.

Alec gefiel ihr Grinsen. Es kam unerwartet und erinnerte an einen Kobold. »Danke, Eugene. Ich möchte ehrlich mit Ihnen sein. Ich will einen so hohen Anteil am Karibikhandel an mich reißen, wie ich verkraften kann. Das ist der Grund, warum ich Baltimore-Klipper brauche und kaufen will. Nun, wann habe ich das Vergnügen, Ihren Vater zu treffen?«

Das brachte sie auf. Doch sie hatte sich schnell wieder in der Gewalt und erwiderte einigermaßen ruhig: »Ich habe Ihnen doch bereits gesagt, daß wir beide und nicht mein Vater allein mit Ihnen verhandeln werden.«

Indessen überlegte er schon, wie großer Verführungskünste von seiner Seite es wohl bedürfen mochte, bis sie den Halt unter den Füßen verlor und sich ihm als Frau zu erkennen gab. »Sie sind aber zu jung, um so wichtige Verhandlungen zu führen.«

»Sie, my Lord, sind nicht viel älter.«

»Ich bin einunddreißig, Eugene. Ein verehrungswürdiges Alter, das Respekt erheischt, besonders von grünen Jungen wie Ihnen.«

Da war es wieder, dieses koboldhafte und einnehmende Grinsen. Offenbar hatte er die Sache falsch angepackt. »Jedenfalls«, fuhr er nach einer Weile fort, »gibt es einen Unterschied zwischen uns beiden. Ich habe Geld, und Sie haben keinen Sou. Ich kann einfach nicht glauben, daß Ihr Vater sein Schicksal ganz in Ihre Hände legen möchte.«

Jetzt meinte Alec zu erkennen, daß sie in Wallung geriet. »Mein Vater hat volles Vertrauen zu mir, daß ich ihn nicht übervorteilen werde, Sir. Ich verfüge über viel Erfahrung und...«

»Erfahrung? Sie? Wirklich, mein lieber Junge, ich könnte mir vorstellen, daß Sie noch jungfräulich sind.«

Das hatte gesessen. Sie ging ihm glatt in die Falle. Ihr Gesicht wurde leuchtend rot – wirklich ein unglaubliches Rot –, und sie riß den Mund auf, um ihn anzuschreien, nur daß ihr im Augenblick die Worte wegblieben. Das war gut für sie, denn es gab ihr Gelegenheit, die Fassung wiederzugewinnen. »Ich war mir nicht bewußt, daß es hier um meine sexuellen Erlebnisse geht, my Lord.«

»Mein lieber junger Mann, es geht immer um sexuelle Erlebnisse. Das ist doch sicherlich hierzulande nicht anders als in England, Spanien oder Brasilien?«

Woher zum Teufel sollte sie das wissen? Wollte er damit sagen, daß die Männer jederzeit und überall ihre Scherze über Sex machten? Sie beschloß, sich dem zu beugen, was offenbar der Wahrheit entsprach. Und falls es so war, mußte sie, die ja einen Er darstellen wollte, den gleichen Eindruck erwecken wie alle anderen. Deshalb sagte sie: »Sehr wohl.«

»Sehr wohl was? Sie haben Erfahrung?«

»Eine ganze Menge! Aber das geht Sie nichts an. Gentlemen – zumindest amerikanische Gentlemen – sprechen mit anderen Männern nicht über Damen oder über ihre Eroberungen.«

»Eroberungen? Sonderbarer Ausdruck. Ich frage mich, was ist eine Dame? Ich denke, daß eine Dame die Aufmerksamkeiten eines Mannes gern entgegennimmt und sich freut, wenn sie mit Komplimenten, Geschenken und Schmuck überhäuft wird. Aber nimmt sie von seinem Körper Notiz? Ich weiß es nicht. Was meinen Sie?«

Davon hatte sie nicht die geringste Ahnung. Außerdem, fand sie, war er der arroganteste und unverschämteste Mann, der ihr je begegnet war. Allerdings mußte er ja annehmen, daß sie auch ein Mann wäre. Aber dies ging doch zu weit. Darauf durfte sie sich nicht einlassen.

Sie reckte das Kinn. »Eine Dame, my Lord, zumindest eine amerikanische Dame, spricht nur über geziemende Themen und erfreut sich an Dingen, die sich geziemen.«

Alec lachte. »Aha, Sie meinen also, daß eine Dame, eine amerikanische Dame, nicht über ihr Vergnügen an Männern spricht, sondern sich ihm einfach hingibt, nachdem es ihr gelungen ist, den armen Kerl vor den Altar zu schleppen?«

»Nein, ganz und gar nicht. Sie wollen mich absichtlich mißverstehen, my Lord. Eine Dame gleicht einem Mann in keiner Weise.«

Das ist eine Untertreibung, dachte Alec. Laut sagte er: »Wie wahr! Nach meiner Erfahrung sind Frauen viel listiger und verschlagener als Männer. Da sie entscheiden können, wann ein Mann haben darf, was er haben will, üben sie eine unglaubliche Macht aus. Das, mein lieber junger Mann, ist der Grund, warum sich die Männer immer in Fesseln legen lassen.«

»Aber das ist doch absurd! Damen besitzen überhaupt keine Macht... Sie – nun, ich weiß nicht. Jedenfalls sind wir uns noch viel zu fremd, als daß wir hier ein Thema besprechen könnten, als wären wir alte Bekannte...« Sie brach ab.

»Also zurück zu steifen Förmlichkeiten.«

Genny bemerkte, daß Minter sie mit seinem üblichen hämischen und lüsternen Blick beobachtete. Sie hoffte inbrünstig, daß keiner der Männer etwas von der ausgefallenen Unterhaltung mitbekommen hatte. »Möchten Sie die Kapitänskabine sehen, Sir? Sie ist nahezu fertig, und dort sind wir auch mehr unter uns.«

»Wenn Sie wünschen. Ist Ihr Vater unten?«

»Nein, mein Vater ist zu Hause. Folgen Sie mir bitte, my Lord!«

Alec tat es und begutachtete unterwegs ihre Hüften. Er stellte sich vor, wie er die Hände an ihre Hüften legte und sie streichelte, und spürte, wie sein Glied anschwoll. Wie lange würde sie noch auf diesem Verwirrspiel bestehen?

Die Kabine war erstklassig ausgestattet und selbst für seine Verhältnisse geräumig. Sie war in der Tat größer als seine Kabine auf der *Night Dancer*. Allerdings hatte sie keine zweite Tür. »Es gibt doch noch eine Nachbarkabine?«

»Selbstverständlich. Sie ist für den Ersten Steuermann gedacht.«

Oder für meine Tochter, dachte er. »Ja, hier drin kann man sich schon wohlfühlen. Ich würde gern den Mann kennenlernen, der den Schreibtisch entworfen hat.«

»Das war ich.«

»Wirklich? Dabei sind Sie doch noch so ein junger Mann. Noch kaum ein richtiger Mann, sollte ich sagen. Nun, wie steht's, wollen Sie hier drin mit mir verhandeln, Eugene?« Alec setzte sich und lehnte sich in dem sehr gemütlichen Sessel weit zurück.

Genny sah ihn forschend an. Hatte er einen Verdacht, daß sie doch nicht so männlich war, wie sie vorgab? Nein, dann hätte er mit Sicherheit etwas gesagt. »Ja, und mit meinem Vater natürlich. Es ist schließlich seine Werft.«

»Stimmt. Sie würden doch nie so unvernünftig sein und allen Ruhm für sich in Anspruch nehmen wollen. Andererseits sind Sie als sein Sohn auch sein Erbe und haben deshalb ein Wort mitzureden.«

»So ist es.«

»Soll ich heute abend zu Ihnen und Ihrem Vater zum Essen kommen? Haben Sie Schwestern? Eine Mutter?«

Gennys Augen wurden glasig. Was war zu tun? Oh, sie mußte erst noch mit ihrem Vater sprechen. Du meine Güte, zu Hause konnte sie mit ihrem vollen, langen Haar doch nicht mehr einen Eugene spielen! Ihr Hirn arbeitete blitzschnell, um eine Strategie zu erfinden. »Ja, gut. Sieben Uhr? Ach ja, ich habe eine Schwester, aber meine Mutter ist schon lange tot.«

»Das tut mir leid«, sagte Alec und stand auf. »Sieben Uhr paßt mir gut. Ich freue mich schon darauf, Ihre Schwester kennenzulernen. Und jetzt, Mr. Eugene, würde ich gern den Rest des Klippers besichtigen.«

Paxtons Butler Moses, ein Schwarzer von unerhörter Würde, führte Alec ins Wohnzimmer. Dort erwarteten ihn ein älterer Herr und eine junge Dame.

Genny war auf seinen Auftritt vorbereitet. Doch es nutzte ihr nicht viel. Alec Carrick in formloser Kleidung war eine Sache, Alec Carrick im Abendanzug aber konnte jeder Frau den Kopf verdrehen. Dieser Mann sollte gesetzlich verboten werden, dachte Genny. Im makellosen Schwarz, das nur durch das weiße Leinenhemd und die weiße Krawatte unterbrochen wurde, sah er aus wie der königlichste der königlichen Prinzen, wie der sprichwörtliche Ritter in schimmernder Rüstung. Er sah unglaublich gut aus. Das goldblonde, gebürstete Haar glänzte im Kerzenschein. Die blauen Augen blitzten so lebhaft, daß sie den Wunsch verspürte, nur immer so dazustehen und ihn anzustarren.

»Ich heiße Genny, my Lord. Genny ist, wie Sie wissen, die Abkürzung von Virginia. Und dies ist mein Vater, Mr. James Paxton.«

Alec ergriff Mrs. Paxtons Hand. »Es ist eine Freude, Sie wiederzusehen, Sir. Es ist zwei oder fast drei Jahre her, nicht wahr?«

»So ist es. Wir trafen uns in New York bei den Waddels. Irgend so ein verdammter Ball oder etwas ähnlich Unangenehmes. Jemand sagte, daß Sie verheiratet seien. wie geht es Ihrer Frau?«

»Sie ist vor fünf Jahren gestorben.«

»Oh, das tut mir sehr leid. Nun, ich erinnere mich noch von dem Ball her, daß Sie die Absicht hatten, nach England zurückzukehren.«

»Hab' ich auch getan. Ich mußte mich um geschäftliche Angelegenheiten kümmern. Jetzt verbringe ich immer weniger Zeit in England. Nicht mehr als vier, fünf Monate im Jahr.«

»Sie segeln lieber über die Meere?«

»Das stimmt. Außerdem lerne ich gern andere Menschen und fremde Länder kennen. Gerade heute vormittag hatte ich das Vergnügen, Ihrem charmanten Sohn Eugene zu begegnen und...«

»Hier ist ein Sherry für Sie, my Lord, und für dich, Vater.«

»Vielen Dank, Miß Paxton.« Alec wandte seine Aufmerksamkeit nur Mr. Paxton zu, der bei der Begrüßung nicht aufgestanden war. Das deutete darauf hin, daß sein Gesundheitszustand nicht sehr gut sein konnte. Er schien etwa sechzig zu sein und hatte volle weiße Haare. Die Ähnlichkeit von Tochter/Sohn mit dem Vater war unverkennbar. Die grünen Augen, die hohen Wangenknochen, das eckige Kinn. Ein gutaussehender Mann, ein mächtiger Mann. In seinen Augenwinkeln zuckte es manchmal verdächtig. Was ging hier vor? Anscheinend betrieben Vater und Tochter das Verwirrspiel gemeinsam. Nun, so genau wollte er es gar nicht wissen.

Langsam drehte sich Alec zu Eugene/Virginia um. »Sie sind also die berühmte Schwester, von der mir Eugene heute erzählt hat.«

»Mein Bruder und von mir schwärmen? Das kann ich mir bei Eugene schwer vorstellen.« Sie reichte ihm die Hand, und er drückte sie. »Ja, ich bin Genny Paxton, Lord Sherard. Eugene wurde heute unerwartet zu seinem Onkel in sein Haus etwas außerhalb von Baltimore gerufen. Es ist der ältere Bruder meiner Mutter. Er ist erkrankt, und da Eugene sein Erbe ist, mußte er ihn besuchen. Ich soll Ihnen ausrichten, daß er bedauert, Sie heute abend nicht begrüßen zu können.«

»Da Sie ihn vertreten, werde ich mich nicht darüber beklagen.«

»Ich vertrete meinen Bruder? Aber, my Lord, ich bin nur ein törichtes Frauenzimmer. Ich verstehe nichts von Schiffen, von Takelage oder...«

»Von Schifferknoten?«

»Ist das ein Kochrezept?«

»Oder von der Bramsegelschanz?«

»Ist das ein englischer Modehut?«

»Genau. Ich wußte, daß Sie nicht so unwissend sind.«

»Aber ich bin doch nur ein...«

»Ich weiß. Nur eine Frau.« Sie hatte sich nicht wie ein törichtes Frauenzimmer gekleidet. Ihr Kleid war nicht einmal nach der letzten Mode. Die blasse Kremfarbe des Stoffs schmeichelte ihr nicht gerade, stand ihr aber auch nicht unbedingt schlecht. Doch sein erfahrenes Männerauge verriet ihm, daß sie den Ausschnitt tiefer gesetzt hatte, denn die Spitze am oberen Saum war abgetrennt und neu angenäht worden. Ihre Fähigkeiten als Näherin waren allerdings nicht überragend. Die Spitze war schief und teilweise übereinander angenäht.

Er sah den Ansatz der weißen Brüste, die schlanke Figur bis hinunter zur schmalen Taille. Aber was ihn am meisten anzog, waren ihre Haare. Dichte, tiefschwarze Haare, die oben zu einem Haarkranz geflochten waren, von dem ihr die Locken auf die Schultern fielen. Ihr Gesicht war nicht schön zu nennen. Er hatte Dutzende von schönen Frauen gekannt, bei deren Anblick man vor Begeisterung hätte in Tränen ausbrechen können. Doch in ihrem Gesicht fand er etwas anderes, das ihn viel stärker fesselte: einen starken Charakter. Und Entschlossenheit. Ihr Kinn verriet ebenso wie das ihres Vaters teuflische Hartnäckigkeit. Wie mochte es mit ihrem Temperament bestellt sein? Wie würde sie kämpfen? Würde sie sich gehen lassen, fluchen und schreien?

Alec gab sich innerlich einen Ruck. Das waren absurde Gedanken. Er war hier, weil er hoffte, eine Werft kaufen zu können, die Baltimore-Klipper baute, und nicht um über eine alberne Frau in Schwärmerei zu geraten, die abends den Kleidausschnitt tiefer setzte und tagsüber ihren Bruder spielte, womit sie jedoch nicht durchkam. Jedenfalls nicht bei ihm.

Er schaute sie scharf an, und Genny hatte das Gefühl, ihre Brüste lägen zur Besichtigung frei. Wie blöd von ihr, daß sie der weiblichen Eitelkeit nachgegeben und den Ausschnitt nach unten versetzt hatte! Dabei hatte sie gar nicht so große Brüste wie Susan Varnet oder Mrs. Laura Salmon, die die Männer verrückt machten. Ja, sie war blöd gewesen. Mit ihm konnte sie doch nicht mithalten. Er war der schönste Mann, den man sich vorstellen konnte, und sie war weit davon entfernt, die begehrenswerteste Frau zu sein.

In der Tür des Wohnzimmers erschien Moses. »Mrs. Paxton, Sir, Essen is' fertig.«

James Paxton stemmte sich langsam in die Höhe. Sofort war Alec an seiner Seite. »Nicht nötig, mein Junge. Es ist das verdammte Herz, wissen Sie. Ich kann eben nicht mehr so rumflitzen wie früher. Sie nehmen Gennys Arm und führen sie zu Tisch. Moses, komm her!«

Alec führte Genny in das Speisezimmer, sah auf sie hinunter und sagte: »Ich möchte gern wissen...«

»Was möchten Sie gern wissen, Sir?«

»Wie sehr Sie und Ihr Bruder sich ähneln. Mr. Eugene Paxton scheint ein sehr ernsthafter Mann zu sein, allerdings trotz seines vorgeschrittenen Alters von dreiundzwanzig Jahren noch sehr naiv. Nebenbei bemerkt, wie alt sind Sie denn?«

»Man fragt eine Lady nicht nach dem Alter.«

»Nein? Ja, wenn die Lady vielleicht schon ziemlich in den Jahren ist, wäre es nicht... Na ja, genug davon. Jetzt zu Eugene. Abgesehen davon, daß Ihr Bruder recht ernsthaft veranlagt ist, glaube ich, daß in ihm ein angehender Wüstling steckt. Er hat mich mit seinen Reden über lauter sexuelle Dinge richtig verlegen gemacht. Es liegt aber wohl nur daran, daß er nicht weiß, wie er es anstellen soll. Glauben Sie, ich sollte ihn unter meine, äh, Fittiche nehmen und ihm zur praktischen Seite der Angelegenheit ein paar Ratschläge geben?«

Genny hätte ihm am liebsten in das schöne Gesicht geschlagen. Sie, Eugene, sollte ein angehender Wüstling sein? Wie konnte er so etwas andeuten, wenn in Wirklichkeit er es doch gewesen war, der dauernd sexuelle Anspielungen gemacht hatte? »Ich glaube, Eugene würde das zu würdigen wissen, Sir. Er ist vielleicht wirklich noch nicht sehr erfahren, obgleich er das mir gegenüber nie zugeben würde. Allerdings sollte so etwas nur unter Männern besprochen werden. Nun, Moses, was hat Lannie für unseren Gast zubereitet?«

»Als Vorspeise eine Kalbskopfsuppe, Miß Genny.«

»Davor fürchte ich mich jetzt schon.«

»Sie schmeckt aber gut«, sagte Genny. »Wirklich.«

»Kalbskoteletts, garniert mit grünen Bohnen, danach geschmorter Rinderbraten mit Steckrüben und Karotten.«

»Das hört sich schon appetitlicher an.«

»Es ist die Spezialität unserer Köchin Lannie, zumindest das Kalbskotelett.«

»Na schön, einverstanden. Wenn mich die Kalbskopfsuppe nicht umbringt, werde ich morgen mit der Aufklärung Mr. Eugenes beginnen. Glauben Sie, daß er bis dahin vom Krankenbett seines Onkels wieder zurückkommt?«

»Wahrscheinlich, ja.«

»Es handelt sich wohl nur um ein kleines Unwohlsein und nicht um eine tödliche Krankheit?«

»Er ist vorübergehend gesundheitlich nicht ganz auf dem Posten.«

»Ausgezeichnet. Dann wird Eugene auch nicht müde sein. Ich habe so die Ahnung, daß er großes Vergnügen an dem finden wird, was ich für ihn im Sinne habe.«

Genny hatte größte Lust zu fragen, was das wohl sei. Alec Carrick, Baron Sherard, sah aus wie ein schlimmer Mann. Sie hielt ihre Zunge im Zaum und tauchte den Löffel in die Kalbskopfsuppe.

3

Das Abendessen schmeckte köstlich. Gesättigt lehnte sich Alec zurück. In den langen Fingern hielt er ein kostbares Kristallweinglas.

»Und ich kann Sie wirklich nicht mehr für ein paar Korinthenknödel begeistern, my Lord?«

»Nein, Miß Paxton, ausgeschlossen.«

Nach einiger Zeit räusperte sich James Paxton und sagte leise zu seiner Tochter: »Genny, meine Liebe, würdest du die Herren jetzt mit ihrem Portwein alleinlassen?«

Offenbar war sie an so etwas nicht gewöhnt, denn sie wirkte überrascht, ja verdutzt und kniff dann die Lippen zusammen. »Aber ich...«

»Wir sehen Sie ja gleich wieder, Miß Paxton«, sagte Alec so von oben herab, wie ein englischer Pfarrer mit einem Taschendieb sprechen mochte. »Ihr Vater und ich haben über Geschäfte zu reden, und eine hübsche Dame wie Sie würde sich sehr schnell dabei langweilen.«

Wenn sie jetzt Nägel im Mund hätte, dachte Alec, würde sie mir die ganze Ladung ins Gesicht spucken. Erregt verließ sie das Speisezimmer, und wieder ohne sich in den Hüften zu wiegen. Während des Essens hatte Mr. James Paxton aufmerksam Lord Sherard beobachtet. Das Ergebnis stellte ihn sehr zufrieden. Er hatte den jungen Baron als einen nachdenklichen, intelligenten Mann in Erinnerung, der viel zu hübsch aussah, als es für ihn gut sein konnte. Jetzt war er älter, immer noch nachdenklich und intelligent und womöglich noch besser aussehend als vor drei Jahren. Jedenfalls hatte Mr. James Paxton noch nie gesehen, daß Genny einen Mann so angehimmelt hatte wie ihn. Das bekümmerte und erfreute ihn zu gleicher Zeit. Denn Alec Carrick hatte sie durchgehend mit gutmütigem Wohlwollen behandelt. Wenn er sich nicht sehr irrte, sah der Baron in ihr noch gar keine Frau. Nun, daran war sie selber schuld. Als sie am Nachmittag nach Hause gekommen war und ihr Schicksal beklagt hatte, hatte James sie ausgelacht.

»Du hast dich schon verraten, Genny. Sieh es ein und mach Schluß mit der Komödie! Einen Mann wie Baron Sherard kannst du nicht zum Narren halten.«

»Im Gegenteil«, sagte sie und schnipste mit den Fingern. »Nichts leichter als das. Wirklich, Vater. Außerdem habe ich keine Wahl. Heute abend muß Eugene zu Virginia werden.«

James Paxton wurde einfach nicht schlau daraus, was Baron Sherard von allem hielt, sowohl von der Werft wie von der Doppelgestalt Sohn/Tochter. Er bedeutete Moses, den Portwein einzuschenken und entließ ihn dann. »Nun, mein Junge«, sagte er, »jetzt sind wir beide allein. Zeit, zum geschäftlichen Teil überzugehen.«

Alec nickte. »Ich will ehrlich zu Ihnen sein, Sir. Ich bin sehr beeindruckt, nicht nur von dem Betrieb, sondern auch von der *Pegasus*. Ihr Sohn hat mir alles gezeigt. Ich habe Ihre amerikanischen Klipper oft gesehen, und ich kenne den Ruf, den sie sich während des Kriegs erworben haben. Deshalb würde ich gern die Paxton-Werft kaufen und hier meine eigenen Klipper bauen. Mein Ziel ist es nämlich, einen ansehnlichen Anteil am Karibikhandel in die Hand zu bekommen.«

James Paxton schaute nachdenklich in sein Portweinglas. »Kaufen? Das entspricht eigentlich nicht meinen Wünschen. Zufälligerweise gibt es noch einen anderen Mann – sein Name ist Porter Jenks –, der ebenfalls daran interessiert ist, die Werft zu kaufen. Er stammt aus New York. Die Sache hat nur einen Haken. Er will Sklavenschiffe bauen.«

Alec fuhr auf. »Wie ist Ihre Ansicht darüber, Sir?«

»Abgesehen davon, daß die Einfuhr von Sklave zum hiesigen Verkauf ungesetzlich ist, gibt es dabei natürlich ein schönes Stück Geld zu verdienen. Die meisten Männer, die sich damit abgeben, sind der einhelligen Meinung, daß die Gewinne bei weitem die Risiken übersteigen. Wenn man nun ein eigenes Schiff hätte, würde man noch mehr verdienen. Die Sache ist schon allgemein geübte Praxis geworden, und jedes Jahr werden mehr Schiffe für diese Art von Handel gebaut. Trotzdem würde ich lieber mit angenehmerer Ware handeln, mit Rum, Melasse, Mehl und Baumwolle, und mir nicht darum Sorgen machen müssen, wie viele schwarze Männer und Frauen in meinen Schiffsbäuchen krepieren. Aber an den Tatsachen kommt man nicht vorbei. Es ist ein großes Geschäft und wird noch größer werden.«

»Dafür werden Ihre Südstaaten schon sorgen.«

»Ganz recht. Und noch etwas: Porter Jenks will Genny heiraten. Sie hat seinen Antrag natürlich abgewiesen, aber er ist ein hartnäckiger Bursche. Er wird uns bestimmt bald wieder besuchen.«

Interessant, dachte Alec. »Ihr Ton verrät, daß der Kerl ein Flegel ist. Ist er auch gefährlich?«

Beinahe wäre James damit herausgeplatzt, daß seinem Gefühl nach Jenks nur einheiraten wollte, um die Werft in die Hand zu bekommen. Er hatte vorübergehend ganz seinen angeblichen Sohn Eugene vergessen. Innerlich verfluchte er seine Tochter. Er mochte solche Täuschungsmanöver nicht.

»Ein Flegel? Ja, das ist Jenks, und gefährlich ist er auch. Falls wir beide zu einem Übereinkommen gelangen, würden Sie dann hier in Baltimore leben wollen?«

»Ich bin mir noch nicht sicher. Ich kenne Ihre Stadt ja gar nicht. Außerdem kann ich mir nicht vorstellen, daß Engländer hier sehr beliebt sind.«

»Als Baron Sherard, ein Gentleman mit Vermögen und Adelstitel, wird man Ihnen die Stadtschlüssel überreichen«, sagte James. »Darauf können Sie sich verlassen, junger Mann.«

»Ihr Sohn Eugene sagte mir, daß Sie gemeinsam mit mir verhandeln wollen«, erklärte Alec grinsend. James fragte sich, ob er Genny durchschaut habe. Nein, bestimmt nicht. Sonst hätte er ihm etwas gesagt.

»Das stimmt. Leider ist der Junge heute abend nicht da.«

»Ja, ganz meine Meinung.« Alec hob das Portweinglas. »ich trinke auf ein für uns beide vorteilhaftes Abkommen. Und auf Ihre interessante Tochter.«

»Hört, hört!« sagte James.

Eine Stunde später saß Genny auf dem Rand von James' Bett. Ihre Hand ruhte in der seinen. Nur eine Kerze brannte neben dem Bett. Zu ihrem Schrecken sah sie, daß er sehr blaß war. »Du mußt müde sein. Willst du jetzt schlafen?«

»Gleich, meine Liebe. Aber erst mußt du mir noch sagen, was du von Baron Sherard hältst.«

»Er ist ein so schöner und charmanter Mann, daß es schwer ist zu erkennen, was in ihm steckt. Ich würde sagen, er macht einen ehrenhaften Eindruck. aber es ist noch zu früh, um ein sicheres Urteil abzugeben.«

»Ehrlich ist er, soviel weiß ich. Seit du ihm im Sommer diesen Brief geschickt hast, habe ich Erkundigungen über ihn eingezogen.«

»Bei wem?«

»Bei guten Bekannten in Boston und New York. Er hat mir seiner Frau mehrere Jahre in Boston gelebt. Daß er verheiratet war, hat mich einigermaßen überrascht. Ich hätte ihn nicht für so häuslich gehalten, da er noch so jung ist. Natürlich sind die Frauen bei seinem Anblick reihenweise schwach geworden. Aber der Baron ist gern viel unterwegs. Er will fremde Länder sehen und erforschen, interessante Menschen kennenlernen und die verschiedensten Sachen unternehmen. Das war jedenfalls damals in Boston die allgemeine Ansicht. Andererseits wußte man, daß man ihm vertrauen und auf sein Wort bauen konnte. Dennoch möchte ich ihn erst noch näher kennenlernen, bevor ich mich entscheide.«

»Warum erzählst du mir das alles erst jetzt?«

James streichelte ihre Hand. Die Hand einer Frau, dachte er. »Ich wollte, daß du dir deine eigene Meinung über ihn bildest.«

»Woran wohl seine Frau gestorben sein mag?«

»Vielleicht kannst du ihn fragen.«

Plötzlich schlug sich Genny mit der Faust auf den Schenkel. »Mir ist gerade etwas Schreckliches eingefallen, Vater. Genny Paxton kann doch nicht wissen, was Eugene Paxton tut, und umgekehrt. Ich könnte schnell Schiffbruch erleiden. Weißt du, daß er mich angelogen hat, als er über Eugene sprach? Er hat die größten Unverschämtheiten von ihm behauptet.«

»Aber du wirst doch nicht ableugnen wollen, daß du dich gut mit ihm unterhalten hast, meine Liebe. Ich bin ganz zufrieden.«

Genny hob eine Braue. »Jedenfalls ist Baron Sherard kein Langweiler. Mehr kann ich zu diesem Thema nicht sagen. Wann willst du die Verhandlungen mit ihm wieder aufnehmen?«

James senkte den Blick auf die blaue Samtbettdecke. Er war müde, sehr müde. Daß ihn sein Körper so im Stich lassen konnte Es gab doch noch so viel für ihn zu tun. »Wir werden bald mit ernsthaften Verhandlungen beginnen. Er will erst Baltimore kennenlernen, auch an gesellschaftlichen Veranstaltungen teilnehmen, um zu entscheiden, ob er hier seine Zelte aufschlagen möchte. Noch eins, Genny: Eugene muß verschwinden!«

»Noch nicht, Vater, bitte. Mit Eugene geht er nämlich anders um. Er nimmt ihn ernster. Du weißt genau, was Männer von Frauen halten, die lernen und etwas unternehmen wollen. Ich kann mir gut vorstellen, wie er reagieren würde, wenn er erführe, daß ich – eine Frau – die Werft leite.«

»Das wird er bald genug merken, Genny. Willst du es ihm nicht lieber selber sagen?«

»Ja, gut, aber noch nicht sofort.« Er wollte doch morgen mit Eugenes Aufklärung beginnen! Genny erwartete das mit großer Spannung.

Sie beugte sich vor und küßte ihn auf die Wange. »Gute Nacht, Vater. Schlaf gut!«

»Denk darüber nach, was ich dir gesagt habe, Liebste!«

Auf der *Night Dancer* beugte sich Alec über Hallie und küßte sie auf die Stirn.

»Papa?«

»Schlaf weiter, meine Liebe! Es ist schon spät.«

Dann stand er auf und ging in seine Kabine hinüber. Die Verbindungstür ließ er wie immer auf.

Sanft schaukelte die *Night Dancer* an ihrem Liegeplatz. Im Binnenhafen der Bucht war das Wasser in der klaren Nacht ruhig. Er legte sich zu Bett und zog die Decke über sich. Er brauchte eine Frau, und das mochte er gar nicht. Es lenkte von wichtigen Dingen ab, und er wollte nicht abgelenkt werden. Ganz sicher hatte es nichts mit dem törichten jungen Mädchen Genny Paxton zu tun. Oder sollte man sie schon eine alte Jungfer nennen? War sie überhaupt hübsch? Na, gerade annehmbar. Außerdem war sie für seinen Geschmack zu groß, und ihre Beine wollten kein Ende nehmen. Aber was er durch den schlecht vernähten Kleidausschnitt von ihren Brüsten gesehen hatte...

Ja, er brauchte eine Frau. Morgen abend würde er sich eine beschaffen. Er mußte auch ein Haus finden, in dem er Hallie und Mrs. Swindel unterbringen konnte. Solange Hallie an Bord war, wollte er keine Frau zum Schiff mitbringen. Und er hatte keine Lust, mit einer Nutte in deren Bude zu gehen. Zu viele Männer verloren bei solchen Gelegenheiten ihre Geldbörse und ihr Leben. Und er wollte sich auch nicht mit Pokken anstecken. Nein, er brauchte etwas Sicheres. Eine Geliebte. Er könnte sich eine passende Frau suchen und sie irgendwo in Baltimore als seine Geliebte in einem hübschen Haus unterbringen. Damit hätte er alle seine Probleme gelöst.

In acht Stunden würde er mit Eugene Paxtons Aufklärung beginnen. Selbst im Dunkeln mußte er bei dem Gedanken grinsen. Immerhin war es das erste Mal seit manchem langen Monat, daß er sich auf das Zusammensein mit einem anderen Menschen, mit einem weiblichen Wesen freute, das nicht seine Geliebte war, weil sie lieber einen Mann spielen wollte.

Zu seiner Überraschung dachte er schon wieder an ihre Beine. Vielleicht waren sie gar nicht zu lang.

Gennys lange Beine steckten wieder in Hosen, sehr weiten Hosen. Sie hatte ihr Haar fest geflochten, sich die Flechten um den Kopf gewickelt und die Wollmütze darübergezogen. Sie betrachtete sich in ihrem Standspiegel und war mit dem Ergebnis zufrieden. Sie wirkte sehr männlich. Hart und angriffslustig. Ja, vollkommen männlich. Der Baron würde sie nie durchschauen. Leider wußten alle anderen, daß sie die exzentrische Eugenia war. Doch das war nun nicht mehr zu ändern. Sie konnte nur hoffen, daß niemand den Baron aufklärte, bevor sie es tat. Sie grüßte sich übermütig selber im Spiegel, drehte sich um und besah sich ihren Hintern. Das war unleugbar der Hintern eines Mannes. Dann verließ sie ihr Schlafzimmer.

In dem kleinen Eßzimmer neben der Küche saß ihr Vater schon beim Frühstück. Er wirkte ausgeruht. Seine Gesichtsfarbe machte einen normalen Eindruck. Erleichtert seufzte sie auf. Seit diesem Herzanfall im vergangenen Jahr machte sie sich um seine Gesundheit Gedanken. Sie tat alles, um ihn zu schonen, und hatte deshalb die täglichen Arbeiten in der Werft übernommen. Die meisten Männer akzeptierten sie auch. Mit den Ausnahmen wie Minter wurde sie schon fertig.

»Guten Morgen, Vater.«

»Genny – Eugene! Du siehst hübsch aus. Genau wie deine Mutter.«

Das sagte er immer, wenn sie Männerkleidung trug. Wenn sie dagegen in einem Kleid steckte, war sie für ihn sein reines Ebenbild.

»Du, zum Frühstücken habe ich keine Zeit mehr. Ich erwarte den Baron in der Werft.«

James bemerkte, daß ihre Wangen gerötet waren. Sehr interessant, dachte er.

Und schon huschte sie aus dem Zimmer. Gar nicht wie ein Mann. James schaute seiner Tochter nach. Nie würde ein Mann sich so bewegen. Sie war das Bild einer Frau, die ein Zauber berührt hatte, einer Frau, die sich überschwenglich glücklich fühlte. Und alles, weil sie sich in Alec Carrick verguckt hatte. Seine Tochter, die zuerst die Jungen, dann die Männer ihrer Bekanntschaft ohne Zögern und mit beachtlichem Verstand verschmäht hatte! Öfter, als ihm lieb gewesen war, hatte sie zu ihm gesagt: »Sie sind alle nichts wert oder zu eingebildet. Oder sie wollen mich nur küssen oder mich hinter die Büsche locken.«

Wenn ich ehrlich sein soll, dachte James, dann hat sie damit die Männer im allgemeinen gut charakterisiert, besonders was die letzte Bemerkung angeht. Aber die Art der Annäherungsversuche war doch sehr unterschiedlich. Er fragte sich, wie es der Baron wohl anstellen würde. Er biß etwas von dem trockenen Toast ab und begann langsam zu kauen. Plötzlich hielt er inne. Sein Blick strich zu dem Porträt seines Großvaters, das gegenüber an der Wand hing. Der alte Herr sah unter seiner dichten Lockenperücke strahlend auf ihn herab. »Würde wirklich gern wissen...«

Natürlich, das war das Problem. Sobald die Frauen von Baltimore nur einen Blick auf Alec Carrick geworfen hätten, würden sie ihm nachlaufen, ihn unerbittlich jagen, bis... Alec Carrick war jetzt seit fünf Jahren verwitwet. Er hatte sich aber nicht einfangen lassen. James konnte sich vorstellen, daß die englischen Frauen ihn genauso anziehend gefunden hatten, wie ihn die Amerikanerinnen finden würden. Der Baron mußte sich in allen Taktiken auskennen, die dem gejagten Mann das Entkommen vor seinen Verfolgerinnen ermöglichten.

Darüber mußte man gehörig nachdenken. Laut rief James: »Moses!«

»Ja, Sir.«

»Ach, da bist du ja. Laß Andrews den Wagen anspannen! Ich muß einige Besuche machen.«

»Ja, Sir.«

Es war ein kühler, heller Oktobermorgen. Eine leichte Brise wehte. Genny schaute zum Fort McHenry hinüber, das noch vom Morgennebel verschleiert war, eine düstere Mahnung an alle Engländer – auch an Alec Carrick – daß die Amerikaner, insbesondere die Einwohner von Baltimore, nicht mit sich spaßen ließen. Sie ging, wie es ihre Gewohnheit war, zu Fuß zur Werft. Vor dem Eingang blieb sie stehen und schaute zu dem großen Schild mit der gemalten Aufschrift empor: PAXTON-WERFT. Sie wünschte, es stände ›Paxton & Tochter‹ darauf. Wäre ihr Bruder Vincent nicht gestorben, hätte bestimmt ›Paxton & Sohn‹ darauf gestanden, daran zweifelte sie keinen Augenblick. Die übrigen Schiffsbauer ließen sie eben so gelten. aber nur, weil ihr Vater sehr beliebt und geachtet war. Sie sahen in ihr eine exzentrische alte Jungfer, die Männerkleidung trug, aber dennoch nicht auf eigenen Füßen stehen konnte. Nein, auch sie befolgte die Anordnungen ihres Vaters. Es war eben eine Männerwelt, und das erfüllte sie mit Zorn.

Aber der Tag war zu schön, um zornig zu sein.

Sie war frühzeitig in der Werft am Fells Point angekommen. Die Männer hatte noch nicht mit der Arbeit angefangen. Sie sah nur Mimms. Er saß an Deck und hielt ein besonders schönes Stück Kirschbaumholz in den großen Händen.

»Das kommt auf den Nachttopf des Kapitäns«, sagte er.

»Oh«, sagte Genny. »Dafür wird Ihnen der Kapitän – wer immer es sein mag – sehr dankbar sein.«

»Hat er auch allen Grund zu«, sagte Mimms und spuckte aus. »Bei dem kriegt er keine Splitter in den Hintern.«

Genny wühlte einen Augenblick lang in einem Haufen Schrauben für die Unterwasserplanken des Schiffsrumpfs.

Ohne den Blick von dem Kirschholz zu nehmen, erkundigte sich Mimms: »Was ist eigentlich mit diesem englischen Lord?«

»Englisch was? Ach, der. Er wird uns wohl heute wieder besuchen, Mimms. Ich geh' jetzt unter Deck. Habe mit den Büchern zu tun.«

Genny hatte viele Geschäftsbücher der Firma in die Kapitänskabine der *Pegasus* bringen lassen. So konnte sie die Arbeit am Schiff besichtigen und ihre Buchhaltung erledigen, ohne hin und her pendeln zu müssen.

Sie war gerade im Begriff, durch die offene Luke zu treten, als jemand hinter ihr sagte: »Guten Morgen, Eugene.«

Beim Klang der tiefen, angenehmen Stimme gab es ihr einen Ruck, und sie blieb mit einem Fuß am Unterteil der Luke hängen.

»Vorsicht!«

Jemand packte sie am Arm und hob sie hoch. Ihr Fuß kam

frei. Sie hatte sich nicht weh getan, fühlte sich aber unsterblich blamiert. »Danke«, sagte sie, ohne aufzusehen. Sie wollte den vermutlich spöttischen Blick des schönen Männergesichts vermeiden.

»Keine Ursache.« Er ließ sie los.

»Guten Morgen, Alec. Tut mir leid, daß ich gestern abend nicht dabei sein konnte.«

»Ihre Schwester war eine gute Vertreterin. Sie müssen der Wahrheit ins Auge sehen, Eugene. Ich habe Sie eigentlich gar nicht vermißt.«

»Ach, Virginia. Ja, sie ist nett.«

»Nun ja, sie ist ganz in Ordnung. Aber kommen wir jetzt zu wichtigeren Dingen! Ich würde gern einige Hauptbücher der Werft einsehen.«

Genny stieg durch die Luke und stampfte den Niedergang hinunter. »Hat Ihnen meine Schwester nicht gefallen? Sie können es mir ehrlich sagen. Genny kann sich manchmal ziemlich blöd anstellen.«

»Ja, seien wir ehrlich! Sie ist ganz amüsant. Besonders ihre Nähkunst.«

»Ihre was?«

»Ihre Nähkunst. Wissen Sie, daß sie die Spitze am Mieder ihres Kleides abgetrennt und darunter aufgenäht hat? Übrigens nicht sehr geschickt. Man sollte doch annehmen, daß eine Frau mit der Nadel umzugehen wüßte. Aber Ihre Schwester? Nein, die offenbar nicht. Ich wollte ihr eigentlich sagen, daß es angebracht wäre, sich lieber ein Kleid nach neuester Mode anzuschaffen. Aber wissen Sie, ich habe kein Wort darüber verlauten lassen. Bin eben ein höflicher Mensch.«

»Ja, langsam lerne ich Sie kennen.«

Sie ging in die Kapitänskabine. Er hatte gesehen, daß sie die Spitze aufgenäht hatte! Nun, sie hatte ihn ja selber gebeten, sich ehrlich zu äußern – dieser verdammte Kerl!

Alec folgte ihr auf den Fersen. Ohne sich nach ihm umzusehen, fuhr Genny fort: »Eigentlich ist sie, äh, für ihren Charme bekannt. Fanden Sie sie auch charmant?«

»Charmant? Nun, Eugene, sie ist ein ziemlich vorlautes Wesen. Wahrscheinlich weil sie unverheiratet ist und keinen Ehemann hat, der sie im Zaum hält. Sie braucht unbedingt einen Mann – einen starken Mann –, der sie anleitet und ihr neue Kleider kauft. Gibt es keine Amerikaner, die sich für sie interessieren?«

»Aber gewiß. Seit Jahren sind Dutzende von Männern hinter ihr her!«

»Seit Jahren... Ja, das müssen ja schon viele, viele Jahre gewesen sein, nicht wahr?«

»Nun ja. Auf jeden Fall ist sie sehr wählerisch. Bisher hat keiner vor ihren Augen Gnade gefunden.«

»Aber bestimmt haben die Herren auch einen begehrlichen Blick auf die Werft geworfen.«

Genny hätte ihm gern einen Fußtritt zwischen die Beine versetzt. Jedenfalls hatte ihr Vater das vor fünf Jahren gesagt, als er ihr beigebracht hatte, wie sie sich vor Aufdringlichkeiten schützen könne.

»Wollen Sie sich nicht an den Schreibtisch setzen? Ja, gut so. Hier sind die wichtigsten Hauptbücher. Genny gehört nicht zu den frivolen Frauen, die nichts als Flirts, neue Kleider und solche Dinge im Kopf haben. Nein, sie ist sehr ernsthaft veranlagt.«

Alec hatte Platz genommen. »Ernsthaft? Ihre Schwester? Mein lieber Junge, da erlaube ich mir, anderer Ansicht zu sein. Sie hat mir versichert, daß sie ein törichtes Frauenzimmer ist, und ich muß sagen, daß ich ihr recht gebe. Ernsthaft!«

»Da hat sie sich nur einen Scherz mit Ihnen erlaubt, Alec. Weiter nichts.«

»So. Hmm, na gut. Aber sie hat wunderschöne Haare. Haben Sie die gleiche Haarfarbe, Eugene?«

Bei diesem Kompliment durchlief es sie heiß. Das war wirklich albern von ihr, nach all den anderen Sachen, die er über sie gesagt hatte. Rasch erwiderte sie: »O nein, meine Haare sind nicht annähernd so schwarz und glänzend wie ihre. So, Alec, hier sind die Bücher. In diesem Buch« – sie schlug es auf und glättete die Seiten – »führe ich die Beträge auf, die ich für das Baumaterial zahle und an wen sowie die Zahlungsbedingungen, wenn ich die Rechnung nicht innerhalb der 30-Tage-Frist begleichen will. Halten Sie sie wirklich für ein törichtes Mädchen?«

»Nicht gerade für ein Mädchen, Eugene. In ihrem Alter! Sie sind sicherlich ein liebender Bruder, aber Sie müssen zugeben, daß sie weit über das Mädchenalter hinaus ist. Wie alt ist sie eigentlich?«

»Sie ist erst zweiundzwanzig.« Das war nur eine kleine, eine sehr kleine, sozusagen eine Ein-Jahr-Lüge.

»Ich hätte sie für älter gehalten. Nun ja... Also wer ist dieser Mr. Mickelson? Ach ja, ich sehe schon. Er liefert Ihnen den größten Teil des Bauholzes. Nach dem Geld, das Sie ihm dafür bezahlen, muß es von ausgezeichneter Qualität sein. Nein, ich hätte sie auf fünfundzwanzig oder so geschätzt. Lag wohl daran, wie sie sich kleidet. Daß sie nicht mit der Mode geht, macht sie wohl älter.«

»Da kann ich Ihnen nicht zustimmen. Ihre Kleider sind eigentlich sehr ansehnlich. Ja, das Bauholz ist von ausgezeichneter Qualität, und Mickelson ist verläßlich. Wie Sie bemerken werden, hat er uns einen beträchtlichen Kredit eingeräumt, und deshalb müssen wir sehr bald zu einem für beide Teile vorteilhaften Abkommen gelangen. Oder ich muß einen Käufer für die *Pegasus* finden. Meinen Sie, Sie würden sie hübscher finden, wenn sie besser gekleidet wäre?«

»Möglich wäre es. Nun überlegen Sie mal, Eugene! Sie bezahlen Mickelson dreizehn Prozent Zinsen, die fällig werden – wann war es gleich? Ja, zwanzig Tage nach Fertigstellung. Damit setzen sie sich zu stark unter Druck. Mit anderen Worten, Sie lassen sich sehr wenig Zeit für den Verkauf des Schiffs. Die ausstehenden Gelder werden zu schnell fällig. Alles wäre eine Verbesserung, vor allem ein Kleid nach neuester Mode.«

»Allerdings hätte sie auch in einem neuen Kleid kein anderes Gesicht und keine anderen Umgangsformen.«

Alec wandte den Kopf und lächelte Eugene an. »Ja, Eugene, mein lieber Junge, tut mir leid, aber damit haben Sie den Nagel auf den Kopf getroffen. Also, dies hier sind wohl die Wochenlöhne für Ihre Segelmacher?«

»Die Löhne sind wohlverdient, also fangen Sie jetzt nur nicht an zu behaupten, man nutze mich aus, weil ich zu jung bin! Ich – meine Schwester hat ein sehr hübsches Gesicht, und ihre Umgangsformen sind durchaus charmant.«

»Ja. Hervorragend.«

»Wirklich? Meinen Sie das ernst?«

»Ja, Sie zahlen wirklich hervorragende Löhne. Ich habe die Arbeit der Segelmacher gestern am unteren Topsegel des Besanmasts geprüft. Ich würde sagen, dafür haben Sie ganz schön draufgezahlt.«

Genny riß ihm das Hauptbuch weg und schlug es zu.

Alec hob fragend eine vollkommen geformte Augenbraue. »Wie bitte, mein lieber Junge?«

»Ich bin nicht Ihr lieber Junge. Sie sind nur acht Jahre älter als ich und nicht mein Großvater.«

»Das stimmt. Es ist nur, daß Sie mir so – wenig welterfahren vorkommen. Bartlos sind Sie auch und wahrscheinlich noch jungfräulich. Aber ich habe doch versprochen, heute mit Ihrer Aufklärung zu beginnen, nicht wahr? Wäre Ihnen das recht, Eugene?«

Sie starrte ihn an. Nichts, das ihr lieber wäre. Aber nicht als Eugene. Jetzt wäre sie wirklich gern Eugenia gewesen. »Ja, das wäre mir recht.«

»Na gut. Und jetzt geben Sie mir die Hauptbücher zurück! Wirklich, ich habe Ihr System begriffen. Sie können jetzt gehen und sich um Ihre Firma kümmern. Ich prüfe indessen die Buchhaltung. Mit der Aufklärung fangen wir heute abend an. Ich hole Sie um acht Uhr in Ihrem Hause ab.«

4

»Sie sind wirklich ein gutaussehender Mann«, sagte Alec.

Genny sah ihn sprachlos an. Ein gutaussehender Mann? Das war Alec Carrick, nicht sie. »Ich – na, vielen Dank. Trotz meiner Bartlosigkeit?«

»Es ist dunkel, da sieht man das nicht so genau. Natürlich müßten Sie den Hut abnehmen. Soll ich das für Sie tun?« Alec streckte schon den Arm aus. Doch Genny duckte sich blitzschnell unter dem Arm weg und hielt lachend den Hut oben fest. »Nein, nein, mein Hut gehört zu mir. Ich behalte ihn auf, danke.«

»Behalten Sie den Hut auch bei Ihren Frauen im Bett auf?«

»Natürlich nicht!«

Wann wird sie das absurde Verwirrspiel beenden? fragte er sich. Er war entschlossen, ihm ein Ende zu bereiten, und zwar noch heute abend. Auch wenn er sie dazu stark unter Druck setzen mußte.

Der Abend war kühl und klar. Über Baltimore stand ein Halbmond.

»Gleich da drüben liegt das Fort McHenry«, sagte Genny und zeigte es ihm.

»Ich weiß.«

»Ihr Briten wolltet vor fünf Jahren Baltimore einnehmen. Es wurde ein Fehlschlag. Ihr habt den Schwanz eingezogen und seid davongesegelt. Zurück zu eurer verfluchten kleinen Insel.«

»Das stimmt. Ihr in Baltimore wart jedenfalls widerstandsfähiger als eure Nachbarn in Washington. Aber wenn Sie nichts dagegen haben, möchte ich mir jetzt lieber überlegen, was wir heute abend unternehmen wollen.«

»Aber Sie werden es mir natürlich nicht verraten.«

»Noch nicht.«

Alec und Eugene waren aus der Charles Street in die North West Street eingebogen, die in die Saratoga Street mündete. Als sie sich der Howard Street näherten, verschwanden die sauberen, nüchternen Häuser. Statt dessen kamen mehr hellerleuchtete Bars mit bunten Fassaden. Auch die Bewohner dieses Stadtteils waren lauter und rauhbeiniger. Als sie an The Maypole vorbeikamen, warf Genny einen verstohlenen raschen Blick ins Innere. Es war hell und geräuschvoll. Sie sah mehrere spärlich bekleidete Frauen, die um die Tische herumstrichen, an denen Männer Karten spielten. Vor ihnen standen scharfe Getränke.

»Gehen Sie gern in Kneipen, Eugene?«

»Nicht immer, aber manchmal schon. Sie nicht?«

»Nein, nicht besonders gern. Ich finde sie für meinen Geschmack zu gewöhnlich.«

»Sie verletzen Ihr aristokratisches Feingefühl, nicht wahr?«

»Werden Sie nicht frech, mein Junge!«

»Wo gehen wir eigentlich hin? Habe gar nicht gewußt, daß Sie Baltimore kennen. Sie schlendern herum, als wären Sie hier geboren.«

Alec bog in die Dutch Alley ein und warf Genny einen amüsierten Blick zu. »Glauben Sie vielleicht, ich würde Ihre Aufklärung nicht ordentlich durchführen?«

»Ich weiß nicht. Wo gehen wir hin?«

Dahin, wo du gezwungen wirst, mit diesem Unsinn ein Ende zu machen, meine liebe Eugenia. Wo du in deinen Hosen blaß wirst und die Flucht ergreifst.

»Mein lieber Junge«, sagte Alec, ganz freundliche Herablassung, aber entschlossen, bald seine Kanonen abzufeuern, »ein richtiger Mann findet auch in einer fremden Stadt sofort heraus, wo er die besten Frauen finden kann.«

»Die besten Frauen finden! Das hört sich an wie: den besten Fischmarkt finden! Oder das beste Herrenmodegeschäft! Als handelte es sich um einen – einen Gebrauchsgegenstand.«

»Na, gewiß sind Frauen ein Gebrauchsgegenstand. Wofür sind sie denn gut, wenn ein Mann heiraten muß, um Erben zu bekommen? Nur um seine Kinder auszutragen! Und wenn man nachts eine gute Frau im Bett hat, ist man den ganzen nächsten Tag in besserer Stimmung.«

»Das ist völlig – nun, unchristlich gedacht.«

Alec konnte nicht anders, er mußte laut lachen. »Ganz und gar nicht. Die größten Frauenhasser findet man in der Kirche. Wußten Sie, daß in der Vergangenheit unsere Kirchenmänner jahrhundertelang darüber diskutiert haben, ob Frauen eine Seele hätten oder nicht? So habe ich es jedenfalls in Oxford gelernt.«

»Oxford«, sagte Genny, und ohne ihr Zutun schlich sich Sehnsucht in ihre Stimme ein. »Ich würde auch sehr gern nach Oxford oder Cambridge gehen.«

»Warum tun Sie es nicht? Sie sind zwar, zugegeben, schon ein bißchen alt dafür. Trotzdem könnte Ihr Vater Sie bestimmt in Oxford einschreiben lassen. So viel Geld wird er schon haben.«

Das verschlug ihr die Sprache. Und er wußte, daß sie ihm gern ins Gesicht geschrien hätte: Frauen werden ja in euren eingebildeten Männer-Colleges gar nicht zugelassen!

Doch gelassen brachte er das Gespräch wieder auf sein altes Thema zurück. »Wenn ein Mann nicht gerade homosexuell ist, hat er gar keine andere Wahl, als sich eine Frau zu suchen, bei der er seinen Trieb stillen kann.«

»Was ist denn das, homosexuell?«

»Ein Mann, der es lieber mit anderen Männern oder mit Knaben treibt als mit Frauen.«

Der Blick, den sie ihm zuwarf, war so wunderbar entsetzt, daß er sich um ein Haar verraten und alles verpatzt hätte.

Plötzlich blieb sie wie angewurzelt stehen. »Sie wollen doch nicht sagen, daß wir ein Bordell aufsuchen? Nein, natürlich nicht. Sie denken doch nicht daran...«

Es sah so aus, als stände sie dicht davor, ihr Spiel verloren zu geben. Deshalb verstärkte er den Druck. »Nur ins beste Bordell, das Baltimore zu bieten hat. Das von Madame Lorraine. Oder irre ich mich? Ist es gar nicht das beste? Hat man mich falsch informiert? Mr. Gwenn sagte mir, er gehe nie in ein anderes...«

»Mr. Gwenn? Mr. David Gwenn?«

»Ja.«

Genny wäre am liebsten im Erdboden versunken. David Gwenn war ein Freund ihres Vaters. Als Kind hatte sie auf seinen Knien gesessen. Seine Gattin war eine liebenswürdige, mütterliche Frau, die immer ein freundliches Wort für Genny übrig hatte. Die Vorstellung war ihr widerwärtig. Mit knirschenden Zähnen stieß sie hervor: »Ja, es ist das beste.« In Wirklichkeit hatte sie nicht die geringste Ahnung, wer Madame Lorraine war.

»Gut«, sagte Alec und beschleunigte wieder den Schritt. »Ihre Aufklärung beginnt also bei Madame Lorraine. Und wenn Sie wünschen, kann ich Sie dort beobachten, wie Sie es, äh, bringen und vielleicht Ihre Technik benoten... Was ist denn los? Ach, verdammt! Sie sind wirklich noch jungfräulich, nicht wahr, Eugene? Sie haben also noch gar keine Technik erlernt.«

Genny wußte, daß sie aufgeben mußte. Sofort, bevor es zu spät war. Bevor sie sich in einem verdammten Bordell bis auf die Knochen blamierte. Dazu kam, daß sie dort möglicherweise trotz ihrer Verkleidung von einem Gast erkannt werden würde. Dann war ihr Ruf, wie immer er sein mochte, vollständig dahin. Sie mußte aufgeben – jetzt, auf der Stelle. Schon öffnete sie den Mund. Aber sein hochmütiger Blick ließ sie schweigen.

Statt dessen sprudelte sie heraus: »Natürlich habe ich eine Technik! Ich bin keine Jungfrau mehr. Daß ich keinen Bart habe, bedeutet noch lange nicht, daß ich keine Erfahrung hätte.«

Immer noch nicht genug, dachte Alec. Mein Gott, war sie stur! Kopfschüttelnd grinste er sie an. »Komisch, ich hätte wirklich gedacht, daß Sie noch nicht mal ein Mädchen geküßt haben. Na ja, vielleicht macht ihr Amerikaner es anders als wir Engländer.«

»Ja, allerdings.« Und dachte dabei: er braucht doch wirklich keine Technik, was immer das sein mag. Wahrscheinlich brauchte er nur zu einer Frau sagen, daß er sie küssen wolle, und schon würde sie sich auf die Zehenspitzen stellen und den Mund spitzen. »Wie macht ihr Engländer es denn?«

Alec nickte zwei entgegenkommenden Männern zu und ging langsamer. »Mein Vater, mein seliger Vater, überraschte mich an meinem vierzehnten Geburtstag mit einem wundervollen Geschenk. Er brachte mich in London zu seiner Geliebten, und sie, mein Lieber, lehrte mich alles über Männer und Frauen, und zeigte mir, was sie zu ihrer beider Lust miteinander treiben können. Ich erinnere mich noch, daß sie Lolly hieß. Eine wunderbare Frau. Sie war jünger, als Sie jetzt sind, mein lieber Junge, aber natürlich war sie entschieden älter als ich damals mit meinen zarten vierzehn Jahren.«

»Wie ging das vor sich?«

»Wollen Sie es wirklich wissen?«

»Selbstverständlich.» Kaum waren die Worte heraus, wurde Genny klar, daß sie sich neue Schrecken eingebrockt hatte. Alec sah sie sonderbar an. Doch sie dachte daran, was sie von ihrer Aufklärung durch ihn zu erwarten hatte.

Wieder fragte sich Alec, wie weit er gehen könne. Warum gab das verdammte Gör nicht einfach auf? Wollte sie es wirklich riskieren, in dem Bordell von jemandem erkannt zu werden? Die meisten Leute in Baltimore kannten doch die exzentrische Miß Paxton. Aber wenn das geschah, konnte das ihren Ruin bedeuten. Verdammt, jetzt wußte er nicht mehr weiter. Er war sich noch vor zehn Minuten so sicher gewesen, daß sie den Rückzieher machen würde. Dann hätte er sie ausschimpfen und sie wieder nach Hause bringen können, wo sie in ihr jungfräuliches Bett geschlüpft wäre. Sollte er ihr von Lolly und seiner Nacht mit ihr erzählen?

Ja, beschloß er. Sie mußte einfach irgendwann nachgeben. »Nun«, sagte er, »zuerst erklärte sie mir meinen Körper. Ich war ein unerfahrener Junge und konnte mich natürlich nicht zurückhalten. Aber sie nahm es mir nicht übel. Ohne mir Vorhaltungen zu machen, ließ sie mich kommen – wenn ich mich richtig entsinne, dreimal. Dann begann sie mit meiner Ausbildung. Wollen Sie weitere Einzelheiten hören, Eugene?«

»Ich glaube, das genügt. Vielen Dank. Sie waren damals vierzehn Jahre alt?«

»Ja, mein Vater hat sich noch bei mir dafür entschuldigt, daß er mich nicht früher mitgenommen hatte. Wissen Sie, er war Diplomat und viel auf Reisen. Er hatte gar nicht gemerkt, daß sein Sohn sexuell schon so weit, äh, entwickelt war. Aber die Sache hat gut funktioniert. Gelegentlich besuche ich Lolly immer noch. Eine wunderbare Frau. Ah, wir sind da. Madame Lorraine.«

Genny blieb stehen und sah ein unscheinbares dreistöckiges Haus aus rotem Backstein mit bescheidenem braunen Verputz vor sich. Unter dem Mansardendach waren noch einige Giebelfenster. Durch die von Rolläden verschlossenen Fenster schimmerte schwacher Lichtschein. Man hörte kein rohes Gelächter und keine laute Musik. Es sah wie ein Pfarrhaus aus. Jetzt mußte sie alles zugeben. Dann hatte sie es wenigstens hinter sich. Sie mußte ihm erzählen, daß sie kein Eugene, sondern eine Eugenia war. Dann würde sie sehen, daß er sie mit anderen Augen betrachtete. Aber mit welchen? Ja, zumindest mit Abscheu. Oder vielleicht sogar voller Ekel. Am schlimmsten wäre es, wenn er sie für ebenso verderbt hielt, wie es die Mädchen in diesem Hause waren.

Was war zu tun?

In diesem Augenblick ging in der Vordertür eine kleine Klappe etwa in Augenhöhe auf. Eine ruhige Männerstimme sagte leise: »Ja?«

»Alec Carrick und Begleitung.«

»Ah, Baron Sherard. Willkommen, Sir. Kommen Sie rein, kommen Sie rein!«

Alec wandte sich an sie. »Haben Sie Lust, Eugene? Wollen Sie mit reinkommen?«

Genny merkte nicht, daß in seiner Frage ein Unterton von ernster Besorgnis mitschwang. Sie hörte nur die Herausforderung.

Was war, wenn sie jemand erkannte?

Und was erwartete er von ihr, wenn eins von Lorraines Mädchen zu ihr kam? Sie schloß die Augen. Sie war zu weit gegangen. Sie war die größte Idiotin in ganz Baltimore. Was war zu tun?

Alec verfolgte eine Weile ihren wechselnden Gesichtsausdruck und sagte dann: »Wissen Sie, mein lieber Junge, wenn ich recht unterrichtet bin, hat Madame Lorraine auch ein Beobachtungszimmer.«

Genny sah ihn verständnislos an.

Geduldig fuhr er fort: »Das ist so: man muß ja nicht unbedingt selber mitmachen. Es gibt zum Beispiel Männer, die lieber zusehen, wie andere es machen. Sie kommen dabei besser auf ihre Kosten. Oder in Ihrem Fall wäre es sozusagen eine äh, vorläufige Einführung. Sie könnten sich dann ein Bild von der Sache machen.«

»Ich weiß nicht recht.«

Noch nie hatte Alec jemand mit so hauchdünner Stimme sprechen hören. Verdammt, er wollte ihrer albernen Vorstellung ein Ende machen. Wollte sie wirklich einem Mann beim Sex mit Huren zusehen?

Die Tür öffnete sich, und gleich darauf ragte ein großer, muskulöser, blondhaariger Riese mit vor der Brust gekreuzten Armen vor den beiden auf.

»Einen Augenblick«, sagte Alec. Er zog Genny am Arm in das Dunkel neben dem Gehsteig. »Nun? Was soll sein?«

Genny riß sich zusammen. Er übte Druck auf sie aus. Nun, das konnte sie umgekehrt auch tun. »Ich möchte gern Ihre Technik sehen.« So, da hast du es, du Rüpel!

Alec starrte sie an. »Was?«

»Ich möchte Sie und Ihre vielgerühmte Technik sehen. Ich gucke es mir von diesem Beobachtungszimmer aus an.«

Aus einem seltsamen Grund überkam Alec auf einmal eine solche Wollust, daß er ihr beinahe den lächerlichen Hut vom Kopf gerissen, sie an sich gezogen und gegen sein plötzlich steif gewordenes Glied gepreßt hätte. Doch er sagte nach einer Weile: »Sie haben gewonnen. Kommen Sie mit! Dann werden Sie gleich alles sehen.«

O Himmel, dachte Genny, er gibt nicht nach. Sie hätte schwören können, daß er... Es hatte nicht geklappt.

Alec ging zu dem Riesen und sprach leise auf ihn ein. Der Mann schien über seine Worte nicht im geringsten überrascht. Er nickte nur. Was hat er zu ihm gesagt? dachte Genny. Die Handflächen wurden ihr feucht, das Herz pochte. Sie war so aufgeregt und verschreckt wie noch nie im Leben. der Gedanke, ihn nackt zu sehen, alles an ihm zu sehen, wie er... Nein, er würde keine andere Frau, keine Hure küssen. Sie wollte ihn nicht nackt bei einer anderen Frau sehen. Eher würde sie die Frau umbringen.

»Kommen Sie, Eugene!«

Genny starrte ihn an. Langsam ging sie zu ihm. Keiner sprach mehr ein Wort. Sie betraten nicht den Hauptsalon, sondern gingen einen langen, engen Flur entlang. Am Ende des Flurs begann eine Treppe, die wieder zur Vorderfront des Hauses führte. Sie folgten dem blonden Riesen hinauf. Alec hörte Musik und Gelächter von Männern und Frauen.

Der Riese blieb stehen. Genny sah, wie Alec ihm Geld gab und der Riese zustimmend nickte, während er sie lange ansah. Dann ging er. Lässig sagte Alec: »Gehen Sie da rein, mein lieber Junge! Das ist das Beobachtungszimmer. Hinter dem Fenster werden Sie mich sehen. Ich werde mich verdammt anstrengen, um Ihnen meine Technik vorzuführen.«

Seine Stimme klang knapp und verärgert. Ihr schauderte. »Sie wollen es doch gar nicht tun, nicht wahr?«

»Warum nicht? Ich habe seit über einem Monat keine Frau mehr gehabt. Könnte sogar sein, daß ich sie zweimal nehmen muß, um Ihnen eine Vorstellung davon zu vermitteln, wie man mit einer Frau umgeht.« Er sprach schnell, und nun war seine Verärgerung unüberhörbar. War er ärgerlich auf sie, auf Eugene? Das ergab keinen Sinn. Das Bordell war seine Idee und nicht ihre gewesen. Doch nun war es zu spät. Sie öffnete die Tür und schlüpfte hinein.

Alec blieb auf dem verdammten dunklen Flur zurück. Das war doch alles absurd! Er hatte durchaus nicht die Absicht, in das andere Zimmer zu gehen, seine Kleider abzulegen, nackt herumzustolzieren und zu Miß Eugenias Erbauung mit einer Hure zu schlafen. In diesem Augenblick sah er, wie ein älterer, schlanker, grauhaariger Mann eines von Madame Lorraines Mädchen, eine kleine Blondine mit großen Brüsten und vollen runden Hüften, in das bewußte Zimmer führte. Sollte dieser Mann doch Eugenes Aufklärung übernehmen! Er, Alec, würde die Schau kommentieren. Ja, das war die Lösung.

Mit bösem Lächeln schlich Alec ins Beobachtungszimmer. Die spärliche Beleuchtung lieferte eine dünne Kerze im Halter, das war alles. Im Zimmer standen ein kleines Sofa und drei Stühle, alle in Richtung auf eine durch einen Vorhang verhüllte Wand gegenüber der Tür. Auf einer Anrichte waren Getränke und ein paar Kleinigkeiten zum Essen aufgebaut. Eugenia saß mit geschlossenen Beinen, den Hut fest auf dem Kopf, starr wie eine Statue auf dem Sofa.

Alec sagte kein Wort. Er wartete ab. Mehrere Minuten vergingen. So, dachte er, jetzt wird der Mann wohl mit seiner Schau anfangen.

Er ging zu dem Vorhang und zog an der Schnur. Hinter sich hörte er einen erstickten Aufschrei. Sobald der Vorhang sich geöffnet hatte, drehte er sich um, schritt zum Sofa und nahm neben Eugenia Platz.

»Ich habe es mir anders überlegt«, sagte er, ohne sie anzusehen. »Und jetzt passen Sie gut auf! Hier können Sie etwas lernen.«

Durch ein großes Fenster sah man in ein Schlafzimmer mit einem großen roten Himmelbett, einem roten Samtsofa und einer Kommode, auf der ein Krug und ein Wasserbecken standen. Genny war es, als schaute sie in eine fremde Welt.

Sie starrte den Mann an, der da drin stand. Bei ihm war ein sehr junges Mädchen. Der Mann streichelte mit langsamen Bewegungen ihre Brüste. Dann zog er ihr das Kleid herunter, bis die Brüste freilagen. Er beugte sich vor und nahm eine Brustspitze in den Mund.

»Ihre Brüste sind ziemlich groß für so ein kleines Mädchen«, sagte Alec. »Für meinen Geschmack zu groß. Immerhin sind sie gut geformt, meinen Sie nicht? Schade, daß sie ihr in ein paar Jahren bis auf den Bauchnabel hängen werden.

Diese Arbeit nimmt einen Frauenkörper stark mit. Übrigens, ihre Nippel sind die größten, die ich seit langer Zeit gesehen habe. Mögen Sie große Nippel bei einer Frau?«

»Ich – ich weiß nicht.«

»Aber sie haben eine hübsche Farbe. Ein sehr dunkles Rosa.»

Stumm starrte Genny auf die Brüste.

»Aha, jetzt möchte unser Mann von ihr verwöhnt werden. Schließlich hat er dafür Geld gezahlt. Gleich wird sie ihn ausziehen. Sie macht es ganz gut, finden Sie nicht? Sehen Sie, daß sie ihn dabei ständig mit den Händen berührt? Möchten Sie etwas trinken?«

Genny schüttelte den Kopf und rührte sich nicht. Es war unglaublich! Sie saß hier neben einem Mann und beobachtete gemeinsam mit ihm zwei andere Menschen bei intimsten Handlungen. Sie sah, wie die Hand des blonden Mädchens über den Leib des Mannes fuhr, tiefer glitt und zugriff. Sie sah, wie sich seine Hose wölbte und er seine angeschwollene Männlichkeit gegen die Hand des Mädchens preßte.

»Männer haben es gern, wenn Frauen sie dort mit den Händen streicheln und liebkosen. Und mit dem Mund. Ich bin sicher, daß uns die Dame alle ihre Kunststücke vorführen wird. Ah, jetzt will er sie ganz nackt sehen. Ich pflege mich bei einer Frau immer erst auszuziehen, wenn sie schon ganz nackt ist. Wie halten Sie es?«

»Ich – ich weiß nicht.«

Der Mann hatte jetzt nur noch die Hose an. Er zeigte blasse Haut und war ziemlich dünn. Eigentlich sah er nicht übel aus, aber er war alt genug, um Gennys Vater zu sein. Das blonde Mädchen war jünger als sie.

Der Mann setzte sich aufs Bett und bedeutete dem Mädchen, sich auszuziehen.

Genny hörte sich mit einer Stimme, die von weit her zu kommen schien, sagen. »Wie können sie so etwas vor unseren Augen tun? Sie wissen wohl nicht, daß wir zusehen, oder?«

»Aber sicher wissen sie es. Es gibt Männer, die gern eine

Schau geben. Jetzt passen Sie gut auf! Ach, eigentlich finde ich ihre Nippel doch zu dunkel. Ich mag sie lieber heller, ein zartes Rosa, wenn Sie ...«

»Ja, ich verstehe.«

Um Himmels willen, das muß aufhören, dachte Genny. Doch sie blieb wie angewurzelt sitzen. Die Neugier hielt sie fest.

»Ach, sie ist nicht von Natur blond. Habe ich mir gleich gedacht. Immerhin, ihre Schamhaare unter dem Bauch sind sehr nett gekräuselt und bilden beinahe ein vollkommenes Dreieck. Sie hat auch hübsche Beine, nur etwas zu kurz für meinen Geschmack.«

Genny sah, wie das Mädchen, die Hände auf den Hüften, herausfordernd bis auf einen halben Meter auf den Mann zutänzelte. Sie bog den Körper zurück und legte die Hände zwischen die Oberschenkel. Dann bewegte sie die Hüften.

Genny holte tief Luft.

Alec lächelte freudlos. Er schaute sie von der Seite an. Bist du denn gar nicht schockiert, Eugenia? Du brauchst mir nur zu sagen: Schluß damit! Dann breche ich die Sache ab. Plötzlich packte der Mann das Mädchen am Arm und zog sie an sich.

»O nein!«

Alec packte Genny am Arm und hielt sie fest. »Still!«

»Er tut ihr weh!«

»Ach was! Seien Sie gefälligst still!«

Entsetzt sah Genny, wie der Mann seine Hand zwischen die Beine des Mädchens schob. Er fuhrwerkte in ihr herum, aber es sah wirklich nicht so aus, als täte es dem Mädchen weh. Im Gegenteil, sie wiegte und drehte sich, bewegte den Körper, spielte an ihren Brüsten und hob sie hoch, alles mit geschlossenen Augen.

»Das machen sie uns zu Gefallen. Er tut ihr nicht weh. Es ist nur ein Akt, weiter nichts.«

Dann schob der Mann sie zurück. Das Mädchen ließ sich zwischen seinen gespreizten Beinen auf die Knie nieder. Sie knöpfte ihm die Hose auf, und er hob den Körper an, damit sie ihm die Hose bis zu den Fußknöcheln herunterziehen konnte.

Genny sah, wie sich das dünne rote Glied des Mannes aufrichtete und sich ruckweise auf und ab bewegte. Es war ein schrecklicher Anblick. Jetzt strich das Mädchen mit den Händen an seinen Oberschenkeln hinauf und danach zwischen seinen Beinen. Der Mann legte sich aufs Bett zurück, schloß die Augen, legte dem Mädchen die Hände um den Kopf und zog ihn an sich. Sie senkte den Kopf, nahm sein Glied in den Mund.

Mit einem würgenden Laut sprang Genny auf, den Blick starr auf das Schauspiel gerichtet. »Nein«, flüsterte sie, entsetzt und angeekelt. Ihr Magen hob sich. »O nein, das ist... Nein!« Sie griff sich an die Kehle. Bevor er reagieren und der schlechten Komödie Einhalt gebieten konnte, schoß Genny schon durch das kleine Zimmer. Er wirbelte herum, sah sie die Tür aufreißen und hinausstürzen. Dann hörte er ihre Schritte auf der Treppe.

»Genny!« rief er ihr nach. Er warf einen letzten Blick. »O verdammt«, murmelte er und lief ihr nach. Auch in Männerkleidung konnte sie in Schwierigkeiten geraten.

Nein, das war nicht richtig von ihm gewesen. Er, ein Gentleman, hatte eine Frau in ein Bordell gebracht, um ihr ein lüsternes Schauspiel zu bieten... Warum hatte er sie nur so weit getrieben?

Hatte sie schon einmal vorher das Glied eines Mannes gesehen? Offenbar nicht.

Nun, er hatte ihr eine Lektion erteilt. Und ihr wahrscheinlich eine gründlichere Aufklärung vermittelt, als sie angenommen hatte. Vielleicht war es wirklich nicht das, was sie gewünscht hatte. Dafür würde sie in Zukunft bestimmt nicht mehr mit solcher unbekümmerten Freude den Mann spielen.

Er rannte die Howard Street entlang, sah sie vor sich und ging langsamer. Sie blieb stehen und lehnte sich an eine Säule. Ihre Schultern hoben sich. Er sah, wie sie sich vorbeugte und sich übergab. Dann fiel sie auf die Knie. Seufzend ging Alec zu ihr.

Genny spürte seine Hände auf ihren Schultern. Er hielt sie fest. Sie würgte weiter, aber es kam nichts mehr. Sie wollte sterben. Nein, sie wollte ihn umbringen.

Er reichte ihr sein Taschentuch. »Wischen Sie sich den Mund ab!« sagte er.

Sie tat es, aber ohne aufzustehen. Sie blieb so, wie sie war, und wünschte sich, Moses würde erscheinen und der Dornbusch würde brennen und sie mit ihm.

Alec spähte nach beiden Richtungen die Straße entlang, hörte Leute kommen, packte sie unter den Armen und zog sie auf die Beine. »Ich möchte nicht gerade mitten in Baltimore mit einem kotzenden Jungen angetroffen werden.«

»Ich kotze ja gar nicht mehr.«

Er brachte sie zur nächsten Ecke. »Bleiben Sie hier stehen Rühren Sie sich nicht von der Stelle!«

Dann ging er rasch in The Golden Horse. Mit einer Flasche Whisky kehrte er zurück. »Hier, trinken Sie einen ordentlichen Schluck!«

Genny sah die Flasche an. Sie hatte noch nie im Leben Whisky getrunken. Aber sie hatte einen ekelhaften Geschmack im Mund. Sie hob die Flasche hoch und goß sich einen mächtigen Schluck in die Kehle. Nach Atem ringend, stieß sie die Flasche weg. Dann mußte sie niesen. Tränen traten ihr in die Augen. Alec nahm die Flasche und beobachtete sie. Sie krümmte sich, hielt sich den Magen und schnappte nach Luft.

Dieses verdammte kleine Gör war an allem schuld und nicht er. Na ja, in gewissem Sinne schon, aber...

Zwei Männer gingen vorbei. Sie waren betrunken wie die Ritter und achteten überhaupt nicht auf sie.

»Geht's besser?«

»Hmm«, sagte sie mit krächzender Stimme. »Wie können Sie nur solches Zeug trinken? Es ist tödlich.«

»Ob Sie sich besser fühlen?«

»Sie meinen, ob ich wieder brechen muß? Nein.« Sie sah ihn voll glühender Abneigung an. »Ich soll mich wohl auch noch bei Ihnen bedanken?«

»Sie sind mit der Aufklärung nicht sehr weit gekommen.«

Sie schauderte, und er schenkte ihr ein strahlendes Lächeln. »Finden Sie nicht, daß der Mann es gut gemacht hat? Wie er ihre Brüste streichelte, wie er erst einen Finger, dann zwei, schließlich die ganze Hand in...«

»Hören Sie auf! Es war scheußlich und erniedrigend! Wie hätte der Mann wohl reagiert, wenn sie das bei ihm gemacht hätte?«

Er lachte herzlich. Sie starrte ihn offenen Mundes an. »Auch das kommt vor, mein lieber Junge. Glauben Sie mir, auch das kommt vor.«

»Aber das geht doch nicht. Männer haben ja keine...«

»Männer haben es sehr gern, wenn Frauen ihn in den Mund nehmen. Haben Sie es gut sehen können, wie sie an ihm rumgearbeitet hat, bevor Sie die Nerven verloren und weggerannt sind?«

Das war zu viel. Genny erstarrte. Dann ging sie schnell die Howard Street hinunter. Sie wollte Alec Carrick niemals wiedersehen. Sie gestand sich, daß sie verloren hatte. Aber wenn er sich nicht so absolut schändlich benommen, wenn er sie nicht so gereizt hätte... Sie ging schneller.

Plötzlich spürte sie seine Hand auf ihrem Arm. Er riß sie zurück.

»Jetzt reicht es mir wirklich!« stieß er zwischen den Zähnen hervor. »Und nun möchte ich von Ihnen, Miß Eugenia Paxton, einmal hören, wie Sie Ihren Vater dazu überredet haben, daß er Sie einen Mann spielen ließ!«

Und damit zog er ihr den Hut vom Kopf.

5

Genny rührte sich nicht. Eine seltsame Ruhe überkam sie. Ihr war, als wären die Wogen des Schicksals über ihr zusammengeschlagen, hätten sie reingewaschen und ertränkt. Langsam löste sich ihr dicker Haarzopf auf und ringelte sich wie eine Schlange an ihrem Hals herab. Sie spürte die kühle Nachtluft an der schweißbedeckten Stirn. Der verdammte Hut war endlich ab. Das war wunderbar.

»Nun?«

Sie starrte immer noch auf diesen Busch und wünschte, er würde wie durch Zauberhand aufflammen und sie verbrennen. Sie dachte nicht daran, Alec anzusehen. Sie fürchtete seine Augen, die ja nur Mißfallen, Zorn und Verachtung ausdrücken würden.

»Miß Eugenia Paxton, nehme ich an?«

»Ja. Ihr Scharfblick ist erstaunlich.« Sie wandte sich ab und ging weiter die Straße entlang.

»Halt, Genny! Verdammt noch mal, kommen Sie zurück!«

Sie ging schneller und verfiel dann in Laufschritt. Wieder wurde sie am Oberarm zurückgerissen.

»Loslassen, Sie Idiot!« Jetzt sprühte sie vor Wut. Der Feind sollte sich in acht nehmen! Im Grunde war sie zornig auf sich selbst, weil er sie entlarvt hatte. Als er sie nicht sofort losließ, trat sie einen Schritt zurück und stieß mit dem Knie nach seinem Unterleib. Doch Alec, von seiner Jugendzeit in Eton her an schmutzige Schlägereien gewöhnt, konnte sich rechtzeitig abdrehen. So traf sie ihn nur am Oberschenkel. Allerdings mit einer Wucht, die ihn ahnen ließ, daß sie ihn vielleicht beinahe entmannt hätte, wäre der Stoß im Ziel gelandet. »Sie verdammter...«

Ein harter Faustschlag traf ihn im Bauch. Er stöhnte.

»Loslassen!«

Er riß sie fest an sich. »Das hat verflucht weh getan.«

»Wird Ihnen gleich noch viel mehr weh tun, wenn Sie mich nicht loslassen.«

Doch ließ nicht los, sondern goß ihr mit der anderen Hand den Inhalt der fast vollen Whiskyflasche über den Kopf. Sie jaulte auf und sträubte sich wild.

»Halten Sie still, verdammt noch mal! Ich denke nicht daran, eine junge Frau zur Nachtzeit allein durch diese Stadt laufen zu lassen. Schließlich bin ich im Gegensatz zu Ihnen ein Gentleman. Beruhigen Sie sich jetzt!«

Es war am unteren Ende der Frederick Street, wo Genny jetzt stand. Der Whisky floß ihr immer noch über die Nase. »Ich hasse Sie!« stieß sie mit leiser Stimme hervor.

Das brachte ihn noch mehr auf. Sein Zorn wuchs. »Hören Sie mich an, Sie unvernünftiges Weibsstück! Bevor ich Sie weggehen lasse, werden sie mir einige Fragen beantworten. Das war ja alles nicht meine Idee – na ja, das Bordell schon. Aber ich wollte doch nur, daß Sie zugeben, ein blödsinniges Spiel mit mir getrieben zu haben. Es ist mir unbegreiflich, wie Sie sich einbilden konnten, ich wäre so blind und unerfahren, Ihnen auch nur einen Moment lang zu glauben, daß Sie ein Mann wären. Warum haben Sie dieses Spielchen überhaupt mit mir angefangen?«

Noch immer hielt er mit seinen langen Fingern ihren Oberarm umklammert. In ein paar Stunden würde sie herrliche blaue Flecke haben. »Sie haben gleich gemerkt, daß ich kein Eugene bin?«

»Stellen Sie sich doch nicht dumm! Natürlich wußte ich es gleich. Sie haben die Hände einer Frau, das Gesicht einer Frau, die Brüste einer Frau...«

»Das genügt!«

»Nun, für mich gab es da überhaupt keinen Zweifel. Ich konnte nur einfach nicht den Sinn der Sache begreifen. Zuerst war es ganz amüsant. Selbst die Bekanntschaft mit Ihrer Schwester hatte einen gewissen Reiz. Aber als Sie das Täuschungsmanöver immer weiter trieben, wurde es allmählich ärgerlich. Deshalb war ich entschlossen, es heute abend ein für allemal zu beenden. So kam es zu dem Bordellbesuch.«

»Ihr Erfolg ist bewundernswert.«

»Ja, klar. Ich bin für Ehrlichkeit und nehme nicht gern an so albernen Spielchen teil.«

»Ach ja? Und wie nennen Sie das Spiel, das Sie heute abend mit mir getrieben haben?«

»Zugegeben, heute abend war ich nicht ehrlich zu Ihnen. Immerhin haben Sie doch in Ihrer Aufklärung einen Schritt vorwärts getan, oder etwa nicht?«

»Gehen Sie zum Teufel!«

»So redet aber keine junge Dame... Verzeihung, so redet keine junge Dame, die über den ersten Frühling hinaus ist.«

»Gehen Sie zum Teufel! Verdammt sei Ihre Seele!«

Er lachte nur. »Mein liebes Mädchen, wenn ich Ihr Ehemann wäre, würde ich Ihnen für diese Redensarten gründlich den Hintern versohlen.«

»Mein Ehemann! Schon bei dem Gedanken packt mich das kalte Grausen! Sie sind ein Schwein, ein ungebildeter Schwachkopf, ein arroganter Bastard, ein...«

»Wir wollen doch nicht vom Thema abschweifen, nicht wahr? Ich möchte ja nur wissen, warum Sie mir Ihren Hintern in Männerkleidung zur Schau gestellt haben.«

Kalt antwortete sie: »Weil Sie über einen Geschäftsbrief von einer Miß Eugenia Paxton doch nur gekichert und gespottet hätten. Ihr Männer nehmt euch nur selber ernst. Wenn eine Frau auf einem Gebiet Erfolg hat, das ihr als eure ureigene Domäne betrachtet, dann verhöhnt und beleidigt ihr sie und benehmt euch unflätig. Sie haben ja selber ausdrücklich erklärt, eine Frau wäre zu nichts anderem als Sex und Kinderkriegen gut. Ich war aber nicht bereit, mich mißachten und, schlimmer noch, beleidigen zu lassen.«

»Warum hat denn Ihr Vater nicht an mich geschrieben?«

»Weil er es nicht wollte. Aber gleich nachdem ich den Brief nach England abgeschickt hatte, habe ich ihm alles erzählt. Er war sich des Ernstes unserer Lage, die durch seinen schlechten Gesundheitszustand und alles übrige bedingt war, noch gar nicht bewußt geworden. Ich sagte ihm, daß wir Kapital benötigten und daß Sie es uns bereitstellen könnten. Außerdem machte ich ihm klar, daß Sie wahrscheinlich einer dieser englischen Gecken wären, die sich einzig und allein für die Anzahl der Knoten in ihren Krawatten und ihre Haarpomade interessieren. Wir würden deshalb trotz der Kapitalaufnahme die Kontrolle über die Firma behalten und so weiterarbeiten können wie bisher.«

»Worin Sie sich auf der ganzen Linie geirrt haben.«

»Auf der ganzen Linie nicht, denn Sie sind ein Schwein. Und jetzt lassen Sie mich los! Ich will nach Hause. Ihren Spaß haben Sie ja gehabt.«

»Sie stinken doch wie eine Brauerei in Edinburgh. Was wird Ihr Vater dazu sagen? Und was für eine Lüge wollen Sie ihm auftischen?«

»Er schläft hoffentlich schon. Sie können beruhigt sein. Ich erzähle ihm kein Wort.«

»Dann werde ich ihm alles erzählen. Nein, das mit dem Bordell nicht. Denn darin bin ich zum Teil schuld. Ich sage ihm, daß wir am Abend für kurze Zeit ausgegangen sind und Sie endlich Ihr Verwirrspiel aufgegeben haben. Daraufhin hatten wir eine stürmische Auseinandersetzung, und die einzige Möglichkeit, Sie zur Vernunft zu bringen, bestand darin, daß ich Ihnen Whisky über den Kopf schüttete.«

»Lassen Sie mich jetzt los?«

»In Ordnung. Aber rennen Sie nicht weg!«

Er ließ sie los, und sie drehte sich vorsichtig um. »Können wir jetzt gehen?«

Er nickte und paßte sich beim Gehen ihrem kürzeren Schritt an.

»Und was wollen Sie jetzt tun?«

»In welcher Hinsicht?«

»Fragen Sie doch nicht so dumm!«

»Ich habe mich noch nicht entschieden. Ich glaube wirklich, mit dem Whisky habe ich es etwas übertrieben.«

Sie überging die zweite Bemerkung. »Werden Sie wenigstens mit meinem Vater sprechen? Werden Sie die Aufnahme von Geschäftsbeziehungen mit uns wenigstens in Betracht ziehen?«

»Geschäftsbeziehungen mit einer Göre, die sich als Mann verkleidet?«

Sie wurde steif wie ein Ladestock, hielt aber zu Alecs Überraschung ihr Temperament im Zügel. »In der Werft muß ich mich so anziehen. Es ist zu schwierig, da in Röcken herumzuturnen. Außerdem sehen mich, wenn ich Röcke trage, die Männer dort mit ganz anderen Augen an. Ich will, daß sie in mir den Boß sehen und nicht irgendein Weibsstück, nicht – einen Gebrauchsgegenstand, für den Sie eine Frau ansehen.«

»Sie sind doch als die exzentrische Miß Paxton bekannt, nicht wahr?«

»Ich habe keine Ahnung, was die Leute über mich reden. Ich gehe nicht viel aus.«

»Und Sie sind dreiundzwanzig?«

»Ja, eine alte Jungfer, über den ersten Frühling hinaus, in Torschlußpanik…«

»Ich wußte gar nicht, daß junge Frauen gleich so kleinmütig werden, wenn es ihnen nicht gleich in der frühen Jugend gelingt, einen Ehemann zu finden. Ist Ihnen das auch nicht gelungen?«

»Nicht gelungen? Einen Ehemann zu finden? Ich würde mir einen Mann, der mir mit seinem kleinen Geist den Hof machen will, mit der Zaunlatte vom Leibe halten. Es sind doch alle nur kleine Tyrannen und betrachten die Frauen als Sklavinnen, die sich über geistlose Scherze vor Lachen ausschütten und sie mit Lobesreden überhäufen sollen, wenn sie es mal geschafft haben, ein Geschäft zufriedenstellend abzuschließen.«

Alec grinste. »Also, das ist ja geradezu Musik in meinen Ohren, abgesehen von der Bemerkung über den kleinen Tyrannen.«

»Sie waren doch verheiratet! Ich wette, Ihre Frau hätte mir recht gegeben.«

»Ich glaube nicht, daß Nesta Ihnen auch nur in einem Punkt recht gegeben hätte.«

Er sagte das in durchaus liebenswürdigem Ton. Doch Gennys Ohr war in allem, was ihn betraf, mittlerweile geschärft. Und so hörte sie heraus, daß er tief verletzt war. »Entschuldigen Sie, das hätte ich nicht sagen sollen.«

»Nein. Ich möchte Ihnen einen Vorschlag machen, Eugenia.«

»Ich werde allgemein Genny genannt.«

»Genauso wie Ihre Schwester, Genny?«

Sie gab keine Antwort.

»Na schön, Genny«, sagte er. »Sie können weiterhin Alec zu mir sagen. Hatten Sie denn noch nie einen nackten Mann gesehen?«

»Sie sind schamlos! Der Mann war widerlich, und außerdem war er so alt, daß er mein Vater hätte sein können...«

»Ja, das stimmt leider. Ihr erster nackter Mann hätte jung und kräftig sein sollen.«

»So wie Sie, nehme ich an. Ich kann mich aber noch erinnern, daß ich Sie dazu aufgefordert habe. Sie waren nur zu feige dazu.«

»Da haben Sie allerdings recht. Außerdem wollte ich Ihr Gesicht sehen, wenn ich meine Kommentare über die Schau abgab. Irgendwie widerstrebte es mir auch, Sie zusehen zu lassen, wenn ich mit einer Hure ins Bett ging. Es war also Ihr erster nackter Mann, nicht wahr? Und er war mit einem wunderbar jungen Mädchen zusammen, das wahrscheinlich jünger war als Sie. Ja, das ist der Lauf der Welt, Genny.«

»Es ist genauso, wie ich sage. Ihr seid alle Schweine und Tyrannen und Egoisten.«

Er wischte das mit einer Handbewegung beiseite, strich sich übers Kinn und sagte: »Aber was zum Teufel sollten wir denn jetzt tun?«

Mary Abercrombie in der Hanover Street war eine der führenden Damenschneiderinnen – Spezialität Mantuaseide – von Baltimore. Das heißt, eigentlich war es ihre Schwester Abigail. Mary war nur ihre Assistentin. Doch kannte auch Mary sich gut im Bekleidungsgeschäft aus. Schon als neunjähriges Kind hatte sie gewußt, wie man reichen Damen Honig ums Maul schmiert. Sie erkannte auf den ersten Blick, wenn ein unbedarftes Lämmchen zur Tür hereinkam, dem man das Fell über die Ohren ziehen konnte. Ein Lämmchen, dessen Straßenkleid seit fünf Jahren aus der Mode, im Mieder zu eng und im Rocksaum zu kurz war.

Genny stand mitten im Damensalon Abercrombie und staunte die vielen kopflosen Kleiderpuppen an, die mit wunderschönen Stoffen behängt waren. Ungefähr seit ihrem 18.

Lebensjahr war sie nicht mehr bei einer Damenschneiderin gewesen.

Mary begrüßte sie mit gewinnendem Lächeln, und ihr bewundernswertes Gedächtnis machte auf der Stelle klick. »Ach, da ist ja Miß Eugenia Paxton! Wie charmant, Sie wieder einmal hier zu sehen, meine Liebe! Wie geht es Ihrem lieben Vater?«

Genny konnte sich nicht entsinnen, die Schneiderin schon einmal gesehen zu haben. »Miß Abercrombie? Danke der Nachfrage, meinem Vater geht es gut. Ich möchte ein paar Kleider kaufen. Sagen wir, ein Ballkleid und zwei, drei Straßenkleider. Ich, nun, ich brauche Ihren Rat.«

Mary Abercrombie hätte vor Freude tanzen und singen können. Endlich konnte sie ihrer Schwester einmal beweisen, daß auch sie in der Lage war, die richtigen Stoffe auszusuchen und die richtige Machart für eine Kundin zu entwerfen. Gott sei Dank sah die junge Dame auch noch gut aus und hatte eine schlanke Figur. Sie war überhaupt wunderbar gewachsen.

Sie zog Ballen nach Ballen schöner Stoffe hervor – Satin, Seide, zartesten Musselin. Sie vertraute Genny an, daß ein Stoff, nur weil er aus Frankreich kam und einen überaus langen französischen Namen hatte, deshalb noch lange nicht von besserer Qualität sei als ein ähnlicher Stoff aus Italien. Sie überschüttete Genny mit einer Flut von Informationen. Schließlich hob Genny die Arme und sagte: »Miß Abercrombie, ich überlasse alles Ihren fachkundigen Händen. Bitte, suchen Sie die Stoffe aus, und entwerfen Sie die Kleider für mich!«

Mary war mehr als entzückt. Sie hätte Miß Paxton umarmt, wenn nicht gerade zwei andere Kundinnen den Salon betreten hätten. So komplimentierte sie Genny schnell aus dem Laden und sagte ihr, sie solle in drei Tagen wiederkommen. Eine der beiden Damen fragte nach Miß Abigail. Na schön, dachte Mary, aber ich werde es ihnen schon zeigen, auch ihrer Schwester. Sie würde jedenfalls für Miß Paxton die Stoffe auswählen und die Kleider entwerfen. In kürzester Zeit würde ihr Name im Munde aller Damen sein. Mit einem höflichen Lächeln ging sie nach oben, um ihre Schwester zu holen.

Als Genny aus dem Salon kam, litt sie unter heftigen Kopfschmerzen und hatte Minderwertigkeitsgefühle. Schließlich war sie doch auch eine Frau, hatte aber nicht die geringste Ahnung davon, wie man die geeigneten Stoffe und den richtigen Schnitt auswählt. Aber selbst wenn sie ein Gefühl für Mode hätte, was brachte das schon ein? Es lohnte sich ja nicht. Es lohnte sich nicht mal, eine Frau zu sein. Es brachte nur Ärger ein, es war langweilig, es bereitete Kummer.

Na, jedenfalls würde sie bald neue Kleider haben. Und da Miß Abercrombie eine der besten Damenschneiderinnen von Baltimore war, würde sie darin todschick aussehen.

Heute abend kam Alec zum Essen. Sie bog in die Charles Street ein und beschleunigte den Schritt. Zum Glück hatte sie noch ein anderes Kleid, das am Abend vorzeigbar war. Es war zartgrün, aus weicher Kreppseide, mit zwei breiten Reihen eingestickter weißer Blumen mit grünen Blättern, die eine am Saum und die andere 30 Zentimeter darüber. Allerdings war es ein Kleid für ein Mädchen und nicht für eine Frau. Leider besaß sie nur ein Paar Handschuhe, und die waren verschmutzt, und ein Paar Schuhe, die noch gut aussahen. Unglücklicherweise aber waren sie schwarz.

Aber das war nicht so wichtig. Es gab keinen vernünftigen Grund dafür, warum es ihr überhaupt etwas ausmachen sollte, wie sie aussah.

Denn Alec Carrick, Baron Sherard, war ja nur ein Mann, und noch dazu ein Engländer. Ja, er war ein schöner Mann, und das wußte er auch bestimmt, obwohl ihr nie aufgefallen war, daß er sich übermäßig viel darauf einbildete. Wie mochte seine Frau wohl ausgesehen haben? Ebenso schön wie er? Hatten sie versucht, sich gegenseitig auszustechen? Sie stellte sich vor, wie er und eine Frau ohne Gesicht nebeneinander vor den Frisierspiegeln gesessen und ihre Ansichten über Pudersorten und Frisuren ausgetauscht hatten. Das brachte sie zum Lachen.

Plötzlich donnerte es laut. Genny blickte zum Himmel auf. Dieses unberechenbare Wetter in Baltimore! Gleich würde es aus Kannen gießen. Sie biß die Zähne zusammen und ging noch schneller. Baltimore! Und richtig, als sie zu Hause ankam, war sie bis auf die Haut durchnäßt. Ihr Damenhut war ein formloser Klumpen. Die Haare hingen ihr wie nasse Stricke über den Rücken. Die Stiefel quietschten vor Nässe.

Moses öffnete ihr, riß die Augen weit auf und schnalzte mit der Zunge. Auf dem Weg zur Treppe machte er ihr Vorwürfe.

»Bitte, Moses, es ist doch nur Regenwasser und kein Beinbruch. Ich trockne mich sofort ab.«

»Der englische Gentleman ist bei Ihrem Pa...«

Da ertönte auch schon hinter ihr diese unglaublich herrliche Männerstimme. »Guten Abend. Nehmen Sie denn nie eine Droschke?«

Das hatte noch gefehlt. Langsam drehte Genny sich um. Vor ihr stand der tadellos gekleidete Baron Sherard. In seinem blaßbraunen Mantel aus allerfeinstem Stoff und den enganliegenden dunkelbraunen Hosen war er der Inbegriff des modischen Herrn und doch ohne jeden Anflug von Stutzertum. Die Krawatte war nur einfach gebunden und so blendend weiß, daß... Sie unterbrach ihren Gedankengang. Wen zum Teufel kümmerte es, wie er aussah?

»Mein Gott, es ist ja eine Frau! Jedenfalls kommt es mir so vor. Vielleicht ist sie ertrunken. Aber nein, sie kann ja noch gehen. Das muß ein Rock sein, sicher. Und auf dem Kopf? Ist das ein Hütchen? Erstaunlich. Nichts als eine tote braune Feder auf einem schmutzigen kleinen Gesicht.«

Sie fuhr ihm nicht über den Mund. Sie brauchte sich nicht beschämt zu fühlen oder peinlich berührt zu sein. Dies war immerhin ihr Haus, und außerdem war er zu früh gekommen. Es war ihr piepegal, was er von ihr dachte. Sie reckte das Kinn. »Ich gehe mich jetzt umkleiden«, sagte sie und marschierte die Treppe hinauf.

Hinter sich hörte sie ihn lachen. Sie hob den Rock und beeilte sich, die Treppe zu erklimmen.

Alec sah ihr nach, bis sie oben um die Ecke gebogen war. Kopfschüttelnd wandte er sich um.

»Sir.«

Vor Alec stand der Butler der Paxtons und beobachtete ihn mit einem irgendwie schmerzlichen Ausdruck. »War ich zu grob zu ihr, Moses? Weißt du, man muß sie necken und zum Lachen bringen. Sie ist verdammt ernst.«

»Ich weiß, Sir. Miß Genny ist aber erst so, seit ihr Vater im vorigen Jahr krank zusammenbrach.«

»War sie denn vorher anders?«

»Ja, Sir. Miß Genny war froh und glücklich. Sie hat immer Späße mit mir, Gracie und Lanny getrieben.«

»Wer ist Gracie?«

»Ich nenne sie unser weibliches Faktotum. Ein nettes kleines Mädchen. Hat leider 'ne Brustkrankheit. Sie kümmert sich um Miß Genny und sagt uns, was wir tun sollen. Sie ist jetzt beinahe wieder gesund. Sie werden sie bald kennenlernen. Aber jetzt, Sir, gibt's soviel Kummer. Immer Schwierigkeiten.« Er schüttelte trauervoll den Kopf und ging in die Küche.

Alec fühlte sich irgendwie schuldig, was ihm nicht gefiel. Er hatte sie doch nur geneckt, weiter nichts, ohne böse Absicht oder Hintergedanken. Deshalb brauchte Moses doch nicht gleich eine Miene aufzusetzen, als ginge er zu einer Beerdigung. Mit diesen Gedanken begab sich Alec in das Wohnzimmer.

Ihm gefiel das Haus der Paxtons, besonders das Wohnzimmer oder der Salon, wie man es in Baltimore nannte. Es war ein großes, quadratisches Zimmer mit hoher, kremfarben gestrichener, gemusterter Decke, die den Raum luftig und hell machte. In kleinen Sitzgruppen an den Wänden fand sich klassisches Mobiliar, meistens im Chippendalestil, Mahagoni mit eingelegtem Atlasholz. Zu beiden Seiten des Kamins gab es zwei längliche Vertiefungen, in denen jeweils eine große Vase mit Trockenblumen stand. Die Wirkung war bezaubernd. Alec überlegte sich, wie wohl das Wohnzimmer auf dem Landsitz Carrick, das aus dem siebzehnten Jahrhundert war, mit solchen Möbeln aussehen würde.

Wahrscheinlich würde ihn der Fluch seiner Ahnen treffen, wenn er es wagte, ein modernes Möbelstück hineinzustellen.

»Das war wohl Genny«, sagte James Paxton.

»Ja, Sir, und völlig durchnäßt. Nimmt sie denn nie eine Droschke?«

»Nein, das Mädchen ist schon immer lieber zu Fuß gegangen. Sie ist kräftig wie ein Pferd. Das Wetter in Baltimore ist ja auch völlig unberechenbar.« James Paxton schwieg eine Weile, während er mit den Händen über den hellblauen und kremfarbenen Satin des Sofas strich. »Nun hat Genny Ihnen also gesagt, daß sie kein Junge, sondern ein Mädchen ist. Ich bin froh darüber.«

»Gesagt hat sie es mir eigentlich nicht, Sir.«

»Ach, dann haben sie ihr wohl den Hut abgenommen, wie?«

Alec fuhr auf. »Woher wissen Sie das?«

»Weil ich es so gemacht hätte. Dieser lächerliche Hut, den sie immer aufhat, ist nämlich meiner. Als sie ihn gestern abend aufsetzte, hat es mich in den Fingern gekribbelt. Ich hätte ihr ihn am liebsten abgenommen.« Er seufzte. »Ich hätte ihr gar nicht erlauben dürfen, ihn aufzusetzen. Aber es lag ihr so sehr am Herzen, daß Sie ihren guten Geschäftssinn anerkennen und ihr mit Achtung entgegenkommen. Was hätten Sie wohl als ihr Vater getan?«

Als Hallies Vater fragte er sich, was er wohl täte, wenn Hallie es sich in den Kopf setzen würde, in etwa fünfzehn Jahren Männerkleidung zu tragen. Würde er lachen? Ihr drohen? Oder sie verhauen?

»Wahrscheinlich würde ich ihr ihren Willen lassen.«

»Genau. Und jetzt, mein Junge, möchte ich Sie etwas fragen, bevor Genny hier ist. Sind Sie immer noch bereit, als Teilhaber in die Paxton-Werft einzutreten, obwohl Sie jetzt natürlich wissen, daß Genny sie leitet, weil mein verdammter körperlicher Zustand es mir nicht mehr erlaubt, es selber zu tun?«

Alec schwieg eine ganze Weile. Er sollte die Geschäfte – die kommenden Geschäfte – zusammen mit einer Frau führen?

»Ich habe viel darüber nachgedacht«, fuhr James fort. »Ich weiß ja nicht, wie lange ich noch leben werde. Mein Arzt, ein altes Klageweib, schüttelt nur den kahlen Kopf, streicht sich das Kinn und sagt, ich solle mich schonen. Aber um auf das Geschäftliche zurückzukommen: Genny ist meine Erbin. Vor etwa zehn Jahren ist leider ihr Bruder Vincent gestorben. Nicht daß ich Genny ihre großen Fähigkeiten absprechen will. Sie ist ein wahres As, arbeitet hart und ist hochintelligent. Aber wenn ich morgen ins Grab sinke, dann wird sie ganz allein, ohne Familie dastehen. Und Sie wissen so gut wie ich, daß kein Mann mit Selbstachtung Geschäfte mit ihr machen würde.«

»Aber alle, die seit Jahren mit Ihnen in Geschäftsverbindung standen, würden doch sicherlich...«

»Nein, das würden sie nicht. Auf der einen Seite gibt es Heim und Herd, auf der anderen das Geschäft. Es sind zwei verschiedene Welten. Wenn man eine Frau aus der einen Welt – zu der sie nach allgemeiner Ansicht gehört – in die andere versetzt, fühlen sich die Männer bedroht und nehmen gegen sie Stellung. Teufel noch mal, ich würde es wahrscheinlich genauso tun. Alec, ich habe Ihnen einen Vorschlag zu machen.«

Unvermittelt ließ er die Katze aus dem Sack. »Die Paxton-Werft soll Ihnen gehören – vollständig. Das einzige, was Sie dafür tun müssen – Sie müssen Genny heiraten.«

Alec saß steif wie ein Ladestock da.

»Schließlich ist sie ein hübsches Mädchen – nein, eine hübsche Frau. Es stimmt, daß sie wenig Weibliches an sich hat. Sie interessiert sich nicht für Mode und solchen Schnickschnack, aber sie hat ein gutes Herz, ist geschäftstüchtig und von freundlicher Gemütsart.«

Baron Sherard bewahrte weiterhin hartnäckiges Schweigen.

Doch James fuhr entschlossen fort: »Sie sind ein Baron, my Lord. Sie müssen einen männlichen Erben haben. Alec könnte Ihnen so viele Kinder schenken, wie Sie nur wünschen.«

»Woher wollen Sie denn wissen, daß ich noch keinen Erben habe?«

James erschrak. »Entschuldigen Sie, ich hatte es einfach angenommen.«

Alec seufzte. »Es stimmt, ich habe keinen männlichen Erben. Und irgendwann in der Zukunft sollte ich wohl einen Sohn zeugen, der den Titel erben wird. Aber hören Sie, Sir, ich habe noch keine Lust, in nächster Zeit zu heiraten. Ich habe meine Frau geliebt, aber... Nein, ich will mich vorläufig nicht an eine Frau binden. Hören Sie, Sir, ich kenne Ihre Tochter nicht näher. Ich glaube Ihnen gern, daß sie alle diese angenehmen Eigenschaften besitzt, die Sie nannten. Im übrigen kennt sie mich ja auch nicht. Und ich würde sagen, sie mag mich überhaupt nicht.«

»Das, Sir, trifft den Nagel auf den Kopf.«

Jetzt fuhr Alec herum. In der Tür stand Genny, finster wie ein Vikar angesichts einer Orgie.

Alec stand auf. »Genny«, sagte er.

Ohne Alec zu beachten, wandte sie sich lautstark an ihren Vater. »Wie kannst du es wagen! Du willst mir diesen Mann *kaufen*? Er bekommt die Werft, und ich bekomme *ihn*? Ich kann es nicht glauben, daß du dich dazu hinreißen läßt. Mein eigener Vater! Dabei kennst du ihn nicht einmal. Ich will die Werft haben, Vater. Von Rechts wegen steht sie mir zu und nicht ihm! Er ist nichts als ein zügelloser, eingebildeter Fatzke! Schau ihn dir doch bloß mal an! Würde sich ein Amerikaner jemals in solchem Aufzug blicken lassen wie er?«

»Er ist der bestaussehende Mann, den ich seit langer Zeit zu Gesicht bekommen habe«, sagte James Paxton freimütig. »Er kann doch nichts dafür, daß er Engländer ist, Genny.«

»Das ist mir gleich. Von mir aus könnte er auch Russe sein! Ich will ihn nicht haben. Ich will überhaupt nicht heiraten. Niemals!«

Mit dieser scharfen Schlußbemerkung raffte Genny die Röcke und stürmte aus dem Zimmer. Doch ihr stolzer Abgang hätte um ein Haar unrühmlich geendet. Da sie gewöhnt war, Hosen zu tragen, trat sie auf den Rocksaum und stürzte mit wild schlagenden Armen auf einen Tisch an der Wand zu. Im letzten Augenblick gewann sie das Gleichgewicht wieder und riß nur eine Vase um, die auf den Boden krachte. Der Lärm klang geradezu obszön.

Alec sprang ihr bei. »Alles in Ordnung?«

»Ha, klar.« Genny ließ sich auf die Knie nieder und sammelte die verstreuten Nelken und Rosen auf. Ohne ihn anzusehen, fragte sie: »Bleiben Sie zum Essen?«

»Gilt die Einladung noch?«

»Dies ist das Haus meines Vaters. Offenbar tut er, was ihm beliebt. Mir ist es gleich, was er oder Sie tun.« Abrupt stand sie auf, ließ die aufgesammelten Blumen wieder fallen und steuerte auf die Haustür zu.

»Wo zum Teufel wollen Sie hin? Draußen regnet es!«

Das stimmte. Sie blieb stehen. Dann drehte sie sich lächelnd zu ihm um. »Ich gehe in die Küche und kümmere mich um Ihr Essen, my Lord. Was sollte eine gute Gastgeberin denn anderes tun?«

»Darf ich Ihnen mal etwas sagen? Sie brauchen vermutlich noch einige Aufklärung!«

Ihre Augen sprühten Feuer. »Gehen Sie zum Teufel!«

Alec merkte, daß sie an sich halten mußte, um nicht mit irgendwelchen Gegenständen nach ihm zu werfen. Schließlich stieß sie die Tür zur Küche auf, ging hindurch und schlug sie hinter sich zu. Er fand, daß sie in ihrem Kleid, auch wenn es alt und viel zu kurz war, sehr nett aussah.

6

»Papa?«

Alec ging durch die Verbindungstür noch einmal zur Koje seiner Tochter. »Du bist wach? Vor einem Augenblick habe ich dich doch noch laut schnarchen hören.«

Hallie kicherte, rieb sich mit den Fäusten die Augen und richtete sich auf.

Alec balancierte mit den Bewegungen der *Night Dancer*. Zwar lag sie fest vertäut im inneren Hafenbecken. Doch draußen war Sturm, und sie schwankte auf und nieder. Er setzte sich neben Hallie und nahm ihre Hand. Er betrachtete die geraden Finger. Wie klein sie waren und doch für eine Fünfjährige schon so vollkommen und geschickt! An den Daumen war Hornhaut zu sehen.

»Hallie, möchtest du mal eine Zeitlang an Land in einem Haus wohnen? In einem richtigen Haus, das sich nicht unter deinen Füßen bewegt?«

Seine Tochter blickte ihn fragend an. »Warum?«

»Darum. Kleine Mädchen dürfen ihren Vater nicht dauernd mit Fragen löchern. Also gut. Ich meine, wir werden eine ganze Weile in Baltimore bleiben. Und dann wäre es blöd, an Bord des Schiffs zu wohnen. Ich suche für uns ein Haus am Wasser. Und morgen ziehen wir aufs feste Land um.«

»Na schön. Mrs. Swindel möchte ja auch auf die terra firma.«

»Was?«

»Das ist Latein, Papa. Mrs. Swindel spricht dauernd darüber mit Dr. Pruitt. Bist du heute abend mit einer Dame zusammen gewesen?«

»Sozusagen ja. Allerdings war die Dame sehr wütend auf mich und hat kaum mit mir gesprochen. Dafür war ihr Vater sehr freundlich zu mir.«

»Wie heißt sie?«

»Genny. Sie leitet die Arbeit in der Werft ihres Vaters.«

»Warum war sie denn auf dich böse?«

Alec grinste. »Ich habe sie wohl etwas gehänselt.«

»Ist sie hübsch?«

»Hübsch?« wiederholte Alec. Stirnrunzelnd betrachtete er Hallies kleine Hose, die sauber zusammengelegt über der Stuhllehne lag. Wenn sie längere Zeit in Baltimore blieben, mußte er dem Kind anständige Mädchenkleider kaufen. »Ich würde sagen, ja, sie ist hübsch. Allerdings macht sie nicht viel von sich her. Sie trägt zum Beispiel Männerkleidung, weißt du...«

»So wie ich?«

»Bei ihr ist es etwas anders, Hallie. Sie kann Männer nicht leiden. Sie will niemals heiraten.«

»Sie kann dich nicht leiden?« Das war für Alecs größte Bewunderin einfach unfaßbar. »Das ist doch blöd, Papa. Alle Damen können dich gut leiden.«

Er fragte sich, was wohl als nächstes aus dem Mund der Fünfjährigen kommen würde.

»Du, dann kann ich sie auch nicht leiden.«

»Nun, das ist ziemlich unwichtig. denn du wirst sie wahrscheinlich gar nicht kennenlernen.«

»Warum hast du sie denn wütend auf dich gemacht? Ich wußte gar nicht, daß du an so was Spaß findest.«

Gute Frage, dachte Alec. »Ich weiß es auch nicht genau«, sagte er. »Vielleicht weil ich neugierig darauf war, was sie tun würde. Eins steht fest, langweilig ist sie nie, und gelegentlich teilt sie so gute Schläge aus, wie sie einstecken muß. So, und nun schlaf weiter, mein Kürbis!«

»In Ordnung, Papa.« Er küßte sie auf Nase und Stirn und zog ihr die Bettdecke bis zum Kinn hinauf.

»Schlaf gut, meine Liebe. Bis morgen früh dann.«

»Dann kaufen wir ein Haus?«

»Vielleicht. Vorher muß ich mir noch eine Menge durch den Kopf gehen lassen.« Ihm fiel sein Vorsatz ein, sich eine Geliebte zu nehmen. Eine, die ihm zur Verfügung stand und noch nicht zu lange in dem Gewerbe war.

Auf der *Night Dancer* war es totenstill. Alec hielt es nicht mehr in der kleinen Kabine. Er ging an Deck. Der Regen hatte aufgehört, aber die Luft war noch sehr feucht. Immer noch schwankte das Deck leicht unter den Füßen. Kein Stern war zu sehen. Nirgends lugte der Mond durch die schwarzen Wolken. Sie lagen an der O'Donnell-Werft. Das ganze innere Hafenbecken war voller Handelsschiffe aller Modelle: Schonerbarken, Schoner, Fregatten, Schnaus. Träge krängten die hohen nackten Maste in den schweren Wogen der hereinkommenden Flut. Es gab noch andere sonderbar aussehende Schiffe, die Alec faszinierten. Schiffe, die ausschließlich für die Chesapeake-Bucht gebaut waren. Sie drängten sich alle an der Smith-Werft.

Baltimore ist ein wirklicher Binnenhafen, dachte Alec. Er schaute nach Fells Point hinüber, dieser Landzunge, die sich gegenüber zum Federal Hill hin erstreckte und die Einfahrt zum inneren Hafenbecken bildete. Fells Point lag näher an der Mündung des Patapsco. Außerdem gab es dort tiefes Wasser und ein halbes Dutzend Schiffsbauwerften, darunter auch die der Paxtons. Nach dem Krieg, in dem sich die Amerikaner die Unabhängigkeit erkämpft hatten, hatte Baltimore im Handel Annapolis überflügelt und diese Stellung auch gehalten.

Zwischen den Virginia-Kaps und der Mündung des Susquehanna, nordöstlich von Baltimore, lagen die 195 Meilen der Chesapeake-Bucht. Trotz ihrer Länge wies die Bucht nur eine leichte Krümmung auf – gerade zwei Kompaßpunkte. Und es gab so viele Flüsse, die in der Bucht mündeten. Der schöne Patapsco war Baltimores Fluß. Alec wollte ihn noch erkunden, bevor er abfuhr. Hier konnte ein Mann ein Vermögen machen – durch Baumwolle, Tabak und Mehl. Es gab so viele Wasserwege, auf denen er seine Waren befördern konnte. Und es war reichlich Wasserkraft vorhanden, um seine Mühlen zu betreiben.

Alec zwang seine Gedanken in die Gegenwart zurück, zu dem, was er als Mann brauchte. Als erstes mußte er sich also eine Geliebte zulegen. Er hatte es dringend nötig. Das duldete keinen Aufschub.

Was sollte er mit den Paxtons machen?

Ein Haus. Morgen würde er seinen Rechtsanwalt aufsuchen. Mr. Daniel Raymond aus der Chatham Street würde ihm helfen. Er konnte ihn auch über die Kreditwürdigkeit der Paxtons aufklären.

Was sollte er mit Genny machen?

Heiraten! Er stieß einen abfälligen Laut aus. Das war eine

verflucht blöde Idee. Als wenn ihn irgend etwas so sehr reizte, daß er deswegen heiraten würde! Nicht mal, wenn er dadurch eine kleine Nation erobern könnte. Der Gedanke schreckt sie genauso ab wie mich. Sonderbarerweise gefiel ihm das nicht. Er war ja schließlich keine häßliche Kröte, er hatte auch keine Zahnlücken, zum Donnerwetter! Er war eine sehr gute Erscheinung – das wußte er, hatte es immer gewußt und selten ausgenutzt. Auch als er noch sehr jung gewesen war, hatten die Frauen ihn begehrt. Und er hatte im allgemeinen genommen, was sich ihm bot, und ihnen auch seinerseits Lust gespendet, so gut er es verstand.

Plötzlich erinnerte er sich an seine erste Begegnung mit Nesta vor mehr als zehn Jahren. Sie weilte zu ihrer ersten Ballsaison als Debütantin in London. Aus irgendeinem ihm unerklärlichen Grunde hatte er sie sofort begehrt. Er hatte sie mehr begehrt als irgendein Mädchen oder eine Frau zuvor. Nicht daß sie das schönste Mädchen dieser Saison gewesen wäre. Das war sie durchaus nicht. Doch irgend etwas an ihr hatte ihn so aufgeregt, daß er nicht mehr vernünftig denken konnte.

Und er konnte sie nicht einfach nehmen, weil sie eine Lady war. Ein Gentleman verführt keine Jungfrau. Und schon gar nicht eine Jungfrau, die auch noch eine Lady ist.

Da er jung war, sich überhaupt keine Gedanken um die Zukunft gemacht hatte und nicht wußte, was er mit seinem Leben anfangen wollte, hatte er ihr einen Heiratsantrag gemacht, der erwartungsgemäß auf der Stelle angenommen wurde. Er hatte sie geheiratet, mit auf den Landsitz Carrick genommen und sie wochenlang im Schlafzimmer festgehalten. Er spendete ihr Lust und lehrte sie, ihm ebenso große Lust zu spenden.

Doch nach drei Monaten Ehe waren Verliebtheit und Wollust dahin. Geblieben war Freundschaft, die sich als unverbrüchlich erwiesen hatte.

Dann hatte er von seinem amerikanischen Onkel, Mr. Rupert Nevil in Boston, die Schiffe geerbt. Er hatte seine Sachen gepackt und war mit Nesta davongesegelt. Sie hatte sich nie beklagt, nie mit ihm gestritten und sich ihm im Bett immer freudig hingegeben.

Nesta war ihm eine gute Frau gewesen, und er mochte sie sehr. Als sie bei der Geburt Hallies starb, war er an seinen Schuldgefühlen fast erstickt. Und an dem Kummer darüber, daß ihr Kind nie seine Mutter kennenlernen würde.

Alec schüttelte den Kopf. Er hing nicht gern alten Erinnerungen nach. Die Vergangenheit ließ sich nicht ändern, und wenn er sich noch so viel Gedanken darum machte. Das war und blieb ein nutzloses Unterfangen.

Was sollte er mit Genny Paxton anfangen? Warum sollte sie ihn nicht heiraten? Er verstand ihre Haltung nicht. Schließlich hatte sich Nesta nie etwas anderes gewünscht, als seine Frau zu sein, ihm zu folgen, wohin er sie führte, und zu tun, was er wollte.

Genny Paxton war zu unabhängig und zu frech. Er mochte sie und ihre Haltung nicht. Ganz und gar nicht.

Murmelnd erwiderte Alec den Gruß seines Schiffsarztes Graf Pruitt. Graf Mürrisch, wie Alec ihn insgeheim nannte, war ungemein humorlos, so dünn wie ein getrocknetes Stück Rindfleisch und hatte einen vollen Schopf grauer Locken.

»Scheußliche Nacht«, sagte Graf.

»Wenigstens regnet es nicht mehr. Was halten Sie von Baltimore, Graf?«

»Scheußliche Stadt.«

»Was hält Mrs. Swindel von Baltimore?«

»Eleanor will hier bleiben. Hirnlose Frau!«

»Hier gibt es bestimmt ebenso viele Kranke wie an Bord der *Night Dancer* und in England.«

»Was gehen mich die Amerikaner an? Mir wäre es recht, wenn sie samt und sonders verrotteten. Oder haben Sie vielleicht vergessen, was sie uns vor fünf Jahren angetan haben?«

Alec lachte nur. Er machte sich nicht die Mühe, auf Grafs Ausbruch zu reagieren. Es war typisch britisch, sich über jeden Verlust so aufzuregen. Offen gestanden konnte er sich Mrs. Swindel und Graf Pruitt nicht als Ehepaar vorstellen. Sie waren sich zu gleich. Sie würden sich gegenseitig die Köpfe einschlagen.

Schließlich sagte Alec: »Manchmal frage ich mich, wie wir wohl mit den Amerikanern umgegangen wären, wenn wir sie besiegt hätten. Hätten wir sie vielleicht ein Jahr lang geknechtet, bis sie erneut den Versuch unternommen hätten, uns aus dem Land zu jagen?«

»Wir hätten sie alle erschossen«, sagte Graf. »Hätten sie in einer Reihe antreten lassen und alle erschossen.«

»Na, das hätte bestimmt ziemlich lange Zeit in Anspruch genommen. Ich gehe jetzt an Land, Graf.«

»Ich hörte, daß Sie bereits an Land gewesen sind.«

Alec sagte nichts darauf, sondern verließ das Schiff.

Er fuhr wieder zu Madame Lorraine, suchte sich ein junges Mädchen aus, das sehr grüne Augen besaß – nicht ganz so glänzend wie die grünen Augen von Genny Paxton – und dichtes, schimmerndes brünettes Haar – nicht ganz so tiefschwarz wie Genny Paxton – und ging mit ihr nach oben. Sie hieß Oleah und sprach mit einem schweren, langgezogenen Dialekt des Südens, so daß er sie kaum verstehen konnte. Was im übrigen auch gleichgültig war. Sie komme aus Virginia, sagte sie, aus Mooresville in Virginia. Sie war toll im Gebrauch von Mund und Zunge, und es gefiel ihr, wenn er stöhnte. Sie hatte einen weißen, weichen Körper, und als er in sie eindrang und es ihm beim ersten kräftigen Stoß kam, hob sie das Becken an und schrie. Alec blieb bei ihr, bis der Morgen graute. Oleah lag im tiefen Schlaf, er hatte sie für ihre Mühe reich belohnt und war tief befriedigt. Ein sehr vernünftiges Geschäft.

Er rief sich selbst zur Ordnung. Wie lange würde er befriedigt sein? Drei Tage? Eine Woche vielleicht. Dann würde es wieder genauso schlimm sein wie vorher.

Was sollte er mit Genny Paxton anfangen?

Am nächsten Tag zog Alec mit seiner Tochter und Mrs. Swindel in die Fountain Inn in der German Street ein. Sie stammte aus der Vorkriegszeit, war 1773 gebaut worden, rund um einen weiten Innenhof, dem die jetzt nackten Birken und Pappeln im Sommer Schatten gaben. Alle Zimmer gingen auf diesen Hof. Die Inn wurde von einem gewissen John Barney geführt, der Engländer von ganzem Herzen haßte, aber sehr kinderlieb war. Hallies wegen benahm er sich auch gegenüber Alec und Mrs. Swindel höflich. Pippin war gar nicht glücklich über den Umzug, bis Alec dem Kabinenboy versprach, er werde ihm die ganze schmutzige Wäsche schikken, damit er etwas hatte, worum er sich kümmern konnte.

Wie es ihre Art war, fand Mrs. Swindel die Schränke in ihrem Zimmer und dem Hallies zu eng. Außerdem rochen sie. Sofort dachte Alec an tote Ratten und raste in das Zimmer seiner Tochter. Aber es roch nur nach Muskatnüssen. Mit gequälter Miene nahm er dann schnell Abschied. Er ging zu Mr. Daniel Raymonds Praxis in der Chatham Street. Mr. Raymond meinte, zur Zeit gebe es keine geeigneten Häuser auf dem Markt, doch habe er gehört, daß General Henry, in Baltimore als Henry von der Leichten Kavallerie bekannt, vor einigen Monaten gestorben sei. Da er nur seine Witwe hinterlassen habe, werde sein Haus wohl bald zum Verkauf angeboten werden. Mr. Raymond würde feststellen, ob das den Tatsachen entsprach. In ermüdender Ausführlichkeit beriet er dann Alec in Sachen Paxton-Werft.

»Wie Sie wissen, my Lord, hat seit Ende des Kriegs mit Ihnen, äh, mit England bei unseren Schiffsbauern eine Flaute eingesetzt. Es gibt schon zu viele Schiffe, Freibeuterei hat aufgehört, wenn Sie so wollen, weil es keine Schiffe anderer Nationen mehr zu plündern und zu versenken gibt. Doch die Lage wird sich mit Sicherheit bessern. Viele unserer Schiffsbauer gehen zum Beispiel nach Kuba, um Schiffe für den Sklavenhandel zu bauen. Auf diese Weise vermeiden sie jede Einmischung von seiten unserer elenden Bundesbehörden. Ich – sind Sie am Sklavenhandel interessiert, my Lord?«

Alec versicherte ihm, daß er nicht daran interessiert sei. Daraufhin verbreitete sich Mr. Raymond über den Preis, den er für einen vollständigen Kauf der Werft für vernünftig halte, über mögliche Bedingungen und andere Arten der Partnerschaft, die es zu erwägen gebe.

Als Mr. Raymond seinen Monolog über die Paxtons, über Werften im allgemeinen und über besondere Möglichkeiten zur Umgehung bestehender Gesetze beendet hatte, wandte er sich sofort seinem offenbaren Lieblingsthema zu. Mr. Raymond war ein umständlicher, äußerst pingeliger Mann mittleren Alters, der Federhalter aus der ganzen Welt sammelte. Als er Alec einen zeigte, wurde er tatsächlich vor Behagen rosarot im Gesicht. »Dieser hier«, sagte er zu dem betroffenen Baron Sherard, »kommt aus Frankreich. Ist er nicht schön? Was habe ich da für einen Fang gemacht!«

Alec gab zu, daß der Federhalter wunderbar sei. Dann lenkte er das Gespräch wieder auf die Paxtons, vornehmlich auf Mr. James Paxton.

»Ah ja, Mr. James Paxton. Das ist ein guter Mann mit hervorragendem Geschäftssinn. Schade, daß er nicht gesund ist. Wie ich gehört habe, ist sein Arzt nicht gerade optimistisch. Was die Werft betrifft, so habe ich erfahren, daß ein neuer kleiner Klipper kurz vor der Fertigstellung steht. Es ist für ihn unbedingt erforderlich, schnell einen Käufer zu finden.«

»Ist Ihnen bekannt, Mr. Raymond, daß Miß Paxton sämtliche Arbeiten der Werft leitet?«

Mr. Raymond sah ihn an, als hätte er sich plötzlich in der Sprache der alten Sumerer geäußert. »O nein, my Lord. Machen Sie keine Scherze! Wenn das herauskäme, würde keiner auch nur in Betracht ziehen – selbst wenn der Schiffsbau im argen liegt, also...«

»Es sieht aber so aus, als sei es schon durchgesickert. Denn warum gibt es bisher noch keinen Käufer für das Schiff? Ob Flaute oder nicht, das Schiff ist ausgezeichnet konstruiert. Sie haben nur das beste Eichenholz für den Rumpf verwandt, alles mit Kupfer verstärkt, und der Kiel ist mit importiertem roten Kupfer geschützt. Die Arbeit in der Innenausstattung ist ebenso bemerkenswert – spanisches Mahagoni...«

»Was Sie da sagen, my Lord, kann ich einfach nicht glauben. Eine Frau soll die Arbeit auf einer Werft leiten? Bestimmt sind Sie da nicht richtig informiert. Mr. James Paxton ist viel zu besonnen, um einer jungen Frau zu gestatten...«

Alec dachte an sein Gespräch mit James Paxton gestern abend zurück. Er hatte ihm nicht glauben wollen, daß die Männerwelt Genny ächten würde, nur weil sie auf einem Gebiet arbeitete, das als männliche Domäne angesehen wurde. Er hatte unrecht gehabt, auf der ganzen Linie.

»...verdammt, das Mädchen sollte heiraten und Kinder kriegen! Es ist doch völlig abwegig, daß sie...«

Sie war in diese andere Welt übergewechselt, und nun behandelte man sie unfair. Jedenfalls war das Gennys Ansicht. Alec wußte nicht genau, wie er darüber urteilen sollte. Doch nun war ihm klar, daß er etwas unternehmen mußte. Er würde die Werft kaufen und Genny vielleicht zur stillen Teilhaberin machen. Sie mußte begreifen, daß man sie in der Geschäftswelt nicht mehr mit dem Schiffsbau in Verbindung bringen durfte. Vielleicht war das wirklich nicht fair, aber es war der Lauf der Welt.

»...ich kann Ihnen da keinen Rat geben, my Lord. James Paxton kann einfach nicht erwarten, daß Baltimores Männer ein solches Verhalten gutheißen, ganz davon zu schweigen, daß sie mit einer jungen Frau geschäftlich umgehen sollen...«

»Ich habe verstanden, Mr. Raymond«, sagte Alec und stand abrupt auf. »Ich werde nun bald einen Vertrag mit Mr. Paxton abschließen. Dann werde ich Ihre Dienste wieder in Anspruch nehmen.«

Gleich darauf schlug er den Weg zum Haus der Paxtons ein. Wie Genny ging er zu Fuß von der Chatham Street zur Charles Street. Einen Augenblick blieb er vor dem Haus stehen. Ihm gefiel die georgianische Architektur, die unter den Gebäuden in Baltimore vorherrschte. Der rote Ziegelstein war mit der Zeit verblichen. Aber es sah so aus, als würden die weißen Säulen der Hauseingänge alle paar Jahre neu angestrichen. Die Fenster hatten grüne Läden und Rahmen. Birken und Tulpenbäume überragten das zweistöckige Haus. Es war ein hübsches, ein behagliches Heim mit einem schönen, leicht abfallenden Vorgarten und einem weißen Zaun.

Moses begrüßte ihn und führte ihn nach oben zu Mr. Paxton.

»Miß Paxton ist in der Werft, Moses?«

»Ja, Sir. Geht immer schon früh hin, ja, das macht sie. Lannie is ganz ärgerlich, weil Miß Genny nie Zeit zum Frühstükken hat. So, Sir, hier sind wir.«

James Paxton saß in einem altmodischen Lehnstuhl aus poliertem Mahagoni, dessen Arm- und Rückenlehnen mit einmalig schönem hellblauen Brokat bezogen waren. Die Beine endeten in Adlerklauen.

»My Lord, kommen Sie herein, kommen Sie herein! Ich muß sagen, ich habe Sie zwar erwartet, aber noch nicht so früh. Moses, bring Tee für seine Lordschaft!«

Alec nahm in einem Armsessel mit gerader Rückenlehne Platz, den er näher an Mr. Paxton herangerückt hatte. »Ich komme wegen der Werft«, sagte er ohne Einleitung. »Ich muß Ihnen sagen, daß ich mit Absicht zu einer Zeit gekommen bin, da Genny nicht hier ist. Ich will Ihnen keinen blauen Dunst vormachen, Sir. Wenn Genny dort weiterhin das Kommando führt, sind Sie in kurzer Zeit ruiniert. Die Männer dieser Stadt werden in einer Werft, die von einer jungen Frau geleitet wird, wie Mr. Raymond Genny zu nennen pflegt, nie einen Klipper kaufen, und wenn er noch so hervorragend konstruiert ist.«

»Das weiß ich«, sagte Paxton. »Das Problem ist nur, was man tun soll.«

»Ich kaufe Ihnen die Werft in Bausch und Bogen ab. Für 60000 amerikanische Dollar.«

James Paxtons Miene verriet keinerlei Regung. »Das würde Genny das Herz brechen«, sagte er mit leiser Stimme. »Sie arbeitet hart, sie ist mit viel größerer Hingabe dabei, als ihr Bruder Vincent es jemals war. Sie hat Köpfchen, das Mädchen. Sie versteht viel vom Schiffsbau und ist eine gute Seglerin. Nein, es würde ihr das Herz brechen. Ich kann ihr das nicht antun.«

»Aber wenn sie weiterhin die Arbeiten leitet, werden Sie beide alles verlieren. Man muß sie dazu bringen, daß sie Vernunft annimmt.«

»Und unter Vernunft verstehen Sie, daß ein Mann die Werft leiten soll«, sagte James Paxton mit einem tiefen Seufzer. »Verflucht, daß mich mein Körper so im Stich läßt... Mit 55 Jahren war ich noch kerngesund, Alec, immer auf dem Sprung, immer bereit, es mit jeder Arbeit und jedem Gegner aufzunehmen. Dann bekam ich eines Tages diesen schrecklichen Schmerz in der Brust, und mein linker Arm wurde völlig taub... Nun, ich will nicht jammern. Aber Genny weh tun? Was soll ich nur machen?«

»Sir, Ihr Tee und die Hörnchen.«

»Danke, Moses.«

Nachdem Moses wieder gegangen war, fuhr James Paxton fort: »Entschuldigen Sie, Alec, aber ich sehe nur eine Lösung. Man muß so tun, daß alle Welt glaubt, ein Mann hätte die Leitung der Werft. Und die einzige Möglichkeit, das zu erreichen, ist, daß Genny heiratet. Wenn nicht Sie, dann einen anderen.«

»Wie Porter Jenks?«

»Nein, er ist kein anständiger Mensch. Er hat jetzt drei Sklavenhändlerschiffe laufen – nach der letzten Zählung. Bei Kriegsende ließ er zu diesem Zweck drei Fregatten umbauen. Aber Klipper sind viel schneller – und Schnelligkeit ist entscheidend, wenn ein vollbeladenes Sklavenschiff sich durch Flucht der Kaperung entziehen muß. Wie gesagt, es ist ein sehr einträgliches Gewerbe. Aber ich kann ihn nicht ausstehen. Und selbst wenn, dann würde doch Genny nichts mit ihm zu tun haben wollen.«

»Sie will aber auch nichts mit mir zu tun haben, Sir.«

Langsam wandte James den Kopf und sah den Baron lange an. »Das würde sich ändern, wenn Sie es nur wollten.«

»Ich will es aber nicht!« rief Alec. »Ich sagte Ihnen ja schon, daß ich vorläufig nicht wieder heiraten möchte. Und das ist ernstgemeint. Ich bin kein häuslicher Mensch. Ich bin kein romantischer Schwärmer, für Heim und Herd habe ich nichts übrig und...« Plötzlich sah er Hallies lächelndes Gesicht beim heutigen Guten-Morgen-Kuß vor sich und brach ab.

Immer wenn er seine Tochter sah, ging ihm das Herz auf, auch wenn sie müde oder mißgestimmt war, wenn sie weinte und jammerte oder sich sonstwie unartig benahm. Sie gehörte zu ihm und zu Nesta. Er hätte nichts dagegen gehabt, ein Dutzend Hallies zu besitzen. »Verdammt«, sagte er, ging zu einem der breiten Erkerfenster und schaute auf einen Garten mit Apfel- und Birnbäumen hinaus.

»Am Freitagabend findet in der Assembly Hall ein Ball statt. Das ist das große rote Ziegelsteingebäude an der Ecke der Fayette und der Holliday Street. Ich habe Genny dazu gebracht, daß sie hingeht, und ich begleite sie.«

»Sie kann aber nicht in dem Aufzug hingehen, in dem sie gestern war!«

»Nein, allerdings nicht. Sie hat mir gesagt, sie sei bei einer Damenschneiderin gewesen, einer der besten in Baltimore. Ich kann Ihnen also garantieren, daß sie ordentlich gekleidet sein wird. Ich bitte Sie nun, ebenfalls am Ball teilzunehmen. Schließlich müssen Sie die Stützen unserer Gesellschaft kennenlernen. Alec, und dies wäre eine geeignete Gelegenheit. Vielleicht sehen Sie dann auch Genny sozusagen in einem anderen Licht und umgekehrt Genny Sie. Was meinen Sie dazu?«

Am Ende sagte Alec ja. Aber auf dem ganzen Rückweg zur Fountain Inn fluchte er leise vor sich hin.

Am Freitagabend war es schneidend kalt. Am dunklen Himmel türmten sich Regenwolken, und es herrschte völlige Windstille, die auf kommenden heftigen Sturm hindeutete. In einer geschlossenen Droschke fuhren die Paxtons zur Assembly Hall. Genny hatte ihrem Vater das neue Kleid von Miß Mary Abercrombie nicht vorgeführt. Sie wußte selber nicht, ob es ihr gefiel. Aber Miß Mary hatte ihr versichert, es sei der letzte Schrei, alle Damen würden sie bewundern.

Na schön, dachte Genny, und zupfte ein wenig an dem außerordentlich tiefsitzenden Miederausschnitt des Kleids aus königsblauem Satin. Die Farbe sagte ihr nicht sonderlich zu. Im Spiegel hatte sie gemerkt, daß sie sie blaß erscheinen ließ, auch wenn Miß Mary ihr versichert hatte, sie sähe wie ein leibhaftiger Engel aus. Die vielen Rüschen, Volants und zahllosen, in Reihen angeordneten Schleifen stießen sie ab. Doch Miß Mary hatte ihr versichert, daß einfache Kleider einen grundschlechten Geschmack verrieten. Es ist jedenfalls die neueste Mode, redete sich Genny unterwegs immer wieder ein. Außerdem war es das einzige Kleid, daß Miß Mary fertig hatte, so daß ihr gar keine andere Wahl blieb.

Über das Kleid hatte sie einen alten Samtmantel angezogen, der vom zu vielen Tragen in zu vielen Jahren schon sehr abgewetzt war. Aber es war ja dunkel, und wer sollte daran Anstoß nehmen?

Genny war schon drei Jahre lang nicht mehr in der Assembly Hall gewesen. Einladungen anderer Familien hatte sie nicht beachtet. Schließlich waren dann keine mehr gekommen. Doch nun war die Assembly Hall der einzige Ort, an dem sie flügge werden und sich der Gesellschaft von Baltimore neu vorstellen konnte. Alle diese Geschäftsleute sollten sehen, daß sie eine tüchtige Frau und keine törichte Göre war!

Deshalb hatte sie sich auch nicht gegen den Vorschlag ihres Vaters gewehrt, den Ball zu besuchen. Sie wußte ja, daß sie und ihr Vater mit den reichen Kaufleuten der Stadt Verkehr pflegen mußten, wenn sie zu Erfolg kommen wollten. Sie mußten alle davon überzeugen, daß ein Klipper der Paxton-Werft nach wie vor etwas Besonderes war. Im vergangenen Jahr hatten sie und ihr Vater keinen gesellschaftlichen Verkehr gepflegt. Jetzt war es an der Zeit, sich wieder zu zeigen und der Welt zu beweisen, daß sie noch am Leben waren, daß es ihnen gut ging und daß sie bereit waren, Geschäfte zu machen. Sie besuchte den Ball, weil sie eine gute Geschäftsfrau war. Das war alles.

»Glaubst du, daß Baron Sherard heute abend auch da sein wird?«

James Paxton gestattete sich zu grinsen. Sieh mal einer an!

Sie war Alec Carrick gegenüber also doch nicht unempfänglich. »Ich glaube, er wird sich zeigen. Er muß doch schließlich mal die Bürger von Baltimore kennenlernen. Wo hätte er dazu besser Gelegenheit?«

»Das stimmt«, sagte Genny. An der Nordostecke der Straße hielt die gemietete Droschke, und Genny half ihrem Vater beim Aussteigen. Mr. McElhaney, der Zeremonienmeister, empfing sie an der Eingangstür der Assembly Hall. Er machte einige Bemerkungen über das naßkalte Wetter, über Mr. Paxtons anscheinend guten Gesundheitszustand und ließ sie dann eintreten, als die nächste Gästegruppe eintraf.

Genny legte den Samtmantel ab, übergab ihn einem Lakai und vollführte dann vor ihrem Vater eine Pirouette. James Paxton verdrehte entsetzt die Augen und schluckte schwer.

O Gott, wer hatte seiner Tochter das angetan? Am liebsten hätte er sie auf der Stelle am Arm genommen, sie nach Hause gebracht, ihr das schreckliche Zeug vom Leib gerissen und es verbrannt, aber... Um Himmels willen, weiße Samtschleifen! So viele, daß einem bei ihrem Anblick übel werden konnte.

Doch es war schon zu spät.

»Ach, guten Abend, Mr. Paxton! Und Eugenia! Wie schön, daß Sie da sind! Und wie – wie interessant Sie aussehen! So unendlich viele weiße Schleifchen. Bitte, entschuldigen Sie mich.«

All dies kam von Mrs. Lavinia Warfield, der Frau des schwerreichen und höchst einflußreichen Mr. Paul Warfield. James sah, wie sie davoneilte, mit einem aufgeregten Glitzern in den boshaften kleinen Augen, und wußte, daß es endgültig zu spät war.

»Wie komisch sie sich benommen hat, Vater«, sagte Genny.

»Ja«, sagte James und seufzte wieder. Wenigstens hatte Genny die schönsten Haare, die man sich vorstellen konnte. Wunderschön, genauso wie ihre Mutter. Wenn sie doch nur auch den Modeverstand und den Geschmack ihrer Mutter besäße! Wenn die Menschen ihr doch nur ins Gesicht und nicht auf das Kleid sähen!

Er hatte keine Möglichkeit, wieder zu verschwinden, sich eine erfolgversprechende Strategie auszudenken oder seiner Tochter zu sagen, daß sie unmöglich aussah. Im Nu waren sie umringt von den Murrays, den Pringles, den Winchesters und den Gaithers. Die Männer waren ehrlich erfreut, ihn zu sehen. Die Frauen freuten sich über Gennys Anblick, aber leider nicht, um ihre Freundschaft wiederaufleben zu lassen. Es hatte sich herumgesprochen, daß Genny ihre Stellung als Frau mißachtete, und die Damen von Baltimore waren darauf aus, sich dafür zu rächen.

Und Genny hatte ihnen mit dem scheußlichen Kleid eine wunderbare, langersehnte Gelegenheit dazu gegeben.

7

»My Lord? Baron Sherard?«

Alec drehte sich nach links und lächelte die schöne Frau an. »Ja, ich bin Baron Sherard«, sagte er, ergriff ihre Hand und führte sie an die Lippen.

»Ah, wie charmant von Ihnen! Mr. Daniel Raymond hat uns allen von Ihnen berichtet, und wenn Sie wollen, können Sie mich die Vorausabteilung nennen.«

»Wenn ich ehrlich sein soll, würde ich Sie lieber beim Namen nennen. Wer sind Sie, Ma'am?«

»Laura. Laura Salmon. Eine arme Witwe. Mein lieber Mann betrieb Export in die Karibik, hauptsächlich Mehl. Ich habe gehört, daß Sie hier bleiben und die Paxton-Werft kaufen wollen. Eine ausgezeichnete Idee. Sie könnten mein Mehl für mich transportieren. Sie müssen wissen, mir gehört die Salmon-Mühle am Patapsco, knapp zwei Meilen südöstlich der Stadt.«

»Aha. Ich heiße Alec. Darf ich Sie um den Walzer bitten?«

Sie gaben ein auffallendes Paar ab. Der englische Baron sah

wie ein Prinz aus dem Märchen aus und die göttliche Laura im schneeweißen Kleid und mit den glitzernden Diamanten wie eine Prinzessin. Nach dem Tanz stellte Laura ihn vielen einheimischen Herren vor, zog sich dann klugerweise zurück und beobachtete, wie er sie alle bezauberte. Bald traten weitere Herren zu der Gruppe. Meine Güte, ist der schön, dachte Laura. Und was für ein Körper! Kein Makel an seinem Bau, kein Gramm Fett, nicht der geringste Anflug.

Auf der Stelle beschloß sie, ihn zu ihrem Liebhaber zu machen. Sein goldbrauner Körper würde wunderschön aussehen, wenn er auf ihrem sehr blassen Leib lag. Sein goldblondes Haar bildete einen herrlichen Gegensatz zu ihrer schwarz glänzenden Frisur. Sie hatten beide blaue Augen. Aber ihre waren dunkel wie die Mitternacht, die des Barons dagegen hell, lebhaft und munter wie ein Sommerhimmel. Er schien sich übrigens nichts auf sein fabelhaftes Aussehen einzubilden. Hoffentlich wirklich nicht. Denn erfahrungsgemäß erwarteten schöne Männer von den Frauen, daß sie alles für sie tun, nur weil sie sich gnädig zu ihnen herabließen.

Sie waren selbstsüchtige Liebhaber. Ob Alec Carrick auch ein selbstsüchtiger Liebhaber war? Laura konnte es kaum abwarten, sich darüber Gewißheit zu verschaffen. Dank dem lieben Himmel war im vergangenen Frühjahr ihr sehr alter, sehr elender Mann in ein besseres Leben eingegangen und hatte ihr alle seine irdischen Güter hinterlassen!

Das Orchester spielte den nächsten Walzer. Sie sah, wie die Herren auseinandergingen, um eine Partnerin für den Tanz zu finden. Eine Welle der Enttäuschung überkam sie, als sie Alec zu James Paxton gehen sah, um sich mit ihm zu unterhalten.

Laura blickte auf die ziemlich kleine Tanzfläche und schlug mit dem Fuß den Walzerrhythmus. O je, da war diese fürchterliche Genny Paxton, und Oliver Gwenn – ausgerechnet! – forderte sie gerade auf.

Laura schauderte es, wenn sie das Mädchen nur sah. Sie sah wirklich schrecklich aus. Wer hatte das Kleid für sie angefertigt? Und warum hatte Oliver sie zum Tanz aufgefordert?

Oliver Gwenn war gegenwärtig Lauras Liebhaber, und sie würde es nicht zulassen, daß jemand in ihren Revieren wilderte, auch wenn Oliver darin noch ein recht unreifes Exemplar darstellte.

Schließlich war die Musik beendet. Die Paare, darunter auch Oliver Gwenn und Genny Paxton, verließen die Tanzfläche. Laura wartete darauf, daß Oliver sich höflich, aber energisch von seiner scheußlich aussehenden Partnerin verabschiedete. Doch er tat es nicht. Er blieb noch bei ihr.

Die Assembly Hall in Baltimore erinnerte Alec an Almack in London. Es war ein ähnlich großer, viereckiger Saal mit hoher Decke und, da kein Fenster geöffnet war, ohne Luftzufuhr. Daran schloß sich ein weiterer Saal mit einem langen Büffet, auf dem eine Punschbowle und Schüsseln mit Kuchen und Süßigkeiten standen. Der Punsch erinnerte ihn fatal an die schwache Mandelmilch im Almack.

Er konnte den Blick nicht von Genny wenden. Sie bot einen so erschreckenden Anblick, daß er sie wie hypnotisiert anstarrte. Als er zum erstenmal das Kleid sah, das sie anhatte, hätte er sich beinahe am Punsch verschluckt. Sie schien es aber gar nicht zu merken, wie entsetzlich sie aussah. Sie hatte eben keinen Geschmack. Aber alle Damen merkten es und auch viele Herren. Für die Damen – ob jung oder alt – war Genny zum Abschuß freigegeben.

Die Herren hatten sie kurz beäugt und die Achseln gezuckt, als wollten sie sagen: Was kann man von der anderes erwarten? Sie ist einfach keine Dame. Jetzt sah er sie im Gespräch mit einem jungen Mann, der sich Oliver Gwenn nannte. Er hatte auch den letzten Walzer mit ihr getanzt. Er sah sehr jung aus. Vielleicht waren er und Genny Jugendfreunde. Er ging zu den beiden hinüber.

»Guten Abend, Genny.«

»Oh, Alec! Hallo, das ist ja eine Überraschung.«

»Sicher«, sagte er voll Ironie.

Sie trat zurück, so daß er ein paar Worte mit Oliver wechseln konnte.

»Genny hat mir erzählt«, sagte Oliver, »daß Sie erwägen,

in Baltimore zu bleiben und mit ihr und ihrem Vater in Geschäftsverbindung zu treten.«

»Die Möglichkeit zeichnet sich durchaus ab. Kennen Sie Genny schon lange?«

»Seit wir laufen gelernt haben.«

Genny fingerte an einer ihrer weißen Samtschleifen herum. Ihr war heiß in dem geschlossenen Saal. Und ihr war beklommen zumute. Sie konnte nicht verstehen, warum die Damen sie wie eine Paria behandelten. Und nun war auch Alec hier, sah aus wie ein junger Gott, und allen Damen lief vor Begier das Wasser im Mund zusammen. Als er sich endlich ihr zuwandte und sie zum Tanz aufforderte, achtete sie gar nicht darauf. Ihre Aufmerksamkeit wurde von Laura Salmon gefesselt, die Oliver befehlshaberisch zu sich winkte.

»Oliver«, sagte sie. »Es sieht so aus, als ob Laura dich zu sprechen wünscht.«

Um ihre Verwirrung zu steigern, wurde Oliver blutrot, was ihn ausgesprochen unattraktiv machte. Er murmelte etwas und steuerte auf Laura zu.

»Was ist nur los mit ihm?«

Alec lachte. »Meine Güte, Sie sind aber naiv. Kommen Sie, Genny, wir wollen eine breite Schneise auf der Tanzfläche schlagen!«

»Ja, gut, Alec, aber ich habe seit drei Jahren nicht mehr getanzt. Ich fürchte, ich habe schon Oliver auf die Zehen getreten, und das wird mir bei Ihnen auch passieren.«

»Ich werde es mit stoischer Ruhe ertragen oder höchstens leise wimmern.«

Er legte den Arm um sie. Ein Glücksgefühl erfaßte Genny und verbreitete sich in ihrem Körper. Sie sah ihm in das unglaublich schöne Gesicht und runzelte die Stirn.

»Was ist denn?«

»Nichts. Oh, entschuldigen Sie.«

»Ich hoffe, Sie haben es nicht absichtlich getan.«

Sie zeigte ihm ihr Koboldgrinsen. »Bestimmt nicht, lieber Sir. Nun, was halten Sie von dem Ball? Haben Sie schon die meisten unserer führenden Bürger kennengelernt? Haben Sie schon ein Dutzend Einladungen entgegengenommen?«

»Sie sind hemmungslos unverschämt, Genny. Ja, ich habe so viele Menschen kennengelernt, daß sich mir schon alles im Kopf dreht.« Mit diesen Worten wirbelte er sie im weiten Kreis herum.

Es war aufregend, und sie sagte lachend: »Oh, Sie tanzen ja fabelhaft!«

»Vielen Dank. Nun, ich möchte Ihre Gefühle nicht verletzen...«

»Ich bin immer mißtrauisch, wenn jemand einen Satz so anfängt, denn es folgt bestimmt ein aber.«

»Genny...« Er holte tief Luft. »Wo haben Sie dieses Kleid her?«

»Von einer der besten Damenschneiderinnen in ganz Baltimore.«

»Das kann nicht wahr sein. Schauen Sie sich doch mal um! Sehen Sie, daß auch nur eine andere Dame ein so schreiendes Blau trägt? Sehen Sie eine andere Dame mit so vielen weißen Samtschleifchen und meterweise Volants?«

Genny fühlte sich verletzt, und danach kam eine große Unsicherheit über sie. »Zugegeben, an dem Kleid sind recht viele Schleifen. Das ist mir auch aufgefallen. Aber Miß Mary Abercrombie versicherte mir, genau das sei jetzt Mode.«

»Mary Abercrombie?«

»Ja. Es gibt zwei Miß Abercrombies. Das Kleid – sieht es denn wirklich nicht gut aus?«

Er sah ihr in die Augen, und ihr Blick verschlug ihm fast die Sprache. Noch nie hatte sie so verletzlich ausgesehen. Aber so konnte es nicht weitergehen. »Bedauere, Genny, aber es ist scheußlich. Fertigt sie Ihnen noch weitere Kleider an?«

Nun sah sie nicht mehr verletzlich aus. Statt dessen wurde ihr Blick leer und verständnislos. »Ja, noch mehrere Kleider. Wissen Sie, ich hatte ja nicht viele, und die sind alle alt und unmodern.«

Wie sollte er fortfahren? Er wollte sie nicht verletzen, und er wollte auch nicht, daß sie zornig auf ihn wurde. Er wirbelte sie wieder herum und war froh, als er sie vergnügt lachen hörte.

»Sind die Leute hier freundlich zu Ihnen gewesen?«

»Na, sagen wir, höflich. Die meisten sind Bekannte und Freunde meines Vaters.«

»Und wie gehen die Damen mit Ihnen um?«

Sie senkte den Kopf. »Mit kalter Höflichkeit. Ich begreife überhaupt nicht, warum sie so sind. Es stimmt, daß mein Vater und ich uns seit über einem Jahr nicht in der Gesellschaft blicken ließen. Aber sie scheinen doch erfreut zu sein, ihn wiederzusehen.«

»Soll ich Ihnen sagen, warum?«

Sie musterte ihn abweisend. »Sie, ein Ausländer? Ein Engländer? Sie wollen mir sagen...«

»Ja. Hören Sie, Genny, ich will Sie nicht anlügen. In der Werft erledigen Sie ein Männergeschäft. Sie haben alle Frauen dadurch beleidigt, daß Sie sich außerhalb Ihrer vorgezeichneten Sphäre bewegen. Auch die Männer fühlen sich von Ihnen beleidigt und bedroht, weil Sie sich wie ein Mann anziehen und den Finger in ihre angestammten Schüsseln tauchen. Und jetzt tragen Sie ein Kleid, in dem Sie wie eine – wie eine geschmacklose Schlampe aussehen. Diese Leute wollten sich an Ihren rächen, und Sie haben ihnen das ausgesprochen leicht gemacht.«

Mit großer Ruhe sagte Genny: »Sind Sie mit Ihren Wahrheiten fertig, Baron?«

»Ja. Es tut mir leid, wenn ich Ihnen weh getan habe, aber, Genny... Autsch! Das haben Sie mit Absicht getan!«

Noch einmal trat sie ihm auf den Fuß. Dann stapfte sie von der Tanzfläche und ließ Baron Sherard allein zurück. Er sah ihr nach und kam sich wie ein Tölpel vor. Wenn ich mit ihr allein wäre, dachte Alec, und bekäme sie in die Finger, dann würde ich ihr dieses scheußliche Kleid hinten hochheben und ihr mit der flachen Hand den Hintern versohlen. Sie hatte sicherlich einen sehr weißen, schlanken, glatten und runden Hintern. Alec tat, als wäre alles in schönster Ordnung, als wäre es völlig normal, von seiner Partnerin auf der

Tanzfläche verlassen zu werden, schlenderte gelassen davon und fand sich bald wieder in Laura Salmons Netzen.

Allein mit ihm, war sie so bezaubernd, wie sie nur sein konnte. Sie lud ihn für den nächsten Abend zum Essen bei sich ein. Er beschloß hinzugehen, weil er sie begehrte, und nahm die Einladung lächelnd an. Dann gesellten sich andere Damen und Herren zu ihnen.

»Seht euch doch nur mal Genny Paxton an! So etwas Scheußliches habe ich in meinem ganzen Leben nicht gesehen!« Dies kam von einer schieläugigen jungen Dame mit Übergewicht und einem Teiggesicht.

»Ja, wie konnte ihr Vater ihr gestatten, sich so zu zeigen?«

»Die Herren verstehen eben nichts von der Mode«, sagte Laura und lächelte Mrs. Walters an, die Frau eines sehr reichen Eisenwarenhändlers.

Alec warf lässig ein: »Ich habe mir sagen lassen, daß eine führende Damenschneiderin in Baltimore Miß Paxtons Kleid angefertigt hat.«

»Unmöglich!«

»Doch, und zwar eine Miß Abercrombie. Genny hat es mir selber gesagt.«

Kopfschüttelnd sagte Laura: »Aber Abigail Abercrombie fertigt alle meine Kleider an. Sie würde so ein Kleid nie verbrechen.«

Irgend etwas stimmte hier nicht. Abigail? Nein, Genny hatte von Mary gesprochen.

»Es ist doch ganz klar: Miß Paxton hat das Kleid selber geschneidert und erzählt uns nun Lügen!«

»Soviel ich weiß«, sagte Laura, »sucht sie dringend einen Ehemann, weil es mit der Werft alles andere als gut steht. Vielleicht kann unser englischer Lord sie und ihren Vater vor dem Ruin bewahren.« Dabei lächelte sie Alec verführerisch an.

Miß Poerson schnaufte hörbar. »Nun, wenn sie sich so ausstaffiert, wird sie wohl keinen kriegen. Sie ist überhaupt unerträglich mit ihrem Gehabe. Als wäre sie was Besseres als jede von uns!«

»Miß Abercrombie hat ihr Kleid angefertigt«, sagte Alec. »Miß Mary Abercrombie.«

Sämtliche Frauenaugen richteten sich auf ihn. »Mary! Oh, du meine Güte, wie schrecklich!«

Miß Poerson bekam einen Lachkrampf. »Miß Paxton ist so dumm gewesen, Mary an sich heranzulassen?«

»Das ist beinahe rührend«, sagte Laura. »Bitte, habt ein wenig Mitgefühl mit Miß Paxton! Wie würdet ihr euch in ihrer Lage fühlen, wenn ihr so angezogen wärt? Und sie weiß noch nicht mal, daß sie zur falschen Schwester ging und jetzt aussieht wie eine – eine...« Laura fand in der Aufregung nicht den richtigen Vergleich.

»Ich sah sie mit Oliver tanzen«, sagte Mrs. Mayer, einen Schimmer von Bosheit in den Augen. »Ihm schienen ihre Mängel nichts auszumachen.«

»Das war reine Höflichkeit von seiner Seite. Schließlich kennen sie sich schon seit einer Ewigkeit.«

»Seit einer halben Ewigkeit«, sagte eine sehr dünne Frau mit Oberlippenbart. »Wie soll sie nur einen Ehemann finden? Sie muß ja schon mindestens dreißig sein.«

»Sie ist dreiundzwanzig«, sagte Alec.

»Sieht aber älter aus«, sagte Laura. Dann bemerkte sie, daß Alec eisig wurde und hörte sofort mit den Sticheleien auf. Dieser Gentleman war für Klatsch und Tratsch nicht zu haben. »Möchten Sie wieder mit mir tanzen, Baron?«

Alec nickte und führte sie auf die Tanzfläche. Später nahm er James Paxtons Einladung in sein Haus an, wo man nach dem Ball eine Erfrischung zu sich nehmen wollte.

Als sie dort ankamen, legte Genny den Mantel ab und reichte ihn Moses.

»Oh«, sagte Moses, »Sie sind die hübscheste junge Dame, die ich je gesehen habe.«

Ja, er war ihr einziger Verbündeter. Doch als sie ihn gebraucht hatte, war er leider nicht da gewesen. Im Salon fragte Alec sie ohne jede Vorrede: »Haben Sie gesagt, Ihre Schneiderin sei Miß Mary Abercrombie?«

»Sie haben mir schon genug gesagt, Alec.«

»Nein«, widersprach James, der ganz vorn im Sessel saß, »er hat noch nicht genug gesagt. Antworte ihm, Genny!«

»Ja!«

»Nun, meine liebe Miß Paxton, Sie haben sich offenbar an die falsche Miß Abercrombie gewandt. Mrs. Salmon sagt, die Schwester, die etwas von Mode versteht, sei Miß Abigail Abercrombie. Sie, meine Liebe, haben das Segel an der falschen Gaffel aufgezogen, und da hing es schlaff im Wind.«

Genny setzte sich. Jetzt erinnerte sie sich. Ja, die richtige war Miß Abigail. »O nein«, sagte sie stöhnend.

»Wirf das Kleid auf den Müll!« sagte Alecs liebender Vater.

»Jetzt gleich?«

»Werden Sie nicht unverschämt, Genny!« sagte Alec. »Sehen Sie, Sie haben zwar in Sachen Kleidung keinen, äh, Geschmack. Aber dafür haben Sie andere Vorzüge.«

»Ich höre, Baron.«

»Sie haben wunderschöne Haare.«

»Das meine ich auch«, sagte James. »Und sie frisiert sich auch selber, Alec. Sie hat Talent.«

»Na schön, Genny«, sagte Alec. »Ich gehe mit Ihnen zu Miß Abercrombie – zur richtigen, versteht sich. Wir ziehen den Auftrag für die anderen Kleider zurück und bestellen bei der richtigen Schwester neue.«

»Nein, das kann ich Miß Mary nicht antun! Es wäre verletzend, ja, geradezu eine Demütigung für sie.«

»Gut. Dann gehen wir zu einer anderen Schneiderin.«

»Mit Ihnen würde ich nicht mal in die Kirche gehen, und der liebe Gott weiß, wie not Ihnen das tut.«

»Benimm dich nicht wie ein kleines Kind!« sagte James.

»Und wer hat mit Laura Salmon schamlos geflirtet?«

»Geflirtet? Ich habe zweimal mit ihr getanzt. Das nennen Sie flirten?«

»Jedenfalls haben Sie mit ihr und sie mit Ihnen geflirtet. Ich möchte wetten, daß sie Sie bereits eingeladen hat, oder?«

»Das geht Sie nichts an.«

Genny stieß einen verächtlichen Laut aus. Sie wußte, daß er Laura besuchen würde. Das machte sie unbegreiflicherweise sehr wütend. Plötzlich legte sie die Hand auf eine der weißen Samtschleifen, riß sie ab und warf sie in das träge brennende Kaminfeuer.

»Bravo! Jetzt brauchen Sie nur noch die restlichen 200 abzureißen.«

»Ach, seien Sie doch still, Baron!«

Nachdenklich strich sich Alec übers Kinn. »Wissen Sie, vielleicht wäre das Kleid gar nicht so übel, wenn Sie die ganzen Kinkerlitzchen abtrennen würden.« Er beugte sich vor, packte eine andere Schleife und riß sie ab. Dann noch eine und noch eine. »Nein, ich glaube doch nicht«, sagte er dann. »Dieses Blau – darin sehen Sie aus, als wären Sie gallenkrank.«

Genny stand auf. »Ich glaube nicht, daß ich Ihre Geschäftspartnerin werden möchte, Baron. Warum kaufen Sie nicht statt dessen einfach die *Pegasus*. Danach würde ich weitere Schiffe für Sie bauen.«

»Sie können aber sicher sein, daß ich Ihr einziger Abnehmer sein würde. Kein Kaufmann mit Selbstachtung in Baltimore würde sich auf Geschäfte mit Ihnen einlassen.«

»Das ist eine Lüge! Es liegt nur an der allgemeinen Flaute der Branche und außerdem an unserer Weigerung, Schiffe für den Sklavenhandel zu bauen.«

James lehnte sich zurück. Er genoß das Streitgespräch außerordentlich.

»Ein wenig hat es damit zwar zu tun, meine liebe Eugenia. Aber hauptsächlich liegt es daran, daß Sie als Frau Männerarbeit verrichten. Falls ich mich in die Paxton-Werft einkaufe, werden Sie sich daraus zurückziehen. Ich lasse mir nicht das Geschäft dadurch kaputt machen, daß Sie in Männerhosen herumstolzieren und Männern Befehle geben.«

Vor Aufregung riß Genny noch zwei Schleifen vom Kleid. »Vater! Sag ihm, daß er gehen soll – jetzt gleich!«

»Genny, was Alec sagt, ist leider wahr. Und wenn er sagt, daß du dich aus dem Geschäft zurückziehen sollst, dann meint er das nicht so, wie es klingt.«

»So?« sagte Alec gedehnt. »Wie meine ich es denn wirklich?«

»Sie meinen«, sagte James in mildem Tonfall, »daß Genny etwas mehr Zurückhaltung üben und die öffentlichen Auftritte und den Verkauf den Männern überlassen soll.«

Das wäre ganz gut, dachte Alec. Doch Genny dachte anders darüber. Mit einer Stimme, die so kalt war wie der berühmte Londoner Januar vor fünf Jahren, sagte sie: »Bevor Sie hier ankamen, Baron Sherard, lief bei uns alles gut. Sie aber mischen sich in alles ein, spielen sich auf und sind voreingenommen. Dabei ist Ihr einziges Plus Ihr gutes Aussehen.«

»Mein was?«

»Ihr hinreißendes Aussehen, Baron. Wahrscheinlich beneidet Sie jede Frau darum.«

»Hören Sie endlich auf!« Er beugte sich vor und riß wieder eine Schleife ab. »Vielleicht erinnern Sie sich noch, Mr. Eugene, daß Sie vor meiner Ankunft im Begriff waren, pleite zu gehen, Sie und Ihre verfluchte Werft. Sie halten sich zur Zeit nur noch aus dem Grund, weil jeder glaubt, ich könnte Sie vielleicht aus der Patsche befreien. Schließlich haben Sie mir den Brief geschrieben.«

»Ich gebe zu, das war ein großer Fehler von mir.«

»Kein Mann, der nur eine Unze Gehirn im Schädel hat, würde sich von einer Göre wie Ihnen auf dem Kopf herumtanzen lassen, nicht mal der verkommenste englische Adelige. Hat sie es Ihnen gesagt, Sir? Sie hatte gehofft, ich wäre ein eitler Geck, ein Dandy, der ihr liebend gern die Zügel überließe.«

»Ja, das hat sie mir gesagt. Ich sagte ihr damals, daß sie sich irrte. Aber Genny ist eigensinnig, Alec.«

»Das mag ja sein«, sagte Genny wieder ruhiger zu ihrem Vater, »aber ich verstehe etwas vom Schiffsbau – mehr als die meisten Männer – und ich wette, daß ich überall besser segeln kann als Sie, Baron!«

»Sie wünschen eine Wettfahrt, Genny? Sie wollen mit mir um die Wette segeln?«

Das kam so verblüfft heraus, daß Genny lachen mußte. »Um ein Schiff zu segeln, Alec, braucht man keine Muskeln, sondern Köpfchen und Erfahrung. An Erfahrung bin ich Ihnen wahrscheinlich ebenbürtig, und was Köpfchen angeht, nun, da bin ich Ihnen weit, weit voraus.«

»Eigensinnig, Sir? Ich würde eher sagen, sie benimmt sich unsinnig, ist eingebildet bis dort hinaus, arroganter als die Polizei erlaubt, und ein Zankteufel. Sie glauben, Sie könnten mir eine Wettfahrt liefern?« Mit zurückgelegtem Kopf brach Alec in dröhnendes Gelächter aus.

Genny riß wieder eine Schleife ab und warf sie ihm ins Gesicht. Doch er fing sie noch rechtzeitig ab und sah sie böse an.

»Dein Kleid fängt an besser auszusehen, Genny«, sagte James. Die Schleifen im Kamin qualmten inzwischen entsetzlich, weil der dicke Samt nicht brennen wollte.

»Wann besuchen Sie Laura Salmon?« wollte Genny wissen.

»Morgen abend«, sagte Alec. Kaum waren die Worte heraus, als Alec sich mächtig über sich ärgerte. Er hatte ihre Frage beantwortet, obwohl sie die Sache überhaupt nichts anging. Er hätte sie erwürgen können. Mit ihrer Schlagfertigkeit hatte sie ihn hereingelegt. Rasch fügte er hinzu: »Ja, die schöne Dame hat mich zum Essen in ihr Haus eingeladen.«

»Ich möchte wetten, daß es nicht dabei bleiben wird!«

»Genny!«

»Entschuldige, Vater. Ich bin müde. Ich wünsche euch eine gute Nacht.« Mit raschen Schritten ging sie zur Tür, wo sie mit gedämpfter Stimme sagte: »Wenn wir die Engländer nur schon alle los wären!« Aber sie hatte es doch nicht leise genug gesagt. Aus den Augenwinkeln sah sie, daß Alec nur darüber lächelte.

»Genny?«

Widerstrebend drehte sie sich zu ihrem Vater um.

»Alec wird dich morgen zu einer anderen Damenschneiderin begleiten. Mein liebes Kind, du darfst dich nicht so bockbeinig anstellen. Er hat es dir angeboten, und du mußt zugeben, daß er Geschmack hat und etwas von Mode versteht.«

»Morgen vormittag um zehn Uhr?« schlug Alec vor.

»Im Gegensatz zu Ihnen, Baron«, sagte Genny, »muß ich arbeiten.«

»Nein, das stimmt nicht. Sie gehen nur in die Werft, weil es Ihnen Spaß macht, in Männerkleidung herumzustolzieren. Jetzt können Sie sich in Ihr Zimmer begeben. Bis morgen, Genny, und lassen Sie mich nicht warten!«

Am nächsten Vormittag um zehn Uhr war Genny nicht mehr im Hause. Mit triumphierendem Lächeln saß sie an dem mit erlesenen Schnitzereien verzierten Kapitänsschreibtisch an Bord der *Pegasus*. Mimms erledigte gerade die letzten Handgriffe an dem aus spanischem Mahagoni gezimmerten Rahmen der Koje. Der hübsche Nachttopfdekkel aus Kirschbaum war fertig und lehnte an der Wand.

Jetzt würde Alec selbstzufrieden in ihrem Haus eintreffen. Wie gern würde sie sein Gesicht sehen! Sie schloß die Augen und stellte sich vor, wie Moses dem Baron die Tür aufmachte.

»Guten Morgen.«

Das war Alecs Stimme. Er war hier!

»Guten Morgen, Sir.«

»Ausgezeichnete Arbeit, Mimms. Sie haben den Bogen raus.»

»Danke, Sir. Das Holz ist so weich und hübsch wie ein Babypopo.«

Hier stimmte etwas nicht. Genny schlug ein Auge auf und erblickte Alec, der Mimms' Werk aufmerksam begutachtete.

»Sie sind hier?« staunte sie. »Sie sollten aber gar nicht hier sein. Sie sollten...«

»Ich weiß, wo ich sein sollte«, sagte er lässig. »Aber ich bin nicht ganz so einfältig, wie Sie glauben. Sind Sie bereit, Miß Paxton?«

Sie war wie üblich gekleidet, trug aber keine Kopfbedekkung. »Nein. Ich denke nicht daran, so einfach mit Ihnen zu einer Damenschneiderin zu gehen.«

»Warum denn nicht? Sie sehen doch sonst keine Schwierigkeiten darin, sich überall in Baltimore in Männerkleidung zu bewegen.«

Eigentlich hatte der Baron recht. Warum sollte ihr das etwas ausmachen? Unter dem großen Schild der Werft wartete die Droschke, die Alec gemietet hatte. Die Arbeiter legten eine Pause ein, um Genny und den Baron zu beobachten. Sie wußte es, reckte das Kinn und ließ sich von Alec nicht in die Droschke helfen, sondern sprang leichtfüßig hinein. Er wies den Fahrer an, sie zu Madame Solange an der Ecke der Pratt und der Smith Street zu bringen.

»Ich habe mich nach ihr erkundigt«, sagte Alec, bevor sie ihm noch eine Frage stellen konnte. »Ich möchte mir nicht vorwerfen lassen, daß ich mitansehe, wie Sie sich wieder Kleider kaufen, die höchstens zum Besuch von Hundekämpfen geeignet sind. Madame Solange hat einen hervorragenden Ruf, was ihre Stoffauswahl und Nähkunst betrifft. Und ich verstehe etwas von Mode, wie Ihr Vater bestätigt hat. Von Ihnen erwarte ich nur, daß Sie sich stillschweigend fügen. Und natürlich bezahlen.«

»Ich bin noch nie mit einem Mann...«

»Sie sind noch Jungfrau? In dem Alter? Meine Güte, Sie haben den Schritt also noch nicht gewagt, wie?«

Sie sah ihn kalt an. »Nein, ich war noch nie mit einem Mann bei einer Damenschneiderin.«

»Irgendwann tut man alles zum erstenmal. Einmal ist man auch zum erstenmal mit einem Mann zusammen.«

»Möge Ihnen die Zunge abfaulen, Baron!«

»Wünschen Sie sich das nicht, Genny! Meine Zunge könnte Ihnen wunderbare Gefühle bescheren.«

»Ich nehme an, daß ein Engländer derartige Redensarten für Flirten hält.«

»Nein, für einen richtigen Flirt englischen Stils wäre das zu unverschämt.«

»Werden Sie bei Laura Salmon auch so unverschämt reden?«

»Ich habe gehört, ihr verstorbener Mann soll ein alter, sehr reicher Kaufmann gewesen sein.«

»Sie haben meine Frage nicht beantwortet.«

»Laura wird mich wahrscheinlich nackt ausgezogen haben, ehe ich auch nur Piep sagen kann.«

»Sie sind ziemlich eingebildet.«

»Warum kommen Sie nicht mit und sehen uns zu?«

»O Gott, wollen Sie mich zum Duell herausfordern? Auf Pistole oder Rapier?«

»Ah, wir sind da. Kommen Sie, Mr. Eugene! Lassen Sie uns Ihre Hosen gegen charmante Hemdchen und Unterröcke eintauschen! Möchten Sie, daß ich auch die Unterwäsche für Sie aussuche?«

Wenn Blicke töten könnten, hätte er tot zu ihren Füßen gelegen. Plötzlich fiel ihr ein, daß sie Stiefel anhatte.

»Ein Rüschenhemd mit viel Spitze. Passend zu Ihren Stiefeln. Sie würden höchst interessant darin aussehen.«

»Die verdammten Stiefel ziehe ich einfach aus!«

»Und das Hemdchen auch?«

»Gehen Sie zum Teufel, Baron!«

8

Der Besuch bei der Schneiderin war ganz gut abgelaufen, nachdem Genny ihren anfänglichen Widerwillen überwunden hatte. Alec stellte sie sich in dem blaßgelben Seidenstoff vor, den er für sie ausgesucht hatte, und lächelte. »Daraus lassen wir ein Nachthemd machen, Genny. Sie ziehen es an, bürsten sich die Haare, legen sich ins Bett, und die Haare breiten sich auf dem weißen Seidenkopfkissen aus. Weiche Seide umschmeichelt ihre Brüste und Hüften. Ein wunderschönes Bild, meinen Sie nicht?«

Überwältigt, peinlich berührt und wütend hatte Genny wie eine Natter gezischt: »Ich trage nur schwarze Baumwolle! Und mein Nachthemd ist hochgeschlossen und reicht mir bis zu den Zehen!«

Und er hatte ihr in lässigem Ton geantwortet: »Dann sind

Sie wohl eine Hexenjungfrau? Nein, das glaube ich nicht. Sie sind ein amerikanisches Jungfräulein, meine Liebe, und deshalb werden Sie ein hochgeschlossenes, bis zu den Zehen reichendes weißes Nachthemd tragen.«

Alec mußte wieder lächeln, und Laura Salmon bezog, was kaum überraschend war, das Lächeln auf sich.

»Woran denken Sie, Alec?«

»Ach, ich bin ein einfacher Mensch und hatte nur einen sehr einfachen Gedanken«, sagte er. »Das Essen war köstlich. Ich muß Ihnen sagen, daß mir das Kalbskotelett mit dieser leichten Soße sehr gemundet hat.«

»Das werde ich meinem Küchenchef sagen«, erwiderte Laura. Sie beglückwünschte sich selbst, daß sie daran gedacht hatte, ›Küchenchef‹ zu sagen und nicht ›Koch‹. Schließlich war er als englischer Aristokrat an feine französische Ausdrücke gewöhnt. Nach einer Weile bemerkte sie: »Ich war noch nie in England.«

»Die Londoner Gesellschaft würde Sie mit offenen Armen aufnehmen.«

»Meinen Sie das ehrlich? Mich, eine Provinzlerin mit einem so schrecklichen Akzent? Ich spreche doch den Dialekt des Südens.«

Alec dachte kurz an Oleah und lächelte. »Haben Sie denn schon vergessen, daß ihr Provinzler uns Briten vor knapp fünf Jahren aufs Haupt geschlagen habt?«

»Aber Krieg hat doch nichts mit der Gesellschaft zu tun.«

»Das kann allerdings sein.«

»Mögen Sie noch Austernpastete?«

Das gilt als Aphrodisiakum, wenn ich mich recht erinnere, dachte Alec. Eigentlich hätte er ihr jetzt sagen können, daß er solche Mittel nie gebraucht hatte. Nun, er würde es ihr noch beweisen. »Nein, danke, Laura.«

»Wünschen Sie, daß ich Sie jetzt allein lasse? Wollen Sie ein Glas Portwein trinken? Vielleicht ein Zigarillo rauchen?«

Alec sah ihr mit einem verheißungsvollen Lächeln tief in die Augen. Dann wanderte sein Blick zu ihrem üppigen

Busen. Sie war wirklich eine schöne Frau. Ob sie auch eine gute Geliebte war? Erfahrungsgemäß waren für ihre Schönheit berühmte Frauen äußerst selbstsüchtig. Sie waren keine guten Geliebten, sie waren kalt. Nun, bald würde er es wissen.

Er sah eine Ader an ihrem Hals ticken und sagte völlig ehrlich: »Am liebsten wünschte ich mir jetzt, Ihnen das Kleid bis zur Taille herunterzuziehen und Ihre Brüste zu küssen.«

Laura sog scharf den Atem ein. Wollust ergriff von ihrem Körper Besitz. »Ach ja?«

Alec schob seinen Stuhl zurück und stand auf. »Und jetzt tue ich es auch.«

Er nahm sie an die Hand und ging neben ihr die ziemlich enge Treppe hinauf. Ihre Hand zitterte. Das gefiel ihm. Er blieb stehen und küßte sie. Ihr Mund war weich und öffnete sich bereitwillig. Sie hatte Erfahrung. Ausgezeichnet.

Er blickte sie an und nahm ihre linke Brust in die Hand. Er fühlte ihr Herz schlagen. Jetzt pochte es schneller. Wieder küßte er sie und streichelte dabei ihre Brustspitze durch das Mieder.

Dann hörte er auf, nahm sie wieder an die Hand und stieg weiter mit ihr die Treppe hinauf.

Lauras Schlafzimmer war geräumig mit einer hohen Decke und Fenstern, die sich über die ganze Ostwand erstreckten. Über dem hohen Bett wölbte sich ein Baldachin aus geriffeltem Netzstoff. Die weiße Bettdecke hatte kreisförmige Blumenmuster in rosa und grün. Es war ein sehr frauliches Zimmer, das Geschmack verriet. Alec fragte sich, wie Gennys Schlafzimmer wohl aussehen mochte. Wahrscheinlich wie eine Mönchszelle, dachte er.

»Alec!«

Er gebot den schweifenden Gedanken Einhalt und wandte seine Aufmerksamkeit der schönen Frau zu, die vor ihm stand. Wieder küßte er sie und spürte ihren schlanken Körper an seinem. Er fragte sich, wie lange es her sein mochte, daß sie zum letztenmal mit einem Mann geschlafen hatte. Dann fiel ihm Oliver Gwenn ein. Nun, wenn es erst gestern nacht gewesen sein sollte, konnte er sie wohl nicht sonderlich befriedigt haben. Er, Alec, würde es besser machen.

Beim Küssen beschäftigten sich seine Hände schon mit den Knöpfen hinten an ihrem Kleid. Langsam ließ er es herunter, küßte ihre nackten Schultern und zog es ihr bis auf die Taille herab.

»Wie schön!« sagte er, als er ihre Brüste sah. »Voll und weiß mit dunkelrosa Nippeln. Genau, wie ich es mir erhofft habe. Wie geschaffen für meine Hände.«

Er nahm sie wieder in die Arme und knabberte an ihrem Ohrläppchen.

Unerwartet huschte ein Schatten vorüber. Der jähe Wechsel von Licht und Dunkel fiel ihm auf. Er hörte nicht auf, Laura zu küssen, hielt den Blick aber auf die Fensterscheibe gerichtet. Wieder eine Bewegung. Der Schatten rührte sich, wandte sich um und wurde zu einem Gesicht, dessen Nase sich an der Fensterscheibe platt drückte.

Es war Genny Paxton.

Wut erfaßte Alec. Gleich darauf überkam ihn eine unbändige Lachlust. Er hatte sie ja damit gehänselt. Er hatte ihr selber gesagt, sie solle kommen und ihnen zusehen.

Nun, jetzt war sie da.

Wie brachte sie es nur fertig, sich da draußen festzuhalten?

Diese verdammte kleine Göre! Er würde ihr eine Lektion erteilen, die sie nicht so schnell vergaß. Aufdringliche kleine Jungfrau! Sanft drängte er Laura zum Fenster hin. Dann zog er sie fest an sich und drehte sich so, daß sie beide von draußen im Profil zu sehen waren. Behutsam schob er sie von sich und begann ihr die Brüste zu streicheln.

Genny starrte sie an und schluckte. Auf einmal fühlte sie sich tief beschämt. Doch zugleich stieg es heiß und scharf in ihr auf. Es war ein ganz seltsames Gefühl. Ja, sie wünschte, er würde ihre Brüste streicheln. Dann sah sie, wie er sich niederbeugte und Lauras Brustspitze in den Mund nahm. Sie hörte Laura laut stöhnen. Die Vorstellung, er würde sie liebkosen und dann ihre Brustspitze in den Mund nehmen... Genny atmete schneller.

Nein, das war schrecklich. Sie hätte nicht herkommen dürfen. Über die Schulter blickte sie zum Erdboden sechs Meter tief hinab. Sie befand sich in einer gelinde gesagt, gefährlichen Lage. Sie war an den Ästen des dünnen Ahornbaums emporgeklettert und klammerte sich jetzt auf Tod und Leben an einem zehn Zentimeter breiten Wandvorsprung fest.

Sie sah Lauras Hand – diese kleine weiße Hand – über Alecs Brust streichen, tiefer und tiefer, sie sie seine Leisten erreichte. Genny sah die Ausbeulung vorn an seiner Hose, und Lauras Hand streichelte sie.

Wieder schluckte Genny schwer. Um Himmels willen, was hatte sie hier verloren! Es war verächtlich, was sie tat, ja, das war es. Zwei Menschen beim Liebesspiel zu beobachten!

Alec streichelte Lauras Brüste, bis sie aufschrie. Dann zog er Lauras Rocksaum herauf, und Genny sah Lauras bestrumpfte Oberschenkel.

Das war zu viel. Sie war ein schwaches, eifersüchtiges, dummes Weib, und dies war die wohlverdiente Strafe. Plötzlich sah sie, daß Alec sie wütend anstarrte.

Sie zuckte vor diesem Blick zurück, und in diesem Augenblick war ihr klar, daß sie hinunterfallen würde. Sie griff nach einem mickrigen Ahornzweig, der sich unter ihrem Gesicht senkte. Zwei Meter über dem Boden brach er ab. Mit einem dumpfen Geräusch landete Genny im Blumenbeet, fiel auf den Rücken und schlug mit dem Kopf auf die Steinumrandung. Ohne diesen wunderbaren Ast, dachte sie, hätte ich mir leicht ein Bein brechen können. Statt dessen habe ich mir wahrscheinlich einen Schädelbruch zugezogen. Sie schrie vor Schmerz auf, und alles wurde schwarz um sie.

Dann schlug sie die Augen auf, ohne sich eine Minute lang zu rühren. Ganz langsam hob sie die Hand und faßte sich an den Kopf. Sie fühlte einen stechenden Schmerz, der aber nicht sehr schlimm war. Sie blickte nach oben. Vielleicht hatte sie sich geirrt. Vielleicht hatte sie sich nur eingebildet, daß Alec sie gesehen hätte. Wie lange war sie bewußtlos gewesen? Fünf Minuten? Eine Stunde? Auf jeden Fall zu lange. Sie mußte hier weg.

Die Dornen eines einsamen Rosenstrauchs stachen ihr in die Kniekehle. Doch als sie versuchte aufzustehen, fiel sie wieder zurück.

Sie rollte sich auf die Seite und kam auf die Knie. Ein scharfer Schmerz zuckte ihr durch den Fußknöchel, und sie fiel wieder zur Seite. Erde und totes Laub zerbröckelten an ihrer Männerkleidung. Sie hätte gern geweint. Doch dann würde sie sich ja wirklich wie ein idiotisches Weib benehmen. Schließlich war sie aus freiem Willen hergekommen und war aus freiem Willen an dem blöden Baum hochgeklettert, um mitanzusehen, wie Alec die Brüste dieser schrecklichen Frau küßte. Nein, das war zu viel. Wieder versuchte Genny aufzustehen. Leider konnte sie sich nirgends festhalten, und so fiel sie erneut zu Boden.

Bitte, lieber Gott, betete sie, laß Alec nicht herauskommen! Am Schluß gelobte sie, fortan in Rechtschaffenheit zu leben und gute Werke zu tun. Falls sie sich den Knöchel gebrochen hatte, wäre ihr nur recht geschehen. Sie betete, daß Alec nicht herauskäme.

»Na, wen haben wir denn hier? Einen Landstreicher, glaube ich. Oder zumindest einen Dummkopf.«

Ihr Stoßgebet war nicht erhört worden. Sie brauchte fortan kein rechtschaffenes Leben zu führen.

»Da gibt man sich nun der äußerst angenehmen Beschäftigung hin, die Brüste einer Frau zu küssen, und muß plötzlich sehen, daß eine andere Frau sich die Nase an der Fensterscheibe platt drückt und einen dabei anstarrt. Das ist schon ein kleiner Schock. Nein, es ist mehr als ein Schock. Es ist unglaublich.«

Genny sah ihn nicht an. Seine Stimme hatte gar nicht besonders wütend geklungen. Eher belustigt. Was war eigentlich schlimmer?

»Na, warum sagen Sie denn gar nichts? Warum stehen Sie nicht auf? Sind Sie von Ihrem unerlaubten Hochsitz heruntergefallen?«

»Ja. Ich bin mit dem Kopf aufgeschlagen und habe mir den Knöchel verstaucht.«

»Das haben Sie nicht anders verdient. Ich würde Sie ja am liebsten hier liegenlassen. Aber dann müßte Ihr Vater seine zänkische Tochter von Laura Salmons Blumenbeet auflesen, was sicherlich nicht gut für ihn wäre. Und es kann ja auch sein, daß ich noch mit ihm ins Geschäft kommen möchte.«

»Gehen Sie nur! Sie wußten genau, daß ich heruntergefallen bin, und doch haben Sie weiter... Sie haben sie weiter geküßt und... Sie haben sich Ihre kostbare Zeit nicht nehmen lassen. Ich hätte inzwischen tot sein können.«

»Glauben Sie wirklich, daß da fünf Minuten früher oder später etwas ausgemacht hätten?«

»Gehen Sie weg!« Genny versuchte aufzustehen. Sie fiel gegen die Hauswand.

»Na, wenigstens ein Anfang. Wenn Sie so weitermachen, werden Sie es bis morgen früh wohl nach Hause geschafft haben.« Aha, sie glaubte also, er wäre oben geblieben, hätte mit Laura den Liebesakt vollzogen und wäre erst danach heruntergekommen, um nachzusehen, ob sie tot war oder nicht.

»Oh, seien Sie doch still!«

»Ach, jetzt bin ich wohl an allem schuld, wie? Jetzt bin ich der Böse, der keine Hand gerührt hat, um...«

»Ich habe hier unten gelegen, vielleicht schon tot, und Sie haben oben mit diesem Weib geschlafen!«

»Schreien Sie nicht so laut, sonst hält uns dieses Weib noch für Einbrecher und erschießt uns oder schüttet einen Eimer Abwaschwasser über uns aus!«

Genny biß sich auf die Unterlippe. Wie hatte sie nur so dumm sein können, hierher zu kommen und ihm nachzuspionieren?

»Schon gut. Wie Sie wünschen. Ich bin ein elender Mensch. Außerdem ist mir auch kalt.«

»Wie lange waren Sie bewußtlos?«

»Weiß ich nicht. Wahrscheinlich lange genug, daß Sie oben Ihren Gelüsten nachgehen konnten.«

Alec hätte ihren höchst beleidigenden falschen Verdacht richtigstellen können. Doch er verzichtete darauf. Soll sie doch glauben, daß ich mit Laura geschlafen habe! Soll sie doch glauben, daß ich es Laura zehnmal gemacht habe, bevor ich heruntergekommen bin, um nach ihr zu sehen!

In Wirklichkeit hatte er in Todesangst um Genny Laura sofort verlassen. Laura war sehr unbefriedigt zurückgeblieben. So unbefriedigt wie er selber. Sie wunderte sich bestimmt, was mit ihrem stürmischen neuen Liebhaber plötzlich los gewesen war. Er hatte ihr nur gesagt, er müsse zu seinem Schiff zurück, weil er etwas unerhört Wichtiges vergessen hätte.

»Es würde mir das größte Vergnügen machen, Sie windelweich zu prügeln. Aber ich halte es für fair, damit so lange zu warten, bis Sie wieder imstande sind, sich zu wehren.«

Genny sagte nichts.

In Lauras Schlafzimmer ging das Licht aus.

»Ich meine das ernst, Genny. Ich habe nicht die Absicht, mich Ihnen gegenüber wie ein Gentleman zu verhalten. Wenn es Ihnen wieder gut geht, werde ich Sie garantiert so lange verdreschen, bis Ihr Hintern so rot ist wie eure Baltimore-Tomaten.«

»Wenn Sie das versuchen, trete ich Sie in Ihre...«

»Genug, Mr. Eugene. So, und jetzt wollen wir machen, daß wir hier wegkommen, bevor uns Laura hört oder ein Passant uns sieht.«

»Wenn Sie mich nur nach Hause bringen würden, wäre ich...«

Er nahm sie auf die Arme. Genny machte sich ganz steif. Doch dann entspannte sie sich fast sofort. Noch nie im Leben hatte ein Mann sie auf die Arme genommen. Es war ein sehr interessantes Erlebnis. Er war stark, sehr stark. Vorsichtig legte sie ihm die Arme um den Hals. Er roch wunderbar. Nach Sandelholz, dachte sie.

»Bringen Sie mich nach Hause, Alec?«

»Nein.«

»Wohin dann?«

»Auf die *Night Dancer*. Sie liegt gleich da drüben vor der O'Donnell-Werft.«

»Warum?«

»Bevor ich Sie Ihrem Vater vor die Türschwelle lege,

möchte ich mich vergewissern, ob Sie sich den Fuß oder den Schädel gebrochen haben.«

»Keins von beiden.«

»Psst, Genny.«

Diesmal zeigte sich das Baltimore-Wetter gnädig. Es war dunkel, der Halbmond verbarg sich hinter Wolken, aber es regnete wenigstens nicht. Sie begegneten vielen Matrosen. Manche waren betrunken, manche waren auf eine Schlägerei aus, die übrigen wanderten nur so durch die Stadt.

Genny sah, daß Alec zur O'Donnell-Werft einbog. Hoch über der Pratt Street ragte der Bug einer Schonerbark auf. Er ging über die Gangway und sprach leise mit der Schiffswache. Genny starrte vor sich hin ins Leere.

Aber nicht lange. Denn sie wollte einen Blick auf sein Schiff werfen. Sie hob den Kopf und schaute in die verblüfften Augen eines jungen Mannes, der kaum älter als fünfzehn sein konnte.

»Guten Abend, Pippin«, sagte Alec freundlich zu dem Kabinenjungen. »Wie du siehst, habe ich einen Gast. Sorge dafür, daß wir nicht gestört werden!«

»Aye, aye, Käpt'n.«

Es war schwierig, sie den Niedergang hinunterzutragen, aber Alec schaffte es. »Das hat sich so angehört, als wäre ich irgendein Flittchen, das Sie hergebracht haben.«

Er lachte. »Sie sehen auch nicht im entferntesten wie ein Flittchen aus. Sie sind doch von der Wollmütze bis zu den Stiefeln als Mann verkleidet. Mein Gott, so viel wie heute abend rede ich sonst im ganzen Monat nicht.«

Sie holte tief Luft. Das Schiff roch köstlich. Als er die Kabinentür mit dem Fuß aufstieß, stieg ihr der Duft des Sandelholzes noch stärker in die Nase. Er trat ein und schloß die Tür.

»Schön hier.«

»Ja, danke, Ma'am.« Er legte sie vorsichtig auf seine breite Koje.

Sofort wollte sich Genny aufsetzen. Alec schob sie zurück. »Bleiben Sie ganz ruhig liegen! Ich will einen Blick auf Ihren

Knöchel werfen. Das heißt, eigentlich habe ich gar keine Lust dazu. Aber es bleibt mir wohl nichts anderes übrig.«

Genny hielt den Mund. Als Alec ihr linkes Bein anhob, schloß sie die Augen, zuckte zusammen und schrie auf.

»Entschuldigung. Aber ich muß Ihnen den Stiefel ausziehen. Halten Sie still!«

Genny ballte die Fäuste, preßte sie an die Hüften und hielt den Mund fest geschlossen. Alec zog ihr den Stiefel aus und ließ ihn zu Boden fallen. Dann sah er sie an. Sie war ganz weiß im Gesicht. Er setzte sich zu ihr und sagte leise: »Tut mir leid, wenn ich Ihnen weh tun mußte, Genny. Es ist schon vorbei.«

»Schon gut.«

Sie spürte ihn mit den Fingerspitzen über ihre Wange streichen. Dann zog er ihr die Wollsocke aus. »Da Sie Männerstiefel tragen, wundert es mich nicht, daß Ihre kleinen Füße wie Männerfüße riechen.«

Sie schlug die Augen auf. »Was soll das nun wieder heißen?«

»Einen Augenblick. Ich muß mir erst eine wirklich ekelhafte Antwort ausdenken.« Sie hörte, wie er scharf den Atem einzog. »Das mit Ihrem Knöchel haben Sie wirklich fabelhaft hingekriegt. Er ist angeschwollen wie eine reife Melone.« Er berührte den Knöchel, und sie zischte durch die aufeinandergebissenen Zähne.

»Entschuldigung.« Er stand auf. »Bleiben Sie liegen! Ich hole jetzt kaltes Wasser. Wir müssen den Knöchel kühlen und verbinden. Danach bringe ich Sie nach Hause.«

Als Alec die Kabine verlassen hatte, stemmte sich Genny auf die Ellbogen hoch. Es war die Unterkunft eines Mannes und mit den Büchern und nautischen Geräten, den sauber geordneten Papieren auf dem Schreibtisch und dem Fehlen der geringsten Unordnung ganz nach ihrem Geschmack. Eine Tür führte in die Nachbarkabine. Sie hätte gern gewußt, was da drin war. Dann schaute sie auf ihren Knöchel und zog eine Grimasse. »Ich bin in einem furchtbaren Zustand«, sagte sie laut.

»Ganz recht, aber was konnten Sie denn anders erwarten? Sie beschlossen, Ihre Aufklärung fortzusetzen, kletterten deshalb an Laura Salmons Haus hinauf und guckten ihr ins Schlafzimmer. Da haben Sie dann mich gesehen, Genny. So was mag ich nicht. Was würden Sie denn empfinden, wenn jemand – Mann oder Frau – uns heimlich beobachtete, wie wir uns gerade lieben?«

»Das ist doch absurd!«

»Was ist es?«

»Na, Sie und ich – uns – Blödsinn.«

»Glauben Sie das wirklich?« Er wrang das Handtuch aus und wickelte es ihr um den geschwollenen Knöchel. Sie wußte nicht, was mehr weh tat, ihr Knöchel oder das nasse Handtuch. Doch nach einer Weile setzte ein Gefühl der Taubheit ein, und das war wunderbar.

»Bleiben Sie still liegen! Wir setzen diese Behandlung ungefähr fünfzehn Minuten lang fort. Dann verbinde ich Sie und bringe Sie nach Hause. Leider ist mein Schiffsarzt, Graf Pruitt, nicht da. Er leistet gerade einer Frau Kavaliersdienste, die sehr düstere Ansichten über Baltimore im Busen hegt.«

»Wo hat er denn diese düster gesinnte Frau kennengelernt?«

»Er kennt sie schon längere Zeit. Möchten Sie jetzt etwas Brandy trinken?«

Genny trank den Brandy. Er kam aus Frankreich, war weich und wärmte sämtliche Eingeweide. Grinsend sah Alec zu, wie sie drei große Schlucke nahm.

»Warum grinsen Sie so?«

»Ihretwegen. Sie haben Brandy gekippt, und jetzt möchte ich wetten, daß Sie keine Schmerzen mehr haben.«

»Hab ich auch nicht«, sagte sie, was der Wahrheit entsprach.

»Halten Sie still!« sagte er, wickelte das Handtuch ab und legte ein anderes auf. Dies war noch kälter und noch nasser. Sie sog scharf den Atem ein, sagte aber keinen Mucks.

Dann setzte er sich, legte die Füße übereinander, kreuzte

die Arme vor der Brust und sah zu, wie Genny noch mehr Brandy trank. Eine ganze Menge Brandy.

»Haben Sie wirklich mit ihr geschlafen?«

»Das hab ich Ihnen doch schon gesagt. Sie hat mich fix und fertig gemacht. Sie war wirklich gut und sehr, sehr liebevoll.«

»Ich bin auch liebevoll.«

Alec konnte es kaum fassen, daß solche Worte aus Miß Eugenias Mund gekommen waren. Miß Eugenia, die Männerhasserin! Das war sehr interessant. Alec kannte seinen Charakter. Er ging immer bis an die Grenze, im Leben und bei anderen Menschen. Was konnte ihm schon passieren? Schlimmstenfalls konnte sie ihm ein feuchtes, kaltes Handtuch an den Kopf werfen. »Was meinen Sie damit, daß Sie liebevoll seien?«

»Was ich damit meine? Daß ich lebe, um zu lieben und geliebt zu werden. Sie nicht?«

»Doch. Besonders von einer schönen Frau.«

»So meine ich das allerdings nicht...«

»Ich weiß. Als Mann kann ich natürlich diese flüchtigen und schwer zu bestimmenden Abstufungen der Gefühle und Sensibilitäten einer Frau nicht erfassen.«

»Das stimmt. Außerdem sind Sie hassenswert und arrogant...«

»Mir reicht es jetzt. Ich habe mir gerade überlegt, welche Strafe ich Ihnen auferlegen soll. Ich glaube, nun weiß ich es.«

»Was wissen Sie?«

»Sie sind eine 23jährige Jungfrau, also eine schon ziemlich bejahrte Jungfrau. Haben Sie schon mal einen Orgasmus gehabt, Genny?«

Der Mund blieb ihr offenstehen. Kein Wort kam heraus. Er fand, das war eine wundervolle, ehrliche Antwort.

»Der Orgasmus, mein liebes Mädchen, ist höchstwahrscheinlich eine Serie der phänomenalsten Gefühle, die ein Mensch erleben kann. Sie haben also noch nie einen gehabt, nicht wahr?«

»Ich will jetzt nach Hause.«

»O nein, Genny. Ich bin fest entschlossen, Sie zu bestrafen. Aber diese Strafe wird höchst erfreulich für Sie sein. Ja, Sie dürfen mich einen Zauberer nennen, einen herrlichen Mann, einen Mann mit goldenem Herzen.«

»Ich will nach Hause.« Sie setzte sich auf und riß das Handtuch weg. Genauso schnell nahm Alec ihr das Handtuch ab und warf es wieder in den Eimer mit kaltem Wasser. Dann setzte er sich neben sie, packte sie an den Schultern und drückte sie nach unten.

»Wollen Sie nicht wissen, was ich mit Ihnen machen werde, Eugenia Paxton?«

»Nein, das bringen Sie nicht fertig.«

»Was denn?«

»Woran Sie denken. Nein, das würden Sie nie tun.«

»Genny, warum sind Sie mir zu Laura nachgeschlichen? Warum sind Sie an der Hauswand hochgeklettert und haben sich die Nase an ihrem Schlafzimmerfenster platt gedrückt? Sie wollten doch Ihre Aufklärung vervollständigen, nicht wahr?«

Sie gab keinen Laut von sich.

»Sie wollten sehen, was ich mit der Frau anstelle, nicht wahr? Nun, ich werde Ihre Aufklärung jetzt wieder selbst ein wenig in die Hand nehmen.«

»Nein«, sagte sie.

»Sie werden es genießen, das verspreche ich Ihnen.«

»Ich lasse mich nicht von irgendeinem Mann anrühren!«

»Ich bin nicht irgendein Mann, meine Liebe. Ich bin der Mann, dem Sie nachgeschlichen sind. Und außerdem bin ich der erste Mann, der Ihnen den höchsten Genuß einer Frau bereiten wird.«

»Das können Sie gar nicht.«

»Was kann ich nicht?«

»Das gibt es gar nicht. So etwas kann es nicht geben. Das habt ihr verderbten Männer euch nur ausgedacht, um die Frauen dazu zu bringen, daß sie mit euch ins Bett steigen!«

Alec lachte. »Sie machen Witze, Genny. Ich freue mich schon darauf, wie Sie Ihre Worte später bereuen werden. Da ich aber schon mit Laura geschlafen habe, brauchen Sie nicht zu befürchten, daß ich Sie in dieser Art attackieren werde.«

Schade drum, dachte er dabei. Er hätte ihr zu gern die Jungfernschaft ein für allemal geraubt. Es verlangte ihn danach, in sie einzudringen, zu fühlen, wie sie ihn von allen Seiten umgab, ihr Erstaunen zu erleben und zu sehen, wie ihre Augen immer größer wurden, wenn er tiefer und tiefer in sie stieß und wieder zurückwich. Er wollte ihr Zittern spüren und sie schreien hören, wenn er sie mit dem Finger, mit der Zunge berührte...

»In welcher Art?«

»Wie bitte? Ach so. Ich meine, daß ich nicht in Sie eindringen werde. Ein Mann braucht Zeit, um neue Kräfte zu sammeln, damit sein Körper genau so willig ist wie sein Geist. Das braucht seine Zeit...«

»Ich will nicht, daß Sie mich anrühren. Ich will jetzt nach Hause.«

»Sie sind so blau, daß Sie wahrscheinlich in den Patapsco fallen würden. Nein, Sie bleiben jetzt hier und lassen sich verwöhnen. Aber Sie müssen auch daran denken, daß es gleichzeitig die Strafe für Ihr ungeheuerliches Benehmen ist, Genny.«

»Ich lasse mir das nicht gefallen, Alec! Auf keinen Fall!«

Sein Griff um ihre Schultern verstärkte sich. Er beugte den Kopf zu ihr hinab und küßte sie. Leicht und sanft auf die geschürzten Lippen. Sie versuchte, sich von ihm freizumachen, aber er war einfach zu stark für sie. Er küßte sie und küßte sie wieder und begriff es selber nicht. Er hatte schon viele Frauen geküßt, und nun küßte er Genny und hatte Freude daran und wollte sie weiter küssen. Das erschreckte ihn. Aber er hörte nicht auf. Er dachte gar nicht daran aufzuhören.

Als er schließlich den Kopf hob, erkannte er deutlich, daß sie ebenso bewegt war wie er. Ihr Blick war unsicher, erstaunt. Ein ganz leiser Ton kam aus ihrer Kehle. Da verstand er und küßte sie wieder.

Doch im nächsten Augenblick schlug sie mit den Fäusten auf seine Schultern ein. »Ich will nach Hause!«

»Du gehst jetzt nicht nach Hause. Also sei still! Dir hat das Küssen genauso gefallen wie mir. Was hast du denn? Ich will dir ja nur noch mehr Freude spenden.«

»Ich will nicht deine Hure sein.«

»Nein, das sollst du auch nicht. Dafür fehlen dir Talent und Kenntnisse. Mr. Eugene, wenn ich mit Ihnen fertig bin, dann werden Sie sich fragen, warum Sie je den Mann spielen wollten. Sie werden es genießen, eine Frau zu sein. Wahrscheinlich werden Sie Ihre sämtlichen Hosen ins Feuer werfen...«

»Und dich anflehen, daß du mich zu deiner Geliebten machst? Dich bitten, mit dir zu schlafen? Ich hasse dich, Alec Carrick. Du bist hochnäsig und grausam...«

»Wenigstens schleiche ich nicht hinter anderen Leuten her, um sie bei der privatesten und geheimsten Tätigkeit zu beobachten, die die Natur vorgesehen hat! Genug jetzt!«

Alec wurde nun zornig, und als er sie küßte, tat er es grob und fordernd. Er zwang sie, die Lippen zu öffnen. In ihren Mund sagte er: »Wenn du mich in die Zunge beißt, dann geht es dir schlecht, meine Liebe.«

Das Gefühl, seine Zunge in ihrem Mund zu haben, übte eine so überraschende Wirkung auf Gennys ganzen Körper aus, daß es ihr nie in den Sinn gekommen wäre zu beißen. Doch nun, da er sie darauf aufmerksam gemacht hatte, daß er erwartete, sie würde ihn beißen, um ihre Mädchenehre zu bewahren, da tat sie es. Sie biß scharf zu.

Alec fuhr zurück. Sein Gesicht rötete sich vor sexueller Begierde und Zorn. »Ach, Genny, das wirst du noch bitter bereuen.«

»Ich will sofort nach Hause, Alec.«

»Ich rate dir stillzuhalten. Sonst kommst du noch in völlig zerfetzten Männerkleidern nach Hause.« Und in aller Ruhe begann er, ihr das Hemd aufzuknöpfen.

»Nein!«

»Wenn es gar nicht anders geht, binde ich dich fest, Genny. Und dann gieße ich dir noch mehr Brandy in die Kehle.«

»Nein, das tust du nicht. Ich lasse es nicht zu. Ich zerkratze dir das Gesicht...«

Alec zog die Krawatte ab, packte Genny an den Handgelenken und band sie zusammen. Dann riß er ihr die Arme über den Kopf.

»Nein!«

Die Krawattenenden band er um die Kopfleiste der Koje. »Genug ist genug. Strafe und Aufklärung. Du gewinnst und verlierst, Genny. So mußt du das sehen. Und denk daran, daß der Mann die Frau unterwirft! Das ist sein Recht. Denke daran, daß ich dich mir unterwerfe! Daß du leidenschaftlich nach der Berührung meiner Hände verlangen wirst. Daran mußt du denken, während ich dich ausziehe, bis du so nackt bist, wie du in Baltimore zur Welt kamst.«

»Ich bin nicht in Baltimore geboren!«

Er lachte. Als er an den Knöpfen ihrer Hose fummelte, wand sie sich und strampelte mit den Beinen.

Doch es nutzte ihr nichts.

»Wo bist du denn geboren? In der Hölle? Da ist der Satan wohl blaß geworden, nachdem er einen Blick auf dich geworfen hatte, wie?«

Er zog ihr die Hose bis zu den Knien herunter.

9

»Nein«, sagte er überrascht, als er sie betrachtete, »dich hätte Satan nicht hinausgejagt.«

Mit dem rechten Arm hielt er ihr die Beine fest und schaute auf ihren weißen Leib und das weiche, kastanienbraune Vlies auf ihrem Venushügel. Dann hob er die rechte Hand und ließ sie eine Weile darüber schweben, bis er sie langsam, sehr langsam senkte. Genny ließ kein Auge von der Hand. Seit er ihr die Hosen bis zu den Knien herabgezogen hatte, war von ihr noch kein Laut zu vernehmen gewesen.

Umgekehrt konnte er sich an dem schönen Frauenkörper

nicht sattsehen. Mit den Fingern berührte er sie leicht, ließ sie wieder los und legte ihr schließlich die gespreizte Hand auf den flachen Unterleib.

»Sehr hübsch, Genny. Wirklich sehr hübsch.« Danach zog er ihr die Hose und die Unterwäsche über die Beine und Füße vom Leib und warf die Sachen auf den Fußboden.

»Jetzt das Übrige. Hmm, ich werde dir wohl eins meiner Hemden leihen müssen.«

Er riß ihr das Hemd vom Leib und öffnete die Verschlüsse des leinenen Unterhemds. Dann zog er sie völlig nackt aus, setzte sich zurück und betrachtete ihren ganzen Körper vom Kopf bis zu den Zehen.

Sehr seltsam war Alec zumute. Er konnte sich nicht erinnern, in seinem Leben als Erwachsener je ein solches Gefühl verspürt zu haben. Dabei war sie doch nur eine Frau, nicht einmal besonders schön. Doch ihr weißer Körper, diese vollen Brüste, diese sehr langen Beine mit der weichen Muskulatur... Er wollte sie berühren, jeden Zoll ihres Körpers abtasten. Er wollte sich selber die Kleider vom Leib reißen, tief in sie eindringen und ihr sagen, daß er – daß er... Ja, was denn, um Himmels willen?

Da hob Genny die Hüften an, stemmte die Fersen gegen das Bett und zog mit aller Kraft an den gefesselten Handgelenken. Sie zog, zerrte und riß.

Ohne Erfolg.

Jetzt begann sie zu fluchen, ein Strom von Flüchen, und dann zog und zerrte sie wieder.

»Ich bin Seemann, Genny. Ich verstehe mich auf Knotenbinden.«

»Laß mich frei, Alec Carrick. Ich will nicht so vor dir liegen. Ich will nicht, daß du mich anstarrst und mich auslachst und...«

»Hast du mich lachen hören?«

»Aber du wirst mich auslachen, weil ich wie ein Mann aussehe, weil ich mager und sehr häßlich bin und...«

»Was bist du?« Er nahm die Hand von ihrem Bauch und

umfaßte eine Brust. »Du sollst mager sein? Deine Brüste – nein, Genny, mager bist du nicht.«

Ihre Haut war unglaublich weiß, und ihre hellrosafarbenen Brustspitzen waren flaumig wie Samt, und... Auf einmal konnte er sich selber nicht mehr leiden. Aber seltsamerweise nicht, weil er eine Frau in seiner Koje gefesselt, ihr die Kleider vom Leib gerissen hatte und sie zum Orgasmus bringen wollte. Sondern er verachtete sich, weil er Laura begehrt, ihre Brüste geküßt und so wild auf sie gewesen war, bis er Genny am Fenster gesehen hatte und sein Verlangen nach Laura so abrupt erloschen war wie die letzten glimmenden Holzreste im Kamin. Er verstand sich selber nicht mehr, und ihm war unbehaglich.

»Und häßlich bist du auch nicht. Wie bist du nur darauf gekommen? Hast du denn keinen Spiegel? Weißt du denn nicht, daß sogar Männer in den Spiegel schauen? Also hättest du das auch tun können, wenn du dich als Mann kostümiert hast.«

Wieder zerrte sie an den Handfesseln. »Du weißt sehr gut, daß ich im Vergleich zu den Frauen, die du sonst hast, eine unansehnliche kleine Bettlerin bin!«

»Eine unansehnliche kleine Bettlerin«, wiederholte er grinsend. »Glaubst du das wirklich? Laß es dir von einem erfahrenen Manne sagen, Genny – du bist die am wenigsten unansehnliche Frau, mit der ich es je zu tun hatte.«

»Ich habe doch gesehen, wie du Lauras Brüste geküßt und sie berührt und gestreichelt hast.«

»Das stimmt.« Was sollte er sonst sagen? sie würde ihm ja doch nicht glauben, wenn er ihr gestand, daß es ein ganz anderes Gefühl war, sie zu berühren. Er konnte es ja selber kaum glauben.

Genny wußte nicht mehr, was sie tun sollte. der Brandy hatte ihren Geist etwas umnebelt, aber doch nicht so sehr, daß sie nicht jede Berührung seiner wunderbaren Finger gespürt hätte... Sie mußte dem ein Ende machen. Sie konnte sich doch nicht einfach damit abfinden, daß sie gefesselt vor ihm lag, daß sie sich von einem Mann betrachten und betasten ließ. »Bitte, Alec, laß mich jetzt nach Hause gehen! Es tut mir leid, daß ich dir und Laura nachspioniert habe. Ich verspreche dir, ich will es auch wirklich nie wieder tun.«

»Dafür ist es zu spät, Genny«, sagte er. »Viel zu spät. Ich habe dir gesagt, daß ich dir deine Jungfernschaft nicht rauben werde. Die muß eine Frau freiwillig einem Manne schenken, die darf man ihr nicht rauben. Aber davon lasse ich mich nicht abbringen: Ich werde dir den höchsten Genuß verschaffen, den man als Frau haben kann.«

»Nein! Ich will das nicht. Es ist lächerlich! So etwas gibt es gar nicht.«

»Du dummes, kleines Mädchen! Ich werde dich jetzt ganz wild machen, Genny. Dann wirst du mir ganz gehören, wirst mir vollständig zu Willen sein.«

»Ich will aber nicht unter deiner verdammten Fuchtel stehen!«

»Schade drum.« Plötzlich zog er ihre Wollmütze ab, die Klammern aus ihrer Frisur, fuhr mit den Fingern durch ihr Haar und ordnete es glättend auf dem Kopfkissen. »So ist es schon viel hübscher. Jetzt könnte dich niemand mehr für einen Mann halten.«

»Bitte, binde mich los, Alec!«

»Auf keinen Fall, Mr. Eugene. Nein, die Fesseln müssen bleiben, damit ich mich dir ganz widmen kann, ohne befürchten zu müssen, daß du mir zwischen die Beine trittst.« Während des Sprechens strich er ihr über die Brüste und streichelte die Spitzen, bis sie sich aufrichteten und hart wurden. Dann wanderten seine Hände tiefer und umfaßten ihre Taille.

»Du bist überhaupt nicht mager, Genny«, sagte er. »Jetzt werde ich mal eine andere Stellung einnehmen. Ich will alles von dir sehen, meine liebe Genny, und die schönste Aussicht ist zwischen deinen Oberschenkeln verborgen.«

Nach diesen unverschämten Worten sträubte sie sich heftig gegen ihn, aber das konnte ihn nicht von seiner Absicht abhalten. Er zog ihr die Oberschenkel auseinander und kniete sich davor. »Noch weiter«, sagte er und ließ den Worten Taten folgen. Ganz weit spreizte er ihre Beine. Ihre Knie lagen nun über seinen Beinen.

Sie schloß die Augen. Dies war entsetzlich! Einmal blickte sie kurz auf und sah, wie er auf sie herabstarrte. Jetzt war sie völlig seinen Blicken preisgegeben.

»Du bist schön«, sagte er. Und da spürte sie schon, wie seine warmen, starken Finger über sie hinwegstrichen und sie sanft streichelten. Dann teilte er langsam ihr Geschlecht, und sie wußte, was er sich jetzt ansah. »Sehr schön.«

»Hör sofort damit auf! Sieh mich nicht an!«

Er hob den Kopf. »Warum denn nicht? Einem Mann gefällt es, sich vorher anzuschauen, wo er einmal eindringen wird. Später, nicht heute abend. Das ist abgemacht.«

Sie war wütend – und zugleich erregt, wenn er seiner Erfahrung trauen durfte – und das bereitete ihm großes Vergnügen. Sehr sanft ließ er einen Finger in sie gleiten. Er hörte, wie sie scharf den Atem einzog, und fühlte, wie ihre Muskeln sich spannten. »Du bist sehr eng gebaut, Genny.« Sein Finger drang tiefer ein, aber ganz langsam. Es tat nicht weh. Für Genny war es unglaublich erregend. Nichts war mit diesem Gefühl zu vergleichen. Sie wartete gespannt, wütend und erregt. Die Hüften hielt sie jetzt still. Und ihr Körper verlangte nach mehr.

Als er mit dem Finger an ihr Jungfernhäutchen stieß, schloß Alec die Augen und flüsterte: »Genny.« Ganz langsam zog er den Finger wieder heraus. Dann schob er ihn erneut hinein. Sie schrie auf und hob die Hüften an. Er sah, daß sie völlig überwältigt war, und das bereitete ihm einen größeren Genuß, als er sich vorgestellt hatte. Sie war überwältigt – und gleich darauf enttäuscht, weil er nicht weitermachte.

»Gehört zu deiner Aufklärung«, sagte er. Dann senkte er den Kopf und bahnte sich mit den Fingern den Weg durch das weiche Haarvlies. Und dann spürte sie, wie er sie dort mit dem Mund berührte, und der Schock brachte sie beinahe um.

»Nein!«

»Psst«, sagte er. Sein warmer Atem ließ sie erschauern und

zittern, es war wieder dieses unglaubliche Gefühl, das vorher sein Finger in ihr erregt hatte. Nie im Leben hätte sie geglaubt, daß so etwas zwischen Mann und Frau möglich wäre. Er küßte und liebkoste jetzt einen Teil von ihr, dessen sie sich selber nie bewußt geworden war. Jetzt spürte sie ihn um so mehr. O Himmel, es war unbeschreiblich!

Sie hob die Hüften, nach seinem Mund drängend, und er half ihr mit den Händen nach. »Sehr nett, Genny«, flüsterte er, und wieder ließ der warme Hauch seines Atems sie vor Lust alles ringsum vergessen. »Das schmeckt so süß, wie du bist, wie eine Frau sein soll.«

Genny wußte nicht mehr, was sie tun sollte. Sie ergab sich ihm. Wenn sie ganz ehrlich zu sich war, hatte sie sich schon vor einigen Minuten ergeben. Nein, seit Tagen. Im Grunde seit dem Tag, da sie ihn zum erstenmal erblickt hatte. Ein pochendes Lustgefühl im Körper, dort wo sein Mund sie lehrte, liebkoste, leckte, spülte über sie hinweg und überschwemmte sie ganz und gar. Sie fühlte, daß sie dort heiß und feucht war, sie merkte es genau, und selbst in diesem Augenblick hätte sie noch verlangt, er solle aufhören, wenn in ihr nicht die Vorahnung von noch etwas Schönerem gewesen wäre, das sie sich überhaupt nicht vorstellen konnte. So stöhnte sie nur und bog den Rücken vor. Ihre Beine zitterten und erstarrten dann.

»Gut so, Genny«, flüsterte er und streichelte sie mit dem Finger. »Laß dich gehen! Drück dich gegen meinen Mund! Ja, so ist's gut. Du schmeckst wunderbar. Ich fühle deine Beine, wie sie sich um mich pressen. Noch einen Augenblick – ah, jetzt, gefällt dir das?«

Es war mehr als genug.

Gennys Kopf fiel auf das Kissen zurück. Sie konnte nicht anders, sie schrie laut. Ihre Oberschenkel schlossen sich um seinen Kopf. Ein so unerwartet starker Krampf durchlief ihren Körper, daß sie nicht wußte, ob sie das überleben würde. Aber erstaunlicherweise war ihr das ganz gleich. sie wünschte nur, daß diese unbeschreiblichen Gefühle anhielten, und dabei stieß sie immer neue Schreie aus.

Alec gab sich alle Mühe, gelassen zu bleiben. Jetzt hatte er sie, sie war die seine, sie tat, was er wollte, sie war seinem Willen unterworfen. Bis zu ihrem Lebensende würde sie diese Nacht nie vergessen. Stets würde sie daran denken, daß er ihr diese herrliche Lust gespendet hatte. Doch er zweifelte auch nicht daran, daß ihm das ebenso unvergeßlich bleiben würde. Aber wichtiger war, daß sie nun ihm gehörte. Und mehr als alles andere im Leben verlangte es ihn, wirklich von ihr Besitz zu ergreifen, jetzt, in diesem Augenblick.

Sie atmete schwer und um so lauter, je mehr die Schwingungen der höchsten Lust allmählich verebbten. Schließlich kam sie zur Ruhe. da hob er den Kopf und blickte ihr in die Augen.

Laut sagte er: »Ist alles gut, mein Herz?«

Sie sah ihn lange an. Dann endlich sagte sie flüsternd: »Ich weiß nicht. Nichts ist mehr, so wie es war und sein sollte. Ich weiß nicht.«

»Du mußt jetzt ganz langsam atmen. So ist's gut. Jetzt heben sich deine Brüste nicht mehr so rasch. Ja, dein Herz schlägt auch langsamer, ich fühle es.«

»Ich verstehe das nicht«, sagte sie. Ihre Augen sahen ihn groß und verwirrt an.

»Die höchste Lust einer Frau, Genny. Du hast soeben deinen ersten Orgasmus erlebt. Das war eine gute Lektion heute abend.«

»Aber ich verstehe dich nicht. Du hast doch gar nichts... Ich sah doch, wie Laura mit der Hand über deinen Unterleib fuhr und dich unten anfaßte, und da wurdest du ganz groß und steif und...«

Ah, dieser wollüstige Schmerz in den Lenden, den diese Worte bei ihm verursachten! »Keine Sorge, du bist noch immer eine Jungfrau. Der zauberhafte Mann, den du wahrscheinlich eines Tages heiraten wirst, wird keine Enttäuschung erleben.«

»Nein.«

»Was nein?«

»Das werde ich keinem Mann gestatten.«

Er seufzte. »Du hast eine Art, zu gewissen Dingen ein bestimmtes Nein zu sagen, die mich in Versuchung führen könnte, sie gerade deswegen zu tun.«

»Du hast getan, was du wolltest. Jetzt binde mich los!«

Doch statt dessen beugte Alec sich über sie und küßte sie. Sein Mund schmeckte nach ihrem Körper. »Öffne die Lippen!« sagte er, und sie tat es, wenn auch nur ein wenig. Es wäre ihr nicht eingefallen, ihn wieder zu beißen. Seine Küsse schmeckten wunderbar. Und er erzeugte wunderbare Gefühle. Schon spürte sie abermals wachsendes Verlangen tief im Leib. »Oh.«

»Hmm?«

»Es fängt wieder an.«

Er hob den Kopf. »Soll ich dir noch einmal Lust bereiten?«

»Selbstverständlich nicht. Ich möchte, daß du mich losbindest.«

»Aber du bist sehr leidenschaftlich, Miß Paxton, und ich möchte deine Leidenschaft noch öfter miterleben. Ein Blick in dein Gesicht, als der Höhepunkt kam – es war eine wunderschöne Mischung aus jungfräulicher Unschuld und tiefer Wollust.«

»Laß mich gehen, Alec!«

Er seufzte. »Vielleicht sollte ich dich jetzt wirklich gehen lassen. Beim nächstenmal möchte ich aber, daß du einen Höhepunkt nach dem anderen erlebst.«

»Es wird kein nächstesmal geben.«

Auf einmal wurde sein Blick ganz hart und unbarmherzig, so daß sie ein Schauder durchrann. Doch der Ton, in dem er mit ihr sprach, klang gelassen, fast erheitert. »Du meinst nicht? Und wieder bist du dir so völlig sicher. Du mußt mich aber noch kennenlernen, Genny, mich richtig kennenlernen. Das nächste Mal wird es wahrscheinlich nicht mal mehr nötig sein, dich zu fesseln. Und wie geht es jetzt deinem Knöchel? Nicht mehr ganz so geschwollen.« Er berührte ihn leicht mit den Fingern. Sie sog scharf den Atem ein. »Immer noch empfindlich. Nun, das überrascht mich nicht. Du bist ja sechs Meter tief gefallen. Kannst dich übrigens glücklich schätzen, daß ich Laura nichts von deinem unerhörten Betragen erzählt habe. Wie wäre dir denn zumute, wenn sich die Geschichte in ganz Baltimore herumspräche?«

Genny erschrak. »Wirst du es anderen sagen?«

Er schenkte ihr ein Lächeln. »Laß uns einen Handel machen, Miß Paxton! Ich halte meinen Mund – kein Wort, auch nicht zu Laura – wenn du dafür einwilligst, meine Geliebte zu werden. Gleich jetzt. Was hältst du davon?«

Hätte sie die Hände frei gehabt, dann wäre ihm schnell klar geworden, was sie davon hielt. So zerrte sie nur einmal mit aller Kraft an den Fesseln und zischte dann durch die geschlossenen Zähne: »Du hast selber gesagt, mir fehlt die Erfahrung, um eine Geliebte abzugeben.«

»Das ist wahr. Aber ich muß zugeben, daß ich mich geirrt habe. Du hast große Leidenschaft und Begeisterung verraten. Das sind köstliche Eigenschaften. Sie können auch die beste Erfahrung mehr als wettmachen.«

»Eines Tages werde ich mit dir machen, was du heute mit mir gemacht hast.«

Seine Augen wurden groß. Überrascht fragte er: »Versprichst du mir das?«

Da mußte sie schlucken. Denn sie sah ihn gerade im Geiste vor ihr auf dem Rücken liegen, die Hände über dem Kopf gefesselt. Und sie stellte sich vor, wie sie ihn nackt auszog und ihn sich genau betrachtete, wie er sie betrachtet hatte, ihn untersuchte und anfaßte. Es würde ein außerordentliches Erlebnis für sie sein. Ja, am liebsten hätte sie es auf der Stelle getan.

»Du hättest nichts dagegen? Es würde dir gefallen, hilflos auf dem Rücken zu liegen? Und zu wissen, daß ich alles mit dir anstellen kann, was ich mir wünsche? Sag jetzt nicht ja! Ich würde es doch nicht glauben!«

»Wenn ich dir vertrauen könnte, wenn ich wüßte, daß du dich mir mit der gleichen Begeisterung und, äh, Ehrfurcht und Achtung nähertest, wie ich sie dir erwies, dann hätte ich nichts dagegen. Ich würde es sogar genießen. Denn du weißt ja, um etwas gut zu können, muß man es wieder und wieder üben.«

»Ein Mann hat ja nie Vertrauen zu einer Frau.«

»Das ist ein albernes Klischee.«

»Ha! Dabei hast du selber zugegeben, daß kein Mann mit Selbstachtung Geschäfte mit mir abschließen würde. Und dabei baue ich ausgezeichnete Schiffe. Alles nur, weil ich eine Frau bin, was überhaupt nichts mit Tüchtigkeit zu tun hat! Würdest du mich jetzt bitte losbinden? Mir ist kalt.«

Er sah sie nochmals lange an. »Gut.« Dann befreite er ihre Handgelenke von der Fessel, massierte sie und zog ihr die Bettdecke bis zur Taille hoch. »Deine Brüste sind aber nicht kalt.«

»Woher willst du das wissen?«

»Weil deine Nippel ganz glatt und weich sind. Wären sie kalt, dann würden sie runzlig sein und... Übrigens sind deine Brüste sehr schön.«

»Du kannst nur über solche Dinge reden.« Und damit zog sie sich die Decke bis ans Kinn. Er sah es mit Bedauern, ließ es sich aber gefallen.

»Vergib mir, aber ich finde deine Brüste einfach aufregend. Du setzt dich ja selber herab, Genny.«

»Du hast mich genügend bestraft, Baron. Ich will jetzt nach Hause.«

Alec verdrehte die Augen zum Himmel. »Ich spende dieser Frau höchste Lust, und sie spricht von Strafe! Ich rühme ihre Brüste, und sie nennt mich einen Wüstling. Ein Mann gibt sich die größte Mühe, aber die Frau beklagt sich unentwegt.«

»Ich beklage mich nicht.«

»Nein?« sagte er. »Nein, das tust du nicht, oder?«

Moses sah erst den Baron an und dann das kleine Mädchen an seiner Hand, das wie eine Miniaturausgabe von ihm aussah. »Sir! Kommen Sie herein, Lord Sherard, Sir! Und wer ist denn diese kleine Dame hier? Die haben Sie wohl unter 'nem Kohlkopf gefunden, Sir? Mein Gott, was für ein hübsches kleines Ding sie ist!«

»Das ist meine Tochter Hallie. Hallie, meine Liebe, das ist

Moses. Er leitet den Haushalt der Paxtons, und er macht das sehr gut.«

Hallie betrachtete den großen, dünnen Schwarzen. »Deine Haare sehen aber komisch aus. So gekräuselt und steif und wie Pfeffer. Darf ich sie mal anfassen?«

»Ja, kleine Dame, sicher.« Alec nickte, und Moses nahm Hallie auf den Arm. Erst vorsichtig, dann kühner faßte sie seine Haare an und zog sogar ein bißchen. Dann sagte sie lächelnd: »Es fühlt sich wunderbar an, Mr. Moses. Ich wünschte, ich hätte auch solche Haare.«

»Du bist 'ne kleine Süße«, sagte Moses. »Aber ich möchte wetten, dein Papa hat es lieber, wenn deine Haare so bleiben, wie sie sind.«

»Wen haben wir denn hier?«

Alec wandte sich um. Es war Mr. James Paxton. »Guten Morgen, Sir. Ich habe meine kleine Tochter mitgebracht, um sie mit allen bekannt zu machen. Hallie, mein Liebling, das ist Mr. Paxton.«

Hallie fühlte sich auf Moses' Arm sichtlich wohl. »Hallo, Sir. Sie haben ein schönes Haus. Es ist ganz anders als unsere Häuser in England.«

»Wie viele Häuser hast du denn, junge Dame?« erkundigte sich James.

»Ich weiß nicht. Da müssen Sie meinen Papa fragen.«

»Wir haben vier Häuser«, sagte Alec.

»Mr. Moses hat sehr hübsche Haare.«

»Ist mir noch gar nicht aufgefallen.« Dann zeigte er eine tief beeindruckte Miene. »Ich glaube, du hast recht, Hallie.«

Moses drückte Hallie an sich und übergab sie dann wieder ihrem Vater. »Ich bringe dir jetzt ein paar Stücke von Lannies Sesamkuchen. Ist dir das recht, Kleine?«

»O ja, Mr. Moses, die hätte ich gern.«

Über den Kopf des Kindes hinweg lächelte James Alec an. »Haben Sie sie für das diplomatische Korps vorgesehen?«

Alec grinste.

Später fiel ihm auf, daß sich James Paxton an diesem Vormittag nur sehr langsam bewegen konnte. Das gefiel ihm gar nicht. Der Gesundheitszustand des Mannes war wirklich bedenklich. Er folgte ihm in den Salon, zeigte Hallie den vergoldeten Vogelkäfig und nahm dann neben James Platz.

»Wie geht es Ihnen, Sir?«

»Das Alter, mein Junge«, sagte James lächelnd. »Es ist ein Elend. Nur der Tod kann noch schlimmer sein. Ich lebe wenigstens noch.«

»Ist Genny hier?«

»Merkwürdigerweise ja«, sagte James. »Sonst geht sie schon immer früh aus dem Haus. Aber Moses sprach von einem verstauchten Fußknöchel. Kann ich mir gar nicht vorstellen, aber wir werden es ja sehen. Ihre hübsche Tochter ist Ihnen wie aus dem Gesicht geschnitten. Hat sie gar nichts von ihrer Mutter?«

»Sehen Sie, wie versunken sie ist? Alles, was sie tut, tut sie mit voller Hingabe. Ihre Mutter war gelegentlich ebenso. Hallie ist für mich das Wichtigste im Leben.«

»Ist ihre Mutter bei der Geburt gestorben?«

»Ja.«

»Meine Frau auch. Diese elenden Ärzte! Wenn ich nur daran denke! Arme Mary! Sie hätte noch viele Jahre leben können. Wir hätten noch so viel gemeinsam erleben...« James verfiel in Schweigen, und Alec fühlte, daß er nie über diesen Kummer hinweggekommen war. Sein Blick fiel auf Hallie. Ein Glück, daß er sie noch hatte!

»Entschuldigen Sie, daß ich mich wie ein rührseliger alter Narr benehme. Sind Sie schon zu einem Entschluß gekommen, Alec?«

»Guten Morgen, Vater. Baron.«

Beim Klang von Gennys Stimme spürte Alec einen innerlichen Stich. Sie sprach so steif, so übermäßig förmlich. Er gestand sich ein, daß er Hallie sozusagen als Prellbock mitgebracht hatte.

»Hallo, Genny. Was höre ich da von einem verstauchten Knöchel?« Für den Unbeteiligten hörte es sich nach Mitgefühl an. Doch Genny hörte den Spott heraus. Sie sah die kleinen Teufel in seinen schönen Augen tanzen und hätte gern losgebrüllt, ihn angespuckt, ihn zu Boden geworfen und ihn geküßt, bis er... Sie war ein dummes Mädchen. da war er, lachte sie insgeheim aus, ergötzte sich an ihrem Mißgeschick, schaute sie an, sah sie durch die Kleidung nackt vor sich und streichelte sie in Gedanken. Sie schauderte.

Sie mußte sich zusammennehmen. »Es ist weiter nichts. Ich habe ihn mir gestern abend verstaucht, als ich die Treppe hochging.«

»Das hättest du mir sagen sollen«, sagte James. »Dann hätte ich dafür gesorgt, daß du kalte Umschläge machst.«

»Kalte Umschläge helfen bei solchen Verletzungen ausgezeichnet«, sagte Alec. »Aber wie konnte es denn beim Treppensteigen zu dem Unfall kommen. Verstauchung? Sieht eher so aus, als seien Sie gefallen, wie?«

»Nein! Gefallen bin ich nicht. Ah, hier kommt Moses mit dem Tee und etwas zu essen. Was, wer ist denn das?«

In diesem Augenblick hatte sie Hallie erblickt. Sie starrte das kleine Mädchen an, und das kleine Mädchen starrte Genny an. Hallie war das schönste Kind, das sie je gesehen hatte. Sie war mit keinem Kind näher bekannt und verstand auch nicht, mit Kindern umzugehen. Aber dieses ernste Gesicht – es war ganz Alec. Er mußte der Vater sein. Genny schluckte. Sie war dankbar, daß Moses gerade Kaffee und Tee einschenkte und sie deshalb nichts zu sagen brauchte.

»Vielen Dank, Mr. Moses«, sagte Hallie mit ausgesuchter Höflichkeit.

»Möchtest du Milch, Kleine?«

»O ja, bitte, Mr. Moses. Ist das hier Lannies Spezialsesamkuchen?«

»Ja, sicher. Greif nur zu!«

»Vielen Dank.«

Genny starrte sie immer noch an. Alec hatte also ein Kind, ein kleines Mädchen, und das Kind war wie sie angezogen. Es trug die Kleidung eines Jungen.

»Wer bist du denn?«

Hallie lächelte den hübschen jungen Mann an, der eine Frau war. »Sie sind aber kein Mann, wie Papa einer ist.«

»Allmählich komme ich zu der Erkenntnis, daß ich mir als einzige einbilde, ich sähe wie ein Mann aus«, sagte Genny und riß sich die Wollmütze vom Kopf.

»Ich bin Hallie Carrick. Das ist mein Papa. Wenn er will, daß ich eine Wollmütze aufsetze, dann macht er mir einen Zopf. Sonst verwuscheln die Haare zu sehr, und dann sagt Papa Wörter, die ich nicht sagen darf, oder er haut mir den Hintern grün und blau.«

Dieser Schönling flocht die Haare eines kleinen Mädchens zu einem Zopf?

»Hallie, was sagst du da? Du sollst doch nur mein Lob singen!«

»Du bist der beste Papa auf der ganzen Welt.«

»Das hört sich schon besser an«, sagte Alec, »und außerdem ist es selbstverständlich die reine Wahrheit. Nun setz dich hin, mein Kürbis, und trink deinen Tee! Also dies hier ist, wenn sie die Wollmütze auf dem Kopf trägt, Mr. Eugene Paxton, und ohne Wollmütze wird sie zu Miß Eugenia oder Genny. Genny, das ist meine Tochter.«

»Sehr erfreut, Hallie.«

»Die Sache ist so«, sagte Alec, und immer noch sah Genny die Teufelchen in seinen Augen tanzen, »Hallie befindet sich in der gleichen Lage wie Sie. Sie braucht zwei Mädchenkleider, Unterwäsche, Schuhe und Strümpfe. Lauter Sachen, von denen Sie vielleicht schon mal gehört haben.«

In der Tasche hatte er eine von Mrs. Swindel aufgestellte Liste. Sie hatte ihm rundweg erklärt, daß ein fünfjähriges Mädchen in Hosen völlig unmöglich sei. Als sie ihm die Liste gab, hatte sie noch gesagt: »Die ist auch schon aus allem herausgewachsen. Selbst diese dummen Hosen sind zu kurz für sie.« Und im übrigen wisse sie nicht, was sie mit dem Schrank in Hallies Zimmer in der Fountain Inn machen solle. Er rieche nach Muskatnuß und Kampfer, jawohl, ein übler Geruch für ein kleines Mädchen.

»Deshalb kam ich her, um Sie zu bitten, uns zu einer Damenschneiderin zu begleiten. Ich nehme an, man hat Sie schon beliefert. Wäre es Ihnen möglich, sich etwas, sagen wir, Konventionelleres anzuziehen ?«

»Mein Knöchel tut so weh, daß ich damit nicht durch alle möglichen Läden ziehen kann.«

»Wie merkwürdig! Ich fand, daß Sie sich ganz normal bewegen. Wirklich, ich war von dem schnellen Heilungsprozeß überrascht. Wenn man die Treppe *hinauffällt* – das sagten Sie doch, nicht wahr? – darf man das nicht auf die leichte Schulter nehmen. Soll ich mir den Knöchel mal ansehen? Ich bin als Fachmann für Knöchel bekannt.«

Genny hätte ihm gern einige kräftige Schimpfworte ins Gesicht gesagt. Doch in diesem Augenblick begegneten sich ihre Blicke, und sie sah sich in seinen Augen nackt auf dem Rücken liegen, die Hände über dem Kopf gefesselt, und mit angehobenem Becken, weil er sie mit Hand und Mund liebkoste.

Sie schluckte.

»Genny?«

10

»Ich gehe zur Werft.«

Hallie blickte von ihrem Kuchen hoch. »Zur Werft? Sind Sie die Genny, die in einer Werft arbeitet?«

Genny warf Alec einen Blick zu. »Ja, meinem Vater und mir gehört die Paxton-Werft am Fells Point.«

»Oh, dann sind Sie die Frau, die Papa wütend auf sich macht.«

»Das stimmt genau. Er versteht es gut, und schafft es immer ganz schnell.«

Rasch sagte Alec: »Hallie, möchtest du noch mal Mr. Moses' Haare anfassen?«

»Jetzt nicht, Papa«, sagte sie. Dann wandte sie wieder Genny ihre volle Aufmerksamkeit zu. »Ich habe ihn gefragt, warum er das tut, und er sagte, er weiß es nicht. Und dann sagte er, er möchte gern sehen, was Sie dann tun. Er sagt, Sie können Männer nicht leiden und wollen nie heiraten. Und ich hab' gesagt, das ist unmöglich, weil ihn nämlich alle Frauen mögen.«

»Das hat er dir gesagt?«

Hallie sah sie neugierig an. »Nein. Ich will nur sehen, wie die Leute reagieren, wenn ich so was sage, wissen Sie.«

Genny kam sich lächerlich vor. Von einem Kind lächerlich gemacht zu werden!

»Ich war aber froh, als mir Papa gesagt hat, daß Sie sich auch so anziehen wie ich. Jetzt will er mir Kleider mit Rüschen kaufen. Hört er darauf, was Sie sagen, Genny?«

»Nein, noch in hundert Jahren nicht.«

»Na, macht ja nichts. Meistens hat Papa sowieso recht. Kann ich mir die Werft ansehen? Darf ich, Papa? jetzt möchte ich die blöden Mädchenkleider noch nicht haben. Bitte, Papa.«

»Erst verleumdest du mich und machst mich vor Genny schlecht, und dann verlangst du obendrein noch eine Belohnung?«

Hallie schaute Genny aus ihren schönen blauen Augen an, den Augen ihres Papas. »Pippin – das ist Papas Kabinenjunge – hat mir alles über Werften erzählt. Er war nämlich Kalfaterlehrling in Liverpool, aber das ist schon lange her. Ich will auch Kalfaterer werden. Dann verschmiere ich alle Ritzen zwischen den Planken, und mein Schiff läßt nie Wasser durch. Kann ich Ihren Kalfaterern zusehen? Benutzen sie auch Hanftaue? Die nennt man Werg, sagt Pippin.«

Genny mußte lächeln. »Ja, du kannst unseren Kalfaterern zusehen. Sie fangen nächste Woche an.«

»Ach ja«, sagte James, »ich würde auch gern mal wieder en Klang ihrer Schlegel hören. Weißt du was, Hallie, wir hier in Baltimore benutzen ein Kalfatereisen und schlagen mit einem Schlegel aus Mesquitholz drauf. Die Enden der Schlegel verkleiden wir mit Stahl. Glaubst du, daß du kräftig genug bist, um in die Bruderschaft der Kalfaterer aufgenommen zu werden?«

»Das müßte dann schon eine Schwesternschaft sein«, sagte Alec.

»Ja, richtig. Zeig mir mal deine Muskeln!«

Hallie zeigte James ihre Muskeln, und er machte ein nachdenkliches Gesicht. »Donnerwetter, die sind ja wie die von Baltimore-Billie. Das ist ein Bursche, vor dem ich Angst hätte, wenn er böse auf mich wäre.«

»Und mir macht's überhaupt nichts aus, wenn ich mich mit Teer bekleckere«, sagte Hallie in ehrfürchtigem Entzücken.

»Hör auf, mein Kürbis! Das hört sich ja an, als gäbe es kein schöneres Weihnachtsgeschenk für dich!«

Genny merkte, daß sie das kleine Mädchen schon wieder anstarrte. »Wo ist denn deine Mama?« Kaum hatte sie es gesagt, als sie erschrocken innehielt. »Oh, laß nur, tut mir leid, hab es ganz vergessen. Möchtest du noch ein Stück Kuchen?«

Ohne jede Gemütsbewegung sagte Hallie: »Meine Mama ist gestorben. Das ist schon lange her. Ungefähr zu der Zeit, als ich geboren wurde. Ich kann mich nicht mehr an sie erinnern. Aber Papa hat ein Bild von ihr. Sie war sehr hübsch. Papa sagt, sie war sehr lieb, und sie ist nicht gern gereist. Trotzdem hat sie alle Reisen mitgemacht und sich nie beklagt.«

»Reist du denn mit deinem Papa?« fragte Genny.

»O ja. Papa und ich fahren überallhin zusammen. Wir waren sogar bei dem Gouverneur von Gibraltar zum Abendessen. Mrs. Swindel haßte Gibraltar. Sie hat gesagt, die Spanier würden kommen und alle Engländer umbringen. Sie hat gesagt, da gibt es lauter ekelhafte Affen, die einen anspringen.«

James Paxton lachte und tätschelte Hallies Schulter. »Hast du die ekelhaften Affen gesehen?«

»O ja, die waren aber nett. Ich habe Papa gebeten, mir einen zu schenken. Aber er hat gesagt, der Affe würde sich an Bord eines Schiffs nicht wohl fühlen.«

»Da hatte er sicherlich recht«, sagte Genny. Es fiel ihr schwer, den Mann, den Hallie schilderte, mit ihrem Bild von Alec in Einklang zu bringen. Aber was sich gestern nacht ereignet hatte, war nicht wegzuleugnen. Er hatte sie in seiner Koje gefesselt, sie nackt ausgezogen und sie angerührt... Genny sprang auf die Beine, stöhnte über die Schmerzen im Knöchel und setzte sich gleich wieder.

Alec hatte wieder seine verruchte Miene aufgesetzt. »Was ist, Genny? Woran denken Sie? Wohl an gestern nacht? An Ihren verstauchten Knöchel? Sie sollten sich besser vorsehen. Sagten Sie, daß Sie an einer Hausfassade heruntergefallen sind?«

»Nein, ich bin die Treppe hinaufgefallen.«

»Vielleicht könnten Sie uns mal vormachen, wie das passiert ist. Als Vorbeugungsmaßnahme für künftige Unfälle.«

»Ich muß mich jetzt umziehen. Bis gleich, Hallie.«

»Du wolltest doch zur Werft gehen«, sagte James.

»Später, Papa. Zuerst gehen wir Kleider kaufen – für Hallie. Zur Werft gehe ich nach dem Mittagessen. Dann nahme ich Hallie mit und bringe sie zu John Furring.« Und zu Hallie gewandt: »Er stellt das Werg zum Kalfatern her. Ein alter Mann, der wunderbare Geschichten zu erzählen weiß.«

»Ach, darauf freue ich mich. Vielen Dank, Genny.«

»Nun, das finde ich höchst interessant«, sagte James und sah seiner Tochter nach, die gerade aus dem Salon humpelte.

»Hallie, nimm dein drittes Stück Kuchen und verfüge dich zu dem vergoldeten Käfig!«

»Ja, Papa. Ich weiß schon, du willst mit Mr. Paxton Geschäftliches besprechen.«

»Genau.«

»Sie ist ein wunderbares kleines Mädchen, Alec.«

»Ja, das stimmt. Ich staune immer wieder über sie. Ich hatte ja keine Ahnung, daß sie auch über Schiffsbau so gut Bescheid weiß. Mein Kajütenjunge war also Kalfaterlehrling. Doch jetzt zum Geschäft, Sir. Sie haben doch vor Ihrer Krankheit die Werft geleitet? Sie waren der Mann, der die Schiffe baute?«

»Ja. Genny war meine Mitarbeitern. Sie erledigte hauptsächlich die Buchführung. Aber sie beherrscht auch alle Einzelheiten des Baus. Und das schon seit ihrem dreizehnten Lebensjahr. Im vergangenen Winter hat sie die *Pegasus* nach meinen Plänen weitergebaut. Als ich diese Herzattacke hatte, hat sie alles übernommen und fertiggestellt. Hat Ihnen Genny schon unser Lagerhaus gezeigt? Nein? Sie sollten es sich mal ansehen. dann haben wir auch noch unsere Segelwerkstatt in der Pratt Street. Zur Zeit beschäftigen wir dort wohl acht Mann. Genny war es, die angeordnet hat, die Segel Stück für Stück anzufertigen. Sie sagt, daß wir gut im Zeitplan liegen. Ende Oktober werden also alle Segel fertig sein.«

»Aber Sie haben keinen Käufer in Sicht?«

»Nein. Wie ich Ihnen schon sagte, hat Mr. Donald Boynton ihr den Auftrag für das Schiff erteilt und anfänglich auch das nötige Kapital bereitgestellt. Leider ging er dann bankrott. Es stellte sich heraus, daß er bei einem Unwetter zwei Schiffe verloren hatte. Beide hatten schwarze Sklaven an Bord.« Achselzuckend fuhr James fort: »Er war ein prominenter Bürger. Sie wissen ja, wie das ist. Nach außen hin untadelig, aber alles nur Bluff – in Wirklichkeit ruchlos wie eine Schlange. Anfang September waren wir gezwungen, einen Kredit von der Union Bank aufzunehmen, um den Männern die Löhne zahlen und weiteres Baumaterial kaufen zu können. Sonst hätten wir aufgeben müssen. Aber das konnten wir nicht machen. Es hätte bedeutet, daß wir alles verloren hätten. Aber ich sage Ihnen, dieser Klipper wird ein Meisterwerk werden. Und deshalb müssen wir ihn fertigstellen. Er wird in den nächsten fünf Jahren große Gewinne einfahren.«

Alec schaute auf seine verschränkten Hände. »Ich will wie meine Tochter sehen, was wirklich getan wurde.«

»Also die Segelwerkstatt. Das ist gut. Nach meiner Schätzung werden die Männer eine Segelfläche von etwas mehr als tausend Quadratmetern herstellen. Dazu werden viele Meilen Nähgarn und gut fünfunddreißig Pfund Bienenwachs benötigt.«

In diesem Augenblick kam Genny gerade wieder in den Salon gehumpelt. Sie hatte ein einfaches Musselinkleid an, das zu kurz war, ihr aber oben fast bis an die Ohren reichte. Doch das spielte keine Rolle. Denn Alec wußte ja, was sich darunter verbarg. Oh, er wollte sie wiedersehen. Sehr bald. Und ganz nackt. Vermutlich würde sie nicht einverstanden sein, aber darauf kam es nicht an. Es würde bestimmt die Lieblingsbeschäftigung in seiner Freizeit werden – Genny Paxton in Erregung zu versetzen und dann zu verführen.

Er stand auf und fragte: »Sind wir bereit?« Zu James gewandt sagte er: »Es wird sich alles zum Besten wenden, Sir. Machen Sie sich bitte keine Sorgen mehr!«

»Sie wissen ja, was ich verlange, Alec.«

Alec wußte, was er meinte. Aber für ihn war es ausgeschlossen, daß er Genny Paxton heiratete, um in den Besitz der Werft zu kommen.

»Ich lasse dich nicht sterben wie Nesta! Dir kann so etwas nicht passieren. Bestimmt nicht, ich schwör's dir!«

»Papa?«

Abrupt wachte Alec auf. »Mein Kürbis? Ist alles klar?«

»Ja, Papa. Aber ich habe gehört, wie du jemand angeschrien hast. Da bekam ich es mit der Angst zu tun. Ich dachte, jemand ist bei dir und will dir was tun. Du hast laut geschrien. Aber hier ist ja keiner.«

Das stimmte. Er hatte Genny angeschrien. Eine Genny, die mit seinem Kind schwanger war.

»Ich habe einen Alptraum gehabt, Hallie. Habe von Genny geträumt.«

»Mir ist kalt, Papa.«

Alec schüttelte die bizarren Traumgefühle ab. »Komm zu mir, mein Kürbis!«

Hallie beeilte sich, zu ihm ins Bett zu kommen. Alec war nackt, und darum ließ er sie nicht unter seine Bettdecke. Er wollte weiterschlafen. Aber dazu kam er nicht.

»Was wolltest du Genny nicht lassen, Papa?«

»Ich habe geträumt, Genny wäre mit mir verheiratet und bekäme ein Kind von mir – einen kleinen Bruder oder eine kleine Schwester für dich. Sie hatte Angst, und ich sagte ihr, sie brauche keine Angst zu haben, ich würde dafür sorgen, daß ihr nichts passiere.«

»Sie sollte nicht sterben wie Mama?«

»Ja, ich habe ihr gesagt, daß ich mich jetzt auskenne und sie nicht sterben ließe.«

»Ist Mama durch mich gestorben?«

»Nein, natürlich nicht. Wie kommst du auf diese Idee, Hallie?«

»Na, weil sie gestorben ist, als ich auf die Welt kam. Ich habe gehört, wie Mrs. Swindel sich mit Dr. Pruitt darüber unterhielt. Sie sagte, daß manchmal ein Kind zu groß für seine Mama ist.«

»Das stimmt. Aber deshalb war es doch nicht deine Schuld. Ebenso gut hättest du sterben können, Hallie. Das hätte ich nicht überwunden. Ich bin froh, daß du da bist.«

»Warum hast du Mama nicht gerettet?«

»Ich war damals noch zu unwissend, mein Kürbis. Ich hatte keine Ahnung. Ich wußte nichts von Babys, und ich habe den Verdacht, daß Dr. Richards – das war Mamas Arzt – auch nicht mehr wußte als ich. Inzwischen habe ich im vergangenen Jahr einen sehr klugen Mann in Nordafrika kennengelernt. Erinnerst du dich noch an Oran?« Es war ein arabischer Arzt gewesen. »Er hat mich darüber aufgeklärt, wie man eine Mutter bei der Geburt zu behandeln hat.«

»Hat Genny Angst, ein Kind zu kriegen?«

»Das ist ja das Seltsame an meinem Traum. Ich weiß gar nicht, ob Genny davor Angst hat oder nicht. Es war wohl so, daß ich Angst hatte, sie könnte sterben. Deine Mama, Hallie, war etwas ganz Besonderes, und es hat mir sehr weh getan, als sie uns verließ. Aber das ist eben der Lauf der Welt. Du hattest eine sehr nette Mama, vergiß das nie!«

»Aber sie ist nicht gern auf solche Reisen gegangen wie wir.«

»Ja, das stimmt.« Am hellen Tage werde ich es wohl bereuen, daß ich so offen zu meiner Tochter gesprochen habe, dachte Alec. Aber er hatte es sich zum Grundsatz gemacht, alle Fragen freimütig mit ihr zu besprechen.

»Es hat mir Spaß gemacht mit Genny. Papa, sie versteht überhaupt nichts von Frauenkleidern. Se ist ganz anders als

Mrs. Swindel. Mrs. Swindel hat über alles ihre Meinung und läßt keine andere Meinung gelten. Ich fand es komisch, daß Genny überhaupt keine Ahnung hatte.«

»Ihr habt beide keine Ahnung. Ich kam mir wie ein Modefachmann vor.«

»Ich kann Genny eigentlich gut leiden...«

»Aber?«

»Sie wird aus sich selber nicht schlau. Ich glaube, sie hat irgendwie Angst vor dir, und du ziehst sie ja auch mächtig auf. Aber, soll sie meine neue Mama werden?«

»Nein«, sagte er, »bestimmt nicht.«

»Aber du hast doch geträumt, daß du ein Kind von ihr kriegst, und hattest Angst um sie.«

»Das begreife ich selber nicht. Aber was meinst du damit, daß sie aus sich selber nicht schlau würde?«

»Sie hat einfach Angst.«

»Vor mir?«

Hallie nickte bestätigend an seiner Schulter. Na ja, zumindest würde sich Genny in Zukunft vor ihm vorsehen. Er hatte alles mit ihr gemacht, was er wollte – nein, alles nicht. Er wünschte nichts mehr, mit ihr eins zu werden und ihr alles zu zeigen, was zwischen Mann und Frau möglich war.

»Sie ist wirklich wütend auf dich. Ich glaube, sie würde dir gern ein Ding auf den Kopf geben.«

»Mag sein. Irgendwie ärgere ich sie.«

»Wie ist es dazu gekommen, daß sie sich den Knöchel verstaucht hat, Papa?«

»Sie sagt, sie sei die Treppe hinaufgefallen.«

Hallie schnaufte. »Hast du das gemacht, Papa?«

»Nein. Jedenfalls bin ich nicht daran schuld, daß sie sich den Knöchel verstaucht hat.«

Eine Zeitlang schwieg Hallie. Dann sagte sie mit schläfriger Stimme: »Ich hätte gern noch Brüder und Schwestern, Papa. Genny ist nicht dumm, und sie will mich bestimmt nicht dumm machen. Sie könnte mir beibringen, wie man Schiffe baut, stimmt's? Und sie würde gern überall hinsegeln. Ich glaube, sie reist noch lieber als du.«

»Das mag sein.«

»Vielleicht will sie gar keine Mama werden. Vielleicht will sie lieber rumreisen wie du und keinen Mann haben.«

Aber eine Frau sollte einen Mann und Kinder, Heim und Herd haben, dachte er. Solange er mit Nesta zusammen gewesen war, hatte er nie bedacht, daß alles nach seinem Willen gegangen und sie vielleicht nicht mit seinen Plänen einverstanden gewesen war. Sie hatte sich ohne Klage in alles gefügt. Was war er gewesen? Ein egoistischer, arroganter Schweinehund! Genny war anders. Sie hatte ihren eigenen Kopf, sie war verwirrend weiblich – überhaupt nicht wie Nesta. Man mußte ihr befehlen, was sie zu tun hatte. Und er war der geeignete Mann dazu.

Er wollte seiner Tochter schon sagen, daß Genny alles tun würde, was er wünschte. Doch da kam es ihm zum Bewußtsein, daß er damit eine Dummheit begehen würde. Außerdem verriet ihm ihr gleichmäßiges Atmen, daß sie eingeschlafen war. Eine Weile hörte er ihr noch zu. Dann schlief er selber ein.

Alec saß mit Hallie am Eßtisch der Paxtons. Sie trug ein neues Musselinkleid mit blauweißem Blumenmuster. Genny hatte ein pfirsichfarbenes Seidenkleid an, das ihren Teint leuchten, ihre Haare goldrot flammen und ihre Augen so grün schimmern ließ, daß... Alec hielt inne. Es war idiotisch, Genny Paxtons Vorzüge zu katalogisieren. Plötzlich merkte er, daß er auf ihren Bauch starrte. Er sah ihn wie im Traum angeschwollen.

Genny lachte gerade. Ihr war nicht bewußt, daß sie schwanger war. »Hört euch das mal an, Vater und Hallie! Alec stand an der Hecksüll.« Zur Erklärung sagte sie zu Hallie: »Die Hecksüll ist ein Kasten, der verhindern soll, daß Wasser durch ein Loch unter Deck schwemmt, vor allem, wenn es regnet. Der Kasten war noch nicht festgemacht. Alec wollte gerade eine Frage von Mr. Knowles beantworten, da fiel einem der Männer, die oben in der Takelage beschäftigt waren, der Hammer aus der Hand. Er fiel genau auf die Süll, beinahe auf Alecs Fuß. Ich habe noch nie einen Menschen so schnell und so hoch in die Luft springen sehen wie ihn. Und ihr hättet ihn mal fluchen hören sollen!«

»Ihre Tochter, Sir, hat etwas von einem Sadisten an sich.«

»Was ist das, Papa?«

»Ein Sadist«, sagte James, »ist ein Mensch, der sich an den Leiden eines Mitmenschen ergötzt, so wie meine Tochter.«

Hallie kicherte. »Das muß aber komisch gewesen sein! Sonst macht Papa nie etwas, über das andere Leute lachen können. Er hat mir auch gar nichts davon erzählt.«

Alec hob eine Augenbraue. »Wie zum Teufel kommst du darauf? Selbstverständlich erzähle ich es dir immer, wenn mir etwas Dummes passiert.«

»Nein, Papa. Du bist doch immer vollkommen.«

»Hallie, er hat gequiekt. Die Haare standen ihm zu Berge, und er wurde gelb vor Schreck. Er riß den Mund auf, und sein Kinn fiel ihm beinahe auf die Brust. Kein Wunder, daß Sie so hochnäsig sind, Alec. Sie haben Ihre Tochter ja darauf dressiert, immer Ihr Loblied zu singen!«

»Nein«, sagte Hallie in vollem Ernst. »Das würde Papa nie tun, Genny. Es ist nur so, daß ihn alle gut leiden können und ihn bewundern, weil er so klug ist. Und erst die Frauen – na, die beobachte ich manchmal, sie schauen ihn verzückt an und reden hinter ihren Fächern über ihn.«

»Iß jetzt, Hallie!« sagte Alec. »Wenn du noch mehr solchen Quatsch redest, hole ich Mrs. Swindel.«

»Wer ist das denn?« fragte James, der gerade das Weinglas zum Munde führte.

»Mrs. Swindel ist eine Frau, die man nicht unbedingt eine Optimistin nennen kann. Wenn irgendwo eine Wolke auftaucht, die auch nur ein wenig schwarz umrandet ist, macht sie sofort ein Unwetter daraus.«

»Sie ist die einzige Frau, die nicht dauernd von Papa schwärmt.«

»Hallie, du ißt jetzt! Halt den Mund, oder es geht dir schlecht! Das meine ich ernst.«

»Ja, Papa. Und wenn ich mich nicht irre, ist es bei Genny genauso.«

»Hallie!« sagte Genny, »hör auf deinen Papa und iß!«

Als wieder Ruhe am Tisch herrschte, sagte James: »Ich weiß, daß die Fountain Inn ganz bezaubernd ist. Aber Sie suchen doch nach einem Haus, Alec, wir haben ein geräumiges Haus, das fast leer steht. Genny und ich wären erfreut, wenn Sie und Hallie und, ja, Ihre Mrs. Windel bei uns wohnten, bis Sie ein geeignetes Haus gefunden haben.«

»Dann könnte ich Mr. Moses jeden Tag sehen! Gracie ist auch sehr nett. Sie schenkt mir immer Korinthen und Äpfel, wenn Lannie nicht hinguckt. Ach, das wäre wunderbar, Papa.«

Genny schaute ihren Vater an. Sein Angebot hatte sie verblüfft. Sie war sich nicht darüber im klaren, was sie davon halten sollte. Im Wachen konnte sie nur an Alec denken. Wie er sie nackt liegen sah und liebkoste. Dann wurde ihr innerlich ganz heiß, und die Röte schoß ihr ins Gesicht. Aber mit ihm in einem Haus zu wohnen, zu wissen, daß er in einem Schlafzimmer wäre, das von ihrem nur durch einen Flur getrennt war...

»Bist du nicht derselben Ansicht?« fragte James seine Tochter. »Wir haben hier jetzt so viel Platz. Du könntest dann noch zu Gracies Unterstützung ein weiteres Hausmädchen engagieren.«

»Ja, das stimmt.«

Alecs und Gennys Blicke trafen sich. Sie sah erschrocken, ja, entsetzt aus und unleugbar erregt. Sofort überlegte er es sich anders. »Wenn Sie meinen, daß wir Ihnen nicht zu sehr zur Last fallen, Sir, würden Hallie und ich gern zu Ihnen ziehen. Was Mrs. Swindel angeht, so wird sie zwar an jedem Zimmer etwas zu mäkeln haben. Aber sie ist nett zu meiner Tochter, und ich werde nach Möglichkeit verhindern, daß sie sich mit Ihrem Personal in die Wolle kriegt.«

»Ausgezeichnet. Das wäre also abgemacht. Moses! Bringe Portwein für uns Männer! Genny, du gehst mit Hallie in den Salon. Erzähl ihr die Geschichte, wie du dich zum erstenmal im Kalfatern versucht hast! Mein Gott, Hallie, was sie da für eine Schweinerei angerichtet hat!«

Lächelnd lehnte sich James zurück. Es war schön, wenn man genau das erreichte, was man sich wünschte. Genny sah zwar aus, als hätte sie in einen holzigen Apfel gebissen, aber sie würde schon darüber hinwegkommen.

Genny nahm Alecs Tochter an die Hand. Und schon spürte er wieder den Kitzel der Wollust. Er mußte unbedingt noch einmal Oleah besuchen. Noch heute abend. Da durfte er nicht vergessen.

Eine halbe Stunde später stand er eine Weile vor der Tür zum Salon. Es war Zeit, Hallie zur Fountain Inn zurückzubringen. Sonst schlief sie ihm noch auf dem Teppich von Paxtons Salon ein. Moses hatte indessen James beim Hinaufgehen in sein Zimmer geholfen. Dann hörte er Genny sprechen. Sie sagte: »Ich nehme dich mal mit zum Fischen. Aber erst im April. Dann ziehen die Gründlinge zu ihren Laichplätzen... Gründlinge gehören zur Familie der Karpfen, sind ungefähr zwölf Zentimeter lang. Auf dem Rücken sind sie schillernd blau und am Bauch silberfarben. Wir gehen dann nach Relay am Patapsco. Das ist ein paar Meilen südlich von Baltimore... Was? O ja, wir nehmen sie aus, panieren sie mit Maismehl und braten sie dann in Speck. Du wirst sehen, sie schmecken köstlich.«

Alec betrat den Salon und fragte: »Gründlinge?«

»Ja, Papa«, sagte Hallie. »Genny will mich mitnehmen. Nimmst du Papa auch mit? Er fischt nämlich gern, aber das Ausnehmen findet er eklig.«

Alec grinste. Seine Tochter behielt kein Geheimnis für sich. »Willst du Genny etwa über alle meine Fehler aufklären?«

»Nein, Papa, bestimmt nicht. Oh, ein Klavier!« Sie ging in die Ecke, wo das Instrument stand, und sah es sich an.

»Kannst du spielen, Hallie?« fragte Genny.

Hallie schüttelte traurig den Kopf. Ganz behutsam drückte sie auf die Taste des eingestrichenen C.

»John Geib in New York hat es gebaut, und mein Papa hat es mir zu meinem letzten Geburtstag geschenkt.«

»An Bord haben wir für ein Klavier keinen Platz«, sagte Alec. Wenn Träume die Wahrheit verkündeten, dann würde dieses wilde Mädchen, diese leidenschaftliche Frau, ihm einmal ein Kind schenken.

»Nein, da ist wirklich kaum Platz. Und man muß ja auch dran denken, daß es bei Sturm hin und her rutschen würde. Ich spiele ein wenig. Es würde mir Freude machen, Hallie zu unterrichten.«

»Das ist nett von Ihnen, Genny. Ist es Ihnen sehr unangenehm, wenn Hallie und ich bei Ihnen einziehen?«

»Sie haben die unschätzbare Mrs. Swindel zu erwähnen vergessen.«

»Und Sie haben meine Frage nicht beantwortet.«

Genny blickte ihm ins Gesicht und sagte wahrheitsgemäß: »Ich möchte Sie hier nicht haben. Ich möchte, daß Sie sich in die Werft einkaufen und dann verschwinden. Noch mehr könnten Sie uns helfen, wenn Sie auch die *Pegasus* kauften.«

»Ich verschwinde nicht eher, als bis ich dich in meinem Bett gehabt habe.«

»Ich bin doch schon in deinem Bett gewesen!«

Glücklicherweise war Hallie völlig in den Anblick der Klaviertasten versunken. »Ja, das stimmt, aber ich war noch nicht in dir.«

Genny sprang auf, fühlte, wie ihr Knöchel nachgab, und fiel wieder in den Stuhl. »Hör auf, Alec! Deine Geliebte werde ich nie!«

»Das kann schon sein. Aber ich werde der erste Mann sein, der dich besitzt, Genny.« Wie kam er nur auf diesen unsinnigen Gedanken? »Willst du heute mit mir auf mein Schiff kommen?«

Genny ballte die Fäuste, holte weit aus und schlug nach seinem Kinn. Aber Alec war zu schnell für sie. Er packte sie am Handgelenk und drehte ihren Arm nach unten.

»Papa?«

»Eine Tochter ist eine wunderbare Anstandsdame«, sagte Alec, ohne Genny loszulassen. »Ja, mein Kürbis?«

»Genny sieht aus, als ob sie böse ist.«

»Das ist sie auch, aber darüber kommt sie schon weg. Nun, Hallie, können wir jetzt gehen? Mrs. Swindel geht heute abend mit Dr. Pruitt aus. Da muß ich Kindermädchen spielen. ist dir das recht?«

Hallie nickte, wirkte aber ein wenig bekümmert.

»Mach dir nichts draus, Hallie!« sagte Genny, und Alec ließ ihr Handgelenk los. »Dein Papa neckt mich zu gern. Wir sehen uns morgen früh wieder. Und Sie, Baron, fordere ich zum Wettsegeln auf. Die *Pegasus* gegen Ihre *Night Dancer*. Bis nach Nassau und zurück.«

»Sie sind verrückt, aber ich nehme die Herausforderung an.«

11

Genny liebte da leichte Rollen der *Pegasus* unter den Füßen. Wie immer war es ein schönes Gefühl, wenn das Schiff die Werft verlassen durfte und zu Wasser gelassen wurde. Erst in diesem Augenblick wurde es ein wirkliches Schiff, auch wenn es noch fest am Dock vertäut lag.

Und wie bei jedem seiner Schiffe, so lange sie zurückdenken konnte, hatte ihr Vater wieder gesagt: »Es ist Zeit für den Stapellauf. Für die Chesapeake-Bucht ist sie zwar noch nicht reif, aber wenigstens für den Patapsco!« Der Stapellauf war zwei Tage vor Alecs Ankunft vor sich gegangen. Sie wünschte, er hätte ihn mitansehen können. Es war immer ein aufregendes, irgendwie an den Nerven zerrendes Ereignis. Ihr Vater hatte eine Flasche schwarzen Rum am Rumpf zerschlagen und den Männern das Zeichen gegeben, die stützenden Holzblöcke wegzuhauen. Dann war die *Pegasus* ins Wasser geglitten. Alle hatten laut Beifall geklatscht.

Dann hatte Moses ihren Vater nach Hause gebracht, denn er war so erschöpft, daß er kaum noch gehen konnte.

Genny kam es so vor, als wären seit ihrer frechen Herausforderung zur Wettfahrt und Alecs Annahme erst wenige

Augenblicke vergangen, aber in Wirklichkeit war das schon zwei Tage her. Seitdem hatte sie ihn nicht mehr zu Gesicht bekommen. Sie wußte nur, daß er mit ihrem Vater alle Aufzeichnungen der Paxton-Werft durchgegangen war und in Begleitung von Mr. Furring die Werkstatt der Segelmacher und das Lagerhaus besichtigt hatte. Sie hätte gern gewußt, wo er sich heute vormittag herumtrieb.

Sie brauchte sich nicht lange den Kopf darüber zu zerbrechen. Als sie aufsah, erblickte sie den Baron in voller Lebensgröße. Er kam gerade an Bord der *Pegasus*. Mit jedem, dem er begegnete, wechselte er einige Worte. Wahrscheinlich machte er zutreffende Bemerkungen über den Fortgang der Arbeiten. Er sah aus, als gehörte er hierher. Das machte sie unerklärlich wütend.

Alec erwiderte ihre böse Miene unter der albernen Strickwollmütze mit einem breiten Grinsen und trat zu ihr. Ohne Einleitung fragte er: »Worum geht unsere Wette?«

»Das weißt du sehr gut.«

»Ja, wirklich? Nun, es ist doch von vornherein klar, daß ich dich trotz der möglicherweise höheren Geschwindigkeit der *Pegasus* schlagen werde...«

»Unsinn! Du kennst die überlegene Geschwindigkeit der *Pegasus* und weißt, daß der Sieg in den Händen der Frau liegt, die auf ihr das Kommando führt.«

»Ich weiß, Genny, ich weiß. Schon gut. Wenn ich verliere, erwartest du von mir, daß ich mich in die Werft einkaufe – ich vermute mit neunundvierzig Prozent – aber alle geschäftlichen Angelegenheiten in deinen weißen Händen lasse. Stimmt's?«

»Ganz genau.«

»Sehr gut. Ich bin einverstanden. Und jetzt sage ich dir, was ich verlange, wenn ich gewinne.« Beim Sprechen ruhte sein Blick unverwandt auf Gennys Brüsten. Er wußte, daß sie das wütend machte. Und deshalb setzte er eine möglichst lüsterne Miene auf. Er ließ sich absichtlich Zeit, weil ihm klar war, daß sie das Allerschlimmste fürchtete. Immer noch schwieg er scheinbar ganz versunken in die Beobachtung von Boß Lamb und seiner Deckmannschaft, die beim Segelsetzen über den Klipper ausschwärmte.

Boß Lamb schwankte, an seinem Schnurrbart kauend, in dem Ausguckkorb auf der Vorbramstenge vor und zurück. Prüfend überblickte er die Stellung der Masten und fühlte die Spannung in den Wanten. Er war ein wortkarger Mann, für den es kein Problem bedeutete, unter einer Frau zu arbeiten. Er hatte Alec sehr nachdenklich angesehen, aber kein Wort geäußert. Aus einer Bemerkung Gennys hatte Alec entnommen, daß Boß Lamb und James Paxton sich schon seit ihrer Kinderzeit kannten. Das, dachte Alec, ist der Grund für seine Treue.

»Nun?«

Alec wandte sich ihr zu. »Da, sieh mal, sie haben die schwere Takelage am Bugspriet aufgebracht! Mein Onkel hat mir oft gesagt, daß man ein Schiff wie eine Gitarre stimmen müsse. Ein bißchen mehr Spannung an den Wanten der Steuerbordmarsstenge, dafür etwas weniger am Stag der Großbramstenge, und so weiter und so weiter.«

»Alec, wenn du dich weiter über mich lustig machst, schlag ich dir den Schädel ein!«

»Aber gerade das macht mir ja so viel Spaß. Und wenn ich an deine schönen Brüste denke, kribbelt es mich in den Händen, sie anzufassen und ...«

Sie sah ihn bitterböse an. Alec konnte sich leicht ausmalen, daß sie ihm jetzt am liebsten mit einem Kalfaterschlegel auf den Kopf geschlagen hätte.

»Aber warte, so geht da ja nicht. Du hast auf dem Rücken gelegen, die Hände über dem Kopf gefesselt. In dieser Stellung sehen die Brüste einer Frau nicht ganz so groß aus, und deshalb ...«

So verstohlen wie möglich stieß Genny ihm den Ellbogen in die Rippen.

Er lachte und hob beruhigend die Hand. »Schon gut. Ich werde meine Zunge zügeln. Du siehst einen ernsthaften Menschen vor dir. Wenn ich gewinne, will ich zwei Dinge. Erstens, daß du freiwillig zu mir ins Bett kommst. Zweitens einundfünfzig Prozent der Werft, und das, mein lieber Mr. Eugene, bedeutet die Kontrolle darüber.«

Belustigt beobachtete er, wie sich Unglauben und Wut im schnellen Wechsel auf ihrer Miene abzeichneten. In diesem Augenblick wollte er ihr die Mütze vom Kopf reißen und sie küssen, bis sie schwach würde. Er wollte ... Plötzlich dachte er an die vergangene Nacht, in der er Oleah mehrmals bestiegen hatte. Man hätte denken sollen, daß er danach erschöpft sein müßte.

»Sobald ich die Leitung übernommen habe, werde ich dir persönlich einen Ehemann suchen, damit deine Zeit mit Arbeit ausgefüllt ist, die einer Frau geziemt. Aus der Werft setze ich dich raus. Dort wirst du den Männern nicht mehr in die Quere kommen.«

»Nein! Niemals! Und noch eins, Alec, ich will keinen Ehemann. Nie! Hast du gehört? Und hör auf, mit mir deinen Spott zu treiben! Ich werde nie, nie, nie einem Schwachkopf von Mann gestatten, über mein Leben zu bestimmen und mir zu sagen, was ich zu tun habe.«

»Meine Güte, bist du fertig? Hör genau zu, Mr. Eugene! Deine Einmischung in diese Werft wird so oder so ihr Ende finden.«

»Einmischung!« Es war ein schriller Schrei. »Dies ist *meine* Werft, Alec Carrick, die ich leite und in der du nichts zu sagen hast und ...«

»Wenn sie *deine* Werft bleibt, wird sie leider nicht bleiben. Wie kannst du nur so blind sein, Genny? Mag sein, daß du wenig oder gar keine Achtung vor Männern hast, aber sie bestimmen nun einmal, wo es langgeht, und du mußt einsehen, daß das der Lauf der Welt ist. Aber es nützt dir überhaupt nichts, wenn du weiter den Mann spielen willst. Hast du mich verstanden?«

Sie hatte die Fäuste geballt. Sie erstickte fast an der Wut und Enttäuschung über seine Sturheit. Dennoch gelang es ihr, ihn in ruhigem Ton abfahren zu lassen. »Sobald die *Pegasus* fertig ist, starten wir die Wettfahrt. Das wird in anderthalb Wochen der Fall sein.«

»Nimmst du die Wette an?«

Genny warf ihm einen langen Blick zu. »Mit dir ins Bett gehen? Weißt du, Baron, das könnte schon sein. Für euch Männer ist Sex doch so was Wunderbares...«

»Vergiß nicht, daß ich dir schon einmal höchste Lust gespendet habe! Und das werde ich jedesmal tun, wenn du zu mir ins Bett kommst, und noch mehr, viel mehr.«

»Ach, Baron, du scheinst dich für den großartigsten Liebhaber der ganzen zivilisierten Welt zu halten...«

»Und der unzivilisierten dazu, würde ich sagen.«

Als wäre ihr das höchst gleichgültig, sagte sie achselzuckend: »Na also, warum nicht? Ich bin eine Frau und kein dummes Mädchen mehr, und ich kann tun, was mir gefällt. Wenn du prahlen und dich als wunderbaren Liebhaber darstellen und ausgeben willst, warum sollte ich dir dann nicht glauben und mich um dieses Erlebnis bringen? Schließlich brauche ich dieses Experiment ja nicht öfter als einmal zu machen...«

»Ah, hier kommt Jake – ich glaube, du kennst ihn schon. Er ist einer von Mr. Furrings Männern aus der Segelmacherwerkstatt. Er bringt Hallie mit. Ich möchte nicht, daß sie auf Deck bleibt, solange die Takler hier rumrennen. Ich werde ihr die Kapitänskajüte zeigen.«

»Sie würde lieber die Unterkünfte der Matrosen sehen.«

»Ich zeige ihr alles unter Deck. Ich muß auch noch mit Jake sprechen. Inzwischen kann Hallie sich alles ansehen.«

»Wenn du wieder heraufkommst, Genny, will ich eine Antwort haben.«

»Du wirst jung sterben, Baron, und zwar bestimmt von den Händen einer wütenden Frau. Du forderst dein Schicksal heraus.«

»Aber nicht von deinen Händen, mein Mädchen. O nein, nicht von deinen Händen.«

Als Genny mit Hallie unter Deck verschwand, kletterte Boß Lamb von seinem erschreckend luftigen Sitz herunter, als habe er nur darauf gewartet, mit Alec unter vier Augen sprechen zu können.

»Die Masten sind erstklassig«, sagte Boß Lamb und spuckte seinen Kautabak über Bord. »In Amerika wächst mit das beste Fichtenholz auf der Welt. Das ergibt die besten Masten und Spieren, wissen Sie.«

»Ich hab' mal gelesen, daß Sie die Masten in schmutziges Brackwasser legen, damit keine Würmer reinkommen.«

»Das ist richtig. Diese Würmer sind der Fluch unseres Berufs. Sie wissen natürlich auch, daß wir das gesamte Eichenholz mit Pech abziehen. Dann kommt eine Lage Filz darauf, und schließlich wird alles mit dünnem, weichem Kiefernholz umgeben. Den Rumpf unter der Wasserlinie verkleiden wir mit Kupfer. Das hält, Gott sei Dank, die Holzwürmer ab.«

»So ist das also.«

»Geht mich wahrscheinlich nichts an, Sir, aber ich mache mir Sorgen, was aus der Werft werden soll. Ich bin mit James Paxton befreundet. Mit seiner Tochter auch.«

»Ja, Genny hat mir gesagt, daß Sie ein sehr guter Freund von ihnen sind. Einer der wenigen Männer, die bereit und willens waren, mit und für sie zu arbeiten.«

»Ja, das Mädel ist tüchtig, auf manchem Gebiet wirklich tüchtig. Wenn ein Problem mit einer Pumpenröhre, mit dem Anker oder einem Fallblock auftaucht, kann man sich darauf verlassen, daß sie eine Lösung findet. Aber sie kann nicht barsch und grob auftreten, und einige der Männer ... na, Sie wissen schon, was ich meine. Selbst wenn sie es könnte, würden die sie nie anerkennen. Und sie ist nicht unempfindlich oder abgebrüht gegen Beleidigungen und Taktlosigkeiten. Die kommen nicht nur von unseren prominenten Männern in Baltimore, sondern auch von vielen unserer eigenen Leute. Es paßt ihnen einfach nicht, daß sie ihre Anordnungen befolgen müssen. Mir macht das nichts aus. Anders wäre es, wenn sie kein Köpfchen hätte.«

»Wenn man Sie so hört, kann man das wirklich nicht anständig finden.«

»Ja, es ist tatsächlich unfair, aber das ist der Lauf der Welt, nicht wahr? Armes Mädel. Werden Sie die Werft kaufen? Und Tag für Tag die Leitung übernehmen?«

»Wir werden zu irgendeinem Übereinkommen gelangen. Die Paxton-Werft geht nicht unter. Wir sind mitten in den Verhandlungen.

»Mir tut es für das Mädel leid.« Boß Lamb spuckte noch ein Stück Kautabak über Bord. »Sie ist nicht dafür geschaffen, einem Mann den Haushalt zu führen. Ich kann mir nicht vorstellen, daß sie im Salon den Weibern Tee serviert.«

»Ihr Vater hat sie nicht richtig erzogen«, sagte Alec. »Glauben Sie wirklich, daß niemand die *Pegasus* kauft, nur weil Genny sie gebaut hat?«

»Genauso ist es, Sir. Als dieser alte Knilch Boynton pleite machte, wurde bekannt, daß James nicht mehr die Leitung innehatte, sondern die kleine Genny. Das war der Knackpunkt, genau das. Selbst jetzt noch sitzen alle Ihre Herren in den Clubs, rauchen ihre Zigarillos und machen sich über sie lustig, über die kleine Göre in Männerhosen. Und ihre Frauen gießen noch Öl ins Feuer. Neidische Matronen allesamt. Sie sind nur dazu gut, Kinder in die Welt zu setzen und über ihre verdammten Kleider zu reden.«

Alec dachte an Hallie und sagte: »Ich bin froh, daß sie Kinder in die Welt setzen. Wenn nicht, würde die Erde bald ein leerer Ort sein.«

»Aye, aye, aber Sie wissen schon, was ich meine.«

»Jedenfalls ist der Klipper ausgezeichnet entworfen und gebaut. Und wenn es der Klabautermann gewesen wäre, wen sollte das kratzen?«

»Richtig, aber leider ist es nun mal so, nicht wahr? Alle brauchen jemand, über den sie die Nase rümpfen können. Und in diesem Fall haben sich die großen Herren eben das kleine Mädel ausgesucht, um über sie die Nase zu rümpfen und sie zu verachten.«

»Ja, Sie haben recht. Aber keine Sorge, Boß. Es wird nichts Schlimmes passieren, das schwöre ich Ihnen.«

Alec wollte dafür sorgen, daß die Paxton-Werft weiter in Betrieb blieb und erfolgreich arbeitete. Er war sich nur noch nicht darüber im klaren, wie er das bewerkstelligen und was er mit Genny anfangen sollte.

Es war unrecht, daß Genny verachtet und ausgelacht wurde. Aber in diesem Leben ging es in vielem unfair zu, wie Boß Lamb gesagt hatte. Was kümmerte ihn, Alec, dieses eine Unrecht unter so vielen? Er war kein Ritter, der gegen das Unrecht kämpfte. Und schon gar nicht in diesem Fall, bei dem er noch nicht einmal genau wußte, wer unrecht hatte.

Er blieb an Deck und betrachtete prüfend die Takelage. Die Masten waren hoch und schlank. Aber sie ragten nicht kerzengerade in die Höhe wie die Masten auf anderen Schiffen. Sie waren sogar noch schräger gestellt als die Masten, die er auf anderen Klippern gesehen hatte. Außerdem hatte die *Pegasus* eine sehr scharfe Aufkimmung, ganz im Gegensatz zu seiner Schonerbark, deren Schiffsboden fast flach war, bevor er langsam und gemächlich mit fast geraden Seitenwänden aufstieg.

Er hatte schon immer die Baltimore-Klipper bewundert, und seine Bewunderung nahm von Tag zu Tag zu. Er dachte an die vielen Quadratmeter Segelfläche, die noch in der Werkstatt genäht wurden, und an die vielen Quadratmeter, die bereits aufgetakelt waren. Die *Pegasus* würde zum Schluß sogar eine größere Segelfläche besitzen als seine Schonerbark, die um ein Drittel größer war als der Klipper, und sie würde sich trotzdem leichter manövrieren lassen. Sie würde auch gegen den Wind segeln und, da sie so leicht war, konnte nichts ihre Fahrt verlangsamen.

Im Gegensatz zu seiner Schonerbark lagen auf dem Deck der *Pegasus* keine Gerätschaften umher. Ihr Deck war nackt und breit. Sie ragte nur wenig über die Wasserlinie auf. Er konnte sich vorstellen, daß bei Sturm die Wellen leicht über das niedrige Freibord waschen würden. Aber schließlich war allein Schnelligkeit ihr Merkmal, nichts anderes. Ja, wirklich, ein bemerkenswerter Wurf.

Alec schreckte aus seinen anerkennenden Gedanken auf, als er seine Tochter rufen hörte: »Papa! Papa! In der Segelmacherwerkstatt ist es wunderbar und so schön kühl! Und die Männer erzählen sich beim Nähen lauter Geschichten...

Sie streifen sich Lederstücke über die Hände, damit sie sich nicht an den scharfen Nadeln stechen.«

»Aha, eine ausgezeichnete Idee.« Während er seiner Tochter das Haar zerzauste, bedanke er sich bei Jake, daß er sie unter seine Fittiche genommen hatte.

»Sie ist aufgeweckt, die Kleine«, sagte Jake. »Mächtig aufgeweckt. Richtig zum Fürchten, ja.«

»Sie kommt eben nicht nach dem Papa«, sagte Genny leise, aber doch laut genug für Alec.

Alec sagte nichts. Er schaute Genny nur strafend an. Aber sie hielt dem Blick stand. Schließlich zuckte er die Achseln, sagte allen auf Wiedersehen und nahm Hallie auf den Arm.

»Wo gehen wir jetzt hin, Papa?«

»Zurück zur Fountain Inn, um mit Mrs. Swindel anständig zu Mittag zu essen. Ich glaube, Mr. Barney, der Inhaber, ist ganz vernarrt in dich.«

»Oh, Papa, Mrs. Swindel findet das Essen, das sie uns dort auftischen, ganz entsetzlich. Sie sagt, der Karpfen schmeckt wie tote Möhren...«

»Diese Mrs. Swindel würde ich gern kennenlernen«, sagte Genny.

»Können wir bei euch zu Abend essen, Genny?« erkundigte sich Alecs schlaue Tochter.

»Aber selbstverständlich. Das wäre schön. Du würgst jetzt deine Möhren runter, und ich sage Lannie, daß sie dich nachher mit Spinat füttert.«

»Juhu!« jubelte Hallie und wollte gar nicht mehr aufhören zu lachen, als ihr Vater sie von der *Pegasus* trug.

Sobald sie im Dock waren, drehte Alec sich um und sagte leise: »Ich verlange die Antwort heute abend, Mr. Eugene, sonst gilt die Wette nicht. Dann ist die Frist abgelaufen.«

Genny erwiderte kein Wort. Sie war sich bewußt, daß Boos Lamb sie beobachtete, daß Jake unsicher daneben stand und daß der lüsterne Minter dreckig grinste.

Sie hätte sie gern angebrüllt; Ich bin euer Boß und kein

Flittchen, dem man offenen Mundes nachstarrt! Doch sie murmelte nur: »O verdammt!« und stapfte unter Deck in die Kapitänskajüte, wo sie hingehörte.

Als Genny am späten Nachmittag aus der Werft heimkehrte, waren Alec, Hallie und die unschätzbare Mrs. Swindel schon eingezogen.

»Hallo«, sagte sie. »Sie müssen Mrs. Swindel sein.«

»Ja, die bin ich. Und Sie sind, äh, Sie sind eine junge Dame, so viel sehe ich. Seine Lordschaft hat gesagt, Sie seien etwas ungewöhnlich, und in diesem Fall kann er sogar mal recht haben.«

Und zu Gennys Verwunderung ergriff Mrs. Swindel ihre ausgestreckte Hand und schüttelte sie herzlich.

»Danke«, sagte sie. »Wollen Sie nicht mit uns essen?«

»Auf keinen Fall. Ich bin nur Hallies Kindermädchen. Außerdem esse ich mit Mr. Pruitt.«

»Ach so, ja dann! Jedenfalls hoffe ich, daß alles zu Ihrer Zufriedenheit bestellt ist, Mrs. Swindel.«

»Ich habe mich bei Gracie erkundigt. Sie ist, wenn Sie es mir nicht übelnehmen, Miß, ein ziemlich schwacher Schatten von einem Menschen. Sie wirkt sehr unentschlossen und verwies mich an Mr. Moses, der über alles Bescheid wisse.«

»Gracie ist in letzter Zeit krank gewesen«, sagte Genny zur Verteidigung der Frau, die in ihrer Familie in Dienst stand, seit Genny sieben Jahre alt gewesen war. »Sie hat vor, uns bald zu verlassen und zu ihrer Schwester in Annapolis zu ziehen.«

»Das gehört sich auch so«, sagte Mrs. Swindel etwas rätselhaft.

In diesem Augenblick kam Gracie gerade aus dem Eßzimmer in die Eingangshalle. Genny lächelte sie an. »Geht es dir schon besser?«

»Viel besser«, antwortete Gracie. »Sie haben nette Gesellschaft bekommen, Miß Genny. Diese Mrs. Swindel weiß, was sie will. Ich habe Ihrem Pa gesagt, daß ich morgen abreise!«

Genny sah sie an, umarmte sie und wünschte ihr dann alles Gute. Es tat ihr nicht besonders weh, daß Gracie ging. Es war Zeit für eine Veränderung. Und diese Veränderung stand buchstäblich schon auf der Türschwelle.

Als Genny später die Vordertreppe herunterkam, hörte sie Mrs. Swindel zu einem noch nicht anwesenden Alec sagen: »Gut gemacht, my Lord!« Die exzentrische Mrs. Swindel versprach, amüsant zu sein. Und im Gegensatz zu dem, was Genny bisher bei Frauen erlebt hatte, schien diese Frau es ganz in Ordnung zu finden, daß ihre Gastgeberin sich wie ein Mann benahm.

Lächelnd betrat sie ihr Schlafzimmer. Ich bin also etwas ungewöhnlich, nicht wahr, Alec? Was das wohl heißen sollte?

Als Genny wieder aus dem Schlafzimmer herauskam, trug sie ein schönes Kleid, eine neue Schöpfung, die Alec für sie ausgesucht hatte. Es war ein Abendkleid aus kremfarbener und mattgelber Seide mit tiefem runden Ausschnitt und einem dünnen Band aus mattgelbem Satin unter den Brüsten. Sie hatte sich das Haar gebürstet und zu einer lockeren Krone auf dem Kopf geflochten. Viele Locken umrahmten weich ihr Gesicht und fielen ihr in den Nacken. sie hatte sogar das Amethysthalsband ihrer Mutter angelegt.

Die Tür zum Salon stand auf. Als sie Alec erblickte, blieb sie stehen. Es ist ungerecht, dachte sie und wollte nicht hineingehen. Er war so atemberaubend schön, daß sie sich dagegen wie eine Lumpensammlerin vorkam. Er trug ein weißes Hemd zum schwarzen Abendanzug, und mit dem gebräunten Gesicht und dem goldblonden Haar sah er schöner als ein Märchenprinz aus. Hallie hatte eins ihrer geblümten Musselinkleider an, saß neben James Paxton und plauderte über alles, was sie gesehen hatte. Auch ihr goldblondes Haar war wie das ihres Vaters lange gebürstet worden, so daß es glänzte, und ihre Augen blitzten im gleichen erstaunlichen Blau. Das Mädchen war überraschend frühreif. Wahrscheinlich weil sie ihre fünf Lebensjahr ausschließlich unter Erwachsenen verbracht hatte.

Oder sie hatte den Verstand ihrer Mutter.

Dazu das blendende Aussehen ihres Vaters.

Dann ging Genny doch hinein. »Guten Abend. Willkommen in unserem Heim, Hallie, Baron.«

Alec stieß einen leisen Pfiff aus. »Gütiger Himmel, Mr. Eugene«, sagte er und nahm ihre Hand. »Ich glaube, Sie sehen im Kleid genauso schön aus wie ohne.«

»Psst!«

»Was, Papa?«

»Genny hat mich nur willkommen geheißen, mein Kürbis. Ich weiß Sie anzukleiden, Genny, das steht außer Frage.« Sehr leise fügte er hinzu: »Und dich auszuziehen.« Gleich darauf sagte er zu James: »Was meinen Sie, Sir? Ist sie nicht eine Venus, eine wahre Göttin von Baltimore?«

James sagte verblüfft: »Mir ist bis jetzt noch gar nicht aufgefallen, wie ähnlich du deiner lieben Mama siehst. Wirklich schön, Genny, ehrlich.«

»Nun, Papa, die größten Autoritäten haben mir bestätigt, daß ich ungewöhnlich bin.«

»Was soll das heißen?« fragte Hallie.

»Es heißt«, sagte Alec, der keinen Blick von Genny ließ, »daß Miß Eugenia Paxton nicht die anderen jungen Damen dieser Stadt kopiert. Sie ist ein Original.«

Warum mußte er in Tönen der Bewunderung von ihr sprechen? Es war natürlich gelogen. Er wollte sie nur in sein Bett bekommen.

Zu ihrem Leidwesen wollte Genny genau das gleiche. Sie erblaßte, als sie merkte, was sie sich wünschte. Bis zu Alecs Ankunft hatte sie nie so oft an sexuelle Dinge gedacht. Wenn sie ihn nur ansah, wurde sie sich jeden Zolls ihres Körpers bewußt, ihrer Brüste und der verschwiegenen Stelle zwischen den Beinen. Jetzt sah Alec sie an, aber ohne jeden Ernst in den schönen blauen Augen. Darin waren nur Amüsiertheit, Teufelei und böse Absichten zu lesen. Er hatte erraten, worum ihre Gedanken kreisten.

Sie schob das Kinn vor und versuchte zu lächeln. »Ich glaube, das Essen ist fertig.«

»Mr. Moses!« rief Hallie, rannte auf den Butler zu und streckte die Arme nach ihm aus.

Moses hob sie hoch und sagte: »Was für 'n hübsches kleines Mädchen du bist, Miß Hallie. Das is aber ein feines Kleid, wirklich wahr. Hat wohl dein Papa für dich ausgesucht?«

»O ja und Gennys auch.«

Alec kümmerte sich nicht weiter um Genny, sondern wandte sich an James. »Sir?« Er bot ihm den Arm, den James dankbar annahm. Rasch trat Genny hinzu und nahm ihn beim anderen Arm.

»Bin so verdammt müde«, sagte James. Und fügte, zu seiner Tochter gewandt, gleich hinzu: »Ein langer, sehr geschäftiger Tag, Genny, das ist alles.«

James hätte nicht zum Essen herunterkommen sollen, dachte Alec. Doch er hielt wohlweislich den Mund.

Es war Mitternacht. Im Haus herrschte Stille. Alec saß im Bett und las eine langweilige Abhandlung von Edmund Burke.

Seufzend ließ er das Buch sinken und legte den Kopf aufs Kissen. Das Leben war auf einmal sehr kompliziert geworden. Urplötzlich und unwiderruflich kompliziert. Und das hatte eine Frau zustande gebracht, die nicht mal Engländerin war.

Er hätte nie auf Mr. Eugene Paxtons Brief hin nach Baltimore kommen dürfen. Jetzt hatte er sich in das Leben der Paxtons verstrickt und sie in seins, und er sah keinen Ausweg. Ja, er wünschte auch keinen.

Wonach er verlangte, war Genny. Er verlangte stärker nach ihr als je zuvor nach irgendeiner Frau. Hoffentlich war es nur reine Wollust. Aber nein, das war es eben nicht, das war ihm klar geworden. Er sah keinen Sinn darin, und dennoch war es war. Er sah sie immer wieder mit angeschwollenem Bauch, in dem sie sein Kind trug, vor sich. Verdammt, das hatte er nicht gewollt, seit Nesta gestorben war. Er wollte nicht Heim und Herd. Er wollte nicht zahm werden und abends angekettet in seinem Salon sitzen und sich tödlich langweilen.

Und das Verrückteste war, daß Genny es ebenso haßte, von Heim und Herd und einem Ehemann zu träumen, der sie beherrschen und ihr sagen wollte, was sie zu tun hatte. Sie wollte etwas schaffen, etwas bauen, etwas fertigbringen und dann auf Reisen gehen und Dinge sehen, von denen die meisten Menschen nur träumen.

Das war einfach nicht normal. Es verstieß gegen die natürliche Ordnung. Es war die Aufgabe der Frau, den Mann ans Haus zu gewöhnen, und nicht umgekehrt. Und dennoch konnte er sich zu seinem Leidwesen vorstellen, daß er mit Genny im Salon saß, wo sie sich unterhielten und auch miteinander stritten. O ja, sie würden sich viel streiten und sich danach lieben. Vor seinem geistigen Auge sah er Kinder und ein Leben an einem Ort, und dieser Ort hatte Bedeutung für sie und Freunde und Bindungen, die einem viel zu sehr ans Herz gewachsen waren, als daß man sie wieder lösen wollte.

Plötzlich ging seine Schlafzimmertür leise auf. Er wandte nicht einmal den Kopf. Er schaute nur vor sich hin und wartete klopfenden Herzens, und sein Körper spannte sich voller Erwartung.

»Alec.«

»Hallo, Genny. Da bist du ja. Ich habe gehofft, du würdest kommen.«

»Ja – ich sah... Kannst du mich nicht ansehen?«

Er drehte den Kopf auf dem Kissen zu ihr und lächelte sie an. Sie war im Nachthemd, das sie wie ein Zelt vom Kinn bis zu den Zehen verhüllte.

»Du siehst wie eine Vestalin aus. Eine schon ziemlich bejahrte Vestalin. aber ich will mich nicht beklagen.«

Genny merkte, daß er sie aufziehen wollte. Doch sie war zu nervös, um davon Notiz zu nehmen. Ihr war klar, daß sie eigentlich ins Irrenhaus gehörte. Aber andererseits war ihr Entschluß gefaßt. Es gab kein Zurück. Alec würde nicht in Baltimore bleiben. Ein Mann wie der Baron tat das nicht. Bald würde er fort sein – und damit ihre letzte Gelegenheit, alles kennenzulernen, was zwischen Mann und Frau körperlich vorging. Sie konnte sich nicht vorstellen, daß sie nach Alec noch den Wunsch hätte, einen anderen Mann auch nur anzusehen.

»Ich will, daß du mit mir schläfst.«

»Aha. Und ich dachte schon, du wolltest mir eine Tasse Tee bringen.« Er hob ein wenig die Bettdecke an. »Komm her, Genny!«

Er war nackt, und sein Glied war steif und hart und zitterte vor Erregung. Langsam kam Genny an sein Bett. Dann blieb sie stehen. »Alec, kann ich dich sehen?«

»Du meinst meinen Körper?«

»Ja. Ich habe noch nie einen Mann gesehen.«

»Komm her! Laß uns darüber sprechen!«

Genny warf einen Blick auf die angehobene Bettdecke. sie wußte, wenn sie zu ihm ins Bett stieg, würde es mit ihrer Jungfernschaft vorbei sein. »Soll ich das Nachthemd ausziehen?«

»Noch nicht. Später. Komm her, Genny!«

12

Ihre Hände flatterten. Sie zögerte, den Blick auf die angehobene Bettdecke gerichtet.

»Möchtest du dich hier hinsetzen?« Er klopfte mit der Hand auf die Stelle neben ihm.

Sie setzte sich, die Hände artig im Schoß gefaltet, zu ihm aufs Bett. Ihre nackten Füße reichten nicht ganz bis zum Boden. Sie kam sich kindisch vor. Schlimmer noch, wie ein Närrin. Sie hätte nicht kommen sollen. Sie hatte den Verstand und das Augenmaß verloren. Und das alles in der Hoffnung, ihrer Jungfernschaft beraubt zu werden.

Sie hob den Blick und sah ihn an. »Würdest du wirklich die Wette zurückziehen, wenn ich nicht mit dir schlafe?«

»Natürlich. Das hab' ich dir doch gesagt, nicht wahr? Es ist immer viel leichter, sich etwas vorzunehmen, als es dann auch durchzuführen, nicht wahr, Mr. Eugene?«

»Ich war wirklich fest dazu entschlossen, als ich hier reinkam«, sagte Genny. Jetzt ruhte ihr Blick auf dem Kissen über seiner rechten Schulter, die ganz nackt war, ebenso wie seine Brust. Sie wollte ihn ganz sehen, sich an ihm satt sehen, ihn anfassen und küssen. Scharf zog sie die Luft ein.

»Na schön. Ich bin bereit.«

Er grinste sie an, aber es tat ihm selber weh.

»Du mußt es ja nicht tun, Genny.«

Sie sah ihn voll an. »Was? Willst du mich jetzt nicht mehr? Bin ich – nun, nicht verführerisch genug?

»Doch, du bist verführerisch, und dein Nachthemd steht dir gut. Nein, meine Liebe, es ist nur so: Mir ist eben mit einiger Verspätung zu Bewußtsein gekommen, daß ich ein Gentleman bin, und ein Gentleman schläft nicht mit der Tochter eines Mannes, den er schätzt und in dessen Haus er als Gast weilt.«

»Das hört sich zwar edel an, aber es ist doch nicht wahr, Alec. Du verführst mich doch nicht. Ich verführe dich.« Und sie warf sich ihm an die Brust, packte ihn an den Schultern und küßte ihn.

Lachend fing Alec ihre Arme ab und wollte sie abwehren. Aber in dem Augenblick, da ihr Mund seinen berührte, wußte er, daß er nicht mehr lange logisch denken würde. Sie war so süß und weich. »Genny«, flüsterte er und spürte, wie sie sich voller Erregung an ihn preßte.

Er griff ihr in das weiche Haar und strich es zurück. Von ihrem Mund konnte er sich nicht mehr lösen. Er stellte sich vor, wie ihn dieser weiche Mund in den nächsten Jahren immer wieder küssen würde, und verstärkte den Druck. Dann schob er sie langsam, ganz langsam von sich weg. Sie war über ihm und schaute ihn an. Ihre Augen waren weit geöffnet, eben noch voller Erwartung und Verzückung, jetzt in tiefer Enttäuschung.

»Bitte, Alec.«

»Nein, meine Liebe. Es tut mir leid, aber ich habe es ernst gemeint. Ich kann es deinem Vater nicht antun. Er hat so großes Vertrauen zu mir. Und ich bin hoffentlich noch ein Ehrenmann. Soll ich dir Lust spenden? Ja, so soll es sein. Komm her!«

Genny wußte, welche Lust er meinte. Aber das hieß auch, daß sie nackt sein, daß er sie so sehen und sie wild machen würde. Und er würde die ganze Zeit nur ein gelassener Beobachter sein, und das wollte sie nicht, diesmal nicht.

Er knöpfte ihr das Nachthemd auf und zog es auseinander. Nun lagen ihre Brüste frei. »Wunderschön.« Alec setzte sich auf und zog sie sich auf den Schoß. Ihr Kopf lag an seiner rechten Achselhöhle. Sie war bis zur Taille nackt. Langsam, ganz langsam berührte er mit dem Zeigefinger ihre Brustspitzen. Als er sie fühlte, schloß er die Augen. Sie keuchte, und er schlug die Augen wieder auf.

»Oh, mein Liebster.«

»Das ist sehr schön, nicht wahr? Gib mir deine Hand! Ich möchte, daß du sie auch einmal anfäßt.«

Er hob ihre Hand und führte sie sanft an ihre Brust. Sie fühlte ihre Brustspitze. »Das fühlt sich nach mir an.«

Er lachte leise und liebkoste sie wieder. Zu seinem Entzükken begann sie zu stöhnen. Sie wußte, daß sie besiegt war.

»Schon gut, Genny. Du sollst ja alles genießen, was ich mit dir tue. Du mußt mir immer sagen, was dir gefällt.«

»Ich möchte dich anfassen.«

Bei diesen unerwarteten Worten durchzuckte ihn wieder jener flüchtige, angenehme Schmerz. »Ja, tu es nur!«

Genny ließ ihre Hand mit gespreizten Fingern über seine Brust und Schultern gleiten. Goldblonde Haare bedeckten seine Brust, und seine Haut war glatt und fest. Unter ihren Fingern spannten sich die starken Muskeln. »Kein Mann wird je so sein wie du«, sagte sie, und er glaubte ihr und war beseligt über das ehrliche Staunen in ihrer Stimme.

Dann beugte er sich vor und küßte sie wieder. Seine Hand umfaßte ihre Brust und hob sie ein wenig an. Dann bewegte sich seine Hand tiefer und kam kurz unter der Taille auf ihrem weißen Unterleib zur Ruhe.

Ein Schauer durchrieselte sie. Ihr ganzes Fühlen schien auf den Punkt ein kleines Stück unter seinen Fingerspitzen konzentriert zu sein. »Alec«, sagte sie, und jetzt wußte sie, daß er sie begehrte, wenn auch nicht so stark wie sie ihn.

»Nun gut«, sagte er. Er fuhr mit der Hand durch ihr Schamhaar. Und dann fand er sie darunter, und sein Blick ruhte auf ihrem Gesicht. »So weich, Genny, du bist so schön weich.« Seine Finger bewegten sich in sanftem Rhythmus, und mit weit offenen Augen beobachtete er sie dabei.

»Das ist ein wunderbares Gefühl, nicht wahr? Als Mann wünscht man sich, hier in dich einzudringen. Dabei empfindet man unverdiente höchste Lust. Hier sind alle deine Gefühle verborgen, Genny. Ein kleiner versteckter Schatz, der dich wunderbar wild machen kann. Weißt du noch, gestern nacht, Genny?«

»Ja«, sagte sie, »ich weiß es noch.«

»Jetzt möchte ich dich dort mit dem Mund streicheln. Das möchtest du doch, nicht wahr?«

»Nein, Alec, das kannst du nicht tun – denn... O bitte, bitte...« Sie zitterte.

»Es ist nicht so, daß ich...« Und dann vergaß Alec, was er hatte sagen wollen, denn in diesem Augenblick hörte er Moses rufen: »O mein Gott! Miß Genny! Baron! O Gott, kommen Sie schnell! Oh...«

Alec hob Genny von seinem Schoß. »Schnell, Genny!« Er war schon aus dem Bett und zwängte sich in seinen Frisiermantel. Hinter sich hörte er Genny. Sie zog sich das Nachthemd herunter und knöpfte es in fliegender Eile zu.

Ein lautes Klopfen an der Schlafzimmertür. Dann stieß Moses die Tür auf und kam hereingestürzt. »Schnell, Sir! Es ist der Herr! O Gott, Miß Genny...«

Alec rannte an ihm vorbei den Flur entlang zum Elternschlafzimmer. Genny folgte ihm auf den Fersen. Alec ging hinein. Neben dem Bett brannte eine Kerze. Auf den ersten Blick sah Alec, daß James Paxton tot war.

Er stand neben ihm und spürte unvermittelt tiefen Schmerz über James' Dahinscheiden. Die Augen des Toten waren geschlossen. Sein Ausdruck war friedlich. Er war im Schlaf gestorben, ein leichter Tod. Alec beugte sich über ihn und legte ihm die Fingerspitzen an den Hals. Natürlich war nichts mehr zu spüren.

»Papa?«

»Er ist verschieden, Genny. Es tut mir so leid.«

Moses war ihnen nachgegangen. »Ich habe noch einmal nach ihm gesehen, Sir. Normalerweise tue ich das nicht. Aber irgend etwas hat mich beunruhigt. Deshalb ging ich nachschauen. Er war heute abend so erschöpft. Das hat mich beunruhigt. Als ich hereinkam, war er schon tot.«

Genny setzte sich neben ihren Vater, nahm seine Hand und führte sie an ihre Lippen.

»Es war das Herz, Genny. Es war bestimmt das Herz. Er ist im Schlaf gestorben, ein leichter Tod.«

»Ja«, sagte sie.

Alec fuhr herum. In der Tür stand Hallie im Nachthemd und mit bloßen Füßen, ihr Schiffsmodell der Schonerbark unterm Arm.

»Einen Augenblick, Hallie. Moses, lassen Sie seinen Arzt holen! Er wird wissen, was zu tun ist.«

»Ja, Sir!«

Alec nahm seine Tochter auf den Arm und trug sie aus dem Zimmer des Toten.

Ganz leise sagte Genny: »Es tut mir so leid, Papa, es tut mir schrecklich leid. Alec sagt, du hast einen leichten Tod gehabt. Hoffentlich war es so. Ich liebe dich sehr. Jetzt habe ich niemand mehr. Ich war nicht einmal bei dir, als du gestorben bist. Ich lag auf dem Schoß eines Mannes, seine Finger waren in mir, und du mußtest allein sterben.«

Sie sprach leise und undeutlich, aber Alec hörte jedes Wort. Er sah, wie Genny den Kopf auf James' Brust legte. Sie weinte nicht, sie lag nur so da.

Da ließ er sie allein.

An James Paxtons Beerdigung nahmen mehr als hundert Menschen aus allen Schichten der Bevölkerung von Baltimore teil, von arbeitslosen Seeleuten bis zu den Gwenns, den Warfields und den Winchesters. Sogar Laura Salmon war gekommen. Es war kalt, und es nieselte. Kein bißchen Sonne und Wärme. Alec stand neben Genny und stützte ihren Ellbogen, obwohl es nicht nötig war. Sie rührte sich nicht, starrte nur nach vorn, gerade aufgerichtet. Sie schien nichts um sich her wahrzunehmen.

Alec hatte Hallie nicht gestattet mitzukommen. Sie hatte nur begriffen, daß Mr. Paxton jetzt im Himmel war. Wie ihre Mama. Sie war mit Mrs. Swindel im Haus der Paxtons zurückgeblieben. Auch in dieser Hinsicht muß ich eine Entscheidung treffen, dachte Alec. Dann zwang er sich, dem Reverend Murray, dem Pastor der St. Paul-Episkopalkirche, zuzuhören. Er war ein hagerer Mann, das Gesicht von den vielen, vielen Jahren unter einer unerbittlichen Sonne von Falten durchzogen. Er sprach gut, und seine Trauerrede rührte ans Herz. Er habe James Paxton von Kindesbeinen an gekannt, sagte er in seiner bedächtigen Art mit wohlklingender Stimme. Damals waren sie gemeinsam zum Fischen zum North Point gegangen. Er erinnerte an James' Anteil an der Entwicklung von Baltimore, an den Bau seines ersten Baltimore-Klippers, der *Galilei* im Jahre 1785, an sein tapferes Verhalten im September 1814 in der Schlacht bei Baltimore gegen die Briten. Er hatte die Kanonade auf Fort McHenry miterlebt, wo er die Männer aufgefordert hatte, Ruhe zu bewahren. Er sei ein stiller Held gewesen, und er, Reverend Murray, sei stolz darauf, ihn gekannt zu haben. Er hinterlasse seine gute Tochter Eugenia Paxton. Amen.

Während der Trauerrede rührte Genny sich nicht. Alec hätte gern etwas getan, um ihr zu zeigen, daß er an sie dachte und mit ihr fühlte. Irgend etwas. Dann sah er, daß Laura Salmon zu ihm herüberschaute, und quälte sich ein kurzes Lächeln ab.

Nach der Trauerfeier nahm Genny die Beileidsbezeugungen von vielen Dutzend Menschen entgegen, und Alec stand neben ihr. Und er erinnerte sich an den längst vergangenen Tag vor fünf Jahren, als er im Schockzustand das Beileid der anderen entgegengenommen hatte. Und er fragte sich, welchen Sinn das alles habe.

Er brachte Genny nach Hause und stand an ihrer Seite, als die Trauergäste eintrafen, um zu essen, sich mit gedämpfter Stimme zu unterhalten und endlos ihr Bedauern über Mr. Paxtons Tod zu wiederholen. Sie war ruhig und hatte sich vollkommen in der Gewalt. Sie war eigentlich gar nicht da. Er fragte sich, ob er sich bei Nestas Begräbnis ebenso verhalten hatte.

Merkwürdigerweise war es Mrs. Swindel, die die Zügel in die Hand genommen hatte. Lannie hatte so viele Speisen zubereitet, daß man halb Baltimore davon hätte beköstigen können. Als die letzten Gäste Abschied nahmen, war es später Nachmittag.

Nur Mr. Daniel Raymond ging nicht.

»Wenn es Ihnen recht ist, Genny, würde ich Ihnen gern den letzten Willen Ihres Vaters vorlesen.«

Genny nickte nur, machte kehrt und ging auf die kleine Bibliothek an der Ostseite des Hauses zu.

»Würden Sie auch mitkommen, my Lord?«

»Mich betrifft das doch gar nicht, Mr. Raymond.«

»Doch, my Lord. Sehen Sie...«

»Nun gut. Sagen Sie, was Sie wollen, aber sagen Sie es im Beisein von Miß Paxton!«

Genny sah, wie Daniel Raymond, gefolgt von Alec, in die Bibliothek kam. Was suchte Alec hier? Ach, es war ja jetzt gleichgültig. Alles schien ihr gleichgültig zu sein.

»Miß Paxton«, sagte Raymond, als alle Platz genommen hatten, »Ihr Vater hat ein neues Testament gemacht.«

»Wie bitte?«

»Ein neues Testament, Miß Paxton. Vor fünf Tagen.«

»Ich verstehe nicht...«

Alec unterbrach: »Sagen Sie uns, was drinsteht!«

Warum ist er so ärgerlich? dachte Genny.

»Sehr gut, my Lord. Zunächst sind da die Legate an die Dienerschaft. Das höchste beträgt fünfhundert Dollar und geht an Moses. Dreihundert Dollar bekommt Mrs. Limmer. Wie Sie wissen, Miß Paxton, ist Moses ein Sklave. Mr. Paxton hat festgesetzt, daß nach seinem Tode Moses freigelassen wird. Ihr Vater nahm an, daß Moses aber seine Stellung im Haushalt weiter ausüben wird.« Hier legte Mr. Raymond eine Pause ein. Alec hatte ein ungutes Gefühl. Und er ahnte, ja, er wußte schon, was nun kommen würde. Der verdammte James Paxton!

»Miß Paxton, Ihr Vater legte größten Wert darauf, daß Sie einsehen, alles, was er verfügte, geschah in Ihrem Interesse. Sie sind jetzt alleinstehend. Sie haben keine Angehörigen und keinen männlichen Schutz. Er hat Sie geliebt, Ma'am, und er wollte Ihnen eine sorgenfreie Zukunft sichern.«

»Ja«, sagte Genny und mehr nicht.

Lieber Gott, dachte Alec und sah ihr in das bleiche Gesicht, das klingt, als interessiere sie sich nicht im geringsten dafür.

Mr. Raymond räusperte sich. »Mr. James Paxton überschreibt die Paxton-Werft an Alec Carrick, Baron Sherard, falls er Sie innerhalb von dreißig Tagen nach seinem, Mr. Paxtons Tod, heiratet. Wenn Baron Sherard oder Sie, Miß Paxton, eine Heirat ablehnen, ist die Werft zu verkaufen, gleichviel an wen, nur nicht an Baron Sherard, und Sie erhalten den Kaufpreis.«

Genny sah ihn nur schweigend an.

»Sehen Sie, Miß Paxton«, fuhr Mr. Raymond fort, und sein Tonfall klang jetzt recht verzweifelt, »Ihr Vater wußte, daß es Ihnen unmöglich sein würde, die Werft weiterhin zu leiten. Er wußte, daß Sie in diesem Falle alles einbüßen würden. Davor wollte er Sie bewahren. Er wollte nicht, daß Sie in Armut enden.«

»Ich danke Ihnen, Mr. Raymond. Ich verstehe vollkommen.« Damit erhob sich Genny und reichte dem unglücklichen Anwalt die Hand.

»Haben Sie noch Fragen, Miß Paxton?«

Sie schüttelte den Kopf und verließ das Zimmer ohne einen Blick auf Alec.

»My Lord, Sie haben sicherlich noch Fragen...«

Alec war verärgert, weil er das Gefühl hatte, besiegt worden zu sein. Aber das war ja schließlich nicht die Schuld des Anwalts. »Der Mann, dem ich Fragen zu stellen hätte, ist tot,

Mr. Raymond. Überlassen Sie mir bitte eine Kopie des Testaments! Ich möchte es noch einmal selber lesen. Ich danke Ihnen für Ihr Kommen, Sir. Oh, ich habe doch noch eine Frage. Zählen die dreißig Tage von Mr. Paxtons Todestag an oder vom Tag seiner Beerdigung?«

Mr. Raymond zog das sauber geschriebene Dokument zu Rate. »Von seinem Todestag an, Mr. Raymond.«

»Dann wären es jetzt noch siebenundzwanzig Tage. Nochmals meinen Dank, Mr. Raymond. Ich bringe Sie raus.«

Seit Nestas Tod waren fast fünf Jahre vergangen. Fünf Jahre, in denen Alec nie mit dem Gedanken gespielt hatte, sich wiederzuverheiraten. Er dachte an Maria Cordova Sanchez in Madrid, eine sehr reiche verwitwete Contessa. Sie hatte mit großer Begeisterung mit ihm geschlafen und ihm Sachen gezeigt, die er nie zuvor erlebt hatte. Um Hallie hatte sie ein großes Gewese gemacht, bis sich das kleine Mädchen, damals noch ein Säugling, über ihr bestes Kleid erbrochen hatte. Bei der Erinnerung mußte Alec grinsen. Maria hatte sich von da an nie mehr um Hallie bemüht.

Nein, er hatte die Contessa nicht heiraten wollen. Er hatte überhaupt nie heiraten wollen.

Was sollte er nun mit Genny anfangen? James hatte sein Testament so abgefaßt, daß er, Alec, sich für sie verantwortlich fühlen mußte. Er sah ein, daß Genny die Werft nicht erben konnte. Sonst würde sie ihr in wenigen Monaten verloren gehen. James hatte sie Alec auf dem sprichwörtlichen Präsentierteller dargeboten, die Werft und seine höchst widerspenstige Tochter.

Was sollte er tun? Genny bewegte sich wie ein Phantom. Seit dem Tod ihres Vaters kapselte sie sich von ihm ab, von allen. Ihm fiel wieder ein, wie sie vor ihrem bereits toten Vater stammelnd ihr Geständnis abgelegt hatte, und es gab ihm einen Stich. Genny mußte unter unvorstellbaren Schuldgefühlen leiden. Bedauerlicherweise hatte er eine Rolle dabei gespielt – sie war in seinem Bett gewesen – und daran ließ sich nichts mehr ändern.

Warum sollte er sie nicht heiraten? Er mußte über sich selber lachen. Er entschloß sich, mit Hallie darüber zu sprechen.

Er fand seine Tochter in ihrem Zimmer im ersten Stock des Ostflügels. Hallie saß im Schneidersitz auf dem Boden und war mit ihren Schiffsmodellen beschäftigt.

»Hallie«, sagte er leise, um sie nicht zu erschrecken.

»Hallo, Papa. Ist mit Genny alles in Ordnung? Sie ist ganz blaß und so traurig.«

»Es geht ihr gut, mein Kürbis.« Er setzte sich neben seine Tochter auf den Fußboden und nahm ein Schiff in die Hand, eine Brigg mit vierzehn Kanonen.

»Ein französisches Kriegsschiff, Papa, die *Eglantine*. Sie ist 1804 vor Gibraltar gesunken.«

»Das stimmt«, sagte Alec geistesabwesend und stellte die Brigg wieder hin. »Hallie, ich möchte mich mit dir über Genny unterhalten.«

Seine Tochter legte den Kopf schief.

Sie war so klug, seine Tochter. »Man hat uns heute Mr. Paxtons Testament eröffnet. Er hat es ziemlich kompliziert gemacht. Im Grunde möchte er, daß ich Genny heirate. Weißt du, sie steht jetzt ganz allein, hat keine Angehörigen mehr. Ich wollte wissen, wie du darüber denkst.«

»Mußt du Genny heiraten?«

Er schüttelte den Kopf.

»Gut«, sagte Hallie. Dann nahm sie das Modell einer englischen Fregatte, der *Halcyon*, in die Hand.

»Was ist gut?«

»Na, wenn du das Gefühl hättest, daß du gezwungen wirst, Genny zu heiraten, dann wäre es nicht gut. Du mußt sie heiraten wollen.«

»Möchtest du, daß ich sie heirate?«

»Ich kann Genny gut leiden. Wird sie mir kleine Brüder und Schwestern schenken?«

»Höchstwahrscheinlich. Ich würde es jedenfalls wünschen.«

»Sie fühlt sich augenblicklich sehr elend, Papa.«

»Ich weiß, Hallie, ich weiß. Wir müssen ihr helfen. Sie soll sich wieder besser fühlen.«

»Glaubst du, daß sie sich gern meine Sammlung ansehen würde?«

»Ich glaube, das würde ihr sehr gefallen.«

Abends saß Alec ganz allein im Eßzimmer der Paxtons. Es war, als wäre er der Besitzer, und das war ein komisches Gefühl. Moses stand ehrerbietig an der Tür.

Es gab geschmorten Hasen. Er nahm einen Bissen. Dann legte er Messer und Gabel auf den Teller. Er hatte keinen Hunger. Er sah auf das Weinglas. Nein, Durst hatte er auch nicht.

»Hat Genny ihr Abendessen bekommen, Moses?«

»Ja, Sir. Lannie hat es ihr auf dem Tablett raufgebracht.«

»Ich werde in Kürze nach ihr schauen.« Alec seufzte. »Wir haben da ein Problem, Moses.«

»Ja, Sir. Miß Genny, Sir, is, na ja, sie is zäh wie ihr Vater. Aber er war ihr ein und alles. Es hat sie schwer getroffen, Sir.«

»Ich weiß. Ich gehe jetzt gleich zu ihr. Wenn du Teller krachen hörst – kümmere dich nicht darum, Moses!«

»Nein, Sir.«

Fünf Minuten später stand Alec vor Gennys Zimmer und zögerte. Er wollte anklopfen, ließ es dann aber sein. Sie weinte drinnen. Er hörte das unterdrückte Schluchzen, und sein Magen drehte sich um. Bisher hatte sie seit dem Tod ihres Vaters noch nicht geweint. Jedenfalls hatte er nichts davon bemerkt. Es wurde Zeit, daß sie sich ausweinte. Leise machte er die Tür auf und trat ins Zimmer. Nur auf dem Kaminsims stand eine brennende Kerze im Halter. Erst allmählich gewöhnten sich Alecs Augen an die trübe Beleuchtung.

Genny saß am Fenster, die Knie an die Brust gezogen, das Gesicht an die Oberschenkel gedrückt. Ihre Schultern bebten. Leise ging er zu ihr und legte ihr die Hand auf die Schulter.

»Genny.«

Sie fuhr auf. »Geh weg, Alec! Sofort! Laß mich allein!«

»Nein, kommt nicht in Frage.« Er zwängte sich neben sie aufs Sofa. »Du hast dein Essen nicht angerührt.«

»Ich mag geschmorten Hasen nicht.«

Alec zog sein Taschentuch heraus, hob ihr Kinn an und betupfte ihr die Augen.

»Was willst du?« Sie griff nach seinem Gelenk und zog die Hand weg. »Geh weg, Alec! Ich will dich nie mehr wiedersehen.«

»Hör zu, Genny.« Er hielt sofort inne, als er den Schmerz in ihren Augen sah. Das erinnerte ihn an die Tage nach Nestas Tod. Alec nahm sie in die Arme und drückte ihren Kopf an seine Schulter. »Es tut mir leid, mein Liebes. Ich weiß, wie es weh tut. Mein Gott, ich weiß es.«

Sein freundliches Verhalten überwältigte sie. Genny begann wieder leise und stetig zu weinen. Alec sprach auf sie ein, sagte ihr unsinnige Worte, die sie trösten sollten. Doch sie sollte ja ihren Kummer und Schmerz ausweinen. Er hatte damals nicht weinen können, und darum hatte seine Trauer monatelang angehalten.

Auch als ihre Tränen versiegten, hielt er sie weiter im Arm. Er strich ihr über den Rücken und flüsterte mit ihr. Und von einem Augenblick zum anderen wurde aus der Frau, die seinen Trost benötigte, eine Frau, die ihn als Mann brauchte.

Sie hob den Kopf und blickte ihn an. Ihr Blick fiel auf seinen Mund, und ihre Lippen öffneten sich leicht. Da verlor Alec die Beherrschung. Er küßte sie stürmisch und ließ seine Zunge in ihrem weichen Mund spielen. Sie hatte die Lippen weiter geöffnet und nahm seine Zunge bereitwillig auf.

Sie preßte ihr Brüste an ihn und schlang die Arme um seinen Rücken. »Bitte, Alec.«

Er hielt sich zurück. Es war schwer, aber diesmal, beim erstenmal, durfte er sie nicht überfallen, sie nicht zu schnell nehmen. Aber nehmen wollte er sie, das hatte er beschlossen, auch wenn er ahnte, daß sie aus anderen Gründen so nachgiebig war. Doch darauf kam es nicht an. Er hatte sich dazu entschlossen, und sie unterstützte ihn. Er wußte, es würde ihm, es würde ihnen beiden gut tun.

Zu seiner Überraschung warf sie sich so leidenschaftlich über ihn wie ein wollüstige Geliebte. Er stand auf und zog sie an sich. Sie rieb ihren Unterleib an seinem, daß er schon meinte, vor Lust zu explodieren.

Es war nicht richtig, daß sie ihn so drängte. Doch jetzt konnte er nicht mehr aufhören. Sie wollte sich bestätigen, daß sie noch ein lebendiger Mensch war. Das begriff er gut. Plötzlich ließ sie den Arm fallen, zwischen ihre Körper. Er fühlte, wie ihre Finger nach seinem Glied tasteten und sich darum schlossen. »O Gott«, sagte er stöhnend und schob das Becken vor. Ja, er wollte, daß sie ihn dort streichelte.

Schweratmend schob er sie mit einem Ruck von sich weg und trug sie zum Bett. Dort legte er sie hin, ging rasch zur Tür und schloß ab. Auf dem Rückweg entledigte er sich seiner Kleider. Nach den Schuhen riß er sich das Hemd vom Leibe. Genny starrte ihn an. Jetzt hatte er nur noch die Hose an. Sie verlangte danach, ihn nackt zu sehen. Noch nie hatte sie sich etwas so sehnlich gewünscht.

In diesem Augenblick sah Alec hoch und hielt, die Hände schon an den Hosenknöpfen, noch einmal inne. »Zieh dich aus, Genny!«

»Ich will dich nackt sehen.«

»Ja, gut. Gleich.« Lächelnd zog er sich die Hose aus.

Er trat ans Bett und griff gierig nach ihr, riß ihr das Kleid und die Unterwäsche vom Leibe. Dann war sie nackt. Er kniete vor ihr, und sie war so wild, daß sie wieder keuchte. »Bitte, Alec, o bitte...«

Aber die Erfahrung gebot ihm, das Tempo zu drosseln. Er ließ sich neben ihr nieder und begann einen sexuellen Zauber um sie zu weben. »Weißt du, was ich mit dir machen werde?«

»Ja.«

Sie umarmte ihn. »Ich will jetzt, daß du mich zur Frau machst, Alec.«

Das war ihr letzter klarer Gedanke, das waren ihre letzten vernünftigen Worte. Er berührte ihre Brüste und streichelte ihr dann über den Rücken bis zum Gesäß, und da war es um sie geschehen. Genny wurde wild und reagierte mit unerwarteter Leidenschaft auf ihren ersten Mann. Alec nahm das Geschenk dankbar entgegen. Er küßte sie und fühlte jetzt auch ihre Zunge. Das machte ihn fast so wild wie sie.

Mit dem Finger fand er ihre verborgene Stelle. Sie war feucht und heiß, und als er mit den Fingern hineinfuhr, schrie sie auf und bog den Rücken nach vorn. Er sah ihr ins Gesicht und dachte, sie steht dicht vor dem Orgasmus. Schnell kniete er zwischen ihren Beinen. »Genny, sieh mich an! Ich will dein Gesicht sehen, wenn ich zu dir komme.«

Sie sah ihn an, und in ihren Augen spiegelte sich ihr wildes, drängendes Verlangen. Mit den Händen schob er ihre Beine weit auseinander. Sie spürte, wie er sich fest an sie drängte. Das Ding war groß und hart. Plötzlich bekam sie etwas Angst und mußte schlucken.

»Schon gut. Du brauchst keine Angst vor mir zu haben.« Mit den Fingern öffnete er sie für sich, und dann fühlte sie sein Glied. Unbewußt hob sie das Becken und gab sich ihm völlig hin. Er stöhnte.

»Genny«, sagte er tief und heiser und stieß zu. Sie schrie auf. »Halte still!« sagte er zu ihr, aber er meinte auch sich damit. Er holte tief Atem, um seine Erregung zu besänftigen, und zwang sich, ganz still auf ihr zu liegen.

»Ist es gut so?«

Sie sah ihm in das schöne Gesicht, das jetzt ganz starr geworden war, weil er sich so beherrschen mußte. Sie half mit den Hüften nach, und er glitt tiefer in sie hinein. »Nie habe ich mir so etwas Schönes vorgestellt. Du bist ganz tief in meinem Körper.«

»Ja«, sagte er, hob das Becken an und zog ihn fast ganz heraus. »Ja«, sagte er noch einmal und stieß ihn in voller Länge in ihren Schoß.

Genny spürte einen empfindlichen Schmerz, als wäre innen alles wund. Aber dann kam seine Hand zwischen ihre Körper, seine Finger fanden sie und spielten an ihr. Und sie drängte sich an seine Finger. Er sagte ihr, sie solle die Beine um ihn legen, und sie tat es. Er drang tiefer in sie ein, und seine Finger fanden ihren Rhythmus. Ihr war, als verwandelte sie sich in einen anderen Menschen, in eine Genny, die sie nicht kannte und nicht begriff. Auf einmal wußte sie, sie war nicht mehr Genny Paxton, die junge Frau, die in einer eigenen Welt für sich gelebt, die sich selbst genügt und die noch kein Mann berührt hatte.

Sie hatte die Augen geschlossen. Die langen, feuchten Wimpern legten sich über die Wangen. Es sah aus, als schliefe sie.

Da sagte er ganz leise: »Werde meine Frau, Genny!«

13

Doch Genny schlief nicht. Sie war nur sprachlos über das, was zwischen ihnen vorgefallen war. So konnte sie sich nicht auf seine leise gesprochenen Worte konzentrieren.

»Was hast du gesagt, Alec?«

Plötzlich erkannte er, daß es noch zu früh war, ihr die Frage zu stellen. Genny war noch so verletzlich und... Wußte er denn genau, was er selber wollte? Nein, er durfte nicht zu stürmisch vorgehen. Er küßte ihre Nasenspitze und sagte dann lässig: »Nichts Besonderes, nichts von Bedeutung. Ich habe nur gesagt, du hältst mich so fest in dir, daß ich schon wieder Lust auf dich bekomme. Was meinst du?«

Dabei lachte er. Doch in ihren Ohren klang das Lachen etwas gequält. Seufzend sagte sie: »Oh, ich will überhaupt nicht mehr nachdenken. Ich will einfach sehr lange so liegen bleiben – schwach und etwas schwindlig im Kopf...«

»Und überall.«

Sie bewegte sich unter ihm, und er wurde wieder steif und hart und wollte sie noch einmal nehmen. »Es ist herrlich, wie du mich so weich und fest in dir hältst, Genny. War es für dich genauso schön?«

Sie schüttelte den Kopf. Diese Frage konnte sie nicht beantworten.

Er bewegte sich ein wenig, zog zurück und stieß ganz langsam wieder hinein. Er fühlte, wie sich ihre Muskeln krampfhaft um ihn schlossen. Dann hielt er wieder still.

In nachdenklichem Ton sagte Genny: »Hast du gewußt, daß man junge Mädchen immer wieder ermahnt, sich nie, nie von einem Mann berühren zu lassen? Man erzählt ihnen, wenn sie sich irgendwelche Freiheiten dieser Art herausnähmen, würden ihnen die Haare ausfallen oder ähnlich unangenehme Dinge zustoßen. Nun, ich habe meine Haare alle noch. Ich danke dir, Alec. Weißt du, wie ich mich fühle? Wie eine sehr kluge Wissenschaftlerin, der ein wunderbares Experiment gelungen ist. Ich habe ein Geheimnis enthüllt. Jetzt bin ich ein freier Mensch.«

Eigentlich wollte sie mit dieser sachlichen Bemerkung nur ihre wahren Empfindungen verbergen. Doch sie hinterließen bei ihm starke Wirkung. Er ärgerte sich. Also hatte sie ihn nur als Versuchskaninchen benutzt, wie? Sie hatte gar nichts für ihn übrig. Sie hatte seinen Männerkörper nur zur Befriedigung ihrer weiblichen Bedürfnisse benutzt. Überraschend war jedoch, daß ihn das nicht nur zornig machte, sondern ihn gleichzeitig stark erregte. Wortlos und ohne sich darüber Rechenschaft abzulegen, begann er wieder mit gleichmäßigem Rhythmus.

»Alec!«

»Nun, ich meinerseits habe das Geheimnis noch nicht gelöst. Mach deine Beine ganz breit, Genny, und komm mir entgegen! Ja, so ist es recht.«

»Aber ich will das nicht. »Du... Ach, Alec!«

»Ja, so ist es schön. Nicht nachdenken, Genny, nur genießen!«

Genny versuchte, nicht zu stöhnen, und ungefähr drei Sekunden lang gelang ihr das auch. Dann legte sie ihm die Beine um den Leib. Er packte sie am Gesäß, hob es an und zog sie ganz an sich. Alles, was er mit ihr machte und zu ihr sagte, war von unglaublich erotischer Wirkung. Aber sie wollte sich ihm nicht völlig hingeben, wollte nicht ihr eigenes Ich an ihn verlieren. Es war erschreckend, wenn man so in völliger Hingabe in einem anderen Menschen aufging, durch so starke Gefühle jede Überlegung und Kontrolle über sich einbüßte.

Urplötzlich ließ er mit einem Ruck von ihr ab. Sie schrie auf, riß ihn an den Schultern, um ihn wieder zu sich hereinzubringen, aber er ließ es nicht zu. Genauso plötzlich umfaßte er ihre Oberschenkel und hob sie hoch. Sie sah kurz seinen lustvoll angespannten Gesichtsausdruck. Dann senkte er den Kopf und kam zu ihr mit dem Mund, ließ die Zunge in ihr spielen und leckte mit kleinen kreisförmigen Bewegungen. So erweckte er unvorstellbare Gefühle bei ihr. Und nun dachte sie auch nicht mehr daran, ihm Einhalt zu gebieten. Sie schrie jetzt, warf den Kopf auf dem verwühlten Kissen hin und her, schlug mit den Fäusten seitlich aufs Bett und bog den Rücken nach vorn. Und sein Mund wurde drängender, zog sich manchmal zurück und kam wieder.

»Alec, o bitte... Alec!« Rasch hob er den Kopf und spielte mit den Fingern weiter, damit er sie ansehen konnte, wenn sie zum Höhepunkt kam. Es war unvorstellbar. Ihre Miene spielte alle ihre Empfindungen wider. Er war es, der dies alles mit ihr machte, der sie alle Hemmungen verlieren ließ, so daß sie fast den Verstand verlor und ihm genau das gewährte, was er sich wünschte. Und kurz vor dem Höhepunkt drang er wieder mit kräftigen Stößen tief in sie ein.

Ein Experiment? Zum Teufel! Sie gehörte ihm jetzt.

Danach schlief sie erschöpft ein.

Er küßte sie auf die Stirn. Dann rollte er sie auf die Seite, so daß ihr Kopf an seiner Schulter ruhte. »Hier gehörst du hin, und ich werde dankbar sein, wenn du das nie vergißt.«

Genny stöhnte leise im Schlaf.

Wieder küßte er sie. Dann machte er es sich neben ihr bequem und schloß die Augen. Ihm fiel jene Nacht in der vergangenen Woche ein, als er sich geweigert hatte, mit ihr zu schlafen, weil er ein Gentleman von Ehre war und ihren Vater nicht hintergehen wollte. Jetzt war es umgekehrt. Zum Teil hatte er sie genommen, um den Wunsch ihres Vaters zu erfüllen. So wenigstens kam es ihm vor, da er gesättigt neben ihr lag. Denn jetzt mußte sie ihn heiraten.

Und er hoffte, sie geschwängert zu haben.

Sie mußte begreifen, daß er nur getan hatte, was ihr Vater von ihm gewünscht hatte. Ob James geahnt hatte, daß Alec sie auf diese Weise zwingen würde? Wahrscheinlich. Der Mann war ein Menschenkenner gewesen. Er hatte auch gewußt, daß Alec seine Tochter begehrte.

Alec seufzte. Dann fuhr er blitzartig auf.

»Papa?«

Er saß aufrecht im Bett, und alle Schläfrigkeit fiel von ihm ab, als er Hallie in der Tür stehen sah. Verdammt, er hätte abschließen sollen! Mit Mühe brachte er die Geistesgegenwart auf, sie mit einem Lächeln zu begrüßen.

Hallie sollte nie erfahren, daß sie die letzte war, die er ausgerechnet zu diesem Zeitpunkt hatte erblicken wollen. »Guten Morgen. Ist es nicht ein bißchen früh, jetzt schon durchs Haus zu wandern?«

»Ich weiß nicht. Ich bin von allein aufgewacht. Also kann es nicht so früh sein. Die Sonne kommt auch schon heraus, Papa. Aber wieso kuschelst du dich denn an Genny?«

Genny bewegte sich, seufzte, reckte sich und schlug die Augen auf. Und sah ein fünfjähriges Mädchen im Zimmer stehen, ein Modellschiff unter dem Arm – wenn sie sich nicht irrte, war es eine Fregatte.

Genny stöhnte entsetzt auf und vergrub den Kopf unter Alecs Arm.

»Sei nicht so feige! Komm her, Hallie! Im Zimmer ist es kalt. Ach, und mach bitte die Tür zu!«

»Wieso kuschelst du dich an Genny an? Und wieso gibt sie so komische Geräusche von sich und versteckt sich hinter dir?«

Genny steckte den Kopf heraus und sagte: »Guten Morgen, Hallie.« Aber aufrichten durfte sie sich nicht, denn sie war völlig nackt. Sie zog die Bettdecke bis zum Hals herauf und hätte sich gern unsichtbar gemacht. Aber Alec hatte andere Vorstellungen. Er nahm sie so fest in den Arm, daß sie sich nicht rühren konnte.

»Ich schlafe auch manchmal mit Papa«, sagte Hallie.

»Hier ist bestimmt noch Platz für dich, mein Kürbis. Komm doch her! Genny hat nichts dagegen. Sie wird dich auch wärmen.«

»O nein«, stöhnte Genny wieder. Sie war völlig verstört.

Vorsichtig stellte Hallie die Fregatte auf dem Nachttisch ab und kletterte aufs Bett. Dann kroch sie zwischen Genny und Alec. Alec hatte Genny und sich in ein Laken gehüllt und legte Hallie obendrauf.

»Mach es dir bequem, meine Liebe! So ist's gut.«

Er zog die Bettdecke über alle und legte sich auf den Rükken, den rechten Arm ausgestreckt. Hallies Kopf ruhte auf seiner Schulter und in Gennys Armbeuge.

»Das ist fein«, sagte Hallie. »Genny ist genauso warm wie du, Papa.«

»Wie kommst du eigentlich in Gennys Zimmer, Hallie?«

»Ich bin zuerst in dein Zimmer gegangen, Papa, aber du warst nicht da. Da ich wußte, daß du Genny gern hast, bin ich dann hergekommen. Kriege ich jetzt ein Brüderchen oder ein Schwesterchen?«

Genny stöhnte nicht mehr. Sie stieß einen keuchenden Laut aus.

Gelassen sagte Alec: »Wollen mal sehen, mein Kürbis. So was braucht seine Zeit, weißt du. Aber ich werde es weiter versuchen. Glaubst du, daß du gut mit Genny auskommen wirst?«

Hallie schwieg. Sie dachte nach. Schließlich sagte sie: »Ich mag sie viel mehr als diese Dame, die Miß Chadwick, die immer zu mir gesagt hat, daß ich ein süßes Pfläumchen bin. Sie war furchtbar, Papa, aber ich habe den Mund gehalten, weil du sie so gern hattest.«

Über ihren Kopf hinweg sagte Alec zu Genny: »Dieses Kind war damals so taktvoll, Miß Chadwick einen übelschmeckenden Punsch in die Schuhe zu gießen. Weißt du, die Dame hatte sie nach einem besonders leidenschaftlichen Walzer ausgezogen, und da schlug Hallie zu.«

»Da hat sie aber geschrien!« sagte Hallie mit großer Befriedigung. »Und sie wurde ganz rot im Gesicht. Das sah vielleicht häßlich aus! Chinesischrot, hat Papa gesagt. Und er hat gelacht. Aber erst später.«

»Hast du diese Miß Chadwick wirklich so gern gehabt?«

Der bissige Ton von Gennys Frage tat Alec ungemein wohl. »Sie war eine, äh, begeisterte Partnerin. Aber ich hatte nie die Absicht, sie zu heiraten.«

»Du segelst also einfach von einem Hafen zum anderen und findest überall geeignete und bereitwillige Partnerinnen. Wahrscheinlich stehen sie sogar Schlange, um in den Genuß deiner Gunst zu gelangen.«

»Hmm, das ist eine interessante Vorstellung, Genny, ich sagte dir doch, ich bin nur ein Mann. Ich habe nicht jederzeit so viel Gunst zu verschenken. Aber diesmal, nun... hier in Baltimore, da hatte ich mehr Glück. Hier fand ich eine mehr als geeignete Partnerin, der ich meine Gunst zuwenden konnte. Vielleicht habe ich in ihr sogar eine Ehefrau gefunden. Ich bin sehr glücklich über diese Entwicklung.«

»Denk dran, daß deine Tochter zwischen uns liegt und zweifellos die Ohren gespitzt hat!«

»Hallie, schläfst du?«

»Nein, Papa.«

»Was ich dir gesagt habe!«

»Genny, hast du Papa lieb?«

Genny machte ein böses Gesicht. »Ich möchte ihm mit deiner Fregatte den Schädel einschlagen, Hallie.«

Hallie wälzte sich herum und betrachtete Genny eingehend. »Du bist sehr hübsch, und mir gefallen deine Haare. Deine Augen sind auch ganz nett. Papa sagt, sie sind ganz grün, und du guckst jedem frei ins Gesicht. Aber es gibt keine Frau – nicht mal ich – die so schön sein kann wie Papa. Immerhin bist du meiner Meinung nach hübsch genug für ihn.«

»Hallie, wenn du einmal groß bist, werden dir alle Männer den Hof machen und Gedichte über deine Augenbrauen und Ohrläppchen verfassen...«

»Aber nur, weil ihre Schwestern alle hinter Papa her sind.«

Ungewollt beschworen ihre Worte für Genny ein Zukunftsbild herauf. Wenn sie mit Alec verheiratet und fünfzig Jahre alt geworden wäre, würden die jungen Mädchen ihn immer noch anschmachten, obwohl er schon weit über fünfzig wäre, aber immer noch so gut aussähe wie jetzt. O weh!

»So was darfst du nicht sagen. Damit machst du ihn nur unerträglich hochnäsig und eingebildet. Er ist ja jetzt schon fast unerträglich. Du darfst ihm nicht dauernd sagen, wie vollkommen er ist.«

»Vollkommen ist er nicht, Genny, das sagt er selber immer. Aber er ist ein wunderbarer Papa.«

»Die Worte dieses Kindes sind außerordentlich sinnvoll, findest du nicht?« sagte Alec.

Genny starrte an die Decke, die recht häßlich aussah. Genau über ihrem Bett war ein großer Wasserfleck. Die Tapete war früher einmal leuchtend blau und gelb gewesen. Jetzt war sie stumpfgrau und unglaublich trist. Warum hatte sie keiner darauf aufmerksam gemacht? Nahm das Personal an, sie machte sich nichts daraus? Offenbar. Sie sagte, unbeabsichtigt amüsiert: »Das ist der sonderbarste Morgen meines Lebens. Ich liege mit einem Mann im Bett, und seine kleine Tochter liegt in der Mitte zwischen uns. Das kann doch nur ein Traum sein, wohl verursacht durch den geschmorten Hasen.«

»Du hast doch gar nichts von dem geschmorten Hasen gegessen.«

Hallie fing an zu kichern. »Mrs. Swindel hat gesagt, ich brauche ihn nicht zu essen. Sie hat gesagt, er sieht so aus wie gekochte Knochen. Dafür hat sie mir eine große Schüssel Pflaumenpudding gegeben.«

»Nun, mein Kürbis, jetzt kannst du wohl in dein Zimmer zurückgehen. Genny und ich müssen aufstehen, und sie möchte dich nicht dabei haben.«

»In Ordnung«, sagte Hallie, küßte Genny auf den Hals,

umarmte ihren Vater und hüpfte, die Fregatte unterm Arm, aus dem Zimmer.

Alec wartete nicht länger, sondern wälzte sich herum, legte die Arme um Genny und zog sie an sich. »Alles in Ordnung, meine Liebe?«

Sie wünschte, er würde sie nicht so nennen. Doch es klang in seinem Munde so hübsch, daß sie nichts dazu sagte.

Sie nickte an seiner Schulter.

Er fuhr ihr mit den Fingerknöcheln über Kinn und Wange. »Bist du wund?«

Sie war nicht nur wund, sondern fühlte sich auch klebrig an. Erschrocken fuhr sie kerzengerade hoch und griff nach der Bettdecke, um ihre Brüste zu verbergen.

Sie wandte sich ihm zu und sagte boshaft: »Du weißt über alles Bescheid, wie, Baron? Du weißt genau, was du tun und sagen mußt, um einer verängstigten Exjungfrau die Angst zu nehmen. Ich kann dich nicht ausstehen. Für mich bist du ein Schürzenjäger und Lump, der mit zehn verschiedenen Frauen in der Woche schläft. Schön, ich bin jetzt keine Jungfrau mehr, aber das tut mir nicht leid. Ich wollte ja wissen, wie das alles so vor sich geht. Doch jetzt möchte ich nichts mehr mit dir zu tun haben, hast du mich gehört?«

Wie schön sie aussieht, dachte er. Oder wie seine Tochter es so ernsthaft ausgedrückt hatte: hübsch genug für ihn. Die Haare hingen ihr wirr ins Gesicht und über den Nacken. Die grünen Augen wirkten irgendwie noch grüner als sonst. Vielleicht weil sie so blaß war. Jetzt fiel ihm auch auf, daß sie seit dem Tod ihres Vaters abgenommen haben mußte. Die hohen Wangenknochen traten mehr hervor, waren feiner modelliert. Das verlieh ihr ein zerbrechliches Aussehen, was ihn ängstigte. Er wollte, daß sie stark war. Stark, aber ihm gegenüber nachgiebig.

»Ich habe dich gehört. Du hast laut genug geschrien.«

Genny schlug mit der Faust aufs Bett. »Verdammt sollst du sein, Baron! Ich meine es wirklich ernst und...«

»Es könnte sein, daß du schwanger bist, Genny. Ich hoffe es sogar. Dann wirst du wenigstens Vernunft annehmen.«

Sie vergaß, was sie ihm an den Kopf werfen wollte. »Schwanger?« wiederholte sie. Ihre Stimme war kaum wiederzuerkennen.

»Ja, das heißt, du kriegst ein Kind.«

Er hatte sehr ruhig und langsam gesprochen. Das brachte sie außer Rand und Band. Sie wirbelte herum, schlug ihm die Faust ans Kinn und warf sich dann auf ihn. Er fiel auf den Rücken und lachte. Sie setzte sich auf ihn, hämmerte so stark, wie sie nur konnte, auf seine Brust ein und schrie ihn dabei an. Schließlich packte r sie an den Armen und riß sie nach unten.

»Du bist bezaubernd und wahnsinnig«, sagte er und küßte sie. Als sie ihn aber zu beißen versuchte, hörte er auf.

Er hielt weiterhin ihre Hände fest, ließ es aber zu, daß sie auf ihm saß. »Dies, meine liebe Eugenia, ist eine weitere Möglichkeit, sich zu lieben. Du reitest dann sozusagen auf mir. Kannst du dir vorstellen, wie ich von unten in dich stoße? Aber weißt du, in dieser Stellung liegt die Führung bei dir. Du kannst dich nach Belieben auf mir bewegen, und ich ziehe deinen Körper zu mir heran und küsse deine Brüste...«

Sie riß sich von ihm los, rollte sich weg, zog die Bettdecke mit sich und stieg aus dem Bett. Sie legte sich die Decke um den Körper und drehte sich nach ihm um. Sie wollte ihm sagen, was sie von ihm hielt. Aber sie hatte ihn aufgedeckt, und nun lag er mitten im Bett auf dem Rücken vor ihr, die Beine leicht gespreizt. Er war völlig nackt. Sein Glied war steif. Sie mußte schlucken. Sein Körper sah so herrlich aus, daß sie sich wieder über ihn werfen, ihn überall anfassen und überall küssen wollte. Nein, dazu durfte es nicht mehr kommen. Sonst würde sie wirklich wahnsinnig werden.

Er grinste sie an, dieser elende Lump!

Alec stützte sich auf die Ellbogen. »Wirklich, Genny, hör mich an, bevor du wegrennst! Auch als du dich noch als Mann verkleidetest, hast du doch immer gewußt, daß du eine Frau bist. Und wenn eine Frau mit einem Mann schläft, kann sie eben schwanger werden. Genny, du könntest in diesem Augenblick schon schwanger sein...«

»Ach, sei still! Geh weg! Bitte, Alec, ich habe so viel zu tun und...«

»Hast du die Anordnungen im Testament deines Vaters so leichtfertig in den Wind geschlagen oder gar schon vergessen?«

Sie stand stumm und wie erstarrt.

Mit unglaublich sanfter Stimme fuhr er fort: »Ich gehe nicht weg, Genny. Ein Monat vergeht schnell, und danach ist es für uns aus, für dich und für mich. Wir müssen darüber sprechen.«

Er setzte sich auf und schwang die Beine über die Bettkante. Während er sich reckte, verfolgte ihr Blick gebannt das Spiel seiner Rückenmuskeln. Ihr war, als gehöre er hierher, in ihr Schlafzimmer, in ihr Bett.

»Ich kann jetzt nicht«, sagte sie leise.

»In Ordnung. Dann eben heute nachmittag. Wir haben nur noch wenige Tage Zeit.«

Mit gesenktem Kopf dachte sie wie betäubt: Mein Vater ist gerade gestorben, und ich springe zu einem Mann ins Bett, um mir die Jungfernschaft rauben zu lassen. Sie fühlte Tränen aufsteigen. Sie sagte kein Wort mehr, sondern wartete nur ab, bis er endlich ihr Schlafzimmer verlassen hatte.

»Genny, jetzt hast du auch noch das letzte bißchen Verstand verloren!«

»Unsinn. Ich meine es völlig ernst, Alec. Möchtest du noch etwas Tee?«

Er reichte ihr die Tasse. »Halten wir das mal fest! Du willst also wissen, ob ich dich wirklich und wahrhaftig heiraten will?«

»So ist es. Bitte, sag mir die Wahrheit, Alec!«

»Gut. Ja, ich will dich heiraten.«

»Obwohl du mich erst kurze Zeit kennst?«

»Ja.«

»Obwohl du mitangesehen hast, wie ich mich erbrochen habe?«

»Diese Frage ist schon schwieriger. Aber ja, trotzdem.«

»Obgleich ich dir zu Laura Salmons Haus nachgeschlichen und dort auf einen Baum geklettert bin, um dich durch ihr Schlafzimmerfenster zu beobachten?«

»Diese Frage ist noch schwieriger zu beantworten. Aber ja, trotzdem.«

»Liebst du mich?«

Alec schaute einen Augenblick lang in die Teetasse. Eine der alten Zigeunerinnen, die öfter den Landsitz Carrick besuchten, konnte aus den Teeblättern die Zukunft lesen. Das alte Weib hatte ihn ihre Kunst gelehrt, weil sie ihn für einen lieben Jungen hielt. Aber jetzt half ihm das auch nicht weiter. In dem Blättersatz der Tasse sah er nichts. Schließlich sagte er mit leiser Stimme: »Ich habe etwas für dich übrig, Genny. Ich kann dich gut leiden. Ich glaube, wir könnten eine gute Ehe führen.«

»Aber du liebst mich nicht.«

»Du bist sehr hartnäckig. Ich weiß ja nicht einmal, ob es so etwas wie Liebe überhaupt gibt. Liebst du mich denn, Genny?«

Es war deutlich zu sehen, wie sehr sie seine Frage überraschte. Sie warf ihm einen verlorenen Blick zu, der in ihm den Wunsch erweckte, sie in die Arme zu schließen, sie festzuhalten, sie zu wiegen und sie vor jedem zu schützen, der ihr auch nur ein Härchen krümmen wollte. Genny sprang auf und schritt zu den Erkerfenstern, die auf den Rasen an der Vorderseite hinausgingen.

»Liebst du mich, Genny, obwohl ich dich in ein Bordell geführt habe? Obwohl ich dich in meiner Koje angebunden, dich nackt ausgezogen und dich dazu gebracht habe, vor Lust zu schreien?«

»Jetzt bist du aber hartnäckig«, sagte sie, ohne sich umzudrehen. »Außerdem, wie kann man jemand lieben, den man erst so kurze Zeit kennt?«

»Es ist aber noch mehr zwischen uns. Wir sind weit über

eine flüchtige Bekanntschaft hinaus. Ich möchte dich nicht verlegen machen, aber...«

»Es macht dir das größte Vergnügen, mich in Wut zu bringen, das weißt du ganz genau!«

»Das stimmt. Es ist aber auch sehr leicht, weil du voller Hochmut und Unschuld bist. Eine unwiderstehliche Mischung, glaube es mir. Wir kennen uns gut genug, Genny. Ich werde alles tun, um dich glücklich zu machen.«

»Ich will aber gar nicht heiraten. Nicht etwa, weil ich spröde wäre. Aber ich möchte andere Länder kennenlernen, Alec, und Sehenswürdigkeiten besichtigen, andere Menschen beobachten und sehen, wie sie leben und...«

»Das kann ich sehr gut verstehen. Es ist nur so, daß ich in meinem ganzen Leben solche Wünsche noch nie aus dem Munde einer Frau gehört habe. Das sind doch eigentlich Dinge, nach denen sich ein Mann sehnt – zu reisen, zu arbeiten und zu handeln.«

»Männer«, sagte sie. »Ihr glaubt, nur ihr dürftet euren Spaß haben und Abenteuer erleben. Ich will das auch! Ich will nicht immer nur Tee im Salon servieren und zehn Kinder am Rockzipfel hängen haben, während mein Ehemann durch die Welt segelt, Neues sieht und fremde Orte kennenlernt. Das will ich nicht, hörst du?«

»Natürlich höre ich dich. Du schreist ja schon wieder.« Alec erinnerte sich an das, was Boß Lamb ihm über sie erzählt hatte. Verdammt noch mal, sie war genauso abenteuerlustig, wie er es früher gewesen war. Es war entnervend. Gut zehn Jahre lang hatte er sich in der Welt herumgetrieben. Zuerst als verheirateter Mann, der Schuldgefühle gehabt hatte, wenn er Nesta daheim ließ, und fast ebenso, wenn er sie mitnahm. Und danach im vollen Genuß seiner Freiheit. Aber jetzt hatte das alles sehr nachgelassen. Wenn er in den letzten Tagen an Genny gedacht hatte, dann hatte er sich immer vorgestellt, mit ihr ruhig und friedlich in einem seiner Häuser zu leben.

»Nun?«

»Was nun?«

»Ach, bemühe dich nicht! Du bist wie viele Männer, die ich kenne, Alec. Wenn ihnen die Fragen einer Frau nicht behagen, gehen sie einfach darüber hinweg.«

»Nein, wirklich, mir kamen gerade einige sehr tiefe Gedanken.«

»Und welche Schlüsse hast du daraus gezogen?«

»Daß wir Ende der Woche heiraten sollten. Möglichst noch früher.«

Genny trat vom Fenster und ging auf die Tür zu. »Ich gehe jetzt zur Werft.«

»Das bringt mich noch auf etwas anderes, Genny. Wenn du in sechsundzwanzig Tagen nicht meine Frau geworden bist, ist die Werft für dich verloren.«

»Du brauchst mir nur die *Pegasus* abzukaufen. dann habe ich genügend Kapital, um eine neue Werft zu bauen.«

»Ja, das könntest du natürlich. Doch ich würde es als rausgeschmissenes Geld betrachten. Du könntest die beste Werft von Baltimore aufbauen, der Erfolg bliebe dir versagt. Niemand kann den Lauf der Welt verändern...«

Sie stürmte aus dem Salon und schmetterte die Tür hinter sich zu. Er hörte, wie sie die Treppe hinaufrannte. Also war sie auf dem Weg in ihr Zimmer, um wieder die verfluchte Männerkleidung anzulegen. Er seufzte. Ihm war gerade eingefallen, daß seine Anwesenheit im Hause – ohne das Vorhandensein einer Anstandsdame – außerordentlich anstößig war. Im Gegensatz zu Genny wußte er, daß die Gesellschaft in Baltimore sich über das, was sie miteinander treiben mochten, bereits die Mäuler zerriß. Langsam stand Alec auf und ging quer durch den Salon auf ein seitlich stehendes Büffet zu, goß sich einen Brandy ein und nippte gemächlich daran. Plötzlich kam ihm eine Idee, die bereits ausgereift erschien. Er ließ sich das Ganze noch ein-, zweimal durch den Kopf gehen und stellte dann den Brandyschwenker ab.

Es war möglich, daß es so klappen würde.

Ihm war klar, was ihr Vater mit seinem Testament erreichen wollte. Sie sollte keinen Grund mehr unter den Füßen spüren. Er würde die Sache anders drehen, ihr ihren Stolz bewahren und die Werft retten.

14

Auch Genny hatte schon daran gedacht, daß sie ohne Anstandsdame mit Alec und seiner Begleitung unter einem Dache lebte. Aber sie war so mit sich selber beschäftigt, daß sie sich keine großen Sorgen darum machte. Was hatte es denn schon zu besagen? Sie hatte sowieso schon die Grenze überschritten, als sie mit Alec ins Bett gegangen war. Nicht daß sie es bereute. Ihr Vater war tot, die Werft würde bald an jemand anders verkauft werden – natürlich an einen Mann. Sie sah sowieso in keinem Fall eine Zukunft vor sich. Gut, durch den unvermeidlichen Verkauf der Paxton-Werft würde sie Geld in die Hand bekommen. Ob Porter Jenks schon von dem ruchlosen Testament gehört hatte? Nein, niemand würde die Einzelheiten erfahren. Daniel Raymond war verschwiegen wie eine Auster.

Was sollte sie mit Alec anfangen?

Genny hatte nur zwei Stunden auf der *Pegasus* verbracht. Sie unterhielt sich kurz mit Boß Lamb. Als sie unter Deck in die Kapitänskajüte ging, schnaubte er sich geräuschvoll die Nase. Ihr Vater wäre dagegen gewesen, daß sie hier wie eine arme Närrin immer weiter machte. Die Durchsicht der Konten verursachte ihr Kopfschmerzen. Sie konnte es drehen, wie sie sollte, die magere Dollarsumme unter dem Strich wurde nicht größer. Es war kaum genügend Geld vorhanden, um den Männern am Freitag den Lohn auszuzahlen. Und wenn sich dann kein Käufer für die *Pegasus* fand... Sie schüttelte den Kopf. Was machte das schon! Wer immer die Werft kaufte, würde auch die *Pegasus* bekommen. Es machte wirklich nichts aus.

Nach zwei Stunden verließ Genny die Werft. Sie beschloß, zu Fuß nach Hause zu gehen. Es war schon an schönen Tagen eine beträchtliche Entfernung. Doch heute hing der Himmel voll dunkler Regenwolken. Daher waren auch nur wenige Menschen unterwegs. An der Ecke Pratt Street und Frederick Street blieb sie einen Augenblick stehen, um die *Night Dancer* zu betrachten, die sicher vertäut vor der O'Donnell-Werft lag. Es war ein schönes Schiff, nicht so schlank und schnittig wie ihr Baltimore-Klipper gebaut, dafür aber so solide konstruiert, daß sie den schlimmsten Winterstürmen trotzen konnte.

Genny senkte den Kopf und ging weiter.

Alec wollte sie heiraten. Was sollte sie tun?

Sie wußte, daß er sie nicht liebte. Aber sie liebte ihn ja auch nicht. Sie würde gern die nächsten fünfzig Jahre mit ihm leben. Aber Liebe? Alec war ein Mann, der von seiner Frau erwartete, daß sie sich so benahm, wie er und die meisten Männer es für anständig hielten. O ja, sie kannte die Art von Frau, die Alec sich wünschte. Immer unterwürfig, ständig nachgebend, nie eine andere Ansicht als er vertretend. Und immer in Rüschen oder ganz ohne. Nein, Alec würde sie nie mit einem Verhalten abfinden, das seinen Vorstellungen von weiblicher Würde zuwiderlief. Dieser Schuft!

Was sollte sie nur tun?

Alec wollte die Werft haben. Und ebenso die *Pegasus*. Wenn er sie heiratete, bekam er beides, und das, ohne einen Sou auszugeben. Sie schüttelte den Kopf. So durfte sie nicht denken. Das brachte sie keinen Schritt weiter. Denn Alec war ja ohnehin ein reicher Mann – jedenfalls nahm sie das an. Ihr Vater war ja auch davon ausgegangen. Und wenn er wirklich so reich war, konnte es ihm gleichgültig sein, ob die Paxton-Werft in seine Hände überging oder nicht. Er konnte leicht eine andere kaufen. Und brauchte sich dann nicht obendrein an eine Frau zu binden, die ganz offensichtlich nicht zu seinem Lebensstil paßte.

Und wenn sie nun schwanger war?

Nun, dann würde sie es genauso machen wie Alec und mit ihrem Kind über die Weltmeere segeln, von einem Abenteuer zum anderen. Und ihr Kind würde wie Hallie werden –

frühreif, manchmal zu freimütig und von freundlichem Wesen. Wer würde bei ihrer Besatzung anheuern? Männer, die so blind waren, sie für einen Mann zu halten? Sie beschleunigte ihren Schritt.

»Ach, Miß Paxton. Sie glauben wohl, daß das Wetter sich hält?«

Genny drehte sich um, als sie Laura Salmons Stimme vernahm. »Hallo, Mrs. Salmon. Es wird wohl nicht mehr lange dauern, bis der Himmel seine Schleusen öffnet.«

Laura hob nachlässig die Hand. »Erlauben Sie mir, Ihnen zu sagen, wie sehr es mir um Ihren Vater leid tut. Hoffentlich haben Sie sich ein wenig von dem Schicksalsschlag erholt.«

»Ja, es geht mir schon recht gut.«

»Nach Ihrer Kleidung zu urteilen, sind Sie wohl wieder in der Werft Ihres Vaters herumgeklettert.«

»Es ist jetzt meine Werft, Laura.«

Laura trug ein modernes Straßenkleid aus dunkelgrünem Samt mit schwarzen Samtborten. Dazu einen passenden hochkrempigen Hut aus dem gleichen Material. Um ihre Wange legte sich eine schwarze Straußenfeder. Sie bot einen hübschen Anblick. Sie sah aus, wie eine Frau auszusehen hatte. So wie Alec es an Frauen liebte.

Mit einstudierter Lässigkeit fuhr Laura fort: »Ich hörte, daß Baron Sherard bei Ihnen wohnt. Nun, Miß Paxton, das ist unter den gegebenen Umständen höchst ungewöhnlich.«

Genny dachte daran, wie Hallie heute morgen in ihr Zimmer gekommen war, und erwiderte: »Seine Tochter gibt eine ausgezeichnete Anstandsdame ab.«

»Seine Tochter! Ich verstehe nicht. Was ist...«

»Seine Tochter ist ein sehr schönes kleines Mädchen. Wissen Sie, sie hat ihn in der Hand. Sie sagt ihm, was er zu tun hat, und er tut es. Ja, sie hat den Baron völlig in der Tasche.«

»Davon hat mir noch keiner etwas gesagt«, bemerkte Laura mehr zu sich als zu Genny. Doch sie war noch nicht am Ende und bohrte weiter: »Ich nehme an, daß der Baron Witwer ist. Es ist doch wohl kein uneheliches Kind?«

»Ja, er ist Witwer.«

»Aha. Aber ehrlich, meine Liebe, er dürfte nicht bei Ihnen wohnen. Einer muß es Ihnen ja mal sagen. Deshalb tue ich es, als Ihre Freundin, die nur Ihr Bestes im Auge hat.«

Genny hätte Laura gern den Regenschirm aus der Hand genommen und ihn der Witwe um den schönen Hals geschlagen. »Das ist ganz unwichtig«, sagte Genny.

»Sie haben zwar den Ruf, ein wenig exzentrisch zu sein, meine Liebe, aber hier gehen Sie doch zu weit. Ich habe natürlich Verständnis für Sie, andere Leute aber nicht. Der Baron muß wieder in die Fountain Inn ziehen. Oder sich ein Haus kaufen.«

»Das müssen Sie ihm schon selber sagen, Laura. Kommen Sie doch heute nachmittag zum Tee! Der Baron wird sicherlich da sein. Dann können Sie ihm auseinandersetzen, was er zu tun und was er zu unterlassen hat.«

»Das ist aber sehr nett von Ihnen, meine Liebe. Wissen Sie was, ich nehme Ihre Einladung an. Ja. Guten Tag, Miß Paxton.«

»Um vier Uhr, Mrs. Salmon«, sagte Genny ebenso förmlich. »Sehen Sie zu, daß Sie nicht naß werden!«

Eine halbe Stunde später berichtete sie Alec von seinem unverhofften Glück. Er starrte sie aus zusammengekniffenen Augen an.

»Wer ist denn Mrs. Salmon, Genny?« fragte Hallie. »Das ist aber ein komischer Name.«

»Sie ist eine Dame und beileibe kein kalter Fisch. Und sie ist eine Bewunderin deines Vaters, Hallie. Sie will verhindern, daß er etwas tut, das ihn in der Gesellschaft von Baltimore unpopulär machen würde.«

»Ach, sie ist nur scharf auf Papa«, sagte Hallie mit der Offenheit ihrer fünf Jahre. »Das habe ich schon so oft erlebt, Genny. Ich wette, sie läßt es sich auch anmerken. Ja, Papa, sie ist scharf auf dich.«

»Sie hat ihn schon gehabt«, sagte Genny so leise, daß nur Alec es hörte, »was immer das wert sein mag.« Und durch die zusammengebissenen Zähne zischte sie: »Eines Tages wird dich eine Frau ermorden!«

»Eifersüchtig?«

Genny überhörte die Frage. »Ich muß mich jetzt zum Tee für unsere Besucherin umziehen. Hallie, hast du Lust, mir dabei zu helfen?«

Alec blieb schäumend allein im Salon zurück. Er war nur wenige Minuten vor Genny eingetroffen. Er hatte einen geschäftigen Tag hinter sich und war höchst befriedigt über die erzielten Fortschritte. Er hatte sich auf einen ruhigen Nachmittag und ein ebenso friedliches Abendessen mit Genny und seiner Tochter gefreut.

Doch wie immer handelte Alec nach seiner Devise: Wenn du etwas tun muß, dann tu es ganz! Und so ließ er bei Laura seinen ganzen Charme spielen. Genny und Hallie waren alles andere als erfreut über die feurige Art, in der die beiden anderen Teilnehmer der Teegesellschaft miteinander verkehrten.

»Was für ein liebes kleines Mädchen«, sagte Laura wohl schon zum drittenmal. Jedesmal war Hallie zusammengezuckt. Nach dem zweitenmal hatte sie leise zu Genny gesagt, die Dame mit dem Fischnamen erinnere sie an Miß Chadwick.

»Vielen Dank«, sagte Alec, »aber ich sehe sie sehr selten als ein liebes kleines Mädchen an, wissen Sie.«

»Ich hatte erwartet, daß sie schon älter, fast erwachsen wäre. Aber natürlich sind Sie ja viel zu jung, um schon eine fast erwachsene Tochter zu haben, nicht wahr, Baron?«

»Die Mädchen seiner Jugend wären wohl schon bereit gewesen, dafür zu sorgen«, sagte Genny. »Nach allem, was ich hörte, hätte Hallie heute schon fünfzehn Jahre alt sein können, wenn der Baron als Jüngling etwas forscher gewesen wäre.«

»Miß Paxton, wirklich!«

»Ich glaube, sie hat recht«, sagte Hallie und erntete dafür einen entsetzten Blick von Mrs. Salmon. »Natürlich habe ich Papa als Jüngling nicht gekannt, aber ich stelle mir vor, er war damals schon so wie jetzt, nur nicht ganz so forsch.«

Alec lachte. Hallie wollte noch etwas sagen, doch er verwies es ihr kopfschüttelnd. »Nein, mein Kürbis. Sei jetzt still, oder ich schicke dich zu Mrs. Swindel!«

»Wer ist denn Mrs. Swindel?«

»Unsere Anstandsdame...«

»Hallies Kindermädchen...«

Alec und Genny sahen sich an und lachten.

»Sie ist beides«, sagte Alec.

Laura spielte mit einem Teebrötchen, an dessen Seiten Stachelbeermarmelade herausquoll. Schließlich – so sah es wenigstens Genny – nahm sie all ihren Mut zusammen und sagte: »Miß Paxton, Sie könnten doch das liebe Kind nach oben bringen. Ich habe nämlich mit dem Baron etwas unter vier Augen zu besprechen.«

Genny lächelte Alec strahlend an. »Aber gern. Komm, Hallie! Nein, keine Widerrede! Wir gehen in der Küche vorbei und holen uns noch ein paar Stückchen Kuchen.»

Hallie nahm ihr Buch an sich und stürzte zur Tür. Dann hörte sie, wie ihr Papa sie leise mahnend anrief und drehte sich um. Höflich sagte sie: »Sehr erfreut, Sie kennengelernt zu haben, Mrs. Salmon. Guten Tag.«

»Was für ein entzückendes Kind!« sagte Laura.

Draußen sagte Hallie mit großem Ernst: »Sie wird es versuchen, Genny. Aber sie kriegt ihn nicht rum. Keine Sorge! Wenn es um was Ernsthaftes geht, macht Papa nie Albernheiten, und du bist was Ernsthaftes.«

Genny blieb mitten auf der Treppe stehen.

»Das ist so.« Hallie streichelte ihr die Hand. »Sie ist zwar sehr hübsch. Man kann schon sagen, sie ist schön. Aber siehst du denn nicht, daß Papa solche Damen wie sie nicht mag? Ja, wenn er guter Laune ist, wird er ihnen schön tun und vielleicht mit ihr in ihr Schlafzimmer gehen, wie das die Erwachsenen immer machen. Aber viel lieber gefallen ihm Frauen, die innerlich schön sind. So wie du.«

»Du hast mir gesagt, ich sei auch eine hübsche Frau.«

Hallie nickte ganz ernst. »Ja, das stimmt auch, aber Mrs. Salmon ist sensato...«

»Sensationell?«

»Ja, das wollte ich sagen. Sie will Lady Sherard werden. Sie glaubt, sie ist schön genug dafür. Aber weißt du, Papa läßt sich nicht blenden.«

»Mich läßt das sowieso gleichgültig, Hallie.« Oben am Treppenabsatz fiel ihr etwas ein. »Hallie, hast du eben gesagt... nein, ich muß mich verhört haben, das ist doch unmöglich...«

»Was denn?«

»Daß dein Papa zu Frauen in deren Schlafzimmer geht.«

»Selbstverständlich macht er das gelegentlich. Sei doch nicht albern, Genny! Schließlich ist Papa ein Mann. Und er war ja auch bei dir im Schlafzimmer.« Achselzuckend schloß sie: »Erwachsene machen das eben so.«

Bei dieser Äußerung von zeitloser Erfahrung blieb Genny der Mund offenstehen. »Hallie, würdest du mal für die nächste halbe Stunde wieder ein kleines Mädchen sein?«

Hallie strahlte sie an. »Du willst mir wohl was vorlesen? Papa denkt, ich könnte schon alle Geschichten selber lesen. Aber das stimmt nicht.«

»Das mach ich sehr, sehr gern.«

»Möchtest du noch etwas von den Hammelkoteletts in Zwiebelsoße?«

»Nein, danke. Es ist wunderbar, wenn man so warmherzige Freundinnen wie Mrs. Salmon hat, nicht wahr?«

»So ist es. Noch etwas Speckbraten?«

»Nein, danke. Sie hat mich für morgen abend zu sich eingeladen.«

»Da mußt du unbedingt hingehen. Vielleicht noch Blumenkohl?«

»Nein, schon bei dem Gedanken daran wird mir übel. Mrs. Salmon ist besorgt – wie es sich für eine gute Freundin geziemt – daß ich hier unter einem Dach mit dir lebe, einer armen, hilflosen, schon etwas älteren Jungfer.«

»Noch etwas von der Hasensuppe?«

»Die ist inzwischen kalt geworden. Ich habe Mrs. Salmon beruhigt. Ich sagte ihr, du seist keineswegs hilflos und würdest in drei Wochen eine reiche Frau sein. Und außerdem, daß ich etwas ältere Damen besonders mag. Und dann habe ich ihr noch gesagt, daß du überhaupt keine Jungfrau mehr bist.«

»Möchtest du, daß ich dir die kalte Hasensuppe ins Gesicht schütte?«

»Genny, Genny, was ist denn mit dir los? Ist es das Wetter? Oder bist du vielleicht auf den Geschmack gekommen? Möchtest du, daß ich öfter mit dir schlafe? Ich bin überzeugt, daß du mich überreden könntest, heute nacht zu dir zu kommen. Vielleicht möchtest du dann gern eine andere Stellung ausprobieren, ja? Von der Seite, das würde dir bestimmt gefallen. Du ziehst die Knie an, dein schönes rechtes Bein bis an den Oberkörper, und dann schmiege ich mich an dich und...«

Ein Löffel voll Erbsen flog Alec ins Gesicht.

Er lachte. Dieses Untier lachte sie tatsächlich aus!

Gleich darauf blieb ihr die Spucke weg. Er hatte ihr als Antwort ebenfalls einen Löffel voll Erbsen ins Gesicht geworfen. Eine besonders große Erbse landete auf ihrem Busen und blieb da liegen.

»Das sieht eindrucksvoll aus«, sagte Alec und betrachtete ihren Busen. »Schade, sie ist runtergefallen. Mrs. Salmon hat übrigens die tollsten Brüste, die ich je tätscheln durfte. Aber das wirst du doch wohl schon selber bemerkt haben, wie üppig sie obenrum ausgestattet ist, oder?«

»Ja.«

»Hast du es damals gesehen, als du auf deinen wunderschönen Hintern gefallen bist und dir den ebenso lieblichen Knöchel verstaucht hast?«

»Ja.«

»Ach ja, richtig, danach kam ja deine Nacht der Lüste. War es schön für dich, Genny, als ich dich an meine Koje gefesselt habe? Ich darf dir sagen, für mich war es ein großes Vergnügen, Zeuge deiner höchsten Lust zu sein. Dein Stöhnen und Keuchen und deine kleinen Schreie habe ich sehr genossen. Weißt du, ich finde dich sehr schön. Du hast lange, feste und gutgeformte Beine, und zwischen den Beinen bist du so weich und rosarot und...«

»Sei still! Moses! Moses!«

Geräuschlos erschien Moses im Salon. »Ja, Ma'am?«

»Ich glaube, du kannst jetzt den Kaffee servieren.«

»Ich bin noch nicht mit meinem Hammelkotelett fertig«, sagte Alec.

»Sir?«

Genny war nahe daran, laut zu schreien. Moses nahm Anordnungen von Alec entgegen!

»Miß Genny hat ganz recht. Ich darf nicht so viel essen, sonst werde ich noch fett.«

»Also Kaffee. Mit Brandy, bitte.«

»Ja, Sir.«

Genauso leise, wie er gekommen war, verschwand Moses wieder.

Genny beugte sich vor. »Würdest du bitte mit deinen Unverschämtheiten aufhören, Alec?«

Sofort wurde er ernst. »Weißt du was? Jetzt warst du eine halbe Stunde lang nicht niedergeschlagen und schweigend in dich versunken. Und du hast dein Abendbrot gegessen.«

Er hatte recht. Er hatte sie so wütend gemacht, daß sie ihn am liebsten umgebracht hätte. Darüber hatte sie den Tod ihres Vaters, ihren endlosen Kummer, ihre nicht zugegebene Eifersucht auf Laura Salmon vergessen und ihren Teller fast leer gemacht. Sie hatte wirklich sehr großen Hunger gehabt.

»Nein, Genny, du darfst nicht mehr zurückblicken. Du mußt die Zukunft ins Auge fassen. Eine andere Wahl hast du nicht.«

»Ich will aber nicht. Die Zukunft ist hoffnungslos.«

»Es gefällt mir nicht besonders, wenn du eine Zukunft mit mir als hoffnungslos bezeichnest. Nein, keine Widerrede! Hör mir jetzt mal zu! Ich bin hier, um dir zu helfen, Genny. Ich habe bereits mit dir geschlafen, und du wußtest meine Bemühungen in dieser Richtung auch zu würdigen. Übrigens merke ich an bestimmten Anzeichen meines Körpers, daß es wieder an der Zeit ist, dir näherzutreten. Ich möchte dich hier gleich auf den Eßtisch legen, deine Röcke hochschlagen, aber... Ah, hier kommt Moses mit dem Kaffee. Zur unrechten Zeit.«

Genny sagte kein Wort. Sie merkte, sie Moses Alec ansah und wie Alec ihm mit einem einfachen Nicken Anweisungen gab. Selbst in ihrem eigenen Heim war alles hoffnungslos.

»Du siehst aus, als wolltest du dich schon wieder in die Vergangenheit versenken. Möchtest du Brandy? Nein? Doch, ich bestehe darauf. Du brauchst ihn. Er wird deine Lebensgeister wecken.»

Und so kam es auch. Nach dem ersten Schluck spürte sie den Brandy warm bis in den Magen rinnen. Dann mußte sie husten. Alec nippte an seinem Kaffee und betrachtete das Porträt von James Paxtons Vater an der Wand über der Anrichte. Unter seiner Perücke sah der Knabe wirklich höchst eindrucksvoll aus. Aber seine Miene war kalt wie die Nordsee.

Der Brandy tat Genny gut. Sie faßte sich. Ihr wurde warm um Körper und Seele. Schon sah alles nicht mehr ganz so hoffnungslos aus.

Alec goß ihr Kaffee und einen reichlichen Schuß Brandy nach. »Nun, wie gesagt, ich möchte, daß du in mir deinen fahrenden Ritter siehst. Ich bin ein tapferer Mann, und du, Miß Eugenia, könntest für mich so etwas wie der heilige Gral werden. Gefällt dir das?«

»Du redest dummes Zeug«, sagte Genny, doch meinte sie es nicht ernst. Der Kaffee war hervorragend. Er wärmte sie durch. Sie spürte es bis in die Kniekehlen.

»Jetzt sage ich dir, was wir tun werden, liebe Dame. Am Freitag wirst du mich heiraten.«

»Du bist verrückt, völlig verrückt. Du liebst mich doch gar nicht. Du willst nur die Werft und die *Pegasus* haben. Warum?«

»Weil ich die nächsten vierzig Jahre mit dir schlafen will, jede Nacht, jeden Morgen, vielleicht noch nach dem Frühstück und vor dem Tee, und...«

»Das ist albern.«

»Jetzt sei mal still! Wie gesagt, du wirst mich am Freitag heiraten. Auf diese Weise bleibt dir die Werft erhalten. Und dann starten wir unsere Wettfahrt nach Nassau.«

»Ich dachte schon, die hättest du ganz vergessen. Ich hatte sie nämlich vergessen. Was soll uns jetzt noch die Wette? Du hast ja alles erreicht.«

»Ich bin nicht ganz so dumm, wie du glaubst, Genny. Du siehst also in mir keinen geeigneten Ehemann.«

»Ich sehe in dir keinen geeigneten Ehemann? Weißt du, was du bist? Ein aufgeblasener Esel, ungerecht, unfreundlich und...«

»Nun weiß ich Bescheid. Ich mache dir jetzt einen geschäftlichen Vorschlag. Wenn du mich bei dem Wettsegeln nach Nassau und zurück schlägst, überlasse ich alles weitere dir. Ich übertrage dir den Besitz der Werft. Du kannst sie dann weiter leiten und wirst bankrott gehen, so sicher, wie wir hier sitzen. Du kannst tun, was du willst. Mir ist das dann völlig egal. Die *Pegasus* kaufe ich dir ab, damit du dich über Wasser halten kannst. Aber du wirst nach der Rückkehr mich und meine Tochter los sein.«

»Das hört sich ja wunderbar an. Und was ist, wenn ich irgendeinen schrecklichen Fehler mache und das Rennen verliere?«

»Ah, dann geht alles nach meinen Vorstellungen, Genny. In jeder Hinsicht.«

»Zum Beispiel?«

»Du wirst meine Frau sein und mir den Haushalt führen. Du wirst nie wieder Männerkleidung anziehen. Du wirst mir mit Gottes Hilfe Kinder schenken. Du wirst dich aus meinen Geschäften heraushalten und dich nie wieder in die Leitung der Werft einmischen.«

»Das heißt also, du willst, daß ich sterben soll.«

Das verschlug ihm zunächst die Sprache. Er spürte einen Klumpen im Magen. Doch dann faßte er sich. »Im Gegenteil. Du magst wilde, fantastische Träume haben, aber du bist immer noch eine Frau. Davon hast du mich erst gestern nacht überzeugt. Und ich glaube, daß diese Voraussetzungen eine gute Ehe ergeben werden. Hast du noch Fragen? Möchtest du an den Bedingungen noch etwas ändern?«

Sie schüttelte den Kopf. »Du willst, daß wir vor der Wettfahrt heiraten. Aber wenn ich gewinne, sagtest du, würdest du mich verlassen. Dann wären wir doch immer noch verheiratet. Ich frage beileibe nicht meinetwegen, aber möchtest du dann nicht eine neue Ehe eingehen?«

»Nein.«

Tränen stiegen ihr auf. Sie schüttelte den Kopf. »Gute Nacht, Baron.«

»Wie lautet deine Antwort, Genny?«

Sie hielt den Kopf gesenkt und sah ihn nicht an. »Die sage ich dir morgen früh. Einverstanden?«

»Ja, aber das ist der letzte Termin.«

Langsam ging Genny aus dem Eßzimmer und zog die Tür hinter sich zu. Ihr Leben hatte eine äußerst seltsame Wendung genommen. Noch vor einem Monat war alles so, wie es sein sollte. Und jetzt – was für ein verfluchtes Chaos!

Langsam wachte Genny auf. Sie fühlte sich bis in die Zehenspitzen voll prickelnden Lebens, ein tiefes Verlangen zwischen den Beinen. Seine großen Hände waren warm, und bei jeder langen Streichelbewegung erreichten sie eine empfängliche Stelle ihres Körpers. Ihr Nachthemd lag um die Taille, alle Knöpfe darunter standen auf. Mit den Lippen liebkoste er sanft eine Brustspitze.

»Alec, was tust du – a ja – Alec?«

»Psst, Genny. Ich bin nur gekommen, um dich zu überzeugen. Gefällt dir das?« Wieder schloß sich sein warmer Mund um ihre Brustspitze. Bereitwillig hob sie den Rücken und stöhnte aus tiefer Kehle. Seine Hand schlüpfte unter ihr Nachthemd und legte sich auf ihren Unterleib.

»Genny? Möchtest du, daß ich mit dir spiele? Hier?« Mit den Fingern strich er durch ihr Schamhaar und fand, wonach er suchte. Es war feucht und geschwollen. Ihr Becken hob sich, der Verführerhand entgegen.

»Das ist schön, Genny. Weißt du, wie es sich bei dir anfühlt? Ach, ist das schön! Du wirst es jeden Tag deines Lebens so schön haben. Bei mir, deinem zukünftigen Mann. Das verspreche ich dir.«

Sie stöhnte, und er küßte sie. Ihre Zungen begegneten sich. Er fühlte ihr Erstaunen und verlangsamte seine Bewegungen, um ihre Lust zu verlängern. Sanft fuhren seine Finger in die weiche Feuchte und glitten in sie hinein. Sie schloß sich fest darum. Und in diesem Augenblick erfaßte ihn der Drang, so stark, daß er glaubte, sich nicht mehr beherrschen zu können. Sein steifes, pochendes Glied preßte sich an ihren Oberschenkel.

»Genny, mach deine Beine weiter auseinander!« sagte er und half ihr dabei. Er legte sich dazwischen, lag mit dem ganzen Gewicht auf ihr und küßte wieder und wieder ihren Mund.

»Ach ist das schön, meine Liebe«, sagte er. Ihm war, als müsse sie jetzt allmählich einsehen, daß sie sich ins Unvermeidliche zu schicken hatte. Vielleicht wollte sie es sogar. Sie glaubte ihm, daß er ihr Genuß verschaffen würde. Und das brauchte sie, das war gut für sie. Er enttäuschte sie nicht. Er preßte sie sanft auf das Bett, küßte sie, streichelte sie, umfaßte sie in der Taille und hob ihre Hüften an. Als sein Mund sich auf ihren legte, schrie sie einmal, zweimal auf.

Alec spürte, wie sich tief in ihm etwas löste. Es kam von Genny, und es war in ihm.

Ihr Rücken war straff wie ein Bogen, ihre Beine wurden starr, und er spielte in ihr, bis sie mit den Fäusten auf seine Schultern einschlug. Aber er ließ nicht nach, und die Lust wurde stärker. Mit einem mächtigen Stoß drang er in sie ein, hob ihr Becken hoch und zwang sie, die Beine noch mehr zu spreizen. »Beweg dich mit mir zugleich!«

Das tat sie, und kleine Nachbeben des Orgasmus liefen ihr durch den Leib. Dann wurde sein Rhythmus schneller, und sie paßte sich an. Plötzlich waren seine Finger zwischen ihnen, sie liebkosten sie, sie spielten an ihr, und in der Erregung der Leidenschaft hätte sie ihn fast abgeworfen. Sie schrie auf, packte ihn an den Schultern und verbarg den Kopf an seiner Brust.

Es war ein Augenblick im Leben, von dem er wünschte, er würde nie vergehen.

Erst einige Zeit später konnte er wieder vernünftig denken. Waren fünf Minuten vergangen? Oder eine halbe Stunde? Er wußte es nicht. Er hörte nur, daß Genny leise weinte. Er rief ihren Namen und stemmte sich auf die Ellbogen.

15

»Psst, nicht weinen! Was ist denn, meine Liebste?«

»Ich habe solche Angst, Alec«, flüsterte sie an seiner Wange.

Alec rollte sich von ihr auf die Seite. »Sieh mich an, Genny!«

Sie wandte den Kopf auf dem Kissen und sah ihn an. Er hatte eine Kerze auf dem Nachttisch angezündet. In dem Halbdunkel wirkte er geheimnisvoll. Sein Gesicht bestand nur aus Flächen und Kanten. Die glänzenden Augen waren tief dunkelblau, fast schwarz. Sanft strich er ihr über das Kinn. »Sag mir, wovor du Angst hast!«

Das war schwer, ach, so schwer zu erklären. Sie kam sich dumm vor. »Vor einem Monat war ich noch ich selbst. Sicher, es gab Sorgen. doch sonst war alles so, wie ich es seit je gekannt hatte. Papa war zwar schon krank, aber daran war ich gewöhnt. Dann kamst du. Als ich dich zum erstenmal sah, dachte ich, es wäre um mich geschehen. Ich wehrte mich dagegen, aber du hast mich einfach überwältigt.«

»Vor einem Monat wußte ich noch nicht einmal, daß es dich gibt, Genny. Ich hatte nur von einem Mr. Eugene Paxton gehört, so wie du von einem Baron Sherard. Aber von dir, Genny, wußte ich nichts. Daß es um mich geschehen war, merkte ich erst in jener denkwürdigen Nacht nach deiner überstürzten Flucht aus dem Bordell, als du dich übergabst und ich dir den Kopf hielt. Bedauerst du es, daß ich in dein Leben getreten bin?«

»Ja – nein. Ach, Alec, ich weiß es nicht!«

»Bist du froh, daß ich dir damals den Kopf gehalten habe?«

Sie schlug ihm mit der Faust auf den Arm.

Mit den Fingerspitzen strich er ihr zärtlich übers Kinn. Wie glatt, dachte er, und wie stur! »Jetzt höre mir mal zu! Ich bin mir nicht sicher, was ich in diesem Augenblick empfinden müßte – Freude, Schreck oder einfach Verwirrung. aber Angst darfst du vor mir nicht haben, Genny. Ich werde dir niemals weh tun.«

Du tust mir aber weh und merkst es nicht einmal. O Gott, was soll ich nur tun? Ein Schluchzen löste sich aus ihrer Kehle, und sie wandte das Gesicht ab.

»Nein, nein, nicht weinen! Du machst dich nur selber krank. Psst.«

Er behandelte sie so wie Hallie. Er beruhigte sie wie ein Erwachsener ein Kind, damit es sich nicht mehr vor den Nachtgespenstern fürchtete. Er strich ihr durchs Haar und massierte ihr den Rücken. Das alles brachte sie gegen ihn auf, und zu gleicher Zeit wirkte es seltsamerweise tröstlich auf sie.

»Ich bin kein Kind mehr«, sagte sie.

Er lächelte. »Das, meine liebe Genny, kann ich persönlich bezeugen.« Er legte ihr die flache Hand wieder auf den Unterleib und streichelte sie. »Wie weich du bist«, sagte er. Der Körper einer Frau hatte ihn immer fasziniert, hatte ihm unendlich köstliche Stunden bereitet. Er spreizte die Finger und berührte ihren Venushügel. Gennys Körper, das war einfach etwas Besonderes. Er konnte es sich nicht erklären, aber es war so. Es wurde ihm klar, daß er nie genug von ihr bekommen würde. Und nun war sie sein.

Er fühlte, daß sie wieder erregt wurde. Träge lächelte er. Dann merkte er, daß er im Augenblick mit ihr sprechen wollte. Seine Hand blieb still auf ihr liegen.

»Wir können eine gute Ehe führen, Genny. Dazu braucht

es weiter nichts, als daß du auch in anderen als sexuellen Dingen Vertrauen zu mir hast.«

»Woher willst du denn wissen, daß ich in sexuellen Dingen Vertrauen zu dir habe!«

Er warf ihr seinen verruchtesten Blick zu. »Mein liebes unschuldiges Mädchen, merkst du denn nicht, daß du dich mir völlig hingegeben hast? Ich sage dir, du sollst die Beine weiter auseinanderspreizen, und du gehorchst mir auf der Stelle, weil du weißt, daß ich dir Lust spenden werde. Ich habe wohl gemerkt, daß du das Becken anhobst, um mich tiefer in dich hineinzuziehen. Ich habe deine Schreie gehört und dein Gesicht gesehen, als du zum Höhepunkt kamst. Du warst hemmungslos. Ich möchte es mal amerikanische Hingabe nennen. Nun, an all dem erkenne ich, daß du in sexuellen Dingen Vertrauen zu mir hast. Wirst du mir auch in allem anderen so vertrauen?«

»Du behauptest zu wissen, was für mich am besten ist?«

Er hörte die Schärfe in ihrer Stimme heraus, die darunter verborgene Bitterkeit, doch er ging nicht darauf ein. Der schmerzliche Tod ihres Vaters lag erst kurze Zeit zurück, und ihr Stolz war verletzt. »Ich wollte dich nur darauf hinweisen, daß ich einige Jahre älter bin als du und daß ich sehr verliebt in dich bin. Sagen wir mal so: Mir liegt dein Wohlergehen am Herzen.«

»Aber du willst nicht einsehen, daß ich andere Vorstellungen habe.«

»Genny, ich weiß, du bist sehr durcheinander und unsicher, was deine Zukunft und was uns beide angeht. In deinem Leben hat sich so viel geändert. Du hast dich mit so vielen unerwarteten Dingen auseinanderzusetzen. Doch außerdem weiß ich eins. Dein Vater, Genny, hat falsch an dir gehandelt, als er dir gestattete, die Rolle eines Mannes zu spielen, in der Werft herumzuwirtschaften und mit Kerlen zusammen zu sein, die eine Dame nicht in ihren Salon eintreten ließe.«

Was hat das alles für einen Sinn? fragte sie sich und schwieg. Die aufsteigenden Tränen zwang sie zurück. Er hätte sie doch nicht verstanden. Und wenn, dann wären sie ihm nicht recht gewesen. Ihr blieb keine Hoffnung. Entweder mußte sie ihn heiraten und die Wette mit ihm annehmen oder mitansehen, wie die Werft an einen Fremden verkauft wurde.

Sie konnte nichts dagegen tun.

War sie im Unrecht? Hatte ihr Vater sie falsch erzogen? Hatte er versucht, aus ihr den Sohn zu machen, den er verloren hatte?

Sie überlegte, wie es mit Hallie bestellt war. Bisher hatte Alec ihr alle Freiheiten gewährt, die einem Sohn zustanden. Wenn Hallie ein bestimmtes Alter erreichte, würde er dann damit aufhören und sie zwingen, sticken zu lernen und Unterröcke anzuziehen? Würde er von ihr erwarten, daß sie auf alle Freiheiten verzichtete, die sie genossen hatte? Genny wollte ihn danach fragen...

Aber da bewegte sich Alecs Hand wieder auf ihrem Leib und wanderte tiefer, und sie freute sich schon auf das erregende Gefühl, das zwischen ihren Beinen entstehen würde. Wie stellte er es nur an, daß es ihm so mühelos gelang, ihren Körper auf die einfachsten Bewegungen seiner Finger reagieren zu lassen? Sie wollte es nicht mehr. Sie wollte ihn wegstoßen. Er war ungebeten in ihr Schlafzimmer gekommen und hatte sich ihr aufgedrängt.

»Ich will nicht, daß du mich wieder dazu zwingst.«

Alec ließ sich nicht beirren. »Ich hätte dich dazu gezwungen? Das finde ich lustig. Das ist stark, Miß Eugenia. Ich gebe zu, daß ich die Dinge sozusagen ins Rollen gebracht habe. Ich möchte dich jetzt nur noch ein wenig streicheln, und du wirst sehen, daß du mich anflehen wirst weiterzumachen.«

Sie sagte kein Wort. Der Kitzel wurde immer stärker, und sie warf sich unter seiner Hand hin und her. Sie konnte nicht anders. Sie hörte ihn leise lachen und wollte ihn anschreien und diesen verdammten Schönling mit dem Kopf gegen die Wand stoßen.

»Vierzig Jahre lang zweimal in jeder Nacht. Wie oft das ist, kann ich im Kopf gar nicht ausrechnen. Du wirst mich fix und fertigmachen, Genny, aber ich verspreche dir, ich werde alles tun, um mit dir Schritt zu halten.«

»Ich will das nicht wieder mit dir machen, ich – ah...« Aus den Worten wurde ein Stöhnen.

»So ist's recht, Liebste. Überlaß es mir, Genny, hab Vertrauen zu mir! Ich beschütze dich, ich sorge für dein Wohl. Es ist gut so. Ich werde immer für dich da sein. Willst du mir das glauben?«

Sie wollte ihm gern glauben, daß er immer für sie da war. Aber sie wollte nicht geschützt werden, sie wollte keinen Mann haben, der ihr sagte, was sie zu tun und was sie zu unterlassen habe. Sie wollte nicht, daß man für ihr Wohl sorgte, wie für ein Kind, wie für eine Dame, wie für Laura Salmon.

Sie stöhnte wieder. Es war ein tiefer Laut aus dem Innersten.

Ein Schauer rann ihr durch den Leib. Dann legte er sich rasch auf sie, schob ihre Beine weit auseinander. Dann war sein Mund auf ihr, wie er es versprochen hatte. Sie wußte im voraus, welche Gefühle er in ihr wachrufen würde. Und sie wollte diese Gefühle empfinden und nicht an morgen denken, wenn sie eine Entscheidung treffen mußte, die ihr ganzes Leben beeinflussen würde. Ihres, seines und Hallies.

Als es sie überwältigte, schrie sie laut. Diesmal kam er nicht gleich danach zu ihr, sondern streichelte sie nur ganz sanft, langsamer, sein Kuß wurde leicht. Er wartete ab, bis sie sich beruhigt hatte. Dann legte er sie auf den Bauch. »Knie dich hin, Genny!«

Sie fühlte sich matt und leicht schwindlig. Kleine Wonneschauer durchzuckten sie noch. Ohne darüber nachzudenken, was er vorhatte, gehorchte sie. Ich habe ja Vertrauen zu ihm, dachte sie müde. Er zog ihr das Nachthemd über den Kopf und warf es zu Boden. Dann streichelte er ihre Hüften und zog sie näher an sich. Und dann war er hinter ihr, öffnete ihren Schoß und glitt ganz langsam, sehr behutsam in sie hinein. Immer wieder hielt er dabei inne.

Er umfaßte mit beiden Händen ihre Brüste. »Du kannst selber bestimmen, wie tief ich in dich kommen soll, Genny. Du brauchst nur die Hüften zu bewegen.«

Und sie tat es. Seine Hände wanderten über ihren Unterleib und fanden wieder ihre Grotte, und wieder streichelte er sie dort mit den Fingern, und sie schwankte und fühlte ihn so tief in sich, daß er ein Teil von ihr wurde, und sie verlangte so sehr nach ihm, daß sie ihre Lust hinausschrie.

Er ließ sich zur Seite fallen und zog sie mit sich. Dann kuschelte er sich an ihren Rücken und Beine, küßte sie durch die verwuschelten Haare am Nacken und faßte dabei leicht ihre Brüste an. Sie wollte ihre Gedanken ordnen, aber die wanderten immer wieder ab. Ihre Fragen fanden keine Antwort. Wie sollte sie denn auch im Dunkel der Nacht Antworten finden, nachdem sie zweimal von einem Mann geliebt worden war, der sie schützen und für ihr Wohl sorgen wollte! So gab sie es schließlich auf und schlief ein, als er noch tief in ihr war.

Während Alec ihre Brust umfaßt hielt, dachte er: eins steht fest, sie wird meine Frau bleiben, ganz gleich, wie die Wettfahrt ausgeht. Für ihn gab es über den Ausgang natürlich sowieso keinen Zweifel. Einen Augenblick schloß er die Augen, im Nachgefühl der unglaublichen Gefühle, die ihn gepackt hatten, als er in sie eingedrungen war, die Hände an ihren Hüften, auf ihren Brüsten, auf ihrem Leib. Er hatte sie ganz gewollt, und sein Verlangen nach ihr schien immer stärker zu werden. Er hatte sich damit abgefunden und schwor ihr innerlich Verbundenheit und Treue bis an sein Lebensende. Er spürte, wie die Brustspitze unter seiner Hand sich aufrichtete und hart wurde. Wie süß das war! Er hatte noch ihre Lustschreie im Ohr, als sie den Rücken gebogen und ihre Hüften gegen ihn gepreßt hatte.

Wenn jemand ihn gefragt hätte, ob er Genny in dieser Nacht geschwängert habe, so hätte er das mit absoluter Sicherheit bejaht. In kurzer Zeit würde sie selber wollen, daß man in ihr eine Frau sah – seine Frau. Sie würde Frauenkleider tragen, ihm Kinder schenken und seinen Haushalt führen wollen.

Sie würde das werden, wozu sie bestimmt war.

Er dachte an Nesta, mit der er fünf Jahre verheiratet gewesen war. Liebe, süße Nesta, daß du so jung sterben mußtest! Und alles nur, weil ein Dummkopf von Arzt nicht gewußt hatte, was zu tun war. Er würde nie zulassen, daß Genny so etwas zustieß. Niemals.

Wie konnte sie sich nur einbilden, ihn bei der Wettfahrt zu besiegen, selbst wenn sie einen Baltimore-Klipper segelte?

Unverständlich blieb für ihn, warum Genny darauf bestand, wie ein Mann leben zu wollen. Diesen Unsinn würde sie bald vergessen. Dafür wollte er schon sorgen.

Es war der 2. November. Im Herbst konnte Baltimore so schön sein wie der Garten Eden. Wenigstens behaupteten das die Einwohner der Stadt. Aber wenn man der Wahrheit die Ehre gab, so war das Wetter doch häufiger kühl, es drohte Nieselregen, und der Himmel war schmutzig grau. So wie heute.

Alec winkte Genny zu, die in Männerkleidern, die Beine gespreizt, die Hände in die Hüften gestemmt, auf dem Deck der *Pegasus* stand. Alec war in großmütiger Stimmung. Dies würde ihr letzter Auftritt in Männerkleidern sein. Übrigens sah sie trotz der weiten Hosen, der Lederweste, die die Kurven ihrer schönen Brüste und den Schwung der schmalen Taille dem Blick entzog, und dieser blauen Wollmütze seiner Ansicht nach sehr hübsch aus. Sie begegnete seinem Blick und winkte lächelnd zurück.

Sie war jetzt Eugenia Mary Carrick, Baroneß Sherard. Er hoffte, daß sie auch schwanger sei. Gefragt hatte er sie nicht danach. Er war sich nicht sicher, ob sie es selber schon wußte. Sie hatte keine Menstruation gehabt, seit er zum erstenmal mit ihr geschlafen hatte, und das war vor mehr als drei Wochen gewesen. Von sich aus hatte sie ihm nichts gesagt. Er nahm an, daß eine Dame über so intime Dinge nicht mal mit ihrem Mann zu sprechen pflegte. Nesta hatte es auch nie getan, und er hatte sie deshalb manchmal verspottet. Bei dieser bittersüßen Erinnerung fühlte Alec, wie ihm ein Kloß in den Hals stieg.

Nesta, ich habe wieder geheiratet, nach fünf langen Jahren. Sie ist Amerikanerin – und ein ungewöhnliches Mädchen. Aber sie wird sich schon noch so entwickeln, wie ich mir meine Frau wünsche. Ich weiß jedenfalls, daß ich der Mann bin, den sie braucht. Hallie ist in sie verliebt und sie in Hallie. Du würdest deine Zustimmung geben, Nesta, ich schwöre es dir. Unserer Tochter wird es gut bei ihr gehen.

Alec war jetzt seit zwei Tagen verheiratet.

Komisch, er hatte nie daran gezweifelt, daß er richtig handelte. Vielleicht deshalb, weil Genny voll namenloser Ängste und Unsicherheit gewesen war. Sie hatte vor Aufregung herumgezappelt wie ein typisches unbeständiges, schwachköpfiges Frauenzimmer und dauernd ihre eigenen Anordnungen widerrufen. Bis Mrs. Swindel ihr gesagt hatte, sie solle aus dem Haus gehen und die Vorbereitungen ihr überlassen. Inzwischen solle sie ihr Schiff fertig bauen. Als das nichts nutzte, hatte Alec schließlich zweimal ein Machtwort gesprochen. Aber sie wirkte immer noch völlig durcheinander, bis Reverend Murray sie bei der Trauung in der St. Paul-Episkopalkirche vor einer kleinen Schar von Gästen zu Mann und Frau erklärt hatte.

Da hat sie wohl eingesehen, dachte Alec, daß die Sache nun erledigt war und sie sich damit abfinden mußte. Alec hatte ihr den Brautschleier gelüftet und sie triumphierend angegrinst. Dann hatte er sie geküßt, sehr leicht, sehr sanft.

Die meisten Freunde der Familie Paxton schienen über die Heirat ehrlich erfreut. Wahrscheinlich spürten sie vor allem Erleichterung darüber, daß Eugenia Paxton ihnen nun nicht länger durch ihr exzentrisches Verhalten Sorgen machen würde. Ob Genny mit dieser allgemeinen Beurteilung wohl einverstanden war? Und hätte sie wohl, wenn Alec nicht nach Baltimore gekommen wäre, Oliver Gwenn geheiratet? Doch sie hatte in Oliver wohl nie einen ernsthaften Bewerber gesehen.

Hallie schien ebenfalls mit der Hochzeit einverstanden. Sie

sprach wenig, lächelte Genny nur an und nahm ab und zu ihre Hand, um sie stillschweigend zu ermutigen. Seine fünfjährige Tochter, diese kluge alte Frau! Mehrere Tage nach der Trauung hatte sie zu ihm gesagt: »Sie wird sich reinfinden, und dann ist alles gut. Wenn du und ich zurückkommen, sind wir eine richtige Familie.«

»Danke, mein Kürbis«, hatte Alec erwidert und Hallie an sich gedrückt. »Paß gut auf sie auf, ja? Wir wollen nicht, daß sie uns im letzten Augenblick noch ausrückt.«

»Genny ist doch kein junges Füllen, Papa!« Aber Hallie hatte dann ihre Stiefmama in spe nicht mehr aus den Augen gelassen.

Alec sorgte auch dafür, daß alle Männer, die in Baltimore etwas galten, von der Wette erfuhren. Er ließ bekannt werden, daß dies das letzte Hurra für Miß Eugenia darstelle. Er als Ehemann habe es ihr gestattet. Doch nach der Rückkehr aus Nassau werde sie ihren weiblichen Pflichten als Ehefrau nachkommen und regelmäßig Herren und Damen der Gesellschaft zum Abendessen einladen. Die Herren einigten sich darauf, in Alec einen sehr ehrlichen Menschen zu sehen. Genny wurden alle Sünden der Vergangenheit vergeben. Auch diese letzte Kapriole sah man ihr nach, da ja schließlich, genau besehen, der Baron sie dabei immer unter Kontrolle haben würde.

Hätte Genny gewußt, was jeder ihrer männlichen Hochzeitsgäste wußte, dann hätte sie die alte Pistole ihres Vaters aus dem Krieg genommen und Alec in den Fuß geschossen.

Allerdings konnte es Alec auch nur auf seine Weise gelingen, eine Besatzung anzuheuern, die Genny als Kapitän für das Rennen nach Nassau anerkannte. Die Seeleute sagten sich, daß im Grunde er die Leitung des Unternehmens in Händen halte. Der liebende Ehemann wollte der jungen Dame eben einen Gefallen erweisen.

Alec betete, daß keiner seiner Vernunftgründe an die zarten Ohren seiner Braut dringen würde.

An diesem Morgen waren beide Schiffe Seite an Seite in Fells Point vertäut. Das Wasser war ruhig und glatt. Es herrschte kaum eine leichte Brise, von Wind gar nicht zu reden. Aber Genny wußte, daß die hohen Masten und Segel der *Pegasus* bis in den Bereich der für die Chesapeake-Bucht typischen Oberwinde reichten. Daher würde ihr Klipper North Point schon passieren, bevor Alec seine Männer in die Wanten hinaufjagen konnte. Entscheidend wäre das allerdings nicht. Sowie sie sich auf dem Atlantik befanden und dort in Richtung Süden segelten, würden sich seine Kenntnisse und ihr Mangel an Erfahrung bemerkbar machen.

Noch einmal warf Alec einen Blick zu ihr hinüber.

Dort sagte sich Genny, daß es an der Zeit sei. Sie räusperte sich und rief alle Männer auf, sich auf dem Achterdeck um sie zu versammeln.

Sie blickte in die neun Gesichter, von denen ihr zwei unbekannt waren.

»Einige von euch – Morgan, Phipps, Daniels, Snugger – kennen mich noch aus der Zeit, als ich nicht mal über das Ruder hier hinweggucken konnte. Hoffentlich sagt ihr denen, die mich noch nicht kennen, daß man mir die *Pegasus* und das Leben der Besatzung getrost anvertrauen kann. Ich weiß, ihr fragt euch, was es mit dieser Wettfahrt auf sich hat. Ich weiß, ihr fragt euch, ob man Befehle von einem weiblichen Kapitän entgegennehmen kann. Alles verständlich. Aber meine Herren, ich bin ein besserer Segler und ein besserer Kapitän als dieser verdammte Engländer auf seiner schwerfälligen Schonerbark da drüben. Wir alle sind Amerikaner. Die *Pegasus* ist ein amerikanisches Schiff. Sie ist ein Baltimore-Klipper, meine Herren, das schnellste Schiff der Welt.

Wie Sie wissen, hat mein Vater die *Pegasus* konstruiert. Dies ist ihre Jungfernreise. Sie wird dabei diese zu Wasser gelassene englische Holzbadewanne besiegen, und ihr werdet diesen Sieg zustande bringen. Sie ist leicht gebaut, führt aber eine große Segelfläche. Wir zehn werden sie perfekt bedienen. Sehen Sie sich doch nur mal auf dem glatten Deck um! Keine Taue, Brassen oder Anker, über die man stolpern kann. Wenn wir erst auf dem Atlantik sind, wird sie so hart am Winde segeln, daß wir die alte Schonerbark weit hinter uns lassen werden. Sie werden es erleben. Der Engländer muß ständig kreuzen, mal nach Steuerbord, mal nach Backbord. Auf diese Weise wird er eine dreimal so lange Strecke auf dem Meer zurücklegen als wir und daher nur ein Drittel unserer Entfernung in der Luftlinie schaffen.

Ich bin stolz auf die *Pegasus*, denn ich habe an ihrem Bau teilgenommen. Ich bin stolz auf sie, weil ich Amerikanerin bin und sie ein amerikanisches Schiff ist. Dieses Rennen wird nicht zwischen einem Mann und einer Frau entschieden, sondern zwischen einem Engländer auf einem englischen Schiff und einer Amerikanerin auf einem Baltimore-Klipper!«

Zu Gennys unendlicher Erleichterung und Freude sahen sich die Männer vielsagend an, Snugger spuckte in die Richtung der Schonerbark aus, und dann klatschten alle Beifall.

»Wißt ihr noch, wie wir vor fünf Jahren die Engländer aus unserer Stadt hinausgejagt haben? Jetzt tun wir es noch einmal, diesmal auf dem Wasser!«

Wilde, begeisterte Rufe.

»Spüren wir den Wind auf!«

Alec hörte den lauten, nichtendenwollenden Jubel und zuckte zusammen. Was zum Teufel hatte sie zu ihren Männern gesagt? Hatte sie sie mit dem Versprechen von Prämien geködert? Dann rief er hinüber: »Sind Sie bereit, Mr. Eugene?«

»Bereit, Ihnen den Wind aus den Segeln zu nehmen, Baron!«

»Bitte nach Ihnen!«

Dann sah Alec, wie die *Pegasus* vom Dock ablegte. Und er hörte, wie Genny mit ruhiger Stimme Befehle erteilte.

An diesem Morgen herrschte eine leichte Brise auf dem Patapsco. Das war ein Nachteil für Alecs Schonerbark. Dagegen konnte der Klipper dank seiner höheren Masten und Segeln daraus Vorteil ziehen. Alec mußte sein Schiff mühsam durch die Bucht lotsen und konnte nur hoffen, daß er genügend Wind auf die massive Segelfläche bekam, um den Klipper auf der 150 Seemeilen langen Strecke bis zum Atlantik wieder einzuholen. Er war jedoch Realist und wußte natürlich wie jeder weit weniger erfahrene Kapitän, daß der richtige Wind erst aufkommen würde, wenn sie aus der Bucht in den Atlantik segelten.

Er mußte einfach den richtigen Augenblick abwarten. Er hatte ja noch eine Menge Zeit. Sie würden gute neun Stunden brauchen, um ans offene Meer zu kommen.

Sie passierten North Point an der Mündung des Patapsco, wo der britische Kommandeur damals zum Angriff auf Baltimore angesetzt hatte, und wandten sich nach Steuerbord in die Chesapeake-Bucht.

Hier herrschte ein scharfer Wind. Alec grinste erfreut.

Um sechs Uhr abends segelten die *Pegasus* und die *Night Dancer* fast Bug an Bug an Kap Henry vorbei in den Atlantik.

Alec blickte zu Genny hinüber, grüßte und machte dann eine scherzhafte Verbeugung.

Genny war so glücklich, daß sie nur mit einem dummen Grinsen antworten konnte.

Dann rief sie laut: »Meine Herren, das Rennen geht los!«

14

Snugger, ihr Erster Steuermann, war klein, stark behaart, hatte einen kräftigen Oberkörper und besaß eine so laute Stimme, daß er sich auch im Lärm eines Sturms leicht Gehör verschaffen konnte.

Snugger rief den Männern alle Befehle zu, die Genny erteilte. Das war auf Gennys eigene Anregung hin geschehen. Sie ging davon aus, daß die Männer dann denken würden, die Befehle kämen wirklich von Snugger. So würde es ihnen leichter fallen zu gehorchen, weil er eben ein Mann war und daher tüchtig sein mußte.

Daniels stand an ihrer Seite und sah zu, wie die Männer zu den Wanten hinaufkletterten.

»Sie gleitet über ruhiges Wasser wie ein Kieselstein.«

»Aye, aye, Käpt'n, stimmt genau. Ihr Pa würde sehr stolz auf Sie beide sein.«

Er hatte sie Kapitän genannt. Eine Woge der Freude überkam sie. Ja, sie wünschte, ihr Vater wäre hier, sähe sie und spräche ihr seine Anerkennung für ihr Unternehmen aus.

Genny übergab das Ruder an Daniels, ihren Zweiten Steuermann, und sagte mit ihrer besten Kapitänsstimme: »Halten Sie sie hart am Wind! Dann sieht es bald so aus, als segelte die elende Bark rückwärts.«

»Liegt traumhaft in der Hand, wirklich.«

Genny schnaufte. Über ihren Köpfen hing ein Viertelmond. Der Nachthimmel war klar. Das Licht der Sterne versilberte die Wellen des Meers. Genny gähnte und reckte sich.

»In der Koje werden Sie es heute gemütlich haben, Käpt'n.«

»Ja, Daniels. Ich übernehme die dritte Wache. Snugger soll mich bei zwei Glasen wecken.«

»Aye, aye, Ma'am.«

Genny holte tief Luft, als sie den Niedergang hinabstieg. Die *Pegasus* war noch zu neu und zu frisch, um schon nach Stauwasser, toten Ratten, nasser Kleidung oder gar nach Männerschweiß und ungewaschenen Männerkörpern zu riechen.

Der Klipper segelte viel leiser als Alecs Schonerbark. Wenn sie durch die Wellen rauschte, knirschte ihr Holzbau nicht unter dem eigenen Gewicht. Wegen ihrer leichten Bauart störte auf ihr kein Ächzen der Takelage die Stille.

Sie ist mein, dachte sie. Die *Pegasus* gehört mir.

Aber das stimmte ja nicht. Sie gehörte Alec. Alles gehörte ihm. Sogar ihr Haus gehörte jetzt Alec. Nur weil er ihr Ehemann war.

Doch sie würde das Rennen gewinnen. Alec bekam einfach nicht mit, daß sie seit ihrem sechsten Lebensjahr gesegelt und mit fünfzehn das Kommando auf einem Klipper übernommen hatte. Sie erinnerte sich an die *Bolter* bis zum letzten Fallbock. Bei der Konstruktion war man der Zeit voraus gewesen. Dennoch war sie nicht mit der *Pegasus* zu vergleichen, einem wahrhaft außergewöhnlichem Schiff. Sie zweifelte keinen Augenblick daran, daß sie Alec auf seiner schweren Schonerbark weit hinter sich lassen würde, obwohl es ihm an Fähigkeiten nicht fehlte.

Was würde er dann wohl tun? Würde er sich wie viele andere Männer benehmen, die sie in Baltimore kannte, und wütend auf sie sein, weil sie ihn besiegt hatte? Würde er ihr wirklich die Werft wieder übertragen?

In der Kajüte zündete sie die Laterne an, schloß und verriegelte die Tür und zog sich die feuchte Kleidung aus. Dann legte sie ordentlich einen zweiten Anzug bereit. In einem Notfall mußte sie in dreißig Sekunden auf Deck sein – wenn das reichte.

Sie löschte das Licht, zog sich ein Flanellnachthemd über den Kopf und legte sich in die Koje. Die *Pegasus* holte stark nach backbord über, aber ihre Bewegungen geschahen so gleichmäßig, daß man sie nach wenigen Minuten gar nicht mehr merkte. Dank ihrer Konstruktion glitt sie traumhaft leicht durch die Wogen.

Und Genny fragte sich: Warum hat niemand sie mir abkaufen wollen? Wieso soll das Schiff denn schlechter sein als andere, nur weil ich eine Frau bin?

Alec würde wahrscheinlich antworten, das sei der Lauf der Welt. Aber er war ja schließlich ein Mann. Sie gähnte. Es war ein erlebnisreicher Tag gewesen. Die Männer waren aufgeregt, sie wollten das Rennen gewinnen und die verdammten Briten schlagen. Dieser Einfall, dachte sie grinsend, hatte ausgezeichnet gewirkt. Sie mußte sie nur bei guter Laune halten und ihnen Alec und die Bark immer wieder als Feinde hinstellen. Dann kamen sie nicht auf die Idee, sich Gedanken darum zu machen, daß ihr Kapitän eine Frau war.

Sie würden fast zwei Wochen bis Nassau brauchen. Bei günstigem Wind vielleicht weniger. Aber die Winde waren entlang der Ostküste fast immer unberechenbar, besonders in den Herbstmonaten. Kurz vor Dunkelwerden hatte sie noch in weiter Entfernung Alecs Schonerbark gesichtet. Sie holte nicht auf, fiel aber auch nicht weiter zurück. Sie war bereit, ihren letzten amerikanischen Dollar darauf zu verwetten, daß seine Männer schon jetzt ausgepumpt waren, weil sie den ganzen Tag hatten kreuzen müssen, um den Abstand zwischen den beiden Schiffen so gering wie möglich zu halten.

Genny schloß die Augen, und sofort sah sie Alec vor sich. Nicht den Mann, der als Kapitän auf der Schonerbark stand, sondern Alec, ihren Ehemann und Liebhaber. Nackt lag er auf ihr, küßte sie, streichelte ihre Brüste und drang dann in sie ein, wobei er die Augen schloß, weil ihn seine Gefühle überwältigten. Und dann war er tief in ihr, und gleich würde er vor Lust aufseufzen, bevor er sich in ihr zu bewegen begann. Und dann würde er ihr Becken hochheben, um tiefer in sie zu gleiten, und sie anlächeln und auffordern, ihm zu sagen, wie sie es gern haben wolle.

Das hatte sie noch nie getan. Ihr Geist war zu verwirrt von den wilden Gefühlen, die er in ihr erregte. Es wäre ihr auch peinlich gewesen, ihm gegenüber laut auszusprechen, was sie fühlte und was sie von ihm wünschte. Aber er wußte es ja auch, ohne daß sie ein Wort sagte. Immer traf er das Richtige, was ihm, wie sie glaubte, sehr gefiel. Denn so übte er eine gewisse Macht über sie aus.

Gennys Lider klappten auf. Leichter Schweiß stand ihr auf der Stirn. Ihr Körper hatte reagiert, als wäre Alec bei ihr. Sie verlangte nach ihm. Jetzt! Wie sehr sie nach ihm verlangte! Die Stärke ihrer Gefühle überraschte sie selber. Ihr fiel ein, daß sie bei ihrem Zusammensein noch nie die Initiative übernommen hatte. Ob eine Frau das überhaupt durfte? Erwartete man es von ihr? Das wußte sie nicht. Sie dachte an sein steifes, glattes Glied, wie er es an ihren Leib preßte, und sie fragte sich, wie es sich wohl in ihrer Hand anfühlen mochte – oder in ihrem Mund. Ob es für ihn anders wäre, als wenn er sie liebkoste und streichelte? Das wußte sie auch nicht. Aber sie nahm sich fest vor, es auszuprobieren. Jeder sollte Macht über den anderen haben. Das war nur fair.

Dabei kam ihr ein anderes Problem in den Sinn. Was

sollte sie tun, wenn sie das Rennen gewann? Ihn verlassen? Ihn dazu drängen, sie zu verlassen?

Sie konnte sich nicht vorstellen, daß sie ohne Alec leben könnte, daß sie ihn nie wiedersehen würde.

Andererseits war ihr der Gedanke unerträglich, nicht mehr in der Werft zu arbeiten, nicht mehr zu segeln, nicht mehr Verantwortung zu tragen, nicht mehr den Triumph zu erleben, daß sie etwas vollbracht hatte, daß ihre Bemühungen von Erfolg gekrönt waren. Was würde Alec dazu sagen? Daß sie auch wunderbare Erfolgserlebnisse haben würde, wenn sie seine Kinder zur Welt brachte.

Jede Stute konnte Füllen werfen, aber nicht jede Stute konnte ein Rennen gewinnen. Genauso wie nicht jede Frau einen Baltimore-Klipper bauen konnte.

Tatsächlich gab man nur sehr wenigen kleinen Mädchen die Gelegenheit, etwas anderes zu tun, als mit Puppen zu spielen und am Stickrahmen zu sitzen. Ihre Erziehung begann schon in der Wiege, aber es war eine falsche Erziehung, die nicht darauf abzielte, sie zu tüchtigen und unabhängigen Menschen zu machen. Nein, alles war nur darauf abgestellt, ihnen beizubringen, wie sie das Gefallen eines Mannes erregen und ihm das Haus führen konnten. Sie hatte noch Glück gehabt, daß ihr Vater sie nicht anders als ihren Bruder behandelt hatte. Bis er dann sein Testament hinterließ, dieses verdammte Testament!

Das Leben sei eine Aufeinanderfolge von Kompromissen, hatte ihr Vater einmal gesagt. Aber sie hatte nie geglaubt, daß er auch im Fall einer Heirat zu Kompromissen geneigt war.

Oder hatte sie sich geirrt? Warum sonst hätte er die Bestimmungen des Testaments so festgesetzt? Vielleicht doch, um sie zu Kompromissen zu zwingen?

Wenn das zutraf, so führte sie dieser Kompromiß in die vollständige Niederlage und zur Kapitulation.

Während sie sich fragte, was Alec jetzt tun oder denken mochte und ob er auch an sie dachte, schlief sie ein. Sie schlief tief, bis Daniels sie zur dritten Wache weckte.

Was ihren Mann, den Baron Sherard, anging, so trank er

an diesem Abend ein Glas guten französischen Cognac und wünschte sich, er hätte nie diese blöde Wettfahrt vorgeschlagen.

Hölle und Verdammnis! Er hatte sie unterschätzt. Und den elenden Klipper auch. Fast mit offenem Munde hatte er mitangesehen, wie ihr schlankes Schiff sich so hart am Wind segeln ließ, daß es nahezu gegen den Wind anlaufen konnte, wo er mit seiner Crew mehrmals kreuzen mußte, um den Abstand zwischen den beiden Schiffen einigermaßen erträglich zu halten. Aber sie würde einen größeren Vorsprung auf ihn gewinnen. Seine Männer konnten einfach nicht vierundzwanzig Stunden lang am Tag mit Wendemanövern verbringen. Das war eine zu anstrengende Arbeit. Er trank noch einen Cognac. Verdammnis!

Es war hoffnungslos. Sie würde gewinnen.

Ja, er würde das Rennen verlieren. Und er fluchte, bis es ihm selbst zu viel wurde, obwohl er nur in Gedanken geflucht hatte.

Nach ihrem Sieg würde sie ihn verlassen oder verlangen, daß er sie verließ. Das würde er nie fertigbringen. Sie war doch seine Frau! Er konnte ihr nicht die Leitung der Werft überlassen und dann zusehen, wie sie bankrott ging. Und dazu würde es zweifellos kommen.

War sie schwanger?

Ich bin nicht nur ein großer Pessimist, dachte Alec, ich bin auch dumm und feige. Bis jetzt hatte er doch noch lange nicht gegen sie verloren! Wenn er und seine Männer mit der *Night Dancer* hundertmal über Stag gehen mußten, wo für die *Pegasus* ein einziges Wendemanöver genügte, dann würde er es eben befehlen. Er würde alles tun, was notwendig war, sie zu schlagen. Zu ihrem eigenen Wohl.

Er fragte sich allerdings auch, was seine Männer darüber denken mochten.

Am folgenden Nachmittag begann es zu nieseln. Der Himmel war gußeisengrau, das Meer kabblig und der Wind viel unbeständiger als noch zwei Stunden zuvor.

Bei diesem Wetter hatte es die *Pegasus* nicht leicht.

»Das ist der Atlantik, Genny«, sagte Daniels und vergaß vorübergehend, daß das rotbackige Mädchen neben ihm sein Kapitän war. »Außerdem ist es schon ein bißchen spät im Jahr. So spät, daß man nicht annehmen kann, mit einem Klipper ohne Zwischenfälle durchzukommen. Das wissen Sie doch.«

»Ich hatte gehofft, wir würden Glück haben und dieser wunderbare Nordwestwind würde anhalten.«

»Vielleicht wird sich der Wind wieder legen und nicht dauernd wechseln. Wenn wir unseren augenblicklichen Vorsprung zur Schonerbark halten, gibt es keine Probleme. Denken Sie nur mal an den Sonnenschein und das ruhige Meer in Nassau!«

Plötzlich riß ein Windstoß Alec die Wollmütze vom Kopf. Sie und Daniels sahen ihr nach, wie die Windwirbel sie seitwärts von der *Pegasus* entführten.

»Das ist ein harmloser Sturm«, sagte sie. »Der geht auch wieder vorbei.«

Daniels nickte pflichtschuldig. Innerlich betete er, daß es so wäre. Die Wahrheit zu sagen, gefiel es ihm gar nicht, wenn Miß Genny – Kapitän oder nicht – auf dem Atlantik in einen Sturm geraten würde, schon gar nicht auf der *Pegasus*. Wenn es gar ein Hurrikan wäre, würden sie in die größten Schwierigkeiten kommen. Daniels war durchaus nicht davon überzeugt, daß die extreme Konstruktion des Klippers selbst in verhältnismäßig geschützten Gewässern einen schweren Sturm überstehen würde. Mr. Paxton hatte den Masten eine stärkere Vorwärtsneigung verliehen als allen Vorgängerinnen, und die Stags waren unter der Mindestgröße. Wenn das Schiff voll aufgetakelt war, überlappten sich die Focksegel mit denen des Großmasts, so daß beide Masten großen weißen, gleichschenkligen Dreiecken glichen. Wenn sie direkt in einen Sturm liefen, würden Böen von hoher Windstärke die scharf geneigten Masten sauber in zwei Teile zerlegen und die Segel in Fetzen reißen. Außerdem lag der Freibord sehr niedrig über der Wasserlinie.

Ein gehöriger Sturm, und die Wellen würden nur so über das Deck waschen.

Ach, zum Teufel, dachte Daniels und paßte scharf auf. Mehr war kaum zu tun. Er hörte, wie Miß Genny – mein Gott, jetzt war sie eine englische Baroneß! – befahl, die Marssegel an beiden Masten zu reffen. Das war eine gute Idee und kam gerade rechtzeitig. Es wäre bei diesem Wind nicht klug gewesen, die Masten einer zu starken Belastung auszusetzen. Dann hörte er Snugger mit seiner Stentorstimme ihre Befehle weitergeben. Auch die Männer hörten es und beeilten sich, sie auszuführen. Trittsicher kletterten sie in die Takelage hinauf.

Daniels befeuchtete mit der Zunge den linken Zeigefinger und hielt ihn in die Luft. Dann fluchte er leise.

Er glaubte nicht mehr, daß die Jungfernreise der *Pegasus* erfolgreich verlaufen würde.

»Was meinen Sie, Kapitän?« fragte Abel Pitts, Alecs Erster Steuermann.

Mit gerunzelter Stirn bemühte sich Alec, in der wachsenden Dunkelheit die *Pegasus* auszumachen. »Ich meine, hoffentlich ist es nur ein milder Herbststurm, der rasch wieder einschläft. Sonst gerät die Frau, mit der ich jetzt vier Tage verheiratet bin, in eine ernste Lage.«

In Wirklichkeit war er zu Tode erschrocken. Mit der Segelschiffahrt im herbstlichen Südatlantik hatte er wenig Erfahrung. Er wußte nur, daß in dieser Jahreszeit Hurrikans aufzutreten pflegten. Er sah sich auf seinem Schiff um. Die *Night Dancer* pflügte durch die kabbeligen Wellen, als wäre alles in schönster Ordnung. Wenn sie tief in ein Wellental tauchte und wenn der Wind an den Seilen zerrte und zurrte, dann klagte und kreischten die geteerten Seile der Takelage wie die Seelen der Verdammten – lauter normale Geräusche, an die Alec gewöhnt war.

»Wo sind wir jetzt, Abel?«

»Schätze, wir sind ungefähr 105 Meilen nördlich vom Kap Hatteras.«

»Das ist das Kap vor dem Pimlaco-Sund? In Nord-Carolina?«

»Aye, aye, Käpt'n, und es ist als gefährliches Gewässer bekannt. Die Seeleute nennen es den Friedhof des Atlantiks.«

»Das weiß meine Frau bestimmt auch und wird auf Ostkurs gehen.«

»Aye, aye, Käpt'n«, sagte Abel. Er wußte, daß seine Lordschaft alles darum gegeben hätte, auch nur einen flüchtigen Blick auf den Klipper zu erhaschen.

Abel wandte sich ab und widmete sich wieder seinen Aufgaben. Er ließ die Marssegel teilweise reffen und die Focksegel und die Besansegel einbringen. Der Wind wurde stärker. Es war jetzt fast völlig dunkel. Er hörte, wie Pippin, der Kabinenjunge des Kapitäns, zu dem Zweiten Steuermann Ticknor sagte: »Die Luft ist zum Schneiden dick. Gefällt mir gar nicht.«

Ticknor prüfte die Spannung des Fockstags. »Mag sein«, sagte er. »Aber der Käpt'n weiß schon, was zu tun ist. Nicht unsere Sache, uns den Kopf darüber zu zerbrechen.«

»Aber auf dem Klipper ist seine Frau, Tick!«

»Ja, richtig. Hast du sie mal gesehen?«

»Ja«, sagte Pippin. »Ich habe sie gut sehen können, als seine Lordschaft sie vor einigen Wochen an Bord gebracht hat.«

»Hierher? Seine Lordschaft hat sie an Bord unseres Schiffs gebracht? Das hast du mir nie gesagt.«

»Das ging dich ja auch nichts an. Er hat sie raufgetragen, ja, hat er. Als wäre sie verletzt oder so.«

»Komisch«, sagte Ticknor. »Weißt du, sie ist doch eine Dame.«

»Wenn sie keine Dame wäre, hätte seine Lordschaft sie nie geheiratet, du Schwachkopf.«

»Du weißt schon, was ich meine. Sie ist anders. Sie ist Kapitän des Klippers.«

»Ja«, sagte Pippin. »Das stimmt, und wir müssen sie besiegen, sonst scheucht uns der Käpt'n noch jahrelang rum.«

Inzwischen war Alec in die Kajüte gegangen, wo Clegg das

Essen auf den Tisch stellte. Geistesabwesend bedankte er sich bei dem Koch und vertiefte sich in die Seekarten um Kap Hatteras. Bei so unberechenbar wechselnden Winden würden sie Glück haben, wenn sie es morgen mittag erreichten. Würde Genny ihr Schiff weit um das Kap herumsteuern, auch wenn sie dadurch Zeit verlor? Selbstverständlich würde sie es tun. Sie war doch nicht dumm.

Aber sie wollte ihn schlagen, und das war ein Ansporn. Über den Teller gebeugt, auf dem das Stück Rindfleisch unter der Soße kaum zu sehen war, fluchte er gehörig. Dann schob er den Teller beiseite und stand auf. Er hielt es mit seinen Sorgen in der Kabine nicht mehr aus. So blieb er an Deck, bis der peitschende Regen ihn nach unten scheuchte.

Als er endlich eingeschlafen war, hatte er einen entsetzlichen Traum. Im Traum schrie Genny in höchster Angst mit schriller Stimme nach ihm. Er wollte sich nach ihr umdrehen, aber irgend etwas hielt ihn eisern fest. Er rief sie beim Namen. Und dann sah er sie, nicht ganz, nur ihre Augen, aus denen so große Angst sprach, daß er einen Magenkrampf bekam. Dann waren es wieder nicht Gennys Augen, sondern die einer anderen, einer Fremden.

Alec erwachte. Er hatte wirklich Magenkrämpfe.

Irgend etwas wird ihr zustoßen, dachte er, ich weiß es. Nie zuvor war er sich so hilflos vorgekommen. Ausgenommen an jenem Tag, als Nesta lange Zeit laut geschrien hatte, bis sie schließlich gestorben war... Und er hatte keine Hand gerührt, weil er nicht wußte, wie ihr zu helfen war.

Alec wälzte sich aus der Koje und zündete die Lampe an. Dann blickte er zum Heckfenster hinaus. Es regnete jetzt stärker. Das Wasser kam in dichten Fluten herunter. Trotzdem bestand noch kein Grund zur Besorgnis. Er schlüpfte in die Stiefel, zog sich das Ölzeug an und ging aufs Achterdeck.

Alles machte einen ordentlichen Eindruck.

»Guten Abend, Käpt'n«, sagte Ticknor, der Wache hatte.

Alec nickte. Dieser verfluchte Traum! Er war gespenstisch gewesen. Was zum Teufel sollte er tun?

Wo war sie?

Genny sah, wie die Wellen immer höher wuchsen. Wenn der Sturm anhielt und stärker wurde, würden sie über das Deck schlagen. Das könnte unangenehm werden. Andererseits bedeutete es noch nicht das Ende der Welt. Der Himmel war plötzlich sehr dunkel geworden. Da ahnte sie tief im Inneren, daß aus der Karibik ein Hurrikan im Anzug war. Sie roch, sie spürte es in der Luft. »Wir müssen was unternehmen, Snugger.«

Snugger wollte ihr eigentlich sagen, daß im Spätherbst immer mit Weststürmen zu rechnen war. Daß sie einen Sturm überleben könnten, auch wenn sie sich in seinem Zentrum befanden. Der Sturm kam und ging. Doch ehe er etwas sagen konnte, erteilte Genny ihm ihre Befehle, und er brüllte sie der Mannschaft zu.

Zu Daniels, der am Ruder stand, sagte sie: »Etwas steuerbord! Ja, so ist's gut. Halten Sie sie so hart am Wind, wie Sie können!«

»Aye, aye, Käpt'n.«

»Snugger, sagen Sie ihnen, sie sollen die Vormarssegel einbringen! Lassen Sie das Großmarssegel – nein, warten Sie! Daniels, schnell, fallen Sie ab!«

Daniels fiel vom Kurs ab, und das Rad wirbelte in seinen großen Händen herum.

Genny wurde zur Seite geschleudert, fiel hart und schlug mit der Hüfte gegen den Großmast.

»Alles in Ordnung?«

»Ja. Und nun hören Sie, und keine Widerrede! Dies ist ein Hurrikan. Wir fahren zum Pamlico-Sund, zur Ocracoke-Insel. Sie wissen ja, da ist die beste Einfahrt in den Sund. Dort können wir den Hurrikan ausreiten und sind in Sicherheit.« Sie blieb noch einen Augenblick stehen und sah, wie die ersten Wellen aufs Deck krachten. Der Sturm peitschte ihr die Haare ins Gesicht, geißelte ihre Wangen und wehte ihr einzelne Strähnen zwischen die Zähne. Schließlich packte sie die dichte Haarmasse und band sie zu einem Knoten zusammen. Dann merkte sie, daß sie kein Haarband hatte. Ohne ein Wort reichte ihr Snugger einen dünnen Lederstreifen. Es gelang ihr, sich das Haar damit festzubinden, und sie sagte: »Rufen Sie den Männern zu, sie sollen vorsichtig sein! Sagen Sie ihnen, daß es ein Hurrikan ist!«

Snugger tat wie geheißen. Danach räusperte er sich und sagte: »Der Sund ist ziemlich flach und tückisch.«

»Das weiß ich. Wir segeln um die Diamond-Klippen herum in die Einfahrt und dann nach Ocracoke. Das wird drei, vier Stunden dauern, je nachdem wie der Wind zunimmt.«

Snugger seufzte. »Das wird teuflisch gefährlich.«

»Immer noch besser, als hier draußen auf dem Atlantik zu ersaufen. Der Hurrikan würde uns die Masten in drei Stücke zerlegen. Die Wellen würden über uns hinwegrauschen, und in wenigen Minuten wären wir untergegangen. Beten Sie, daß wir noch rechtzeitig Hatteras erreichen!«

»Wir steuern am besten genau darauf zu«, sagte er und schrie Daniels zu, nach steuerbord zu drehen. Er mußte schreien, obwohl Daniels kaum einen Meter weiter stand. Doch der heulende Wind verschluckte selbst Snuggers gewaltige Stimme.

»Ich will, daß die Schonerbark uns folgt. Kann mir nicht vorstellen, daß seine Lordschaft sich in diesem Teil der Welt gut auskennt. Er muß uns in die Einfahrt nachfahren.«

»Das macht er bestimmt«, sagte Snugger. »O'Shay steht ihm ja zur Seite.«

Genny sah Snugger aus großen Augen an. »Er hat O'Shay angeheuert?«

»Sie müssen doch zugeben, daß der Mann ein wahrer Zauberer ist, wenn es darum geht, in dieser Hemisphäre den geradesten und gleichzeitig sichersten Kurs zu segeln. Sicher, er kann von der Flasche nicht lassen – schließlich ist er Ire. Wahrscheinlich läßt ihn der Baron bis zum Ende der Reise nicht an den Whisky ran.«

»O'Shay ist ein Wilder!«

»Nur in der Taverne, Genny. Stellt man ihn auf ein Schiffsdeck, wird er zum Zauberer. Er sagt, das sei die Magie der Iren. Ihr Pa sagte immer, es sei Seelenmagie.«

Auf der *Night Dancer* besprach Alec die Lage mit O'Shay, seinem Mann aus Baltimore.

»Ja, sicher, Milord, das is 'n Hurrikan, da wer'n wir uns noch einen abfriern. Das Mädel da auf 'm Klipper... ihr Pa, der hat ja immer gesagt, daß se Grips hat... also, wenn se schlau is, dann giert se ab und steuert direkt Hatteras an. Ja, und dann durch die Einfahrt in den Pamlico-Sund nach Ocracoke. Is 'ne tiefe Einfahrt. Der einzige Ort, wo wir den Sturm ausreiten können.«

»Wir müssen den Klipper einholen, O'Shay. Wenn etwas passiert, möchte ich in seiner Nähe sein.«

»Klar, machen wir, Milord.«

Noch nie im Leben war Genny so pitschnaß geworden. Mit der Zeit kam es ihr schon selbstverständlich vor, daß sie naß war und fror und ihre Finger taub waren. Sie hatte eine zweite Wollmütze gefunden und sie über den Haarknoten gezogen. Der Sturm schien einem die Haut vom Gesicht fetzen zu wollen. Sie versuchte sich immer so zu stellen, daß sie ihn im Rücken hatte, aber er schlug ohne Vorankündigung gänzlich unerwartet von Ost nach West um.

Den Männern ging es ebenso schlecht wie ihr, aber sie taten alles, was erforderlich war. Sie wußten, daß jeder einzelne Verantwortung trug, und wenn einer seine Pflicht vernachlässigte, drohte ihnen allen der Tod. Und sterben wollte keiner.

Sie schlug sich mit der Faust an den Oberschenkel und grinste.

Der Sturm heulte jetzt noch lauter als eben. Sie schätzte ihn auf fünfzig Stundenmeilen. Der Klipper kam nur noch vorwärts, wenn er den Wind genau von achtern hatte. Dann allerdings schoß er dahin, wie von einer Kanone abgeschossen. Die meiste Zeit aber kreuzten sie, mußten immer wieder abfallen, beteten und sahen die Wellen übers Deck schlagen.

Dieser verfluchte Hurrikan!

»Ich würde sagen, noch eine Stunde, dann sind wir Hatteras«, meinte Daniels.

Es war Tageslicht geworden, der Himmel schmutzig grau, der Regen jetzt wieder deutlich sichtbar. Er kam wie aus der Traufe und peitschte allen ins Gesicht. Hinter ihnen blies der Wind aus vollen Backen, und der Klipper erreichte unerhörte Geschwindigkeiten.

Sie wünschte, der Sturm würde seine Richtung einhalten. Dann würde er auch die Schonerbark vorwärtstreiben.

Das Sturmgeheul hörte sich schon nicht mehr irdisch an. Genny schauderte es. Dann übernahm sie von dem erschöpften Daniels entschlossen das Ruder.

Als die Diamond-Klippen in Sicht kamen, zeigte Genny schreiend nach achtern. Die Männer drehten sich um, sahen es auch und jubelten laut. Mitten aus dichten schwarzen Wolken schoß die Schonerbark, angetrieben vom noch stärker werdenden Sturm, hinter ihnen her.

Die Männer auf der Schonerbark hörten das Geschrei vom Klipper und brüllten zurück.

Nie zuvor hatte Genny sich so erleichtert gefühlt.

Eigentlich ohne jede Berechtigung. Sie mußten ja noch durch die Ocracoke-Einfahrt und sich dann in dem flachen Gewässer des Pamlico-Sunds halten. Auch sie betete: »Lieber Gott, rette bitte Alec und rette auch die *Pegasus*!«

Snugger hörte es und schrie ihr über den Sturm zu: »Wenn's recht ist, beten Sie auch für mich, Miß Genny! Ich darf noch nicht zu Fischfutter werden, weil ich viel zu süß bin und die Frauen mich schwer vermissen würden.«

Lächelnd baute sie noch Snuggers Namen in ihr Gebet ein.

Der Sturm gewann weiter an Kraft. Sie umschifften die Diamond-Klippen und schafften es bis zur Einfahrt. Der Sturm riß Genny beinahe das Ölzeug vom Leib.

Jetzt übergab sie das Ruder wieder an Daniels. Wenn jemand auf der Welt sie nach Ocracoke bringen konnte, dann war er es.

Und O'Shay.

Alec hielt das Fernglas an die Augen. Er konnte Genny ausmachen. Die Mütze hatte sie verloren. Er sah, wie sie vom Ruder zurücktrat und von einer Bö zur Seite geschleudert wurde.

Sturm heulte und jaulte. Stöhnend stampfte die *Night Dancer* dahin, und das Holz ihrer Planken krachte unheilverkündend unter dem Druck des Fockstags.

Zwanzig Minuten später umrundete auch die *Night Dancer* die Diamond-Klippen und drehte sich scharf nach steuerbord.

»Gott sei Dank«, flüsterte Genny. »Jetzt schaffen wir es alle beide.«

Snugger war sich dessen nicht so sicher. Der Sturm warf den leichtgebauten Klipper hin und her, stieß ihn auf die tückischen Untiefen im Sund zu, und die peitschenden Wellen gingen mit ihm um, als wäre er nichts als ein Spielzeug. Genny wußte genau, was zu tun war. Sie erteilte Befehle, bis sie heiser war.

Snugger wurde nicht müde, den Männern zuzubrüllen, was sie angeordnet hatte.

»Stagsegel der Großstenge einbringen! Noch ein Marssegel reffen!«

In den wildbewegten Wassern des Sunds rollte und tauchte die *Pegasus* wie verrückt umher. Wie ein verrückter, höchst zerbrechlicher Gegenstand, dachte Genny in wachsender Verzweiflung.

»Wir müssen beidrehen! Der Sturm bläst jetzt aus allen Armlöchern, Genny!«

»Daniels, Sie treiben nach Lee ab! Halten Sie sie geradeaus!«

Trotz allem schaffte es Genny, immer noch ein Auge für die Schonerbark hinter ihnen zu erübrigen. Das Schiff bebte und schoß vorwärts und hielt einen stetigen Kurs.

»An die Falleinen! Daniels, hart steuerbord!«

Die beiden Schiffe kämpften sich schlingernd vorwärts. Die Schonerbark holte jetzt sogar etwas gegenüber dem Klipper auf. Ihre Größe und ihre überlegene Stabilität ermöglichte es ihr, besser auf Kurs zu bleiben.

»O Gott«, rief Abel, »sehen Sie nur, der Fockmast!«

Alec starrte hinüber, bis ihm fast die Augen aus den Höhlen traten. Die Segel waren fest gerefft. Stags und Masten sahen unter dem grauen Himmel beinahe nackt aus.

»Der Mast könnte brechen«, sagte O'Shay völlig gelassen. »Dagegen läßt sich nix machen. Hab noch nie 'nen Mast gesehn, der so stark nach vorn geneigt war.«

»Zum Teufel, Mann, sie könnten doch in den Wind gehen und sich aus den Gegenströmungen raushalten.«

»Ja, sicher, Milord, aber der Sund is tückisch. Sie müssen Kurs halten, geradeaus der Nase nach. Aber sie können nur beten, daß sie ins tiefe Gewässer kommen.«

Die mächtige Schonerbark pflügte durch die schäumenden weißen Wellen, die die graue See aufwühlten. Wild spritzten ganze Kübel voll kalten Wassers über das Achterdeck. Alec sah, daß drüben das ganze Deck des Klippers unter Wasser stand. Mein Gott, Genny, bring dich in Sicherheit! Laß nicht locker!

Und sie hielt die Stellung, rührte sich keinen Augenblick von ihrem Kommandoposten neben dem Ruder. Er sah, wie sich ihre Lippen bewegten. Und dann hörte er über dem tobenden Sturm die unglaublich laute Stimme eines Mannes.

Noch nie im Leben hatte er solche Angst gehabt.

Das Rennen hatte eine gefahrlose Wettfahrt sein sollen. Er hatte nur an die warmen, weichen Winde bei Nassau gedacht. Wie dumm war er gewesen! Er hatte nicht bedacht, daß das verdammte Rennen im November stattfand. Alec dagegen war sich dessen genau bewußt gewesen, hatte aber nichts gesagt, weil sie ihn unter allen Umständen los werden wollte. Deshalb mißachtete sie die Gefahren, die sie durchaus kannte. Weil sie die Werft haben wollte und nicht ihn.

Wenn sie das überlebte, würde er sie umbringen.

»Ich will an Bord des Klippers gehen!« schrie er Abel zu. »Sobald wir in der Fahrrinne sind, will ich da an Bord gehen.«

»Aye, aye, Käpt'n.«

17

Genny hielt den Atem an, als sie die Schonerbark durch die Wellenberge auf sich zukommen sah. Das Schiff schoß vorwärts, verhielt dann wieder zitternd und schlingerte besorgniserregend.

Im nächsten Augenblick schloß sie die Augen und schickte ein Stoßgebet zum Himmel. Alecs Schiff kam immer näher. Was auch geschehen mochte, er würde ihr wenigstens nahe sein.

Der Wind schlug nach Steuerbord um, und die *Pegasus* ging über Stag. Doch als sie herumschwang, zerrten die heulenden Sturmstöße an ihrem Rumpf und zogen sie erbarmungslos leewärts.

Viele Minuten lang war an Bord die Hölle los. Endlich drehte der Sturm wieder, ließ gleichzeitig etwas nach, und der Klipper konnte die Fahrt nach dem tiefen Wasser bei der Insel Ocracoke fortsetzen.

Alec hatte alles starr vor Angst verfolgt.

»Das Mädel macht seine Sache prima, Käpt'n«, sagte O'Shay.

»Wie weit ist es noch bis zur Fahrrinne und der Insel?«

»Sind beinah da. Sehnse das Stück Land mit den Kiefern und immergrünen Eichen? Die kann der Sturm nich wegblasen.«

Alec schaute auf die verkrüppelten Bäume und das flache, unfruchtbare Land. Ihn fröstelte. Es mußte scheußlich sein, in dieser elenden Gegend zu stranden.

Genny wußte selber nicht, wie sie es fertig gebracht hatte. Aber endlich segelten sie in die tiefen Gewässer der Ocracoke-Fahrrinne ein.

»Halten Sie sie direkt im Wind!« sagte sie zu Daniels.

Die Seeleute brachten die verkürzten und gerefften Segel ganz ein und banden sie fest. Plötzlich sah sie, wie einer der Männer von einer Bö beinahe aus der Takelage gerissen wurde. Sie stieß einen Schreckensschrei aus. Doch der Mann hatte sich mit den Beinen fest in die Strickleiter eingehakt, drehte sich nur um die eigene Achse und winkte ihr grinsend zu. Dann ließ er sich rutschend aufs Deck herab. Nackt ragten die hohen Masten über ihm auf. Alle Segel waren geborgen. Es gab nichts, was man noch tun konnte.

Die Schonerbark kam näher. Genny konnte schon Alec, barhäuptig im Ölzeug, erkennen. Er zeigte mit der Hand auf irgend etwas und erteilte Befehle.

Dann merkte sie, daß er die Absicht hatte, mit einem Sprung an Bord des Klippers zu kommen. War er wahnsinnig geworden? Das war doch viel zu gefährlich! Wenn der Sturm plötzlich umschlug, würde er die Bark auf den Klipper stoßen. Wurden die Böen plötzlich stärker, dann würde die Bark einen Satz vorwärts machen und den Bug der *Pegasus* rammen. Stumm verfolgte Genny die Annäherung der Bark.

Es war möglich, daß sie bei diesem Sturm alle ums Leben kamen.

Aber das war ihr gleich, wenn er nur bei ihr war.

Inzwischen war die Schonerbark gefährlich nahe herangekommen. Plötzlich schlug der Wind um. Jetzt werden wir gerammt, dachte Genny. Auf alles gefaßt, klammerte sie sich unten am Großmast fest. Doch im letzten Augenblick bog die Bark ab. Genny sah O'Shay am Ruder. Er machte seine Sache gut. Seine Hände tanzten an den Speichen des Steuerrads. Wahre Zauberhände. Und dann sah sie Alec. Er stand jetzt auf der Reling der Schonerbark.

Vier ihrer eigenen Männer warteten an Deck, um ihn nach dem Sprung aufzufangen.

Und dann stieg er in die Luft. Endlos lange schien der Sturm ihn einfach wie ein Spielzeug festzuhalten. Dann plötzlich wurde er vorwärtsgeschnellt. Er landete mit einer Kniebeuge. Der vom Sturm verstärkte Aufprall war gewaltig. Doch er rollte sich einfach ab und kam mit breitem Grinsen wieder auf die Beine.

Zwei Seeleute stürzten auf ihn zu und schüttelten ihm die Hand. Auf der Schonerbark jubelte man ihm zu. Gennys Männer stimmten in den Jubel ein.

O'Shay gierte ab. Nur leicht schrammte der Bug der Schonerbark gegen das Heck des Klippers. Alec reckte sich und erblickte seine Ehefrau.

Ohne weiteres ging Genny auf ihn zu und ließ sich umarmen.

»Du bist in Sicherheit«, sagte er, den Mund an ihrer durchnäßten Wollmütze. »Gott sei Dank bist du in Sicherheit. Ich hätte es nicht ertragen, wenn dir etwas passiert wäre.«

Ihre Gefühle waren zu stark und zu neu für sie, als daß sie ihnen Ausdruck hätte verleihen können. Deshalb fragte sie: »Du hast O'Shay das Kommando übergeben?«

Lächelnd antwortete er: »Auf ihn ist Verlaß. Ich mußte mich aber unbedingt vergewissern, daß du in Sicherheit bist.« Sie spürte seine Hände überall, an ihren Armen und Schultern, um ihren Kopf, als er sie küßte.

Sie zog sich etwas zurück. »Wir sind hier so sicher, wie man unter diesen Umständen sein kann. Du weißt, daß jetzt alles Mögliche geschehen kann, Alec. Wir haben die Segel geborgen und sind beigedreht. Wir können nur versuchen, den Sturm auszureiten. Das ist alles.«

Nun war es an ihm, eine Weile zu schweigen. Gleich darauf aber lächelte er wieder, dieses verruchte Teufelslächeln, und seine schönen Augen flackerten im trüben Licht. »Eine Wettfahrt nach Nassau – weiter habe ich nichts gewollt. Und in was hast du mich hineingezogen, Frau? In einen verfluchten Hurrikan! Genny, ich glaube, früher oder später muß ich dir eine Tracht Prügel verabreichen.«

»Demnach bin ich an diesem gottverdammten Sturm schuld?«

»Das vielleicht nicht. Aber komm! Laß uns aus diesem elenden Regen weggehen! Du sagst, du hättest alles geborgen und verstaut?«

»Sir, im Gegensatz zu deiner klobigen Schonerbark gibt es an Deck meines Klippers nicht viel zu verstauen. Wollen wir in meine Kabine gehen? Ich lasse drei Mann oben. Sinnlos, daß sich bei dem Mistwetter alle draußen aufhalten. Wenn das Schlimmste eintritt, kommen sie noch rechtzeitig genug an Deck.«

Bei diesen Worten horchte Alec auf. Die Sache gefiel ihm nicht. In den vielen Jahren seiner Atlantik- und Pazifiküberquerungen hatte er manchen Sturm erlebt, aber keinen von dieser Art. Nichts kam einem Hurrikan solcher Stärke gleich. Nie zuvor war seine Schonerbark in Gefahr gewesen, vom Sturm in Fetzen zerrissen zu werden. Er blieb stehen. »Hast du Daniels am Ruder festgebunden?«

Sie nickte. »Wer weiß schon, was der Sturm noch anrichten wird! Hat dir O'Shay diesen Rat gegeben?«

»Bisher nicht, aber wahrscheinlich bald. Nach dir, Frau.«

Aber plötzlich sträubte sich Genny. Einen kurzen Moment hatte sie vergessen, daß sie und nur sie allein für die *Pegasus* verantwortlich war. »Ich bin hier Kapitän, Alec. Ich kann Daniels nicht allein lassen.«

»Was könntest du denn tun, wenn du oben bei ihm bliebst?«

»Mit ihm reden. Ihm mit dem Ruder helfen. Ihm, wenn nötig, Befehle geben.«

Lässig sagte er: »Dann komm wenigstens eine Weile mit mir nach unten, meine Liebe! Damit du dir trockene Sachen anziehen kannst.«

Genny nickte. Damit war sie einverstanden. Sie wollte ihn in ihren Armen halten und fühlen, daß er gesund war und ihr gehörte. In der Kapitänskajüte zündete Genny die Lampe an und vergewisserte sich dann, daß sie gut auf der Schreibtischplatte befestigt war. Beim Hurrikan Feuer auf dem Schiff – das hätte gerade noch gefehlt. »Das war ein gefährlicher Sprung, den du da gewagt hast, Alec. Du hättest dir alle Knochen brechen können.«

»Hätte dir das etwas ausgemacht?«

»Ein bißchen schon«, sagte sie lächelnd. »Schließlich bist du doch als tapferer Ritter durch Sturm und Wogen gekommen, um an meiner Seite zu stehen.«

»In Wirklichkeit habe ich mir nur Sorgen um meinen Klipper gemacht.«

»Niemand setzt sein Leben für einen toten Gegenstand aufs Spiel, Alec.«

»Da hast du recht, Frau. Da ich mir nicht weh getan habe, können wir die ganze Sache vergessen. Ich glaube beinahe, daß du mir das einer Ehefrau geziemende Mitgefühl entgegengebracht hast, Genny.«

»Das liegt nur daran, weil ich dich hätte erschießen müssen, wenn du dir ein Bein gebrochen hättest. Zufällig habe ich aber keine Pistole bei mir.«

»Herunter mit deinen nassen Kleidern!«

»Und was ist mit deinen?«

Nach kurzem Überlegen sagte er: »Dann müßte ich unter die Bettdecke schlüpfen. Kommst du mit?«

Sie sah ihn an, als hätte er den Verstand verloren. »Alec, wir befinden uns mitten in einem Hurrikan. Und da willst du, daß ich mit dir ins Bett gehe?«

»Warum nicht? Gegen die Naturgewalten können wir sowieso nichts ausrichten. Entweder finden wir in den nächsten vierundzwanzig Stunden den Tod, oder wir überleben es. Psst, Genny. Sei mal ganz still! Nichts mehr zu hören! Wo ist der Sturm geblieben?«

Todesstille. In ängstlicher Vorahnung fühlte Genny, wie ihr die Haut zu prickeln begann.

»Wir sind im Auge des Hurrikans«, flüsterte sie in die Stille.

»Wie lange wird das so bleiben?«

Sie legte ihr Ölzeug ab. »Ich weiß es nicht.«

Im Nu hatte Alec seine nassen Sachen abgestreift und war unter die warmen Decken in der Koje geschlüpft. Gott sei Dank waren sie herrlich trocken.

Genny stand im Hemd mitten in der Kabine und lauschte. Absolute Stille.

»Komm her, Genny!« sagte Alec.

Sie wirbelte herum, merkte, daß sie halbnackt war, und kreischte auf. Er lachte nur. Da kam sie schnell näher, zog auch das Hemd aus und legte sich zu ihm in die Koje. »Aber nicht lange, Alec. Ich muß bald wieder an Deck.«

Alec zog sie an seinen Körper. »Soll ich dir das Haar aufmachen?«

»Nein, laß es so! Ich bin doch gleich wieder oben.«

Alec zog die Stirn kraus. Am besten, er sagte es ihr sofort. »Genny, meine Liebste, du gehst hier nicht mehr weg, bis der Hurrikan sich ausgetobt hat.«

»Was soll das heißen? Wovon redest du da?«

»Ich meine es so, wie ich es sage. Also sei vernünftig! Ich will, daß du hier in der Koje bleibst, wo du in Sicherheit bist.«

Eine Weile war sie so still wie der Sturm. »Also dafür hast du dein Leben riskiert und bist wie ein Wilder auf meinen Klipper gesprungen. Du wolltest gar nicht zu mir. Du wolltest nur das Kommando übernehmen. Du hast mir nicht zugetraut, daß ich, eine einfältige Frau, die richtigen Maßnahmen treffen würde.«

»Ja und nein«, sagte Alec. Sie lag so steif wie ein Brett in seinen Armen. Verdammt, warum konnte sie denn nicht vernünftig sein? Er hatte keine Lust, sich mit ihr herumzustreiten. Er wußte, was zu tun war, und er würde dafür sorgen, daß es getan wurde. Mit ruhiger Stimme setzte er ihr auseinander: »Ich meine es ernst. Du bleibst in der Kabine, wo du in Sicherheit bist. Ich übernehme hiermit die Befehlsgewalt auf deinem Schiff.«

»Den Teufel wirst du tun!«

Sie machte sich von ihm los, schlug ihm mit der Faust auf die Schulter und landete mit dem Hinterteil auf dem sehr kalten Fußboden. Dann packte sie ihren Flanellrock und warf ihn sich um die Schultern. »Bleib mir vom Leibe, Alec!«

Er machte keine Miene aufzustehen, behielt sie aber im Auge. Sie rutschte leewärts und hielt sich an einem Schreibtischbein fest.

»Mach dir keine Sorgen um mich!« sagte sie, zog sich hoch und legte sich den Rock wie eine Schärpe um den Körper. Der Klipper holte nach Backbord über. Sie verlor den Halt und flog quer durch die Kabine. Diesmal bekam sie den Türknopf zu fassen und hielt sich an ihm fest. Dann schaute sie sich um, ob Alec etwa vorhätte, aus der Koje zu springen. »Wage ja nicht, dich zu rühren!«

»Genny, ich sage es dir noch einmal: komm her! Draußen

ist es gefährlich. Du hast es ja selber erlebt. Ich will nicht, daß du stürzt und dich verletzt.«

»Geh zum Teufel, Alec!« Sie wandte sich ab, schwankte mit dem Klipper und ließ ihr schmerzendes Hinterteil auf dem Schreibtischstuhl nieder. Sie zog ihn näher heran, stellte die Ellbogen auf den Tisch und sah Alec an. Langsam und ruhig sagte sie, und nur ein Anflug von Zorn klang in ihrem Ton mit: »Ich bin Kapitän dieses Schiffs, Sir, selbst wenn du Präsident Monroe wärst. Daß du mein Mann bist, ändert gar nichts daran. Es zählt hier nicht.«

Alec zwang sich, seinen Unwillen nicht zu zeigen. »Hör mir bitte zu, Frau! Ich habe keine Lust, es immer wieder neu zu sagen. Dieses Schiff steht voll und ganz unter meinem Kommando. Als Mann und Gatte bin ich für deine Sicherheit nach besten Kräften verantwortlich. Du bleibst in dieser Kabine, und wenn ich dich an die Koje binden muß. Hast du mich verstanden, Genny?«

Der Klipper schwankte und schlingerte, tauchte hinab und bäumte sich auf wie ein wildes Pferd. Doch die beiden nahmen davon kaum Notiz.

»Wir sind nicht mehr im Auge des Sturms.«

»So ist es. Man hört ihn wieder, den Sturm! Ich wiederhole: Hast du mich verstanden, Genny?«

Was sollte sie tun? Er war stärker. Er konnte ihr seinen Willen aufzwingen. Es war nicht fair, aber es würde auch nichts nutzen, wenn sie ihn beschimpfte. Lieber wollte sie es mit Vernunftgründen versuchen.

»Es ist mein Schiff, Alec.«

»Nein. Ich habe dich nur vorübergehend als Kapitän geduldet, weiter nichts. Wenn du mit ihm Schiffbruch erleidest, verliere ich eine Menge Geld.«

Damit war er zu weit gegangen. Nun ließ sie ihrer Wut freien Lauf. »Du willst mir wohl alles nehmen! Aber das lasse ich nicht zu, Baron Sherard, du verdammter blöder Engländer!« Blitzschnell ergriff sie trockene Kleidung und rannte zur Kabinentür. Doch Alec war schneller. Er packte sie am Arm und riß sie wieder an sich.

»Laß mich los, Alec! Ich bin der Kapitän. Du sollst mich loslassen!«

Doch er ließ sie nicht los. Sie konnte sich halb befreien und trat ihm vors Schienbein.

Trotz des Sturmgeheuls war sein schmerzliches Gestöhne deutlich zu hören. Na schön, einmal hatte sie ihn erwischt. Er hätte darüber gelacht, wenn sie nicht gerade in einer nur schwach geschützten Fahrtrinne gesteckt hätten, beigedreht und darauf wartend, daß der Hurrikan sein Werk tat. Sie konnten nur hoffen, daß er sie am Leben ließ.

Er beugte sich vor und küßte sie heftig. Ihre Lippen waren kalt und geschlossen. Dann riß sie den Mund auf, aber nicht, um seinen Kuß zu erwidern, sondern um ihn zu beißen.

Genny keuchte. Beim nächstenmal würde sie ihn zwischen die Beine treten. Aber noch hielt er sie zu fest an sich gepreßt.

»Eben wolltest du mich noch hier unten haben, und jetzt willst du mich hier allein lassen und selber rausgehen und die verdammte Welt retten!«

»Nein, nur den verdammten Klipper. Ja, es stimmt, ich wollte dich. Du bist ja meine Frau. Kann doch sein, daß wir morgen nicht mehr am Leben sind. Also warum nicht? Vielleicht würdest du dann einsehen, daß du wirklich eine Frau bist. Und daß eine Frau nachgiebig, gehorsam und unterwürfig zu sein...«

Sie sagte kein Wort, und ein Gefühl der Schuld beschlich ihn. Aber nur kurz, denn gleich darauf gelang es ihr, ihm einen recht kräftigen Faustschlag in den nackten Bauch zu versetzen.

»Jetzt reicht's aber«, sagte er und zerrte sie in die Koje. Dort hielt er sie eisern fest, zog ihr den Flanellrock aus, hob sie hoch und warf sie auf den Rücken. Dann legte er sich hart über sie. Keuchend lag sie da, sah ihm ins Gesicht und fühlte, wie er ihr die Beine spreizen wollte.

»Nein, Alec, nein.«

»Warum nicht? Du gehörst mir, Genny, dieser verdammte Klipper gehört mir, und morgen früh können wir schon beide tot sein.«

Während er noch sprach, schaffte sie es, ihr linkes Handgelenk zu befreien. Sie bäumte sich kraftvoll auf und versetzte ihm Faustschläge an Hals und Schultern. Alec sah rot. Er riß ihr die Arme über den Kopf und warf sich mit Schwung auf sie.

»Erinnert dich das an neulich abend, Genny?«

Sie sah ihn nur schweigend an.

»Ja? Du törichtes Mädchen, erinnerst du dich noch an die Nacht an Bord meiner Schonerbark?«

Plötzlich legte sich der Klipper unter Getöse auf die Steuerbordseite. »Mein Gott«, sagte Alec mit gedämpfter Stimme. Das wilde Schlingern des Klippers erfüllte ihn mit tiefer Angst. Er bekam Magendrücken und atmete unregelmäßig. »Ich gehe hinauf. Du bleibst hier.«

Er wußte, daß sie nicht daran dachte zu bleiben. Kaum hatte er die Beine aus der Koje auf den Fußboden gesetzt, da sprang sie ihn an.

Er fesselte sie wieder wie an jenem Abend vor einiger Zeit. Aber diesmal, dachte er, ist es zu ihrem eigenen Guten. Verdammt, daß sie auch so stur sein mußte!

Sie schrie und fauchte ihn an, worauf er ihr die Hände an der Kopfleiste und die Füße an den Bettpfosten festband. Einen Augenblick betrachtete er ihren schönen Körper. Dann breitete er sämtliche Decken über sie aus. »Jetzt wirst du es warm haben. Ich komme bald wieder her, um nach dir zu sehen.«

»Du willst mich hier ertrinken lassen!«

Er zog sich seine durchweichte Kleidung an und schnitt dabei eine Grimasse. Von ihren Vorwürfen nahm er keine Notiz.

»Das kannst du mir doch nicht antun, Alec!«

Es klang weder wütend noch flehend. Es klang – irgendwie verzweifelt. Er sah sich stirnrunzelnd nach ihr um. »Ich traue dir nicht, Genny. Ich bin sehr besorgt um dich und...«

»Und deshalb legst du mich gefesselt in die verfluchte Koje?«

»Ja. Da bist du in Sicherheit.«

»Ha! Wenn wir sinken, gibt es für mich hier keine Rettung. Dann ersaufe ich wie eine Ratte in der Falle.«

»Ich gehe jetzt nach oben und kontrolliere Daniels. Bin bald wieder zurück.«

Und schon war er weg. Wenigstens hatte er die Lampe brennen lassen.

Und sie hatte auch noch für seine Rettung gebetet! Sie war ein dummes Weib, und er war Sieger geblieben.

Diese nackte Erkenntnis machte sie fuchsteufelswild. Sie zog, zerrte und riß an den Fesseln, ohne Erfolg. Danach zwang sie sich zur Ruhe. Sie lauschte auf die Geräusche des Klippers. Wenn die *Pegasus* mal nach der einen, mal nach der anderen Seite kippte, ächzten die luftgetrockneten Eichenplanken leise. Der Sturm heulte jetzt wieder lauter. Die Krise war nahe.

Sie mußte sich befreien. Aber mit Ruhe und Besonnenheit. Sie mußte zeigen, daß sie die Fesseln um die Handgelenke abstreifen konnte. Daß sie schlauer war als der verdammte Mann, der sie festgebunden hatte.

Und so ging sie ans Werk.

»Daniels! Soll ich das Ruder mal eine Weile übernehmen?«

»My Lord! Nein, Sir, ich brauche noch keine Ablösung. Außerdem ist es sehr schwer, sie bei den wechselnden Winden ruhig zu halten, Sir.«

Alec nickte und schaute zur Schonerbark hinüber. Auch sie wurde von den Wellen hin und her geworfen, doch sie ritt sie aus und blieb auf Kurs. Er hatte es nicht anders erwartet. Der Klipper dagegen – auf ihm kam er sich vor, als stände er in einem Spielzeugschiff.

Der Wind fegte um den Klipper und legte ihn mal nach steuerbord, mal nah backbord. Eiskalte Wassergüsse überschwemmten das Deck.

Hinter Alec tauchte Snugger auf. Mühsam kämpfte er sich gegen den Sturm heran. »Es ist ein gutes Schiff, my Lord. Wo ist der Käpt'n?«

»In der Kabine. Ruht sich ein wenig aus.«

»Aha«, sagte Daniels und warf Alec einen besorgten Blick zu.

Plötzlich änderte sich wieder einmal die Windrichtung. Erst stürmte es direkt von vorn. Dann drehte sich der Sturm ebenso rasch auf die Steuerbordseite. Alec hörte ein lautes Knacken. Er, Daniels und Snugger blickten auf den Fockmast.

»O mein Gott!«

Der Mast wurde mit solcher Kraft zurückgebogen, daß den Männern klar war, er würde nicht standhalten können. Dann erfolgte ein lauter Krach, der sich anhörte, als zerbräche etwas tief im Schiffsbauch.

In diesem Augenblick sah Alec das Hemd eines Mannes aufblitzen, der auf den Fockmast zurannte und schrie: »Hank! Ich komme, Hank!«

Ohne Besinnen stürzte Alec ihm nach.

»Halt, my Lord! Nicht!«

In Sekundenschnelle war alles vorüber. Genny kam gerade durch die Luke heraus, als der Fockmast zusammenkrachte. es klang wie das Donnern eines Kanonenschusses. Der Mast splitterte und wurde fast in zwei Teile zerrissen. Mit den festgezurrten Segeln kam er herunter wie ein riesiger, vom Himmel stürzender Bogen.

Alec verschwand in einem Durcheinander von Takelage und weißem Segeltuch.

Genny schrie laut. Männer rannten, den Kopf gegen den Sturm vorgeneigt, auf den niedergestürzten Mast zu. Er lag gekrümmt da. Die obere Hälfte ragte über die Backbordreling des Klippers. Ein breiter Spalt zog sich über seine ganze Länge hin.

Auch Genny stürzte los. Der Sturm fiel sie an und wollte sie zur Seite schieben. Aber mit äußerster Willenskraft kam sie trotzdem vorwärts, zu Alec hin.

Mit dem Mastbruch änderte sich das Gleichgewicht auf dem Klipper von Grund auf. Obwohl die Segelleinwand völlig eingebracht war, hatte sie der Schiffmitte doch eine gewisse Stabilität verliehen. Jetzt dagegen war es, als triebe das

Schiff wild und unberechenbar durch eine entfesselte Welt ohne Mittelpunkt. Sie hörte Daniels fluchen, sah sich aber nicht nach ihm um.

Zwei Männer wühlten sich durch die durchnäßten Leinwandmassen. Drei andere waren darin begraben, einer davon Alec. Sie hörte jemand stöhnen. Das war Hank. Der Mann, den er versucht hatte zu retten – Riffer – war tot. Sie kniete neben Alec nieder, sah die Rißwunde an seinem Kopf, zog schnell ihre Wollmütze ab und drückte sie gegen die Wunde. Andere Verletzungen schien er nicht davongetragen zu haben.

»Wach auf! Wach doch auf, du gemeiner sturer Engländer!«

»Wir bringen ihn am besten runter, Käpt'n«, sagte Snugger.

»Er will nicht aufwachen, Snugger!«

»Kommen Sie, Käpt'n! Cleb, hilf mir mal! Ihr anderen bringt Hank nach unten und schnallt ihn in seiner Hängematte fest. Griff, sieh mal zu, ob du was für ihn tun kannst!« Snugger hielt inne und starrte Riffer an.

Genny hatte sich wieder in der Gewalt und nahm die Verantwortung in die Hand. »Riffer ist tot. Laßt ihn über Bord! Die Gebete für ihn sprechen wir später, falls wir ihm nicht schon vorher da unten Gesellschaft leisten.«

Snugger nickte.

Genny schien es eine Ewigkeit zu dauern, bis Alec ausgekleidet und unter einem Hügel von Decken sicher in der Koje der Kapitänskajüte untergebracht war. Sie schickte Snugger wieder an Deck. Er sollte Daniels ablösen. Indessen wusch sie Alecs Wunde aus und trocknete sie mit Basilikumpuder. Die Wunde ging nicht tief, sie brauchte nicht genäht zu werden. Beruhigt riß sie von einem trockenen Hemd einen Streifen ab und wickelte ihn Alec um den Kopf.

Aber warum wachte er nicht auf?

Um ihn warm zu halten, holte sie sämtliche Decken aus der Truhe und häufte sie über ihn. Dann fiel ihr siedend heiß ein, daß sie wieder an Deck gehen mußte. Es war ihr Schiff, sie trug die Verantwortung, und ein Mann war bereits ums Leben gekommen. So gut es ging, band sie Alec in der Koje fest und ging nach oben.

»Der Sturm wird wieder stärker«, sagte Snugger.

»Der Himmel ist so schwarz wie der Teufel«, sagte Daniels.

»Noch schwärzer«, sagte Genny. Sie schaute zur Schonerbark hinüber und sah zu ihrer Erleichterung, daß sie sich so gut hielt, wie man von ihr erwarten konnte.

»Wie geht's seiner Lordschaft?«

»Ich weiß nicht. Ich habe ihn an die Koje gebunden. Er ist immer noch bewußtlos. Ich weiß nicht, warum er nicht aufwacht.«

Snugger sah sie bewundernd an. Sie hatte schreckliche Angst, daß ihr Mann sterben und daß sie alle nahe der Insel Ocracoke den Fischen zum Futter dienen würden, aber sie beherrschte sich und behielt klaren Kopf. »Es wird alles gut werden«, sagte er. »Wir schaffen es. Ja, wir schaffen es.«

Wegen einer dummen Wette hätte sie beinahe den Klipper in den Grund gejagt. Sie blickte auf den gebrochenen Mast. Die Reparatur würde viele Stunden und eine Menge Geld kosten. Falls sie überhaupt lebend nach Baltimore zurückkommen würden.

Langsam schlichen die Stunden dahin.

Der Sturm tobte weiter. Er kreischte und heulte wie die Todesgeister in den Tiefen der Hölle. Die Wellen hoben den Klipper hoch empor und stürzten ihn wieder in tiefe Wellentäler. Dabei ergossen sich ganze Berge von eiskaltem Wasser über das Deck.

Die Stunden vergingen.

Genny sah auf Alec hinab. Er war blaß, die Lippen waren blutlos. Mit dem Finger berührte sie ihn an der Wange. »Bitte, bitte!« sagte sie leise, »du darfst nicht sterben, Alec. Ich könnte es nicht ertragen, das weißt du doch.«

Die Stunden schlichen dahin.

Es war vier Uhr morgens, als der Sturm nachließ.

Genny wagte es nicht, eine Bemerkung zu machen. Keiner sagte etwas. Abergläubische Furcht verschloß ihnen den Mund.

Als es hell wurde, sah Genny einen Mann auf der Schonerbark, der ihnen zuwinkte. Sie winkte zurück. Dann hörte sie ihn schreien: »Verflucht, wir leben noch, Ma'am!«

Typisch Engländer, dachte sie und lachte.

Bald darauf lachten auch Snugger und Daniels. Sie hörten auch Alecs Männer auf der Schonerbark lachen.

Der Himmel wurde jetzt etwas heller, ein leicht rosa getöntes stumpfes Grau. Der Sturm hatte stark nachgelassen. Aus den Wolkenbrüchen war ein leichter Nieselregen geworden.

»Es ist überstanden!«

Genny blieb noch eine weitere halbe Stunde auf Deck. Es waren Befehle zu geben, Aufgaben zu verteilen, Reparaturen zu machen. »Wir halten unsere Position hier noch einige Stunden, bis wir eine Übersicht über die Schäden gewonnen haben. Im Notfall kann uns die Bark ja nach Baltimore zurückschleppen.«

Schließlich ging sie nach unten.

Alec war immer noch bewußtlos und genauso blaß wie vorhin. Schnell entfernte sie das Tau über seiner Brust. Er zitterte wie im Schüttelfrost.

Ohne Zögern zog sie ihre nassen Sachen aus, trocknete sich ab und legte sich dann zu ihrem Mann ins Bett. Sie umarmte ihn, massierte ihm den Rücken und wärmte ihn nach Kräften.

»Alec, mein Liebster«, sagte sie immer wieder, während sie seinen Körper massierte, »komm doch bitte zu mir!«

Er fühlte sich schon wärmer an, und sie spürte den kommenden Triumph. »Alec!« sagte sie und schmiegte sich leidenschaftlich an ihn.

Plötzlich bewegte er sich. Sie stützte sich auf einen Ellbogen, ohne darauf zu achten, daß sie nackt war. »Komm jetzt! Wach auf!«

Er öffnete die Augen und sah sie an. Sein Blick fiel auf ihre nackten Brüste, und er zog die Stirn kraus. Dann sah er ihr wieder ins Gesicht.

»Was soll das alles?« fragte er schließlich mit leiser, rauher Stimme.

Lächelnd beugte sie sich über ihn und küßte ihn leicht auf den Mund. »Hallo Wie fühlst du dich?«

»Entsetzlich. Habe ich noch den Kopf auf dem Hals?«

»Ja.«

»Sie sind sehr hübsch, aber Ihr Haar ist ja ganz naß.«

»Das war wohl nicht zu vermeiden. Es wird aber bald trokken sein. Alec, wir sind in Sicherheit. Der Hurrikan hat seine Richtung geändert, hat uns verlassen und ist auf den Atlantik hinausgewandert. Deine Bark ist unversehrt geblieben. Allerdings haben wir einen Mann verloren.«

Seine Stirn lag wieder in Falten. »Ich finde es sehr schön von Ihnen, daß Sie zu mir ins Bett gekommen sind.«

Überrascht antwortete sie: »Du hattest einen schweren Schock erlitten. Da mußte ich dich wärmen.«

»Ja, das ist ein ausreichender Grund. Ich sollte mich bedanken. Haben wir uns auch geliebt?«

»Ich denke, damit warten wir noch eine Weile. Bis es dir ein bißchen besser geht.«

»Ist gut«, sagte er und schloß die Augen. »Ich habe schreckliche Kopfschmerzen. Ich möchte nur nicht, daß Sie denken, ich wüßte Ihre, äh, Reize nicht zu schätzen. Sie haben wunderschöne Brüste.«

Genny sah an sich hinab. »Ich will ja nicht unbescheiden sein, Alec, es ist nur, daß...«

»Erklärungen sind unnötig. Nur eins noch. Wie gesagt, das ist ja alles sehr nett. Trotzdem möchte ich gern wissen, wer Sie sind.«

18

Genny sah ihn verblüfft an. »Was hast du gesagt?«

Er wollte es ihr genauer erklären. Doch seine Kopfschmerzen waren so stark, daß er sich vor der Anstrengung fürchtete. Übrigens hätte er ihr sowieso nicht viel sagen können. Es war alles viel zu verwirrend.

»Ich weiß nicht, wer Sie sind«, brachte er schließlich heraus.

»Willst du damit sagen, daß du mich nicht erkennst?« fragte sie entsetzt.

»So ist es.« Er schloß wieder die Augen, und Genny sah die Schmerzfalten um den Mund und seine Blässe. Mit den Fingerspitzen berührte sie leicht seinen Kopfverband. Vor langer Zeit hatte ihr jemand gesagt, Schläge auf den Kopf könnten dazu führen, daß man das Gedächtnis verliert. Doch sie hatte das noch nie erlebt. Alec wußte nicht mehr, wer sie war?

Das war Wahnsinn.

Sie spürte, wie ihre Körperwärme zu ihm hinüberfloß. Er brauchte sie, und zwar so, wie sie gerade war: nackt und eng an ihn geschmiegt. Sie rutschte ein wenig tiefer, damit ihre Brüste sich wieder an seinen Oberkörper legten. »Alec, hör gut zu! Du bist mein Ehemann. Mein Name ist Genny. Ich bin deine Frau.«

Er wurde ganz still. Dann sagte er: »Meine Frau! Aber ich wollte doch nie heiraten. So viel weiß ich... Verheiratet? Ich kann mir nicht vorstellen, daß ich verheiratet sein soll, aber... Du sagtest Alec zu mir. Alec...«

Genny holte tief Luft. »Offen gestanden konnte ich es mir auch nie vorstellen, daß du einmal heiraten würdest. Ich wollte es übrigens ebenfalls nie. Ach, mein Lieber, das wird jetzt aber äußerst schwierig. Also zunächst mal: Du bist Alec Carrick, der fünfte Baron Sherard. Zweitens: wir haben gerade auf einem Baltimore-Klipper einen Hurrikan überlebt.»

Er dachte darüber nach und sagte dann: »Mir ist dein fremder Akzent aufgefallen. Du bist Amerikanerin?«

»Ja, und du bist Engländer. So, jetzt liegst du mal still, und ich erzähle dir einiges.«

»Ist gut.«

Wo sollte sie anfangen? »Also, du kamst erst vor einem Monat nach Baltimore, um meine Werft zu besichtigen. Mein

Vater und ich brauchten einen Partner, der Kapital hatte. Du dachtest, ich wäre ein Mr. Eugene Paxton, der ich natürlich nicht war, was du auch sofort gemerkt hast. Dann...«

Lange bevor sie ans Ende ihrer Erzählung kam, war Alec wieder eingeschlafen. Sein Atem ging leicht, sein Körper war warm. Vorsichtig wickelte sie ihm den Kopfverband ab und untersuchte die Wunde. Die Haut sah rosa und gesund aus.

Durch die Heckfenster kam graues Licht herein. Genny legte Alec einen neuen Kopfverband an und stieg dann vorsichtig aus der Koje, um ihren Mann nicht im Schlaf zu stören.

Ich bin noch nicht mal eine volle Woche verheiratet, und mein Mann weiß schon nicht mehr, wer ich bin.

Bevor Alec nach Baltimore kam, hatte sie es manchmal etwas langweilig gefunden. Jetzt bescherte ihr das Leben eine Überraschung nach der anderen. Diese letzte ging über ihr Begriffsvermögen. Sie wurde damit nicht fertig. Was war mit ihm los? Wie fühlte er sich?

Er atmete tief und gleichmäßig. Ein gesunder Schlaf. Sie zog sich trockene Kleidung an und ging an Deck.

»Wie geht es Hank?« erkundigte sie sich bei Daniels.

»In zwei Tagen ist er wieder frisch und munter. Hat eine Menge Prellungen, aber nichts gebrochen. Und seine Lordschaft?«

»Wird wie Hank in zwei Tagen wieder frisch und munter sein. Es gibt nur ein Problem...«

»Ja?«

»Er weiß nicht, wer er ist, Daniels, und wer ich bin. Er weiß nichts von dem Rennen, von der Wette. Er weiß überhaupt nichts.«

»Sie meinen, durch den Schlag auf den Kopf leidet er jetzt an Aneri – Amosie...«

»Ich glaube, es heißt Amnesie. Ja, so ist es. Er hatte starke Kopfschmerzen. Aber jetzt schläft er.«

»Mein Gott.«

»Ja«, sagte Genny und schaute auf den großen, zersplitterten Mast, der fast über die ganze Länge des Decks und noch darüber hinaus reichte. Weiß hob sich die Leinwand gegen das Blau der See ab. »Ich muß in seiner Nähe bleiben. Können Sie sich vorstellen, wie das sein muß, wenn man nicht weiß, wer man ist?« Erst allmählich kam ihr zu Bewußtsein, daß ein solcher Gedächtnisverlust von großen Ängsten begleitet sein mußte.

»Was sollen wir tun?«

»Nun, wir bringen ihn selbstverständlich nach Baltimore zurück. Ich muß mit Alecs Erstem Steuermann und mit O'Shay sprechen. Wir sind zwar noch einigermaßen manövrierfähig, aber ich möchte, daß die Bark in der Nähe bleibt.«

»Und der Mast?«

Nachdenklich blickte Genny auf den fast zwanzig Meter langen Fichtenstamm. »Er soll so liegen bleiben. Lassen Sie einen Mann rausklettern und die Segelleinwand fest an den Mast binden, damit sie nicht so nachschleppt! Wir wollen doch nicht, daß der Mast das Schiff noch zum Kentern bringt. Also lassen Sie ihn an der Reling festmachen!«

»Aye, aye, Käpt'n«, sagte Snugger und grinste sie an.

Regungslos lag Alec in der Koje, betrachtete die Möbel in der Kajüte und prägte sie sich der Reihe nach ein. Das war viel besser, als fruchtlos darüber nachzugrübeln, wer er war.

Er hatte Angst, die aus dem Gefühl seiner Hilflosigkeit entstanden war, und damit konnte er sich nicht abfinden. Leise fluchte er vor sich hin. Das Fluchen hatte er wenigstens nicht verlernt. Mit aller Kraft konzentrierte er sich auf das Schnitzwerk am Kapitänsschreibtisch. Es war ausgezeichnet gelungen. Mußte von einem erstklassigen Handwerker stammen. Einen Augenblick meinte er einen Mann im Schneidersitz auf dem Fußboden zu sehen, der neben sich auf einem Tuch eine Anzahl von Messern und anderen Werkzeugen ausgebreitet hatte und an dem Schreibtisch schnitzte. Der Mann war dunkel und trug einen Vollbart.

Als Genny in die Kajüte kam, waren seine ersten Worte: »Beschreibe mir mal den Mann, der die Schnitzereien am Schreibtisch hergestellt hat!«

»Ich würde sagen, er hat einen sehr dunklen Teint, ist im mittleren Alter und hat mehr Haare als ein Dutzend anderer Männer.«

»Aha.«

Genny sah ihn an und kam näher. Er nahm ihre Hand und zog sie auf die Koje. »Ich habe ihn vor mir gesehen«, berichtete Alec. »Nur einen Augenblick, aber ich habe ihn gesehen!«

Gennys Gesicht leuchtete auf. »Das ist wunderbar!« Ohne Besinnen beugte sie sich zu ihm, nahm seinen Kopf in beide Hände und küßte ihn lange. Er wurde ganz still. Sie hob den Kopf und sah ihn an.

Dann küßte er sie behutsam. Doch sie spürte sein Verlangen und reagierte darauf.

»Du bist also meine Frau«, sagte er. Sein warmer Atem roch süß nach dem Wein, den er zum Mittagessen getrunken hatte.

Doch er konnte sich beim besten Willen nicht an sie erinnern. Ihr war, als spürte er ihre Zurückhaltung, ihre Unsicherheit und die Fremdheit zwischen ihnen. Denn er ließ sie los und sah sie traurig an.

»Du hast sicherlich schon gemerkt, daß wir uns langsam vorwärtsbewegen. Deine Bark bleibt in unserer Nähe. Den Mast habe ich da gelassen, wo er hingefallen ist. Er behindert uns nicht allzu sehr. Mr. Pitts hat Kleidung für dich geschickt. Das heißt, er hat sie rüberwerfen lassen, und sie ist Gott sei Dank bei uns auf dem Deck gelandet. Wenn du sie anziehen willst, kann ich dir dabei helfen.«

»Wann glaubst du, sind wir in Baltimore?«

»Bei unserer eindrucksvollen Geschwindigkeit würde ich sagen, in drei Tagen. Es geht sehr langsam voran, Alec.«

»Ich habe eine Tochter.«

»Ja. Weißt du noch, wie sie heißt?«

»Meinst du, der Schlag auf den Kopf hätte mich nicht nur das Gedächtnis verlieren lassen, sondern mich auch zum Idioten gemacht? Du hast mir doch selber von Hallie erzählt! Wie sieht sie aus?«

»Genau wie du. Mit anderen Worten, sie ist unglaublich schön.«

Er runzelte die Stirn. »Schön? Ich bin ein Mann, Genny. Das ist absurd.«

»Nein, es ist wahr. Du bist, wenigstens nach meiner bescheidenen Ansicht, der bestaussehende Mann, den Gott je geschaffen hat. Alec, wenn du die Straße entlang gehst, drehen sich alle Frauen um und schauen dir mit verlangenden Blicken nach.«

»Das ist lächerlich«, sagte er und machte ein sehr böses Gesicht. »Gib mir einen Spiegel!«

Genny stand auf, begab sich zu ihrer Seekiste und wühlte darin umher. Schließlich fand sie den Spiegel mit Silberrahmen, der einmal ihrer Mutter gehört hatte, und gab ihn schweigend Alec.

Der starrte einen bleichen Fremden an. Er erkannte sein eigenes Gesicht nicht wieder! »Schön? Ich sehe nur, daß ich mich dringend rasieren muß.«

Sie sagte lächelnd: »Wenn du willst, kann ich dich rasieren. Und wenn du baden willst...«

»Ja«, sagte er. »Baden würde ich sehr gern. Danach kannst du mir mehr über mich und meine Vergangenheit erzählen.«

»Ich weiß nicht viel mehr als das, was ich dir schon gesagt habe, Alec. Wir kennen uns ja noch nicht lange. Und du weißt viel mehr über mich als ich über dich. Du bist Alec Carrick, Baron Sherard. Ich weiß, daß du in England mehrere Häuser hast. Aber du hast mir nie gesagt, wo.«

»Ich verstehe. Ja, jetzt entsinne ich mich, das hast du schon einmal erwähnt.«

»Und du warst schon einmal verheiratet. Aber deine Frau – sie hieß Nesta – ist bei der Geburt Hallies gestorben.«

In diesem Augenblick ging in seinem Kopf etwas vor. Es war, als öffnete sich plötzlich weit eine Tür, und dann sah er eine lachende junge Frau mit dem dicken Bauch einer Schwangeren, und sie sagte etwas zu ihm über Geschenke für ihre Familie. Danach sah er sie auf dem Rücken im Bett liegen. Ihre Augen standen auf. Sie starrten ihn blicklos an, und er wußte, daß sie tot war. »Mein Gott, ich habe sie eben vor mir gesehen. Nesta, meine ich. In einem Augenblick lebte sie noch, und im nächsten war sie tot.«

Genny hörte den Kummer in seiner Stimme und eilte an seine Seite. »Es tut mir so leid, Alec. Laß dich von diesen Dingen nicht bedrücken! Du wirst dich auch an gute Zeiten erinnern, nicht nur an schlechte. Denk daran, wie du Mimms vor dir gesehen hast! Deine Beschreibung von ihm war nicht schlecht.«

Sie rasierte ihn und ließ dann einen Eimer mit heißem Wasser bringen. Er bestand darauf, allein zu baden. Sie sagte sich, daß er sich vor ihr schämte, vor der Frau, die behauptete, mit ihm verheiratet zu sein, an die er sich aber nicht erinnern konnte. Also ließ sie ihn allein.

Als sie zurückkam, war er vollständig angezogen, saß am Schreibtisch und las in einigen Papieren.

»Du siehst ja aus, als wolltest du einen Ballsaal besuchen.«

»Einen Ballsaal? Habt ihr denn so etwas in den Kolonien?«

»Sei kein Snob! Moment mal, du weißt also, daß es in England Ballsäle gibt?«

»Ja, das weiß ich. ich weiß nur nicht, woher ich das weiß. Aber ich weiß es. Bist du der Kapitän dieses Schiffs?«

»Ja«, sagte sie und trug unbewußt das Kinn noch etwas höher als sonst. Sie erwartete, daß er sagen würde, sie wäre nicht dazu fähig und daß er das Kommando übernehmen wollte.

Aber es kam anders. Nach einer Weile sagte er: »Das erscheint mir recht ungewöhnlich. Du, eine Frau, bist Kapitän eines Schiffs!«

»Es mag ungewöhnlich sein. Aber keine Sorge, ich bin ein guter Kapitän.«

»Da ich dich geheiratet habe, nehme ich an, daß du mehr als gut bist. Etwas Besonderes, möchte ich sagen.«

Zögernd fragte sie: »Es macht dir nichts aus, daß ich dein Kapitän bin?«

»Warum sollte es? Wie du sagst, hast du uns durch einen Hurrikan geführt. Du wirkst intelligent und redegewandt.«

Beide verfielen in Schweigen. Genny dachte daran, daß dies noch viel eigenartiger war, als Alec es sich vorstellte. Es machte ihm auf einmal nichts mehr aus, daß sie Kapitän war!

Als könnte er ihre Gedanken lesen, sagte er: »Das ist doch höchst sonderbar. Hier sitze ich an Bord eines Schiffs, weiß nicht, wer ich bin und warum ich nicht der Kapitän bin. Dabei habe ich das Gefühl, daß ich eigentlich Kapitän sein müßte.«

Vorsichtig entgegnete sie: »Du bist Kapitän der Schonerbark, die hinter uns her fährt. Das ist dein Schiff. Du seist der Eigner von etwa sechs Schiffen, hast du mir mal erzählt.«

»Ja, ich weiß. Aber darum geht es nicht.« Er seufzte. »Kümmere dich nicht um mich! Es ist nur...«

»Rede keinen Unsinn, Alec! Du bist an Bord meines Klippers. Daher bin ich für dich verantwortlich, und außerdem habe ich zufälligerweise auch etwas für dich übrig. Ich weiß, du kommst dir vom Schicksal geschlagen vor...«

Er beugte sich zurück und schien erschöpft zu sein.

Sie legte ihm die Hand leicht auf den Unterarm und sagte: »Komm ins Bett!«

»Kommst du mit?«

»Ja.«

Genny hatte sich kaum an ihn gekuschelt, da kündigte sein gleichmäßiges Atmen an, daß er bereits tief eingeschlafen war.

»Was hätte ich wohl gemacht, wenn er liebesbedürftig gewesen wäre?« fragte sich Genny laut. Und gab sich auch gleich die Antwort: »Wahrscheinlich wäre ich über alles entzückt gewesen, was er mit mir angestellt hätte.« Würde er noch wissen, wie man eine Frau liebte? Würde er sich all der wunderbaren Dinge erinnern, die er mit ihr getrieben hatte? Nun, sie würde es bald erfahren.

Alec verschlief den ganzen Nachmittag.

»Endlich North Point«, sagte Snugger mit großer Zufriedenheit.

Schweigend schaute Alec der Stadt Baltimore entgegen.

Dann fiel sein Blick auf Fells Point. »Das ist die Paxton-Werft, nicht wahr?«

»Ja«, sagte Snugger.

Alec fiel gerade Nesta ein – was für ein ausgefallener Name! Nur ganz kurz war ihm ihr hübsches, lachendes Gesicht erschienen. Gleich danach hatte er sie schon als Tote gesehen. Bald würde er seiner Tochter gegenüberstehen. Das war ein beängstigender Gedanke. Er mußte Genny noch über Hallie ausfragen, um zu vermeiden, daß das Kind sich vor ihm fürchtete.

»Hallo!«

»Selber hallo«, sagte er und drehte sich zu seiner Frau um. Mißbilligend schaute er auf die Wollmütze und die weite Bluse mit der Lederweste darunter. »Ich würde dich lieber im Kleid sehen.«

»Kommt noch.«

»Diese Wette! Erzähle mir noch mal davon!«

Sie hatte sie ihm bisher nur kurz angedeutet. Es kam ihr nicht in den Sinn, ihn anzulügen oder die Dinge zu ihrem Vorteil darzustellen. »Bleibt das Problem«, schloß sie wenige Minuten später ihren Bericht, »daß es zu keiner Entscheidung gekommen ist. Wer hat denn nun gewonnen? Ich glaube, wir haben beide gewonnen. Allein dadurch, daß wir überlebt haben. Was sollen wir nun tun, Alec? Ich weiß es nicht. Am liebsten würde ich ...« Sie brach ab und besah sich die Fingernägel.

»Du hättest es am liebsten, wenn ich dir die Werft überschriebe und dich verließe, ja?«

»Ja. Nein. Also zur Hälfte.«

»Welche Hälfte beanspruchst du?«

»Die Werft. Sie gehört mir. Und sie sollte mir weiterhin gehören.«

»Warum hat dann dein Vater dieses Testament zu deinem Nachteil hinterlassen? Lebtet ihr in Unfrieden miteinander?«

Sie schluckte. »Nein, ganz und gar nicht. Nun hör mir mal zu! Wir haben nicht mehr viel Zeit, bis wir das Dock anlaufen. Mein Vater war ein kranker Mann. Deshalb habe ich die

Werft geleitet. Ich habe auch die *Pegasus* gebaut. Das Schlimme war nur, daß keiner aus der wunderbaren Männerwelt von Baltimore sie von mir kaufen wollte, weil ich den Bau verantwortlich geleitet hatte. Da glaubte mein Vater, ich würde nach seinem Tode alles einbüßen. Außerdem hatte er viel für dich und deine Tochter übrig. Er lud dich und Hallie ja sogar ein, in unserem Haus zu wohnen, was du auch annahmst. Dann kam er auf die Idee, du würdest der geeignete Schwiegersohn sein. Darum vermachte er dir die Werft unter der Bedingung, daß du mich heiratest. Die Wette hast du mir vorgeschlagen...«

»Damit dein Stolz nicht gekränkt würde?«

Genau das war es. »Das klingt schrecklich roh.«

»Ist aber wahr. Ja, meine liebe Genny, was zum Teufel sollen wir jetzt tun? Wenn ich dir die Werft übergebe, wirst du alles verlieren. Das mußt du selber zugeben.«

»Vielleicht.«

»Du hast uns durch den Hurrikan gebracht. Deshalb mußt du ein guter Kapitän sein, obwohl du zum schwachen Geschlecht gehörst. Wie bin ich übrigens auf den Klipper gekommen? Warum habe ich nicht auf meinem Schiff das Kommando behalten?«

Jetzt blieb ihr doch nichts anderes übrig. Jetzt mußte sie lügen. Die Lüge ging ihr so leicht über die Lippen, daß sie kaum zu überlegen brauchte. »Du dachtest, wir würden alle ertrinken, und wolltest mit mir gemeinsam untergehen.«

Er zog die Brauen zusammen. »Aber du hast doch gesagt, ich hätte dich nur wegen der Werft geheiratet.«

»Trotzdem mochtest – magst du mich wohl gern.«

»Ich weiß es ja nicht, Genny. Aber mir scheint, ich hätte sicherlich keine Frau geheiratet, die ich nur einfach gemocht hätte.«

»Du hast mich auch verführt.«

»Großer Gott, das muß ich sehr genossen haben. Hast du es genossen, von mir verführt zu werden?«

»Ungeheuer.«

»Warst du noch Jungfrau?«

»Ja.«

»Dann habe ich dich also aus zwei Gründen geheiratet. Weil ich dich entjungfert habe – und wegen der Werft.«

»Kapitän!«

»Ja, Snugger?« Zu Alec sagte sie mit freundlichem Lächeln: »Entschuldige bitte. Ich muß mich um verschiedenes kümmern.«

So kam es, daß er vor dem Anlegen am Dock keine Gelegenheit mehr fand, sie über seine Tochter auszufragen. Und da war sie auch schon. Neben einer älteren, hageren und teuflisch streng dreinschauenden Frau stand sie wartend vor der Werft.

»Papa!«

Damit war er also gemeint. Er nahm die Gesichtszüge des Kindes wahr und mußte zugeben, daß sie ihm wirklich sehr ähnlich sah. Er rief: »Hallo, Hallie!« und winkte ihr zu. »Hast du gewonnen?«

»Ich erzähle dir gleich alles.«

Seine Tochter wußte über die verdammte Wette Bescheid? Auf einmal sah er viele Menschen auf die beiden Schiffe zuströmen, sowohl Männer wie Frauen. Hatte er in dieser Stadt solchen Unterhaltungswert? Er konnte einfach nicht verstehen, warum sie sich alle so für ihn interessierten.

»Sie sind alle hergekommen, um zu erfahren, wer gewonnen hat«, sagte Genny. In diesem Augenblick wurde ihr klar, daß sie ihm die ganze Wahrheit hätte sagen sollen. Seufzend fuhr sie fort: »Richte dich einfach nach mir, Alec! Die anderen Leute brauchen nicht zu erfahren, daß du das Gedächtnis verloren hast. Ich habe mit Daniels und Snugger gesprochen. Sie werden es nicht ausplaudern. Ich möchte dich jetzt nach Hause bringen und ins Bett stecken.«

Er hatte wieder leichte Kopfschmerzen.

Sie stieß ihm in die Rippen. »Da ist deine Tochter! Bei ihr ist ihr Kindermädchen und Gouvernante, Mrs. Swindel. Sie hat eine Romanze mit Dr. Pruitt, deinem Schiffsarzt. Beide sind gutmütige Menschen, aber sie sehen die Welt auch an schönen Tagen immer grau in grau.«

Sie sah, wie er die Brauen zusammenzog, wegen der Kopfschmerzen, aber auch, um sich zu konzentrieren.

Genny hatte sich geirrt. Niemand wollte etwas über die Wette erfahren. Alle interessierten sich für den Hurrikan. Und dafür, wie es ihnen gelungen war, ihn zu überstehen. Erstaunt betrachtete die Menge den gebrochenen Mast des Klippers. Einige Männer schüttelten die Köpfe und sagten, das sei der Beweis, daß die Konstruktion fehlerhaft und unsicher gewesen sei. Andere sagten, es sei überhaupt eine Dummheit, bei solchem Wetter nach Nassau segeln zu wollen. Sie hörte sogar einige Männer sagen, wahrscheinlich käme der Mastbruch auf ihr Schuldkonto. Die übrigen nickten und gaben murmelnd ihr Einverständnis zu erkennen. Sie hielt sich gerade wie ein Ladestock, und ihr Lächeln gerann zur Maske.

Sie beobachtete, wie die Männer Alec auf die Schulter klopften und er mit mechanischer Höflichkeit reagierte. Auch die Frauen gingen ebenso aus sich heraus. Laura Salmon warf Alec herausfordernde Blicke zu, und Genny knirschte mit den Zähnen.

Alec begegnete Laura genauso höflich, doch in anderer Art. Genny wußte, daß diese natürliche Arroganz auf Frauen bezaubernd wirkte. Schließlich stand er vor seiner Tochter. Er sah sie eine Weile an und sagte dann: »Hallie!«

»Papa!« Sie streckte die Arme nach ihm aus. Er hob sie hoch. Sie legte die Arme um den Hals und gab ihm einen feuchten Kuß auf die Wange. »Du hast mir so gefehlt, Papa. Aber du hattest ja Genny bei dir. Als wir von dem Hurrikan hörten, sagte Mrs. Swindel, dir wird schon nichts passieren. Sie sagt, du bist so zäh wie eine verdammte Katze und...«

»Das genügt, Miß Hallie«, sagte Mrs. Eleanor Swindel.

»Ich hatte ja Genny bei mir«, sagte Alec. »Sie hat sich um mich gekümmert.«

Verwundert legte Hallie den Kopf schief.

»Was ist los, Hallie?«

Genny hatte alles beobachtet und trat rasch hinzu. »Hallie meint nichts Besonderes, nicht wahr?«

»Nein«, bestätigte Hallie zögernd. Noch einmal küßte sie ihren Vater und machte es sich auf seinem Arm bequem.

»Ich habe eine Droschke für uns bestellt«, sagte Genny. »Bleib einfach hier stehen, Alec! Alle diese Herren wollen sich noch mit dir unterhalten.«

Das ist also meine Tochter, dachte Alec. Nichts an ihr kam ihm bekannt vor. Aber dieses schöne Kind war die Frucht seiner Lenden. Doch was ihn anging, so hätte sie ebenso gut das Kind irgendeines anderen Mannes sein können. Der kleine Körper preßte sich warm an ihn. Seine Tochter! Er umarmte sie, und Hallie kicherte.

»Du bist wieder daheim«, sagte sie.

Wo zum Teufel war dieses Daheim? Er hatte nicht die geringste Erinnerung daran.

Lähmende Angst packte ihn. Er wehrte sich dagegen, aber nicht lange. Dann bekam er wieder Kopfschmerzen.

»Wir sind bald zu Hause«, sagte Genny und nahm seine Hand.

Am Abend saßen sie alle um den Eßtisch, und Hallie sagte: »Du mußt mir alles über den Hurrikan erzählen, Papa.«

Alec ließ den Löffel auf halbem Weg zum Mund schweben. »Das wird dir Genny erzählen, Hallie.«

Ohne Argwohn wandte Hallie sich an ihre Stiefmutter. »Hattest du Angst?«

»Und wie! Das kannst du dir gar nicht vorstellen. Wir waren auf der Siegerstraße – mein Klipper, meine ich –, da schlug der Sturm zu. Es war, als wehten hundert Winde zugleich aus allen Richtungen. Und sie heulten wie eine Bande verrückt gewordener Hexen. Die Böen waren so wild und stark, daß man mächtig aufpassen mußte, sonst hätten sie einen erfaßt und über Bord geweht. Dein Papa war aber sehr tapfer. Während des Hurrikans wollte er zu mir kommen. Deshalb steuerte er seine Schonerbark so dicht an meinen Klipper heran, wie es ging, und sprang dann zu mir aufs Deck.«

»O Papa, das war bestimmt nicht sehr klug von dir!« rief

Hallie. Gleich darauf sagte sie kichernd: »Aber es ist sehr romantisch.«

Alec nickte nur schweigend. Genny wünschte, sie könnte an seiner Stelle weinen, seine Verzweiflung aus sich herausschreien.

»Du hättest leicht verletzt werden können.«

»Bin aber nicht verletzt worden«, sagte er knapp.

»Hast du Kopfschmerzen, Alec?« fragte Genny.

»Nein.«

»Hast du dann die *Pegasus* übernommen?«

Alec runzelte die Stirn. Rasch antwortete Genny an seiner Stelle: »Aber nein, Hallie. Schließlich war ich ja Kapitän der *Pegasus*. Dein Vater wollte nur während des Hurrikans mit mir zusammensein. Wir wußten ja nicht, ob wir ihn lebend überstehen würden.«

»Das finde ich komisch.«

»Was ist komisch?« erkundigte sich Alec.

»Daß du das Kommando nicht übernommen und Kapitän geworden bist. Das war nicht richtig, Papa.«

»Was soll das heißen, Hallie?«

»Papa, du benimmst dich so merkwürdig, ganz anders als früher. Als wenn du ein anderer wärst. Aber das ist ja albern...«

»Ja, das ist es, außerordentlich albern. Iß deine Suppe auf! Genny und ich sind beide sehr müde.«

Beleidigt widmete Hallie sich wieder ihrer Suppe.

Genny sagte kein Wort mehr, bis sie Moses aufforderte, den nächsten Gang zu servieren.

Eine Stunde später sagte Alec mit sehr müder Stimme zu Genny: »Sie ist hochintelligent. Ich werde sie nicht lange täuschen können.«

»Mach dir jetzt keine Sorgen darum, Alec. Du brauchst viel Ruhe. Willst du morgen zum Arzt gehen?«

»Ich will überhaupt nicht an morgen denken. Ich will nur an heute nacht denken.«

19

Genny war gerade dabei, ihr Kleid aufzuknöpfen. Jetzt hörte sie damit auf und wandte sich ihm langsam zu.

»Genny, hast du es denn genossen, wenn ich dich geliebt habe?«

»›Genießen‹ ist wohl nicht das richtige Wort. Tatsächlich ist es so, daß ich ganz wild und verrückt werde, wenn du mich nur anfaßt. Das ist ärgerlich, weil ich vor kurzer Zeit noch eine Jungfrau war.«

Sie fand, sein Lächeln wirke sehr männlich. »Das ist aber sehr nett.«

Sie reckte das Kinn und dachte: wie du mir, so ich dir. »Wenn ich dich anfasse, schmilzt du auch dahin.«

Er hob die linke Braue. »Diese Vorstellung gefällt mir weniger.«

Sie lächelte ihn an.

Er trat aus der Hose, legte sie gefaltet über die Stuhllehne und reckte sich. Dann sah er Genny aus lächelnden Augen an. Gespannt schaute sie auf seinen Unterleib. Er spürte, wie sein Glied anschwoll und sich nach oben reckte. Die Kopfschmerzen waren vergangen. Er ging zu ihr und legte ihr die Hände auf die Schultern. Sie erschien ihm nervös, unsicher und verletzlich.

»Ich weiß, es muß für dich sehr schwierig sein, Genny. Ich kann dir nicht mal einen Vorwurf machen, wenn du nicht willst, daß ich dich liebe. Es muß dir seltsam vorkommen und ziemlich peinlich sein, wenn du dich einem Manne hingeben sollst, der keinerlei emotionale Erinnerungen mehr an dich hat.« Sie wollte etwas erwidern, aber er verschloß ihr mit den Fingerspitzen die Lippen. »Nein, laß mich erst weitersprechen! Es muß gesagt werden, denn es ist die Wahrheit. Ich habe dich gern, Genny. Du hast mir gesagt, ich mochte dich und habe dich deshalb auch geheiratet. Darauf müssen wir unsere Ehe aufbauen. Eines Tages werde ich auch mein Gedächtnis wiederfinden, und dann werden wir weitersehen.«

Sie verbarg ihr Gesicht an seiner Schulter und kuschelte

sich an ihn. »Ich will nicht, daß du mich verläßt. Ich will deine Frau bleiben. Die Wette vergessen wir am besten.«

»Ich habe auch gedacht, daß es wohl eine verdammt blöde Wette war. Nein, ich verlasse dich nicht. Außerdem wüßte ich ja gar nicht, wo ich hingehen sollte. Es gefällt mir zwar wenig, aber im Augenblick bin ich völlig von dir abhängig. Jetzt stelle ich dir eine Frage. Hast du mich gern, Genny?«

»Ja«, sagte sie mit gedämpfter Stimme und kuschelte sich enger an ihn. »Allerdings wollte ich dich auch schon manches Mal schlagen.«

Er grinste und küßte ihren Scheitel. »Und hast du es getan?«

»Ja. Und du hast dann immer vor Schmerzen gebrüllt, um mir gefällig zu sein.«

»Komm, jetzt will ich dir auch gefällig sein. Ich helfe dir, das Kleid auszuziehen.«

Geschickt öffnete er die Knöpfe ihres Kleides und dann die ihres Hemdes. Als sie bis auf Strümpfe und Schuhe nackt war, trat er zurück und betrachtete sie. »Du gefällst mir sehr. Laß dir die Schuhe ausziehen! Aber die Strümpfe behältst du an.«

Es fiel ihr schwer, sich nackt vor ihm zu zeigen. Das lag einfach daran, daß er nun für sie ein Fremder geworden war, der sie mit anderen Augen ansah und anders zu ihr sprach. Doch da nahm er ihre Brüste in seine Hände. Sie sog scharf die Luft ein und schloß die Augen.

»Ich fühle dein Herz schlagen.« Er beugte sich herab und nahm eine Brustspitze in den warmen Mund.

Keuchend hielt sie sich an seinen Schultern fest. »Wunderbar«, sagte sie leise. »Du bist wunderbar.«

Wieder küßte, streichelte er ihre Brüste. Zwischendurch sagte er: »Ich bin nicht im entferntesten wunderbar. Doch es freut mich, daß du mich dafür hältst. Du bist schön, Genny. Jetzt weiß ich, daß mir dein Körper sehr gefallen haben muß.«

»Aber du hast ja auch all die anderen schönen Frauen in deinem Leben vergessen. Und ich bin so...«

»So was?« Doch bevor sie antworten konnte, fuhr er ihr mit der Hand über den Unterleib und strich durch das weiche Haardreieck. »Ah. Hier bist du. Weich und feucht und angeschwollen. Fühl mal selber, Genny!« Er nahm ihre Hand und führte sie zwischen ihre Beine.

»Oh.« Es war ihr peinlich und erregte sie doch zugleich wunderbar.

Sie nahm sein Glied in die Hand, und nun begann er heftig zu atmen. Es fühlte sich unglaublich glatt und glutvoll an. Im nächsten Augenblick packte er ihre Hand und zog sie weg.

»Wenn du weitermachst, explodiere ich. Komm!«

Er hob sie aufs Bett und legte sich auf sie. Sie spürte sein Glied an ihrem Unterleib, hart und drängend und voller Leben.

Er machte mit ihr, was er wollte. Er trieb sie in einen süßen Taumel. Wieder und wieder brachte er sie bis kurz vor den Höhepunkt und hielt dann inne. Ungeduldig trommelte sie mit den Fäusten auf seine Schultern ein, und ihr Körper wand sich, als flehe er seine Hände an. Aber Alec ließ sich nicht antreiben.

»So, jetzt«, sagte er schließlich. Ihre Münder kamen zusammen und sie schrie laut, als es so weit war.

Dann legte er sich auf sie und drang mit einem langen, ruhigen Stoß in sie ein. Wieder wimmerte sie, legte ihm die Oberschenkel um die Hüften und nahm den Rhythmus seiner Stöße auf.

Es war unglaublich schön. Er griff zwischen ihre zuckenden Körper, fand den Sitz ihres Gefühls, und dann verloren beide die Beherrschung. Er nahm sie in Besitz und verströmte sich in sie.

»Nein, du bist alles andere als eine alltägliche Frau.«

»Woher willst du denn das wissen?«

Er zog die Stirn kraus und knabberte an ihrem Ohr. »Ich habe mir eben gerade überlegt, wie erstaunlich es ist, daß ich noch denken und sogar sprechen konnte. Du wirkst ungeheuer auf mich, Frau. Und du schreist so herrlich. Ich – ich habe es mit Wonne genossen.«

Alec blieb Alec. Er hatte es nur noch nicht gemerkt. Aber sie kannte ihn jetzt schon so gut.

Sie spürte, wie er in ihr wieder anschwoll und hart wurde. Lächelnd fragte sie: »Hast du auch keine Kopfschmerzen?«

»Nein, es ist nur...«

»Ach, du willst nur wie immer etwas Unverschämtes sagen.«

Alec war ebenso befriedigt wie seine Frau. Doch jetzt setzten bei ihm wieder Kopfschmerzen ein. Er zog Genny an sich und legte ihren Kopf an seine Brust. Dann küßte er sie auf den Scheitel. Nein, Genny war wirklich keine alltägliche Frau. Er freute sich darauf, sie immer besser kennenzulernen.

»Du hast mir noch nie etwas von euren Häusern in England erzählt, Hallie«, sagte Genny strahlend.

Hallie blickte von ihrer französischen Modellfregatte auf. Sie war mit achtzehn Kanonen bestückt, und das Original hatte einmal zu Napoleons besten Schiffen gehört. »Wenn wir daheim sind, fahren wir meistens zum Landsitz Carrick. Es ist ein großes Anwesen. Papa ist da aufgewachsen. Dann haben wir natürlich ein Haus in London. Wir waren einmal in der Saison da. Dann gibt es noch die Abtei in Somerset, ich glaube, bei Rotherham Weald. An ihren Namen kann ich mich nicht erinnern.«

»Wo liegt der Landsitz Carrick?« fragte Genny.

»In Northumberland. Unser Dorf heißt Devenish. Es liegt sehr einsam. Zu Anfang gefällt es Papa dort immer. Aber dann wird es ihm bald langweilig. Er will dauernd etwas unternehmen und an fremde Orte fahren. Ich weiß nicht, ob ich ihn je dazu bringen kann, sich irgendwo fest niederzulassen.« Das kleine Mädchen seufzte und schob die Fregatte vorsichtig hinter einen Schoner.

»Weißt du noch, wann Ihr zum letztenmal zu Besuch auf dem Landsitz Carrick wart?«

Hallie blickte hoch und sagte sachlich: »Im vergangenen Frühjahr. Warum fragst du Papa nicht selber?«

»Er fühlt sich nicht wohl und schläft.«

»Hat er sich von Dr. Pruitt untersuchen lassen?«

»Nein. Aber das wäre eine gute Idee.«

»Genny, was ist mit Papa nicht in Ordnung? Er war gestern abend so komisch.«

Sollte sie es vor Hallie geheimhalten? »Er hatte einen Unfall. Beim Hurrikan.«

Hallie wartete schweigend, bis Genny weitersprach.

»Der Sturm erfaßte einen Seemann und trieb ihn auf den Fockmast zu. Dein Vater sah, daß der Fockmast im Begriff war zu brechen. Er stürzte hin, um den Mann zu retten. In diesem Augenblick kam der Mast herunter und traf Alec am Kopf. Aber es wird schon wieder gut werden, Hallie.«

»Ist der Mann am Leben geblieben?«

»Es waren eigentlich zwei Männer. Einer blieb am Leben.«

»Soll ich Papa etwas vorlesen?«

»Das würde ihm vielleicht gefallen. Aber jetzt solltest du ihn schlafen lassen, Hallie.«

Nachmittags kam Daniel Raymond ins Haus. Ein Brief an Baron Sherard war bei ihm angekommen, weil es bekannt war, daß er der amerikanische Rechtsanwalt des Barons war.

Genny machte es Mr. Raymond behaglich und besah sich dann den Brief. »Er scheint von einem Londoner Anwalt zu kommen.«

»Ja«, sagte Mr. Raymond.

Genny machte sich Sorgen. Eigentlich wollte sie Alec nicht behelligen, meinte aber, sie müsse es tun. Sie war zwar seine Frau, aber das gab ihr nicht das Recht, seine persönlichen Briefe zu lesen. Also entschuldigte sie sich und ging in Alecs Schlafzimmer. Er war schon aufgestanden, saß auf einem Stuhl und hatte Hallie auf dem Schoß. Er saß zurückgelehnt mit geschlossenen Augen da, und seine kleine Tochter las ihm mit dramatischer Stimme vor.

Dann sollt ihr finden, daß auch bei uns, dort innen
Vier Kompanien streitbare Frauen sind!
Hallo, ihr Waffenschwestern, kommt heraus!

Genny lachte. »Was ist das, Hallie?«
»Es ist Lystrea... Lostra...«
»*Lysistrate*«, sagte Alec mit geschlossenen Augen.
»Du liest wirklich sehr gut, Hallie. Aber habe ich recht gehört? Waffenschwestern? Wer wählt denn deine Lektüre aus?«
»Ich selber«, sagte Hallie. »Papa sagt, er kümmere sich nicht darum.«
»Jetzt schon«, sagte Alec mit einigem Nachdruck.
»Hör weiter zu, Genny! ›Der Männer müssen wir uns alle streng enthalten. Was...‹«
»Halt, Hallie, ich kann nicht mehr!« Genny hielt sich den Bauch vor Lachen.
Alec dagegen war äußerst entsetzt. »Ich soll dir das Stück zum Lesen gegeben haben?«
»Ja, Papa, aber es steht in einem Buch mit vielen anderen Geschichten. Da hast du es wohl gar nicht bemerkt.«
»Tut mir leid«, sagte Genny, immer noch kichernd, »aber ich muß den dramatischen Vortrag deiner Tochter unterbrechen. Alec, Mr. Raymond ist hier. Das ist dein Rechtsanwalt in Baltimore. Er hat einen Brief deines Anwalts in London mitgebracht.«
Genny reichte ihm den Brief. Gleich darauf wandte sie sich an Hallie und nahm sie an die Hand. »Hättest du gern ein Zuckerbrötchen mit Stachelbeermarmelade?«
Das fand Hallies Zustimmung, und gleich darauf gingen die beiden nach unten.
Alec las den Brief, der etwas über zwei Monate alt war. Dann las er ihn noch einmal, faltete ihn zusammen und steckte ihn wieder in den Umschlag. Er schloß die Augen und lehnte sich zurück.
Die Kopfschmerzen waren wieder da. Doch diesmal kamen sie wohl nicht von seinem Unfall. Leise fluchte er vor sich hin.

Beim Abendessen kündigte Alec an: »Es sieht so aus, als ob ich dich für eine Weile verlassen muß.«

Vorsichtig legte Genny die Gabel hin. »Hängt es mit dem Brief zusammen?«

Er nickte, ohne sich jedoch weiter dazu zu äußern. Er schien bekümmert und mit den Gedanken woanders zu sein. Sie wollte ihn anschreien, er solle ihr alles anvertrauen, er könne sich auf sie verlassen, und sie sei schließlich seine Frau. Nein, damit war bei Alec nichts zu erreichen. Er wollte sie immer vor allem Unangenehmen schützen und bewahren und sie verwöhnen. Wie sehr wünschte sie, daß er sie als seinen besten Freund ansähe, als einen Menschen, dem er alles ohne Einschränkung anvertrauen konnte! Doch in dieser Hinsicht hatte er sich nach dem Verlust seines Gedächtnisses nicht geändert.

Dabei hatte er extra dafür gesorgt, daß sie allein waren und Hallie mit Mrs. Swindel aß. Er wollte sogar mit ihr über den Brief sprechen, aber nun schwieg er doch.

Sie spielte mit einem Stück des warmen Brots und warf es dann auf ihren noch fast vollen Teller. »Bitte, Alec, sag mir, was geschehen ist!«

»Ich muß nach England zurückreisen. Dieser Brief ist von meinem Geschäftsbevollmächtigten in London, einem Mr. Jonathan Rafer. Er schreibt, daß der Landsitz Carrick niedergebrannt ist – offenbar Brandstiftung. Mein Verwalter, ein Mann namens Arnold Cruisk, wurde ermordet. Ich muß ohne Verzug zurück.«

Genny sah ihn nur an und wartete.

»Weißt du, es ist merkwürdig. Als ich den Brief gelesen hatte, sah ich plötzlich dieses schöne alte Schloß vor mir. Es war sehr alt, Genny. Wenn es wirklich der Landsitz Carrick war, der da vor mir auftauchte, dann müssen wenigstens die Grundmauern noch stehen. Sie stehen schon seit einer Ewigkeit. Ein kleiner Brand könnte sie nicht zerstören.«

Noch immer schwieg Genny.

»Du bist Amerikanerin, Genny. Ich weiß, du würdest nie aus deiner Heimat wegziehen wollen. Ja, nicht einmal aus Baltimore. Aber was schwerer wiegt: Ich weiß, wie dein Herz an der Werft hängt. Sie gehört dir. Ich habe lange darüber nachgedacht. Ich werde sie dir morgen überschreiben. Dann kannst du mit ihr machen, was du willst. Nur noch eins. Wenn das Geschäft schlecht läuft, sollst du dir keine finanziellen Sorgen machen. Ich hinterlasse entsprechende Anweisungen bei Mr. Tomlinson von der Bank. Danach wirst du im Notfall jederzeit Zugang zu nötigem Kapital haben.«

Sie schaute ihn an. Mit diesem Angebot schenkte er ihr völlige Unabhängigkeit. Sie würde sich nie mehr Sorgen machen müssen. Sie würde nie mehr einem Mann Einblick in die Kontobücher geben und erwarten müssen, daß er sie kritisierte. Sie würde sich nie mehr gegen das Vorurteil wehren müssen, daß sie nur eine Frau war.

Aber was bedeutete ihr das jetzt alles? Sonderbar, daß Dinge, die ihr so lebenswichtig wie das Atmen erschienen waren, auf einmal ihre Bedeutung verloren und lächerlich wurden. Sie war Amerikanerin, das traf zu. Und die Werft war ihr so lieb gewesen...

Genny räusperte sich und sprach dann ihre Gedanken laut aus. »Alec, du bist mein Mann. Du bist mir wichtiger als mein Heimatland, als die Werft, als die *Pegasus*. Ich werde jemand finden, der die Leitung der Werft übernehmen kann. Und jemand, der in diesem Haus lebt. Wenn Moses es wünscht, nehmen wir ihn mit. Für das Wohlergehen meiner übrigen Angestellten und Arbeiter werde ich sorgen. Aber mein Platz ist bei dir, bei meinem Mann. Wann segeln wir nach London ab?«

Er zog die Brauen zusammen. »Ich verstehe das nicht. Ich war der Meinung, diese Dinge wären für dich von höchster Bedeutung. Ich wollte dich wirklich nicht bitten, mit mir zu kommen, Genny. Ich kann mit allem allein fertig werden.«

»Das weiß ich, aber du brauchst es nicht, weil du ja mich hast.« Sie lächelte ihn verzagt an. »Hast du das alles wirklich ernst gemeint. Daß du mir die Werft überschreiben willst?«

»Selbstverständlich. Warum denn nicht? Ich verstehe nichts davon. Ich kann mich nicht mehr erinnern, warum dein Vater dir dieses Unrecht angetan hat. Ich begreife es auch nicht. Wenn die Werft deine Mitgift sein sollte, dann laß dir sagen, daß ich kein Geld nötig habe...« Er brach ab und starrte düster auf sein Kalbskotelett. »Ich brauche doch kein Geld, oder?«

»Nein. Falls nicht jemand mit deinem Kapital durchgebrannt ist, bist du finanziell gesund.«

»Ich wußte, daß ich reich bin«, sagte er nachdenklich. »Ich frage mich nur, wie ich dazu gekommen bin.«

Sie lächelte ihn an. Jetzt hatte sie den Wunsch, ihn zu beschützen, ihn aufzumuntern... ach, es war so lächerlich. Wäre er der Mann, der er einmal gewesen war, wäre dies das letzte, was er sich gewünscht hätte. Dann hätte er sie jetzt angesehen, als ob sie den Verstand verloren hätte. Er würde sie erbarmungslos verspotten, ihr die Röcke über den Kopf ziehen und sie nach Herzenslust lieben.

»Es ist sicherlich nur noch eine Sache von einigen Tagen, Alec.«

»Seltsam diese Amnesie. Ich weiß zum Beispiel, welche Gabel ich zu benutzen habe, aber der Name meines Anwalts ruft keine Erinnerung in mir wach. Ich weiß, wie es ist, mit einer Frau zu schlafen, aber ich kann mich nicht entsinnen, je mit einer anderen Frau als dir geschlafen zu haben. Du bist jetzt die einzige Frau, die es für mich gibt.«

Jetzt! Und wenn sich die Erinnerung wieder einstellte? Dann würde er Enttäuschung und Bedauern empfinden. Nein, nein, Alec war treu. Er war ein Ehrenmann.

»Gibt es irgend etwas Dringendes, das unsere Anwesenheit in Baltimore erforderlich macht?« erkundigte er sich.

»Nur die Werft. Wir brauchen einen Geschäftsführer. Es muß nicht unbedingt jemand sein, der Schiffe konstruieren kann. Mein Vater hat drei, vier Konstruktionspläne hinterlassen, darunter den der *Pegasus*. Weißt du, Alec, ich habe es mir überlegt. Wegen der Werft – du brauchst sie mir gar nicht zu überschreiben. Wir sind miteinander verheiratet. Sie gehört uns beiden. Ich finde es unnötig, daß mein Name allein als der des Besitzers erscheinen muß.«

Hatte sie das wirklich eben gesagt? Hatte sie sich in so kurzer Zeit so völlig verwandelt? Was würde sein, wenn sein Gedächtnis wieder einsetzte? Aber warum darüber nachdenken? Jetzt brauchte er sie. Er brauchte ihr Vertrauen und ihre Treue. Es war das wenigste, was sie ihm schuldete, dieses Zeichen ihres Vertrauens.

»Mir kommt gerade der Gedanke, daß es sogar zu deinem Vorteil ausschlagen könnte, wenn die Werft weiter unter meinem Namen läuft«, sagte Alec. »In Baltimore will doch kein Mann mit dir Geschäfte treiben, weil du eine Frau bist. Nun, so können wir sie in dem Glauben lassen, daß sie es mit einem Mann zu tun haben. Ein männlicher Geschäftsführer und ich. Was hältst du davon?«

Er sagte ihr nicht, was zu tun sei, sondern bat sie um ihre Meinung! Nach kurzem Zögern antwortete sie: »Das halte ich für sehr klug von Ihnen, Sir.« Sonderbar, noch gestern hätte sie diese Worte kaum über die Lippen gebracht. Es schien einfach, daß ihr diese Dinge nichts mehr bedeuteten.

»Morgen werden wir uns um die Reparaturen an der *Pegasus* kümmern.«

»Ja. Deine Bark hat mit ihrem großen, ungefügen Rumpf den Hurrikan fast ohne Schaden überstanden.«

»Da bist du wohl neidisch, wie? Ach, noch ein Punkt, den ich mir überlegt habe. Ich möchte die *Pegasus* gar nicht mehr verkaufen. Es gibt doch keinen Grund, warum ich meine Tätigkeit nicht auf Baltimore ausdehnen sollte. Du baust Schiffe, und ich segle mit ihnen in die Karibik. Mehl, Tabak, Baumwolle – wir könnten ein Vermögen machen.«

Genny fand den Vorschlag aufregend. »Vielleicht wäre Mr. Abel Pitts damit einverstanden, in Baltimore zu bleiben und Kapitän des Klippers zu werden. Oder willst du lieber einen Amerikaner nehmen?«

Bis spät am Abend blieben sie am Tisch und schmiedeten Pläne. Häufig schallte ein Lachen durchs Zimmer.

Nachts sagte Genny, die weich und befriedigt in seinen Armen lag: »Ich glaube, wir sollten Hallie die Wahrheit sagen.«

»Nein.«

»Sie ist doch ein aufgewecktes, verständnisvolles kleines Kind...«

»Kleines Kind? Sie ist eine verdammt erwachsene Frau! Was das Kind alles begreift, ist manchmal erschreckend...«

»Genau deshalb. Sie hat gemerkt, daß mit ihrem Papa etwas nicht stimmt, und das bringt sie in Verwirrung.«

»Ich werde es mir durch den Kopf gehen lassen«, sagte Alec schließlich und küßte Genny aufs Ohr. Sie wandte den Kopf und bot ihm ihren Mund. Im nächsten Augenblick spürte sie sein hartes Glied an ihrem Bauch.

»Lieg still!« sagte sie, während sie zarte Küsse tauschten. »Ist dir das recht?«

Sie rutschte tiefer, schob seine Beine auseinander und faßte dazwischen. Ihre Finger schlossen sich um ihn. Alec stöhnte: »Genny.«

»Ja«, sagte sie, und er fühlte ihren warmen Atem an seinem Geschlecht. »Sag es mir, wenn ich etwas falsch mache!«

Wieder stöhnte er, und dadurch ermutigt, liebkoste Genny ihn mit dem Mund.

Doch nach kurzer Zeit flüsterte Alec: »Ich halte es nicht mehr aus.« Er zog sie weg, legte sich auf sie und drang in sie ein. Sie schrie vor Lust. Danach zog er zurück, hob ihren Oberkörper hoch und setzte sie sich auf die Oberschenkel. »Leg deine Beine um mich, Genny!«

Sie tat es und umklammerte mit den Händen seine Hüften. Er stand mit ihr vom Bett auf.

»Alec!« Sie packte ihn um den Hals. Er war tief in ihr und füllte sie ganz aus. Dann zog er wieder zurück, während seine Hände sie wild streichelten. Es war wundervoll. Sie wünschte, es würde nie ein Ende nehmen. Dann ließ er sich wieder aufs Bett gleiten. Jetzt lag er auf dem Rücken, und sie saß auf ihm. Wieder glitt er in sie hinein, und sie spürte ihn tief in ihrem Schoß.

»Alec«, sagte sie wieder, beugte sich über ihn und küßte ihn. Er streichelte ihre Brüste. Dann glitt seine Hand tiefer und faßte zwischen ihre Beine. Es war schöner als alles, was sie sich vorstellen konnte.

Es war unbeschreiblich schön. Genny schaute ihn an, genoß die ganze Schönheit ihres Beisammenseins und war tief bewegt.

»Ich liebe dich«, sagte sie. So sicher wie die Sonne am nächsten Morgen wieder aufgehen würde, so sicher war sie, daß ihr nichts auf der ganzen Welt je so viel bedeuten würde wie dieser Mann.

Er schlug die Augen auf und lächelte ungläubig. »Wirklich?«

Sie nickte, zurückhaltend jetzt. Doch sie wollte nicht, daß er an ihren Worten zweifelte.

»Hast du mich schon vorher geliebt?«

»Ich weiß nicht. Wir kennen uns doch erst so kurze Zeit.«

»Zeig mir, daß du mich liebst!« verlangte er und zog sie an sich, um sie mit Küssen zu überschütten.

Etwas später hatte Alec den Gedanken, daß er noch ein zweites Ich habe. Es gab den alten Alec und diesen neuen. Diese beiden Männer mußten verschieden sein, das war ihm klar. Denn sonst hätte Genny ihn ja auch vorher schon geliebt. War er nicht freundlich genug zu ihr gewesen? Diese Vorstellung machte ihm so schwer zu schaffen wie ein Alptraum, und er konnte nichts dagegen tun. Bitterkeit überkam ihn. Dann hörte er Genny beseligt stöhnen und küßte sie wieder. Sie war ein süßes Wesen, seine unbekannte Frau.

Warum konnte er sich an nichts erinnern?

Sie waren seit vier Tagen an Bord der *Night Dancer*, als Genny davon überzeugt war, schwanger zu sein. Ihr Magen hob sich, ihr ganzer Körper zuckte, und sie erbrach sich in den Nachttopf.

»Mein Gott, Genny! Was ist mit dir? Bist du seekrank?«

Sie wandte den Kopf ab. Er sollte sie nicht so sehen. »Geh weg!«

»Ich will dir doch nur helfen.«

»Geh weg, Alec! Bitte!«

Er tat aber nichts dergleichen, sondern machte einen Lappen naß, kniete sich neben sie und zog ihren Rücken an seine Brust. Sie fühlte den nassen Lappen im Gesicht. Es war eine ungeheure Erleichterung.

»Mußt du noch mehr erbrechen?«

»Es kommt nichts mehr heraus«, sagte sie und wünschte, sie wäre tot und hätte alles überstanden.

Er nahm sie auf die Arme, trug sie zur Koje, legte sie sanft hinein und setzte sich dann zu ihr. »Irgendwie kann ich mir nicht vorstellen, daß ausgerechnet du – meine große Seefahrerin – seekrank sein solltest.«

»Bin ich auch nicht.«

»Was ist es denn? Hast du etwas gegessen, das dir nicht bekommen ist?«

»Nein, Alec. Wenn du es wirklich wissen willst, du bist daran schuld!«

»Ich?« Er schaute sie an, und dann überzog ein breites, sehr männliches, ganz unverzeihliches Grinsen sein Gesicht. »Du meinst, du bist schwanger?«

»Ich weiß nicht. Aber ich glaube schon.«

Er dachte nach und rechnete zurück. »Du hattest deine Tage nicht mehr, seit wir uns zum erstenmal wieder geliebt haben – ich meine, nach dem Verlust meines Gedächtnisses. Ich lasse dich von Dr. Pruitt untersuchen. Ist dir das recht?«

»Nein, ich will mit dem Mann nichts zu tun haben.«

»Oh, Genny, es tut mir so leid. Eine Seereise und dann schwanger zu sein...«

»Ich werde es schon überleben.«

»Ich weiß, du bist zäh. Was meinst du, wie lange du schon schwanger bist?«

»Ich glaube, du hast mich schon geschwängert, als wir noch gar nicht verheiratet waren, du verfluchter Kerl.«

»Du brauchst vor der Geburt gar keine Angst zu haben. Ich weiß genau, was man tun muß, wenn das Kind kommt.« Er stutzte und zog die Stirn kraus. »Woher weiß ich eigentlich, daß ich alles über Geburtshilfe weiß?«

Genny schluckte. »Beim Tod deiner ersten Frau im Kindbett fühltest du dich völlig hilflos. Soviel ich weiß, hast du dir dann von einem arabischen Arzt alles sagen lassen, was man wissen muß.«

Er schlug sich mit der Faust auf den Oberschenkel. »Das gefällt mir nicht!«

»Papa.«

Alec fuhr herum. In der offenen Kabinentür stand seine kleine Tochter.

»Papa, was ist eigentlich los?«

»Genny fühlt sich nicht wohl.«

»Nein, ich meine, was mit dir ist.«

Alec warf einen Blick auf Genny und winkte dann seine Tochter zu sich. »Komm her, Hallie!«

Sie kletterte ihm auf den Schoß und er zog sie an die Brust.

»Ich habe gehört, wie Pippin mit Mr. Pitts sprach. Er hat gesagt, es ist sehr seltsam, daß du dich an viele Dinge nicht erinnern kannst und ihn danach fragen mußt. Dann hat er mich gesehen und eine komische Miene gemacht.«

Alec fluchte fürchterlich. Dann hielt er erschrocken inne.

»Schon gut, Papa. Wenn du schlimme Wörter sagen willst, mir macht's nichts aus.«

»Es stimmt, Hallie. Ich kann mich an nichts mehr erinnern. Das kommt, weil mir beim Hurrikan der Mast auf den Kopf gefallen ist.«

Sie legte den Kopf schief. »Du kannst dich an mich nicht erinnern?«

Er wollte ihr eigentlich etwas vorflunkern. Doch schon nach seinen wenigen Erfahrungen mit ihr wußte er, daß er damit nicht durchkommen würde. Seine Tochter war erschreckend scharfsichtig. »Nein«, sagte er.

»Aber bald kommt sein Gedächtnis wieder, Hallie«, sagte Genny. »An mich erinnert er sich auch nicht. Aber von Tag zu Tag fallen ihm mehr und mehr Sachen wieder ein, auch Menschen aus seiner Vergangenheit. Ich denke, weil wir zu seiner Gegenwart gehören, wird es bei uns etwas länger dauern.«

Hallie sagte kein Wort. Sie sah ihren Vater forschend an, hob dann langsam die Hand und tätschelte ihm die Wange.

»In Ordnung, Papa. Ich werde dir alles über mich erzählen. Und wenn du irgend etwas wissen willst, kannst du mich danach fragen.«

»Vielen Dank«, sagte er. »Es sieht so aus, als hätte ich viel Glück mit meinen Frauen.«

Hallie sah an ihrem Vater vorbei zu Genny hinüber. »Tut mir leid, daß du dich nicht wohl fühlst, aber Mrs. Swindel hat zu Dr. Pruitt gesagt, das ist kein Grund zur Besorgnis, weil es ganz natürlich ist.«

Genny sah sie offenen Mundes an.

»Ich wünsche mir ein Brüderchen, Papa.« Hallie sprang ihm vom Schoß und lief zur Tür. »Ich gehe an Deck. Pippin paßt auf mich auf.«

Und schon war sie fort.

»Sie ist unglaublich«, sagte Alec.

»Genauer gesagt, sie schnappt alles auf, was irgend jemand sagt.«

Alec beugte sich über sie und strich ihr leicht über den flachen Leib. »Wollen wir ihr ein Brüderchen schenken?«

»Und wenn er dann nach mir kommt?«

»Das könnte äußerst peinlich werden, weil dann alle Männer hinter ihm her wären.«

Genny stieß ihm kichernd gegen den Arm. Plötzlich erfaßte sie eine neue Welle der Übelkeit. Sie umfaßte ihren Unterleib. »Oh, ist das scheußlich. Ich glaube, ich werde dir das nie verzeihen!«

Alec blieb bei ihr, bis sie eingeschlafen war. Dann suchte er Dr. Pruitt auf.

Danach verbrachte er mehrere Stunden mit Grübeln. Er war sich bewußt, daß seine Männer ihn oft mit deutlich sichtbarer Sorge und manche von Zweifeln geplagt fragend anblickten. Wer sollte ihnen das vorwerfen? Ein Mann, der seine ganze Vergangenheit vergessen hatte! Er kramte in seinem Gedächtnis, und siehe da, kleine Bruchstücke kamen ihm in den Sinn. Doch sie verschwanden ebenso plötzlich. Es war enttäuschend und ärgerlich. Im großen und ganzen hatte Genny recht. Es waren Menschen aus seiner Vergangenheit, die kurze Zeit vor ihm auftauchten. Jetzt sah er mehrere Frauen, alle waren schön, und er sah nicht nur ihre Gesichter, sondern auch ihre weißen Körper. Er sah sich selber, wie er sie liebkoste, mit ihnen schlief und in sie eindrang.

Und er sah auch wieder Nesta. Tot lag sie auf den weißen Kissen.

20

In der dritten Dezemberwoche landeten sie in Southampton. Als echte Einwohnerin von Baltimore konnte sich Genny kaum über den grauen Himmel, den Nieselregen und den Wind beklagen, der oft schneidend durch die wärmste Wollkleidung fuhr. Die Männer auf den Docks waren wie amerikanische Seeleute, Büroangestellte und Kutscher gekleidet. Aber ihre Sprache und die Art, wie sie die Wörter betonten – so etwas hatte sie noch nie gehört. Willkommen in England, dachte sie, noch vor fünf kurzen Jahren der geschworene Feind meines Heimatlandes. Du, mein Mädchen, hast dir dein Bett bereitet, als Frau eines Engländers.

Und wirklich hatte sie sich nicht nur ihr Bett bereitet, sie hatte auch zahlreiche Male mit großer Lust darin gelegen. Das Kind in ihrem Schoß war der lebende Beweis dafür.

Seufzend zog Genny den Mantel enger um sich. Ihr Bauch war noch ziemlich flach. Nur sie und Alec bemerkten die leichte Schwellung. Doch ihre Brüste waren schwerer, und ihre Taille war breiter geworden. Manchmal dachte sie, daß Alec ihren Körper so gut oder noch besser kannte als sie selber. Vor allem, wenn er sie sehr intensiv geliebt hatte. Manchmal umspannte er ihren Bauch mit gespreizten Fingern. Dann nickte er schweigend. Manchmal hatte er sie wie ein sehr hochmütiger, von sich überzeugter Kerl angesehen, der er ja auch war.

Ja, er war hochmütig, aber auch bemerkenswert gelassen, wenn man bedachte, daß für ihn der größte Teil seines Lebens in einer Leere der Vergessenheit verschüttet lag. Gelegentlich tauchten Erinnerungsfetzen auf, die sich aber quälend schnell wieder verflüchtigten. Nur einmal auf der langen Reise hatte sie ihn wirklich zornig erlebt. Das war wegen eines neuen Mannes, eines Amerikaners aus Florida, der heimlich einen Schnapsvorrat an Bord geschmuggelt hatte. Betrunken wie ein Ritter hatte er an einem warmen Abend Genny an Deck gesehen und sich in plump-verliebter Art an sie herangemacht. Das brachte ihm einen gebrochenen Kiefer ein. Obgleich Alec sich nicht erinnern konnte, würde er sie unter Einsatz seines Lebens gegen jedermann verteidigen.

Jetzt sah sie Cribbs, stocknüchtern wie ein Pfarrer am Sonntagmorgen, viele Meter Leinwand vom Großsegel festzurren. Sie wünschte, sie könnte helfen. Aber als sie Alec einmal gefragt hatte, ob sie von ihm die Feinheiten des Segelns in einer Schonerbark lernen könne, hatte er sie nur verwundert angesehen und ihr einen Roman zum Lesen gegeben. Es war, als hätte er völlig vergessen, daß sie einmal Kapitän des Klippers gewesen war.

Sie seufzte wieder. Sie konnte es kaum erwarten, an Land zu gehen. Drei Wochen lang hatte ihr Magen Ruhe gegeben. Aber als die *Night Dancer* in den Ärmelkanal eingefahren war, hatten sonderbare Strömungen und Gegenströmungen die Schonerbark einige Male zum Schlingern gebracht, und ihr war erneut übel geworden. Doch sie hatte wenigstens ihre Erinnerungen. Was sollte Alec tun, wenn er traurig war und der Gegenwart entfliehen wollte? Und wie wäre ihr Leben wohl verlaufen, wenn Alec nicht nach Baltimore gekommen wäre? Sicherlich wäre ihr Vater auch gestorben, und sie hätte die Werft geerbt. Wäre sie dann wohl in Not geraten? Aus ihrer Kenntnis der Männerwelt von Baltimore schloß sie, daß es wahrscheinlich so gekommen wäre. Danach hätten sie es wohl als ihre Pflicht angesehen, sie mit jemandem aus ihrer Mitte zu verheiraten, um sie vor dem Verhungern zu bewahren. Nun, das hatte jetzt keine Bedeutung mehr für sie.

Nebel hüllte die Landschaft ein. Es war kaum etwas zu erkennen. Die Luft war erfüllt vom schrillen Dröhnen der Nebelhörner. Die *Night Dancer* bewegte sich, geleitet von einem Lotsenboot, im Schneckentempo vorwärts.

Hallie und Moses standen an Gennys Seite. Er war bis über die Ohren in einen dicken roten Wollschal vermummt, den ihm ausgerechnet Pippin geschenkt hatte. Die beiden waren auf der Reise von Baltimore dicke Freunde geworden.

Plötzlich kam es ihr vor, als sei Hallie zu still. »Bist du aufgeregt, Hallie? Jetzt bist du bald daheim.«

Ihrer Gewohnheit gemäß antwortete Hallie erst, nachdem sie über die Frage nachgedacht hatte. »Ja, Genny, aber weißt du, ich mache mir Gedanken um Papa. Er befürchtet, glaube ich, daß er keinen Menschen mehr erkennen wird. Er erinnert sich ja nicht mal mehr an uns, Genny. Manchmal sehe ich, wie er mich anschaut und sich anstrengt, sich an mich zu erinnern. Aber er schafft es nicht.«

»Ich weiß. Aber bald wird er sich an uns erinnern.«

»Das frage ich mich manchmal«, sagte Hallie. »Jedenfalls ist er nicht glücklich.«

Vielleicht liegt es an der Frau, an die er rechtlich gebunden ist, dachte Genny, behielt den Gedanken aber für sich.

»Dieser Nebel«, sagte Moses, »man kommt sich darin wie begraben vor. So düster. Paßt zu einem Friedhof.«

»Das ist ein hübscher Gedanke«, sagte Genny. Sie schaute sich nach Alec um. Aber der war in ein Gespräch mit Abel und Minter vertieft, und sie sah nur seinen Rücken.

»Mama ist an meinem Geburtstag gestorben. Der ist in zwei Tagen.«

»Dann feiern wir eine Party, mein Liebstes, eine sehr hübsche Party mit Pippin und Moses und Mrs. Swindel...«

»Und vergiß bitte ihren wunderbaren Vater nicht!« Alec betrachtete lächelnd seine versammelte Familie. Er hatte in den vergangenen Wochen viel Zeit mit Hallie verbracht, an ihren Unterrichtsstunden teilgenommen und auf französisch und italienisch mit ihr gesprochen. Er hatte keine Schwierigkeiten, sich dieser Sprachen zu erinnern. Er sprach die Worte aus, ohne bewußt überlegen zu müssen. Er mochte seine

Tochter. Und das, meinte er, war schon mal ein guter Anfang. Auch wenn sie müde wurde und zu weinen und zu greinen begann, zeigte er kaum Ungeduld. Er bemerkte, daß er sie nur anzusehen brauchte, und schon hörte sie auf zu quengeln. Jetzt sagte er zu Genny, die für seinen Geschmack etwas zu mitgenommen aussah: »Noch eine Viertelstunde, dann sind wir am Dock.«

»Gut«, sagte Genny. »Ich brenne darauf, wieder festes Land unter die Füße zu bekommen.«

»Und deinem Magen wird es sicherlich auch gut tun.«

»Ja, bestimmt. Wo steigen wir heute abend ab, Alec? In Southampton?«

»Ja, in der Chequer's Inn.« Nach kurzer Pause fuhr Alec fort: »Pippin hat mir den Gasthof genannt. Er sagte, ein guter Freund von mir sei der Besitzer, ein gewisser Chivers.«

Genny drückte seinen Unterarm, eine instinktive Geste, die ihm sagen sollte, daß sie wisse, wie ihm zumute war. Zu ihrer Überraschung schüttelte er ihre Hand ab.

»Entschuldigt mich jetzt! Ich muß zurück.« Und damit ließ er sie stehen. Genny schaute ihm nach und fragte sich, was wohl in ihm vorging.

Tatsächlich war Alec zornig. Auf sie alle. Auch auf seine wohlmeinende Frau, an die er keine Erinnerung hatte. Und auf sich selber wegen seiner verfluchten nichtendenwollenden Gedächtnisschwäche. Müßte ihm jetzt nicht wieder alles einfallen? Oder besaß er zu wenig Gehirn? Wenn es auch nur etwas Erinnerungswürdiges gab, müßte er sich jetzt, fast sechs Wochen nach dem Unfall, nicht dessen entsinnen? Er hatte so große Hoffnungen darauf gesetzt, daß bei der Landung in England sein Erinnerungsvermögen wieder einsetzen würde. Bisher war nichts dergleichen geschehen. Für ihn hätte hier China sein können. Daß ihm so eine verdammte Sache zustoßen mußte!

Die Chequer's Inn war über hundert Jahre alt. Das gemütliche Haus hatte überall flackernde Kaminfeuer, vom eichenholzgetäfelten Schankraum bis zu Moses' und Pippins Zimmer im zweiten Stock. »Hier riecht es so gut«, sagte Genny und vollführte mitten in ihrem Schlafzimmer eine wirbelnde Pirouette. »So sauber und frisch und warm.«

»Das erinnert mich an dich, Frau.«

Alec wirkte wieder unbekümmert, und Genny seufzte sehr erleichtert auf. »Kein Brackwassergeruch?«

»Kein bißchen«, sagte er.

Sie grinste ihn nur an. »Der Magen hängt mir bis in die Kniekehlen.«

In diesem Augenblick sah er Nesta mit ihrem hochschwangeren Leib vor sich. Kopfschüttelnd verbannte er das Bild aus seinen Gedanken, weil es ihm weh tat.

Sie sah seinen schmerzlichen Blick und versuchte ihn mit einer Frage abzulenken, auf die sie die Antwort so gut kannte wie er. »Was wirst du mit der Ladung tun, Alec?«

»Mein Mittelsmann – er heißt George Curzon. Nein, Genny, mach dir keine falschen Hoffnungen! Noch vor der Abreise von Baltimore brachte mir Pippin alle Aufzeichnungen, die Namen aller Männer, mit denen ich Handel getrieben habe, und so weiter. Auf jeden Fall treffe ich mich morgen mit diesem Mr. Curzon. Wir werden einen guten Gewinn mit dem Tabak und der Baumwolle erzielen, die wir aus Amerika mitgebracht haben. Nein, ich habe mich nicht mehr daran erinnert, wie groß der Gewinn sein könnte. Zum Glück habe ich immer genaue Listen geführt. Aber das weißt du natürlich alles, nicht wahr?«

»Allerdings.« Den neuen Alec hatte es offenbar nicht im geringsten gestört, daß Genny allmählich die Buchführung übernommen hatte. Für sie war das nichts Neues, auch wenn Alecs System etwas anders war als das, was sie und ihr Vater benutzt hatten. Sie hatte einfach Alecs System ein wenig verändert. Sie konnte gut mit Zahlen umgehen und verrechnete sich normalerweise nie. Am wichtigsten war ihr, daß Alec ihr Vergnügen daran zu genießen schien. Er besprach auch gern seine Ideen mit ihr. Und er sagte auch nicht mehr, daß sie sich an einer Aufgabe versuchte, die Männerarbeit sei.

Genny legte behutsam die Hand auf seinen Arm. »Ich verschmachtete nach dir.«

»Sagst du immer alles so frei heraus?«

»Immer.« Dann ließ sie die Hand über seinen Bauch gleiten. Er war magerer geworden, stellte sie fest. Ihre Hand glitt weiter nach unten, bis sie leicht an sein Geschlecht stieß. »Immer«, wiederholte sie und drückte die Finger dagegen.

Alec reagierte auf der Stelle. Sein Glied war steif, und als er es an ihre Hand drückte, richtete es sich noch mehr auf. Er zog sie an sich und küßte sie wild. Seit Genny Alec kannte, hatte sie nie mehr Enthaltung geübt. Doch in den drei letzten Nächten war er nicht zu ihr in die Kabine gekommen, und sie war hungrig nach ihm. Jetzt streichelte sie ihn da unten, und er stöhnte an ihrem Mund. Seine Reaktion erregte sie ebenso.

»Alec«, flüsterte sie.

Nie vergaß er, beim Liebesakt an ihre Bedürfnisse zu denken, auch wenn seine eigene Begierde äußerst heftig war. Schon fühlte sie seine Finger zwischen ihren Körpern, die sich im Rhythmus hoben und senkten.

Es war wundervoll. Wenn es doch nie enden würde! Als er zuckend und bebend auf ihr lag, wußte sie, daß sie damit neue Erinnerungen für ihn geschaffen hatten. Schöne Erinnerungen. »Verlaß mich nicht!« sagte sie. Die Worte kamen ihr aus dem innersten Herzen. Sie hatte sich früher nie vorstellen können, daß sie einmal solche Gefühle erleben könnte. Doch vielleicht waren sie schon in ihr verborgen gewesen und hatten nur darauf gewartet, freigesetzt zu werden. Und nun setzte ein Mann sie frei, der nicht einmal wußte, wer sie war.

»Du bist eine wilde Frau. Wollüstig und zügellos.«

»Du hast mich dazu gemacht, Baron. Von Anfang an hast du mich wild und wollüstig gemacht und – nein, zügellos bin ich nicht. Das geht zu weit.«

»Ha! Jedenfalls genieße ich nun das Ergebnis meiner Anstrengungen.«

In der Battle Street kam Alec mit Mr. George Curzon zum Abschluß. Er hatte tatsächlich einen großen Gewinn erzielt. Die beiden Männer planten auch schon die nächste Reise der

Night Dancer. Und keine Sekunde kam Mr. Curzon die Idee, daß Baron Sherard ihn überhaupt nicht kannte!

Die Familie Carrick und ihr Gefolge verließen Southampton am nächsten Tag. Abel Pitts blieb auf der *Night Dancer*. Auf der nächsten Reise würde er Kapitän sein. Am Nachmittag stiegen die Carricks in der Peartree Inn in Guildford ab, um Hallies Geburtstag zu feiern. Und Alec dachte wieder an seine erste Frau, deren Gesicht ihm in den vergangenen sieben Wochen ein gutes halbdutzendmal erschienen war.

Er schenkte seiner Tochter eine Nachbildung von Kleopatras berühmtem Hausboot, eine Handarbeit aus Italien, die ihm in Mr. Georges Hinterzimmer ins Auge gestochen hatte. Mr. Curzon hatte sie dem Baron höchst bereitwillig für eine beträchtliche Summe überlassen.

Genny schenkte ihrer Stieftochter einen Sextanten.

Es war aber Pippin, der Hallie eine Puppe mit Porzellankopf und in der Kleidung eines französischen Aristokraten brachte. Zu aller Überraschung warf Hallie nur einen Blick auf die Puppe, drückte sie an ihre Brust und ließ sie nicht mehr los. Eine Weile später verkündete sie: »Die Puppe heißt Harold.«

»Harold«, wiederholte Alec langsam. »So wollte Nesta ihr Kind nennen, wenn es ein Sohn geworden wäre.« Dann nahm er sich zusammen und bemerkte in leichtem Ton zu Genny: »Sie verändert sich so schnell von Tag zu Tag. Da macht es kaum noch etwas aus, daß ich mich an sie nicht von früher her erinnern kann. Ich glaube, es ist ihre erste Puppe.«

Am nächsten Tag reisten sie nach London weiter. Alec hatte sich nicht nach der Adresse seines Stadthauses erkundigt. Dennoch dirigierte er den Fahrer unbeirrt dorthin. Ohne jedes Zögern sagte er, es sei das große Haus an der Nordostecke des Portmouth Square. Unerwartet für Genny, ritt er neben der Kutsche her. Er war ein eleganter Reiter, und sie fand, daß es ihr eine unaussprechliche Freude bereitete, ihn reiten zu sehen.

London war ein Erlebnis. Es war eine riesengroße, schmutzige Stadt, erfüllt von Gerüchen, Lärm und so vielen Menschen, daß Genny sich nicht sattsehen konnte. Sie starrte immer noch auf das Getriebe, als sie beim Stadthaus der Carricks ankamen. Es war ein Palast. Sie fühlte sich schrecklich fehl am Platze und unsicher. Plötzlich wurde sie in eine andere Welt gestoßen, eine Welt, für die sie nie Interesse gehabt und die für sie ohne Bedeutung gewesen war. Wenigstens bis heute, bis zu diesem Augenblick. Jetzt war alles von Bedeutung für sie. Denn sie war Baroneß Sherard.

Wie konnte sie nur so verblendet gewesen sein, einen englischen Adligen zu heiraten?

Sie dachte an ihr Haus in Baltimore, in dem Alec mehrere Wochen gewohnt hatte. Er hatte damals nichts gesagt. Doch das Paxton-Haus mußte ihm wie eine elende Hütte vorgekommen sein. Ihr wäre es nie in den Sinn gekommen, daß sein Haus so himmelweit von ihrem verschieden war. Sie schluckte und ließ sich von Alec aus der Kutsche helfen. Mit erhobenem Kinn ging sie rasch ins Haus, weil es wieder einmal nieselte.

»My Lord! Was für eine wunderbare Überraschung! Wir erhielten erst gestern die Nachricht von Ihrer Ankunft. Und Ihre Lady! Willkommen, my Lady, willkommen!«

Diese begeisterte Begrüßung wurde ihnen von einem sehr hageren, hohläugigen Individuum fortgeschrittenen Alters zuteil, das aussah wie ein dem Verhungern nahes Mitglied der Königsfamilie.

»Das ist March, meine Liebe«, sagte Alec und blinzelte seiner Tochter zu. Pippin hatte ihm verraten, daß Hallie den verschrumpelten alten Mann liebte.

»March!«

Schon hatte Hallie das hohläugige Individuum umarmt und fest geküßt. Na, wenigstens ist Alecs Tochter eine Demokratin, dachte Genny. Dann blickte sie sich weiter um. Während Hallie ihre Bekanntschaft mit dem Butler der Carricks erneuerte, stellte Alec seiner Gattin Mrs. Britt vor, eine gemütliche dicke Frau, deren Gesicht von grauen Würstchenlocken eingerahmt wurde. Mrs. Britt überzeugte sich, daß es seiner Lordschaft an nichts fehlte. Dann beeilte sie sich, der neuen Baroneß das übrige Hauspersonal vorzustellen.

Es war geschafft. Alles ist glatt gegangen, dachte Genny. Niemand hatte bemerkt, daß ihr Herr sie alle nicht erkannt hatte. Erst als Genny neben ihrem Mann die geschwungene breite Treppe emporschritt, hatte sie wieder das unausweichliche Gefühl eigener Nichtigkeit.

Mit einer von Ehrfurcht und Unsicherheit erfüllten Stimme fragte sie: »Sind das alles deine Ahnen?«

»Diese Leute, deren Porträts an den Wänden hängen? Ich habe nicht die geringste Ahnung. Aber arrogant genug sehen sie aus.«

Das Schlafzimmer der Baroneß lag neben der Hauptsuite. Mrs. Britt führte Genny in einen großen, abgedunkelten Raum. Er war mit weiblichem Geschmack eingerichtet, mehr als Genny es mochte und gewöhnt war. Die vorherrschenden Farben bei den Teppichen, auf dem Bettzeug und auf allen Sesseln waren Pfirsichtöne und ein blasses Blau. Das Zimmer roch so, wie Zimmer riechen, die lange Zeit nicht benutzt worden sind. Alec, der neben Genny stand, spürte ihre gezwungene, steife Haltung, die er nicht recht verstand. Er nahm an, das Zimmer gefalle ihr nicht. Es war allerdings, wie ihm einfiel, auch ganz anders als ihr Zimmer in Baltimore. Lässig forderte er sie auf: »Kommt mit in die Hauptsuite, meine Liebe! Wollen mal sehen, wie es dir dort gefällt. Wer weiß, vielleicht möchtest du darin mit mir wohnen.«

Diese Bemerkung hatte ein mißbilligendes Schnaufen von seiten der Mrs. Britt und einen unendlich erleichterten Blick von Genny zur Folge.

Für Alec war es natürlich so, als träte er in einen ihm gänzlich unbekannten Raum mit Möbeln, die er noch nie gesehen hatte, in eine Umgebung, die ihm völlig neu war. Es war, gelinde gesagt, ein unbehagliches Gefühl.

Alle Wände waren bis in Hüfthöhe mit feinstem Mahagoni getäfelt. Die Vorhänge waren aus schwerem Goldsamt, die Möbel spanisch – schwer, dunkel und gewichtig. Seine erste Reaktion war die der Abneigung. Die Suite war so düster und bedrückend wie die spanische Inquisition.

»Mein Gott«, sagte Genny, die sich voll ehrfürchtigem Staunens darin umsah, »das erinnert mich an ein Gemälde des Spaniers Francisco Goya, das ich mal in Mr. Tollivers Haus in Baltimore gesehen habe. Es ist sehr düster, Alec.«

»Dann wirst du es ganz einfach ausräumen, neu möblieren und neu anstreichen lassen und was immer du sonst noch für notwendig hältst. Ebenso deine Suite. Oder du kannst deine auch noch ganz vergessen und zu mir einziehen.«

Alec sah ihre Augen begeistert aufleuchten und dachte: Das dürfte ihr über die erste schwere Zeit der Eingewöhnung in diesem Haus und in London überhaupt hinweghelfen.

Am Tag nach ihrer Ankunft ließ Alec Genny allein, um seinen Anwalt aufzusuchen. Bei der Rückkehr durch die St. James Street geschah es, daß ihm eine Dame mit einem bezaubernden Regenschirm zuwinkte. Er wunderte sich, daß sie nicht fror. Es war ein kalter Tag, zwar kein Regen, dafür aber eine Kälte, die ihm bis auf die Knochen drang – und er trug immerhin einen sehr warmen Überzieher. Er hatte die Baronsgarderobe besichtigt und fand, daß sie ihm durchaus zusagte.

Er zügelte das Pferd, zog den Biberpelzhut und sagte: »Guten Tag. Wie geht es Ihnen?«

Sie war ein Rotkopf, hochgewachsen, mit vollem Busen und funkelnden Augen von tiefer Leidenschaftlichkeit.

»Alec! Endlich wieder daheim! Du warst viel zu lange fort, mein lieber Mann. Ach, ist das wundervoll! Du mußt heute abend zu mir ins Haus kommen. Ich gebe nur eine kleine Soiree, aber du wirst alle deine Freunde wiedersehen.«

»Es sieht so aus, als ob er dich gar nicht erkannt hat, Eileen.«

»Red nicht solchen Quatsch, Cocky!« sagte Eileen in scharfem Ton zu ihrem Begleiter. Er war ein ausgemachter Stutzer mit einer monströsen Halsschleife, die ihm bis an die Ohrläppchen ging, und einer lavendelfarbenen Hose, die in auf

Hochglanz gebrachten Reitstiefeln steckten. Sein Mantel war blaßgelb.

»Cocky«, sagte Alec und verbeugte sich leicht im Sattel.

»Ja, du mußt kommen, alter Freund. Eileen wohnt noch immer in der Clayborn Street. Du weißt ja, Nummer sieben.«

»Ich werde allen sagen, daß du wieder in London bist.«

Alec nickte. Später war immer noch Zeit, sich zu überlegen, welche Entschuldigung er in die Clayborn Street schikken würde. Im Augenblick hatte er andere Dinge im Kopf. Höchst unangenehme Dinge. Er hatte eine Menge zu unternehmen.

Eine Stunde später saß Alec seiner Frau in einem gemütlichen, ungestörten runden Zimmer mit Kamin am Frühstückstisch gegenüber.

Genny sah ihn gespannt an. »Was ist los, Alec? Was hat dein Anwalt gesagt?«

»Er heißt Jonathan Rafer. Er kennt mich seit der Zeit, als ich noch Windeln trug, und war ein großer Freund meines Vaters. Seine Frau will uns eine Sahnetorte ihres Küchenchefs schicken. Die hätte ich immer besonders gern gegessen, sagt Mr. Rafer.«

Er hielt inne und spießte eine Scheibe Schinken mit der Gabel auf. Beim Essen betrachtete er die eleganten Möbel des kleinen Zimmers. Alles wohlgelungen. Er fragte sich, wem das wohl zu verdanken war.

»Das große Eßzimmer gefällt dir wohl nicht?« fragte er Genny.

»Es ist zu kalt und außerdem zu groß für uns beide.»

Das leuchtete ihm ein, aber er schwieg.

»Der Anwalt Mr. Rafer, Alec!«

»Es scheinen böse Hände im Spiel zu sein, sagt Mr. Rafer. Der zuständige Friedensrichter, ein Sir Edward Mortimer, meint, es sei das Werk unzufriedener Pächter von mir gewesen. Er behauptet, diese Pächter hätten meinen Verwalter ermordet und den Landsitz in Brand gesteckt. Um der Sache auf den Grund zu gehen, werde ich in zwei Tagen hinfahren. Leider war Mr. Rafer selbst noch nicht da. Daher konnte er mir nur sagen, was er von Sir Edward gehört hat. Ich weiß nicht, wie lange ich fort sein werde, aber...«

»Hallie und ich werden natürlich mitkommen.«

»Ich bin doch kein Invalide, Eugenia!«

»Nein, das bist du nicht. Aber darum geht es ja auch nicht. Wer soll für deine Mahlzeiten sorgen? Wer soll deine Leute beaufsichtigen? Wer soll den Wiederaufbau des Landsitzes in Gang bringen? Wer die neuen Möbel bestellen?« Plötzlich merkte sie, daß sie zu weit gegangen war. Sie war sich nicht sicher, wie Alec reagieren würde. Aber sie konnte es einfach nicht ertragen, sich von ihm zu trennen.

»Das meiste, was du anführst, kann ebenso gut das Personal erledigen.«

»Und wer wird nachts mit dir schlafen? Auch jemand vom Personal?«

»Wer weiß? Auf dem Land wird es doch noch bereitwillige Frauen geben.«

Als sie betroffen den Atem anhielt, sagte er rasch: »Reg dich nicht auf, Genny! Die Sache kann gefährlich werden. Ich kann mich zwar an keine Pächter erinnern, die so etwas tun würden, aber wer weiß? Du bleibst hier in London, wo du sicher bist. Du und meine Tochter.«

»Alec, bei dem Hurrikan haben wir beide viel gefährlichere Dinge überlebt. Ich weiß gar nicht, warum du dich über eine kleine Spritztour aufs Land gleich so erregst.«

»Der ›alte‹ Alec sagte in einem Ton, der jahrhundertelangen Hochmut und Herrschaftsanspruch verriet: »Genny, mein Entschluß ist gefaßt. Du bist meine Frau und hast mir zu gehorchen. Du bleibst hier! Ich gehe kein Risiko für deine Gesundheit und für mein ungeborenes Kind ein.«

Da sah sie rot. »Du wirst mich nicht hier allein in einem fremden Haus, in einer fremden Stadt unter lauter Fremden lassen! Das wäre grausam. Das kannst du nicht machen.«

Was sie da sagte, klang nicht unlogisch. Aber auch das würde er schaffen – dank Eileens, der Frau mit den leidenschaftlichen Augen. »Wir besuchen heute abend ein paar Freunde. Es sind meine Freunde, aber wir tun es für dich. Die

Frau, die die Soiree gibt, heißt Eileen, und ihr Begleiter heißt Cocky. Ich weiß nicht, wer sie sind, nur, wo die Dame wohnt. Und wenn wir da sind, wird vielleicht das eine oder andere Gesicht mein Gedächtnis auffrischen. Auf jeden Fall lernst du einige Leute kennen und wirst hoffentlich mit ihnen Freundschaft schließen.«

»Ich will aber nicht hingehen!«

Alec warf die Serviette auf den Tisch. »Es ist mir gleich, ob du willst oder nicht. Du wirst mich heute abend begleiten. Das ist mein letztes Wort. Halte dich um acht Uhr bereit, Eugenia!«

Und damit ging er aus dem kleinen Frühstückszimmer. Genny blieb allein zurück.

Sie wollte nicht ausgehen. Sie hatte keine Lust, fremde Menschen kennenzulernen, die außerdem für sie Ausländer waren. Sie wollte keine Frau namens Eileen besuchen, die wahrscheinlich in Alec verliebt war. Gennys Laune war so schlecht wie das Londoner Wetter: kalt, Nieselregen, Nebel. Wütend ging sie in ihrem Schlafzimmer auf dem blaßblauen Aubusson-Teppich auf und ab.

Zudem kam sie sich dick vor. Alec machte sich keine Gedanken darüber, daß seine Frau wahrscheinlich kein geeignetes Kleid für einen Abend in der Londoner Gesellschaft besaß. Sie hatte nur noch ein Abendkleid, das ihr einigermaßen paßte. Ein altes Kleid aus den Tagen vor ihrer Bekanntschaft mit Alec und ihren gemeinsamen Einkäufen. Sie hatte es immer sehr nett gefunden. Doch wenn sie jetzt in den Spiegel sah, war sie nicht mehr so sicher. Und ihr voller gewordener Busen quoll oben heraus.

Es wäre äußerst unanständig, sich so in der Öffentlichkeit zu zeigen. Da mußte etwas getan werden. Plötzlich fiel ihr ein Abend vor langer Zeit ein, als sie, um sich für Alec hübsch zu machen, Spitze an ihr Kleid genäht hatte. Sie war zwar keine große Näherin, aber vielleicht würde es ihr diesmal besser gelingen. Kurz entschlossen riß sie die Spitze von einem Kleid ab, das ihr zu eng geworden war, und nähte sie an den Ausschnitt des Abendkleids. Das sieht gar nicht so übel aus, dachte sie, obwohl ihr die Näherei nicht gerade vollendet geglückt war. Sie seufzte. Wenigstens würde sie darin nicht mehr unanständig aussehen.

Dann erinnerte sie sich an die weißen Samtschleifen an dem Kleid, das sie beim Ball in der Assembly Hall getragen hatte. Später hatten sie und Alec zu Hause die verdammten Schleifen abgerupft, bis ein ganzer Haufen zwischen ihnen auf dem Fußboden gelegen hatte. Nun, Alec konnte sich an fast nichts mehr erinnern. Gern hätte sie ihn jetzt gefragt, wie sie in dem Kleid aussehe. Aber wahrscheinlich würde er nur wieder seine spitze Zunge an ihr erproben. Sie betrachtete sich noch einmal lange im Spiegel und war ein wenig unsicher. Dann reckte sie die Schultern, warf sich den Mantel über und ging.

Alec erwartete sie. Er sah in seinem schwarzen Abendanzug mit makellosem Hemd und Krawatte wie ein Prinz aus. Er warf nur einen kurzen Blick auf sie, doch seine Augen waren kalt. Zwischen seinen Brauen stand eine steile Falte.

Sie nickte ihm nur zu.

»Gehen wir?«

Sie nickte wieder und ging an ihm vorbei zur Kutsche. Ein Lakai hielt für sie den Regenschirm, bis Alec ihr hineingeholfen hatte. Sie hörte, wie er dem Fahrer, den er Collin nannte, Anweisungen gab. Dann stieg er zu ihr ein. Er fragte sie nicht, ob ihr kalt sei, sondern legte ihr nur eine Wagendecke über die Beine.

Dann machte er es sich in den Polstern bequem. Er war noch ein bißchen verärgert, weil seine Frau so aufsässig und stur gewesen war. Ein solches Benehmen war er von ihr nicht gewöhnt. Ach, sie sah aber sehr schön aus! Diesen Mantel hatte sie zum letztenmal vor drei Wochen an Bord der *Night Dancer* getragen. Damals hatte sie ihm gesagt, sie habe den Stoff, die Farbe und den Schnitt für den Mantel und das dazu passende Kleid selber ausgewählt. Das hatte ihn überrascht. Er hatte unter ihren Mantel gefaßt und ihr die Brust gestreichelt. Bei dem Gedanken daran wurde er wieder erregt. Aber das war gesünder als jeder Ärger und machte bestimmt mehr Vergnügen.

Er grinste im Dunkeln und sagte gleichmütig: »Die Frau heißt Eileen Blanchard, Lady Ramsey, und ist verwitwet. Ich hielt mich für ungemein schlau, als ich das aus March herausbekommen hatte, und weißt du, was er mir da sagte? Moses, ein feiner Kerl, habe ich über mein kleines Problem in Kenntnis gesetzt, und das sei gut so, weil er auch ein feiner Kerl sei und die Angelegenheit mit größter Verschwiegenheit behandeln werde. Ich brauchte mir keine Sorgen zu machen. Er werde sich um alles kümmern. Ich kam mir vor wie ein Siebenjähriger. Dann sagte er noch, er wisse nicht viel über diese Eileen, aber er könne sich entsinnen, daß ich sie früher sehr gemocht hätte. Gott sei Dank wußte er noch ihren vollen Namen.«

Genny mußte ein wenig lächeln. Als er zärtlich ihre behandschuhte Hand ergriff und sie tätschelte, seufzte sie und wandte sich ihm zu.

Er küßte sie ganz zart. »Du siehst sehr schön aus, Genny. Ich habe es gern, wenn du dein Haar so frisierst.«

»Mrs. Britt hat darauf bestanden. Hast du es wirklich gern, wenn ich es oben auf dem Scheitel zu einem Krönchen flechte?«

»Ja, sicher. Ich mag es, wenn die losen Locken dein Gesicht einrahmen. Und besonders, wenn sie dir in den Nacken fallen. Sehr erregend, sehr...«

»Nein, bitte nicht.«

Er küßte sie wieder. »Verzeih mir, daß ich dich heute so schroff abgefertigt habe. Es tut mir leid. Und mach dir keine Gedanken wegen der Abendgesellschaft! Ich lasse dich nicht unter den fremden Menschen allein.«

Damit mußte Genny sich zufrieden geben. Oh, er wußte nur zu gut, wie er mit ihr umzugehen hatte.

Und Alec küßte sie wieder. Er liebte den Druck ihres weichen Mundes und den Geschmack ihrer Küsse. Er hätte ihr jetzt sehr gern wieder unter den Mantel gefaßt und ihre Brüste gestreichelt, hielt sich aber zurück.

Hoffentlich benahm sich die Dienerschaft ihr gegenüber gut. In seiner Gegenwart taten sie es ja. Aber als Amerikanerin war sie nicht daran gewöhnt, daß ein Mädchen ihr beim Ankleiden half. Dies hatte einen entsetzten Aufschrei bei Mrs. Britt verursacht. Sie hatte Pippin ihr Leid geklagt, der seinerseits ihn, Alec, informiert hatte, als er sich selber gerade für den Abend umzog.

»Sie hält Genny wohl für so eine Art Wilde, Käpt'n... my Lord. Sie hat es zwar nicht ausdrücklich gesagt, aber ich glaube, sie denkt, Genny hätte sie nach Ihrem Unfall zur Heirat gezwungen. Keine Sorge, my Lord. Wenn es mal Krach geben sollte, setze ich mein Geld auf Genny. Aber Sie werden sehen, Mrs. Britt wird sich auch wieder beruhigen. Ich meine nur, Sie sollten wissen, auf welchem Kurs wir segeln.«

Nun, Mrs. Britt hatte Gennys Haare ganz bezaubernd frisiert.

Als sie ankamen, wurden sie standesgemäß von einem Lakai mit Regenschirm ins Haus begleitet. Im großen Salon hatte sich bereits zur Begrüßung durch die Gastgeberin eine Schlange gebildet. Alec nahm seiner Frau den Mantel ab und übergab ihn einem wartenden Diener. Als er sich wieder zu ihr umdrehte, hielt er betroffen den Atem an. Dann wollte er den Diener zurückrufen. Doch der war schon verschwunden.

Wo hatte sie dieses scheußliche Kleid her? Sie sah darin einfach unmöglich aus. Schon die Farbe, ein sonderbares Dunkelgrün, machte sie schrecklich blaß. Zudem war ihr das Kleid zu eng und spannte an Schultern und Brüsten. Der Schnitt war unbeschreiblich, ein Beispiel für schlechten Geschmack. Schauderhaft die sechs Rüschen, die oberste unter der Brust, die unterste am Rocksaum. Über dem Busen war eine Lage Spitzen krumm und schief angenäht. Plötzlich tauchte vor seinem geistigen Auge ein Bild auf: Genny in einem anderen Kleid, ebenfalls mit Spitzen am Mieder. Er sah sich selber, wie er sie verblüfft anstarrte und dann lachen mußte.

Das Bild verschwand und wurde durch ein anderes ersetzt. Genny stand vor ihm, und zwischen ihnen lag ein Haufen weißer Samtschleifen auf dem Fußboden. Er sah sie eine weitere Schleife vom Kleid abreißen. Dann riß er eine ab. Was zum Teufel hatte das zu bedeuten? Er schüttelte den Kopf, und die Erinnerung verflog.

Er war wieder in der Wirklichkeit. Er stand neben ihr, blickte auf sie herab und konnte deutlich ihre Brustspitzen sehen. Nie hätte er so etwas für möglich gehalten... Sie war doch eine Lady! Woher kam dieses abscheuliche Kleid? Wollte sie ihn strafen? Hatte sie es absichtlich angezogen, um ihn zu blamieren?

Was sollte er nur tun?

Wütend flüsterte er ihr zu: »Genny, wir gehen wieder. Und später habe ich mit dir zu reden.« Er packte sie an der Hand. Doch es war schon zu spät.

Eileen Blanchard reichte ihm die Hand. »Guten Abend, Alec! Wie schön, dich hier zu sehen.«

Alec blieb nichts anderes übrig, als Eileens Hand zu ergreifen und an die Lippen zu führen. »Hallo, Eileen.« Es war hoffnungslos. Für mindestens weitere fünf Minuten saßen sie in der Falle. Danach würde er seine Frau nehmen und nach Hause bringen.

»Das ist meine Frau Genny. Meine Liebe, das ist Eileen Blanchard.«

Eine schöne Frau, dachte Genny, und lächelte so freundlich, wie sie nur konnte. »Hallo.«

»Deine Frau!« In bemerkenswert kurzer Zeit musterte Eileen Genny vom Scheitel bis zur Sohle. Dann lachte sie los. »Wirklich, Alec, du bist zu komisch!« Wieder begann sie zu lachen. Ein häßliches Lachen, dachte Genny und schaute die Frau an. »Deine Frau!« wiederholte Eileen prustend. »Ein guter Scherz, my Lord, aber nun ist's genug. Du willst doch deine Freunde nicht beleidigen. Schick das Flittchen weg, und ich gestatte dir, den ersten Walzer mit mir zu tanzen!«

Flittchen!

Gennys Busen wogte vor Wut. Doch sie beherrschte sich. Das hätte ihr gerade noch gefehlt, daß ihre Brüste vorn aus dem Kleid quollen! »Ich bin kein Flittchen«, sagte sie laut. »Ich bin Alecs Frau.«

»Sie sind eine Amerikanerin! Das ist doch zu komisch, my Lord! Cocky, komm mal her und sieh dir an, was für Späße Alec heute abend mit uns treibt!«

Alec trat rasch dazwischen. Sehr leise, freundlich und ruhig sagte er: »Eileen, das ist meine Frau. Verstehst du mich?«

»Nein«, sagte sie kichernd. »Deine Frau? Aber das ist doch absurd... du und verheiratet? Du hast doch geschworen, du würdest nie wieder heiraten. Du hast immer gesagt, du hättest zu viel für Frauen übrig, als daß du dich an eine binden würdest. Einmal sagtest du, wenn ich dich richtig gern hätte, sollte ich dir zu Weihnachten einen ganzen Harem schenken. Und warum gerade die? Guck sie dir doch mal an, Alec! Also dieses Kleid und...«

Alec wandte sich an einen Diener, der hinter seiner Herrin stand und das Gespräch mit großem Interesse angehört hatte. »Holen Sie den Mantel der Lady und meinen auch! Gleich! Sofort!«

Cocky, der eigentlich Reginald Cockerly hieß, verfolgte den Auftritt ebenfalls, hielt aber wohlweislich den Mund. doch nun hatten auch andere Gäste bemerkt, daß etwas nicht stimmte. Die allgemeine Unterhaltung verstummte. Die Menschen reckten die Hälse, um besser sehen zu können. Alec wäre gern mitsamt seiner Frau im Boden versunken.

Er hatte sich als Weihnachtsgeschenk einen Harem gewünscht? Guter Himmel, was war er denn für ein Mensch?

Er sah Genny an. Sie war bleich, aber gefaßt und starrte gerade vor sich hin. Ihre Lippen waren ein dünner Strich. Wo zum Teufel hatte sie dieses scheußliche Kleid her? Sie hatte es absichtlich angezogen, um ihn zu blamieren und wütend zu machen. Das war die einzige Erklärung.

»Aber du kannst jetzt nicht gehen, Alec!«

Alec hörte gar nicht hin, was Eileen zu ihm sagte. Er riß dem Diener Gennys Mantel aus der Hand. Wenigstens der Mantel sah sehr gut aus. Er hielt ihn ihr eilig hin und schlüpfte dann in seinen.

»Wirklich, Alec! Das ist doch zu blöd! Cocky, steh nicht wie ein dummer Hanswurst rum und sag doch mal was!«

Klugerweise hielt Cocky auch weiterhin den Mund.

Alec verbeugte sich kurz vor Eileen, nahm den Arm seiner Frau und führte sie aus dem Haus. Schweigend gingen sie die schmale Treppe hinunter. Der Regen hatte aufgehört. Durch die grauen Wolken schien jetzt sogar der Viertelmond.

In der Kutsche sagte sie kein Wort. Sie bekam nur am Rande mit, daß Alec mit der Spazierstockspitze im Kutschendach bohrte. Mit einem kleinen Ruck rollten sie los. Genny hielt sich an der Lederschlaufe fest.

Alec sagte mit mühsam beherrschter Stimme: »Würdest du mir sagen, warum du dieses Kleid angezogen hast?«

»Es war das einzige, das mir noch paßte.«

»Es paßt dir aber nicht. Um Gottes willen, ich konnte deine Brustspitzen sehen! Und dann die Farbe und der Schnitt... Eins steht fest, Genny, deinen Zweck hast du erreicht, oder?«

Da war es mit ihrer wunderbaren Beherrschung endgültig vorbei. »Meinen Zweck erreicht... Wovon sprichst du überhaupt?«

»Du hast das Kleid doch nur angezogen, um mich zu blamieren und dich und mich unmöglich zu machen, damit mir gar nichts anderes übrig bleibt, als dich zum Landsitz Carrick mitzunehmen.«

»Da irrst du dich. Fahr doch allein zu deinem kostbaren Landsitz! Was kümmert es mich?«

Ihre Stimme klang nicht erregt, sondern ganz nüchtern und ernsthaft. »Dann hast du das Kleid nicht mit Absicht angezogen? Aber warum denn? Ich verstehe das nicht. Niemand würde solch ein Kleid tragen, es sei denn... Sag es mir! Warum?«

»Es ist eins meiner alten Kleider. Du kannst dich nicht mehr daran erinnern, aber leider habe ich keinen guten Geschmack, was Mode betrifft. Du hast mich ja nur in Kleidern gesehen, die du selber für mich ausgewählt hast.«

Wenn sie es nicht absichtlich getan hatte, dann... Sie hatte keinen guten Geschmack? »Entschuldige«, sagte er und griff nach ihrer Hand. »Es tut mir leid, daß es dazu gekommen ist. Ich habe dir ja erzählt, daß ich die Frau kaum kenne. Ich dachte, nein, ich habe ehrlich geglaubt, weil ich einmal mit ihr befreundet war, sie würde eine nette Person sein. Aber sie ist eine Ziege, eine unglaubliche Ziege. Bitte vergiß, was sie zu dir gesagt hat! Sie hat sich völlig daneben benommen.«

Aber Genny dachte gar nicht mehr an Eileen und das Kleid. Alecs Harem spukte ihr im Kopf herum. Sie sah eine unabsehbare Reihe hoffnungsvoll blickender, sehr schöner Frauen vor sich, die alle nur darauf warteten, sich Alec hinzugeben. War diese Eileen eine seiner Mätressen gewesen? Oder seiner Geliebten?

»Bitte, Genny, sag doch etwas!«

Da sagte sie ganz ruhig: »Was ist eigentlich der Unterschied zwischen einer Mätresse und einer Geliebten? Ich frage das, weil ich gern wüßte, ob diese Eileen deine Mätresse oder deine Geliebte war.«

»Ich weiß überhaupt nicht, ob ich je mit ihr geschlafen habe. Ich halte es allerdings für gut möglich. So dumm kann man sein. Das würde bedeuten, daß sie meine Geliebte war. Eine reiche Witwe, die sich einen Mann wählte, mit dem sie eine Affäre haben wollte. Aber wie gesagt, ich kann mich an nichts erinnern.«

»Sie und ich könnten doch gute Freundinnen werden, nicht wahr? Wir sind beide Flittchen. Von ihr könnte ich noch etwas lernen. Wie man nämlich nicht nur äußerlich, sondern auch innerlich ein Flittchen sein kann. Vielleicht solltest du sie besuchen, Alec. Wahrscheinlich könnte sie dir viel über deine Vergangenheit erzählen.«

»Sei nicht so ironisch! Das paßt nicht zu dir, mit deinem halbnacktem Busen.«

Wenn Blicke töten könnten!

Er seufzte. »Ach, zum Teufel! Wo hast du denn deine Garderobe herbezogen, bevor ich kam? Von einer kleinen, alten und halb blinden Frau in Baltimore, die das Kleidernähen als Hobby betrieb? Und dieser Rand aus Spitze – wer hat den eigentlich so schief und krumm angenäht?«

Sie blieb stumm wie eine Auster. Alec ärgerte sich über seine unbedachten Worte und versuchte es noch einmal in ruhigerem Ton. »Du hättest zu mir kommen und mich um Rat fragen sollen. Du hast es doch früher auch getan.«

»Ich habe dir schon gesagt, daß es das einzige Kleid war, das mir noch gepaßt hat. Zudem war ich, wie du weißt, gerade sehr ärgerlich auf dich und wollte keine weiteren Bemerkungen von dir hören.« Sie reckte das Kinn. »Ich habe einfach nicht gemerkt, daß ich darin so unmöglich aussehe.«

Er sah sie nur fassungslos an. »Aber das Kleid ist, selbst wenn es nicht so eng sitzen würde, kein bißchen schmeichelhaft für dich. Die Farbe ist scheußlich, und deine Brüste sind durch die Schwangerschaft größer geworden.«

»Du hast doch wohl nicht angenommen, daß ich in dem Zustand flachbrüstig werden würde?«

»Jedenfalls hättest du dich vorher an mich wenden sollen, ob du nun ärgerlich auf mich warst oder nicht.«

»Wie du weißt, Baron, gilt das für beide Seiten. Bis zur Abfahrt wolltest du nicht mit mir sprechen. Und ich sage dir noch einmal: Ich habe nicht gemerkt, daß das Kleid so schlecht war.«

»Das ist doch Unsinn. Selbst eine Blinde hätte das gemerkt. Ach, hören wir mit dem Quatsch auf! Morgen gehen wir zusammen neue Kleider kaufen!«

»Mit dir würde ich nicht mal wieder zum Kap Hatteras segeln!«

»Sei still, Genny! Du kommst mit, und damit basta.«

Da gab sie nach. »Na schön. Es stimmt, daß ich leider einen schlechten Geschmack in Modedingen habe. Und die Spitze habe ich selber angenäht. Ich kann eben nicht gut nähen. Auf jeden Fall war es so, daß ich mich bei einem Ball in Baltimore durch meinen Aufzug vor allen lächerlich gemacht habe. Daraufhin bist du mit mir zu einer Schneiderin gegangen und hast dort einige Kleider für mich bestellt. Das Dumme ist nur, daß mir jetzt keins davon mehr paßt.«

Alec schloß die Augen. Er dachte an die flüchtigen Erinnerungen, die er in den letzten Wochen gehabt hatte. Fast immer hatte es sich um splitternackte Frauen gehandelt, die ihn mit größter Leidenschaft liebten.

»Dann war ich wohl ein verdammter Luftikus, wie?« erkundigte er sich.

Sie antwortete mit kalter Höflichkeit: »Das weiß ich nicht, aber es könnte sein, weil du so schön, charmant und nett bist.«

»Warum reagierst du so kalt? Warum zum Teufel wirst du nicht wenigstens ein bißchen eifersüchtig? Verdammt noch mal, du bist doch meine Frau und nicht meine Schwester!«

»Wie du willst«, sagte sie, drehte sich mit flammenden Augen zu ihm um und versetzte ihm eine so kräftige Ohrfeige, daß sein Kopf zur Seite flog. »Du gemeiner Hund!«

Und damit gab sie ihm noch eine Ohrfeige. Ihr Busen wogte, und sie atmete stoßweise.

Er packte ihre Hand und drückte sie auf ihren Schoß. »Jetzt ist es aber genug!«

»Du gehörst bestraft, verstehst du mich?« wütete Genny. »Kann ja sein, daß ich keinen Geschmack in solchen Dingen habe und nicht weiß, was modern oder modisch ist...«

»Das ist die Untertreibung des Jahres.«

»Von mir aus. Ich habe eben nicht deinen feinen Geschmack. Aber dafür bin ich treu und laufe keinen Männern nach. Du dagegen bist ein arroganter Flegel und ein Schürzenjäger. Ich wünsche dir nur, daß dir deine Geschlechtsteile abfaulen!«

»Abfaulen?«

»Ja!«

»Wie ekelhaft! Und was hättest du davon? Weißt du denn nicht, Eugenia, daß du die feurigste Frau bist, die ich je gehabt habe? Und willst du etwa behaupten, ich wäre dir nicht treu gewesen?«

»Wir sind ja auch noch nicht sehr lange verheiratet.«

»Das stimmt. Trotzdem möchte ich nicht, daß du solche Verwünschungen äußerst. Ob es dir nun gefällt oder nicht, morgen gehen wir beide zu einer Schneiderin...« Er brach ab, denn in diesem Augenblick stieg wieder eine Erinnerung vor ihm auf: an eine kleine, vogelhafte Frau inmitten zahlloser Kleiderstoffe, die mit einem amerikanischen Akzent sprach. »Diese Schneiderin in Baltimore – ich glaube, ich habe sie eben vor mir gesehen. Es ist merkwürdig mit diesen Erinnerungen. Man sollte doch meinen, ich müßte mich an unsere Hochzeitsnacht erinnern und nicht an eine völlig fremde Frau.«

»Unsere Hochzeitsnacht scheint eben nicht gerade denkwürdig für dich gewesen zu sein.«

»Oh, das bezweifle ich, Eugenia. Jedenfalls habe ich eine Frau, die keinen Geschmack hat und nichts von Mode versteht. Ich werde also dafür sorgen, daß du nie wieder Spitze an dein Mieder nähen mußt, um deine vorwitzigen Brüste zu verdecken.« Dann fing er an laut und herzlich zu lachen. Sie hätte ihn dafür umbringen können. Aber er hielt noch immer ihre Hand fest. »Es waren sogar noch abgeschnittene Fadenenden zu sehen, die farblich nicht einmal mit der Spitze, dem Kleid oder den verdammten Rüschen übereinstimmten!«

Sie ließ ihn dröhnend lachen, bis sie das Stadthaus der Carricks erreichten. Obwohl es jetzt in Strömen goß, wartete sie nicht darauf, daß Alec ihr aus der Kutsche half, sondern sprang hinaus und rannte die schmale Treppe zur Haustür hinauf. Dabei stolperte sie über den Rocksaum, schrie auf und konnte sich gerade noch am Geländer festhalten. Immer noch hörte sie ihn hinter sich. Allerdings lachte er nicht mehr, sondern rief besorgt: »Genny, hast du dir auch nichts getan?«

Sie sah sich nicht nach ihm um, sondern sagte nur mit gedämpfter Stimme: »Du elender, arroganter Kerl!«

»Meinst du mich?« sagte er und lachte wieder.

Doch als er eine halbe Stunde später in ihr Schlafzimmer kam, lachte er nicht mehr. An ihrem Bett blieb er stehen. »Warum schläfst du eigentlich hier? Das Zimmer gefällt dir doch nicht. Und ich habe dir angeboten, zu mir zu ziehen.«

»Lieber nicht. Ich könnte versucht sein, dir den Schädel

einzuschlagen, und ich möchte nicht gern wegen Mordes verhaftet werden.«

»Ich werde ein Dokument aufsetzen, daß meine Frau nicht gehängt werden soll, wenn sie mir den Schädel einschlägt. Was ist nun, kommst du zu mir, oder soll ich hier bei dir schlafen?«

Mit dünner Stimme antwortete sie: »Alec, im Augenblick kann ich dich nicht leiden.«

Zu mehr kam sie nicht, denn er nahm sie samt Bettdecke auf die Arme und trug sie in sein Schlafzimmer. »Du gehörst zu mir, und damit basta.« Dann küßte er sie lange und innig.

»Ist gut«, sagte sie und erwiderte den Kuß.

»Ah«, sagte er und legte sie nieder. Seine schönen Augen funkelten. Sie sah, wie er seinen Schlafrock abstreifte und nackt vor ihr stand. Er erschien ihr so schön und stark, daß sie ihn umarmen und für immer und ewig festhalten wollte. Im nächsten Augenblick zog er ihr das Nachthemd aus und drehte sie um, so daß sie auf dem Bauch lag. »So«, sagte er, »jetzt will ich etwas mit dir machen, was dir bestimmt gefallen wird.«

Dann hob er ihren Körper hoch. Sie kniete und stützte sich vorn auf die Hände. Er streichelte ihre frei herabhängenden Brüste und drang von hinten in sie ein. Sie bog den Rücken und preßte die Hüften gegen seinen Bauch. Stöhnend küßte er sie aufs Ohr. Dann liebkoste er ihren Leib, und seine Hände glitten immer tiefer. »Alec, o bitte, Alec...«

Später lag sie auf der Seite, den Kopf an seine Schulter gebettet, und sagte: »Das war sehr schön.«

»Ja«, bestätigte er, schien aber mit den Gedanken woanders zu sein.

»Was ist denn, Alec? Stimmt etwas nicht?«

»Wir haben es schon einmal so gemacht.«

»Ja, in Baltimore.«

»Es ist mir wieder eingefallen. Aber diesmal habe ich es nicht vor mir gesehen – nicht wie bei den anderen Erinnerungen, die ich von Zeit zu Zeit habe – sondern ich habe es gefühlt. Alles kam mir so bekannt vor... mich tief in dir zu fühlen und zu wissen, wie voll und weich deine Brüste in meinen Händen ruhen. Und dann dein Beben, dein gebogener Rücken, deine zitternden Beine.«

Seine Worte wirkten unerhört erotisch auf Genny. Sie stützte sich auf den Ellbogen, beugte sich vor und küßte ihn.

»Soll das heißen, daß du mir verzeihst?«

Sie küßte ihn wieder. »Ich kann einfach nicht lange wütend auf dich sein, selbst wenn ich es möchte. Ich bin eben eine willensschwache Frau.«

Ich wäre an ihrer Stelle genauso wütend gewesen, dachte Alec. Seit er sie nach dem Verlust seines Gedächtnisses kannte, war sie stets nett und süß, wundervoll freundlich und nachgiebig gewesen, sowohl zu ihm wie zu seiner Tochter. Aber irgend etwas stimmt daran nicht, sagte er sich. Doch er kam nicht dahinter, was es war. Er fühlte, wie sie sich an ihn legte, entspannte und hörte noch im Einschlafen ihr leises Atmen.

Am nächsten Morgen kam Pippin herein, um im Kamin Feuer zu machen. Er schaute zum Bett hinüber, sah seinen Herrn und dessen Frau fest umschlungen unter der Bettdecke liegen und glücklich schlummern. Pippin lächelte.

Als Alec aufwachte, war es schon warm im Zimmer. Er schob die Bettdecke zurück, löste sich behutsam aus Gennys Armen und sah auf ihre nackten Brüste hinab. Sie waren weiß und weich und viel voller als früher. Mit dem Finger berührte er leicht eine Spitze.

Sie erbebte und schlug die Augen auf.

»Guten Morgen.«

Sie lächelte zurück und entblößte dabei unbewußt ihre Brüste noch mehr. Sein Lächeln verkrampfte sich, und rasch deckte er sie zu.

»Heute gehen wir für dich einkaufen«, sagte er und sah zur Uhr auf dem Nachttisch. »Es ist schon sehr spät, Genny. Am liebsten würde ich ja da weitermachen, wo wir heute nacht aufgehört haben, doch es gibt zu viel zu tun.«

So kam es, daß Alec sie zu Madame Jordan brachte. Sie

war eine echte Französin, hatte aber einen Engländer geheiratet, der in der Schlacht bei Trafalgar gefallen war.

Genny sah zu, wie ihr Mann und Madame Jordan Stoffe und Muster prüften, und dachte: genau wie in Baltimore. Die beiden besprechen ihre Schwangerschaft, als wäre sie überhaupt nicht anwesend. Dann wählten sie eine Machart, die es erlaubte, die Kleider später, wenn das Kind im Mutterleib wuchs, ohne Schwierigkeiten weiter zu machen.

Beim Maßnehmen war Alec aufmerksamer Zuschauer. Nach einer halben Stunde sagte er: »Sie werden ihr zuerst dieses Kleid und diesen Mantel anfertigen, Madame.«

Genny betrachtete den blaßgrauen, mit Zobel gesäumten Mantelstoff. Er sah unglaublich schön aus. Nie im Leben hatte sie etwas besessen, das dem auch nur entfernt gleichkam. In Baltimore hatte sie überhaupt nichts Ähnliches gesehen. Das Kleid war aus weichem, hellblauem Musselin mit hochangesetzter Taille. Es schmeichelte ihr und lenkte von dem sich allmählich wölbenden Leib ab. Es war von raffinierter Einfachheit, ohne Volants und Schleifen. »Haargenau der Stil, der zu dir paßt«, sagte Alec mit Nachdruck.

»Sehr gut, Milord«, sagte Madame zustimmend. Sie tätschelte Gennys Wange und fuhr fort: »Sie 'aben Glick, meine Liebe, eine so großziegege Mann zu 'aben. Er wird immer gut fir Sie sorgen.«

Das klang, oberflächlich betrachtet, sehr nett. Doch Genny wollte keinen Mann, der immer für sie sorgte. Schließlich gehörte ihr die Werft mit allen Einkünften. Dann fiel ihr aber ein, daß sie die von Alec gewünschte Überschreibung der Werft auf ihren Namen abgelehnt hatte. Rechtlich gesehen, gehörte sie immer noch ihm. Aber was machte das schon? Sie waren ja miteinander verheiratet. Sie waren gemeinsam Besitzer der Werft.

Als sie zum Portsmouth Square zurückfuhren, sagte Alec: »Übermorgen reisen wir nach Northumberland ab. Bis dahin hast du genügend Kleider.«

»Oh, du hältst mich also jetzt für würdig, dich zu begleiten?«

»Werde nicht schnippisch! Ich habe ja keine andere Wahl.«

»Und Hallie kommt auch mit?«

»Ja, meine Tochter auch.«

Genny lag es auf der Zunge, ihm zu versichern, daß sie für ihn eine wertvolle Unterstützung sein werde. Aber da sah sie die Falte auf seiner Stirn und verkniff es sich. Ich bin tatsächlich eine willensschwache Frau geworden, dachte sie. Diese Erkenntnis gefiel ihr gar nicht.

22

»Alec! Willkommen daheim!«

Alec fuhr beim Klang der Stimme herum und zog die Zügel jäh an. Sein Hengst Cairo wieherte vorwurfsvoll. Vor der Tür zum Gasthof White stand winkend ein hochgewachsener, schwarzhaariger, schlanker und gutgekleideter Mann von militärischer Haltung. Nein, dachte Alec, das trifft nicht ganz zu. Es war nicht nur die Haltung des Mannes. Vielmehr wußte er, daß der Mann bei der Army gedient hatte. Aber woher wußte er es?

Lächelnd erwiderte er den Gruß, stieg ab und ergriff die ausgestreckte Hand des anderen.

»Ich habe schon von deiner Rückkehr erfahren. Arielle und ich sind gerade für vierzehn Tage in London und wohnen im Drummond-Stadthaus. Die Jungs haben wir auch dabei. Sie würden sich sehr über ein Wiedersehen mit ihrem Lieblingsonkel und ihrer Kusine freuen. Wie geht es Hallie?«

»Aber ich habe doch keinen Bruder und keine Schwester«, sagte Alec langsam und forschte in den Zügen des Mannes nach irgendeiner Ähnlichkeit. »Wenigstens weiß ich nichts davon.«

»Was ist denn mit dir los, Alec? Komm, gehen wir zu White hinein und trinken einen Brandy! Ich habe gehört, du hast geheiratet. Stimmt das? Arielle kann es kaum abwarten, deine Frau kennenzulernen.«

Alec nickte, übergab Cairo einem wartenden Stallburschen und ging mit dem Mann in den Gasthof.

Sie nahmen in dem großen, mit Eiche getäfelten Lesezimmer Platz. Alec wartete, bis ihnen der Brandy serviert worden war. Dann hob er sein Glas und sagte: »Ich bitte um Entschuldigung, aber ich kenne Sie leider gar nicht. Ich hatte vor zwei Monaten einen Unfall und habe ... Na ja, ich habe dabei das Gedächtnis verloren.«

»Machst du Witze?«

»Ich würde alles darum geben, wenn es ein Witz wäre. Sie sind doch nicht mein Bruder, oder? Und Ihre Frau kann wohl auch kaum meine Schwester sein. Ich frage deshalb, weil Sie sagten, ich sei der Onkel Ihrer Söhne.«

Der Mann blickte ihn weiterhin voller Verwunderung an. Doch er antwortete ruhig und freundlich. »Ich bin Burke Drummond, Earl von Ravensworth. Meine Frau Arielle ist die Halbschwester deiner ersten Frau Nesta, die vor fünf Jahren im Kindbett verstarb.«

»Nesta. Ich habe sie so oft im Geiste vor mir gesehen. Immer nur für Augenblicke, wissen Sie. Manchmal sehe ich sie als Schwangere, süß und lächelnd. Aber meistens sehe ich sie als Tote, wie sie kalt und stumm daliegt und ...« Alec führte den Satz nicht zu Ende, sondern sagte statt dessen: »Sie ... du bist also mit Nestas Schwester verheiratet.«

»Ja, seit fünfeinhalb Jahren«, sagte Burke.

»Und du warst einmal Soldat.«

»Woher weißt du das?«

Alec zuckte die Achseln. »Es ist deine Haltung, und außerdem na, ich weiß es einfach. Waren wir beide eng befreundet?«

»Nicht direkt. Wir haben uns ja lange Zeit nicht gesehen. Du hast jahrelang in Amerika gelebt, in Boston. Danach hast du Nesta auf viele deiner Auslandsreisen mitgenommen. Als du zurückkehrtest, habt ihr im August 1814 bei uns gewohnt. Dann brachtest du Nesta auf deinen Landsitz in Northumberland. Dort ist sie im Dezember gestorben.« Jetzt verstummte Burke Drummond plötzlich. Dies übertraf alles, was er je erlebt hatte. Vor mehr als zehn Jahren hatte er Alec kennengelernt, der damals neu in der Londoner Gesellschaft, aber bereits sehr beliebt war, besonders bei den Londoner Frauen. Er und Alec hatten viel Spaß zusammen gehabt. Aber mit den Jahren hatten sich ihre Wege getrennt.

»Hast du hier in London schon einen Arzt konsultiert?«

Alec schüttelte den Kopf und trank einen Schluck Brandy.

»Würdest du mir erzählen, wie dein Unfall passiert ist?«

»Ein umstürzender Mast traf mich am Kopf. Als ich aus der Bewußtlosigkeit erwachte, hatte ich nicht die geringste Ahnung, wer ich oder wer die nackte Frau war, die neben mir lag.«

»Ich nehme an, deine Frau.«

»Ja. Sie heißt Genny. Ich würde gern Arielle kennenlernen. Vielleicht fällt mir bei ihrem Anblick wieder ein Stück meiner Vergangenheit ein.«

»Du mußt heute abend mit deiner Frau zu uns zum Essen kommen. Morgen können dann Arielle und ich mit unseren Söhnen euch besuchen und Hallie wiedersehen. Geht es deiner Tochter gut?«

»Leider konnten wir ihr mein Problem nicht verheimlichen. Seitdem macht sie sich mehr Gedanken um mich als um sich selber. Sie ist ein sehr frühreifes kleines Mädchen.«

»Das ist sie immer gewesen«, sagte Burke und erhob sich. »Wenn die Jungs erst älter sind, wird sie sie höchstwahrscheinlich als erste auf Abwege locken.« Burke schwieg einen Augenblick und setzte dann sachlich hinzu: »Meine Söhne heißen Dane und Jason. Dane ist dabei, ein kleiner Junge zu werden, aber Jason ist noch Säugling.« Er drückte Alec die Hand. »Es wird schon wieder werden.«

»Das sagt Hallie auch immer, wenn sie mir die Hand tätschelt.«

Nestas Schwester, dachte Genny. Von ihr würde sie mehr über ihren Ehemann erfahren. Genny war passend gekleidet, da Alec wieder einmal ihre Garderobe ausgesucht hatte. Als er bemerkte, daß sie keinen Schmuck besaß, ging er sofort zu seinem Anwalt, erfuhr von ihm von dem Tresor seiner Familie in der Bank von England und holte dort den Schmuck ab, der sich seit mehr als 200 Jahren im Besitz der Familie Carrick befand. Die ganze Sammlung schüttete er Genny auf den Schoß.

»Meine Güte, was ist denn das?« Diamanten, Rubine und Smaragde glitzerten in ihren Händen.

»Das Zeug sieht aus, als habe es seit vielen, vielen Jahren im Tresor gelegen. Sind irgendwelche Schmuckstücke darunter, die dir gefallen?«

Genny besah sich unbefangen ein Stück nach dem anderen und sagte dann mit unterdrücktem Lachen: »Wenn ich die Sammlung aufmerksam durchgehe, finde ich vielleicht – ich sage, vielleicht – ein Stück, das einen zweiten Blick verdient.«

Gemeinsam suchten sie die Stücke heraus, die nicht neu gefaßt zu werden brauchten. Darunter war ein herrlicher Rubin in einfacher Fassung, der an einer Goldkette hing. Alec nahm ihn hoch und ließ ihn gleich wieder fallen, als wäre er glühend heiß. »Er hat Nesta gehört«, sagte er und starrte ihn unverwandt an.

»Er ist sehr schön. Aber woher weißt du das?«

»Ich weiß es einfach. Ich habe ihn für Hallie aufgehoben.«

»Dann wollen wir ihn weiter für Hallie aufheben«, sagte Genny ruhig. »Ich glaube, es ist der größte Rubin, den ich je gesehen habe. weißt du, wie er in euren Besitz gelangt ist?«

»Ich habe nicht die geringste Ahnung.«

»Nun, wie wäre es dann mit dieser Perlenkette? Mir gefällt die blaßrosa Färbung. Was meinst du?«

Alec war einverstanden. So besuchten sie abends das Stadthaus der Drummonds, und Genny trug bei dieser Gelegenheit ein blaßrosa Seidenkleid mit dicker Langnettenstickerei am Saum, die Perlenkette um den Hals und Perlenohrringe. Dazu Schuhe und lange Handschuhe im selben Farbton. Alec bestätigte ihr, daß sie sehr vornehm darin aussah. »Und hättest du gern jemand, der dir beim Ankleiden behilflich ist?«

Genny kicherte. »Mrs. Britt hat mir gerade gesagt, daß sie das übernehmen wird. Sie gestattete keine Widerrede.«

»Du wirst aber später ein Kammermädchen dafür engagieren. Mrs. Britt hat schon zu viel Verantwortung im Haushalt. Sie kann sich nicht auch noch darum kümmern.«

»Vielleicht, nachdem wir die Angelegenheit mit dem Landsitz Carrick in Ordnung gebracht haben.«

Er wollte Einwände erheben, doch da fiel ihm ein, daß er auf dem Landsitz mit großem Vergnügen ihr Kammermädchen spielen würde.

Genny mochte den Graf und die Gräfin von Ravensworth auf Anhieb. Sie hatten sie so aufgenommen, daß sie sich gleich bei ihnen wohl fühlte. Nicht einen Augenblick gaben sie ihr das Gefühl, ein Eindringling oder eine merkwürdige Ausländerin zu sein. Arielle Drummond war eine bezaubernde junge Frau mit den schönsten roten Haaren, die sie je gesehen hatte. Die dichten Locken umrahmten ein ebenso anmutiges wie charaktervolles Gesicht.

Beim Essen erfuhr Alec eine Menge über seine Vergangenheit, an die er vor zwei Monaten jede Erinnerung verloren hatte. Bei der Unterhaltung am Tisch fiel auch der Name Knight Winthrop, und sofort stand der Mann ihm so deutlich vor Augen, daß er sich an der Gemüsesuppe verschluckte. »Er hat goldbraune Augen, nicht wahr? Die Augen eines Fuchses. Er ist groß und athletisch gebaut, stimmt's? Und er ist so urkomisch, daß man sich bei ihm oft den Bauch vor Lachen halten muß.«

»Das ist Knight, wie er leibt und lebt«, sagte Arielle. »Vor fünf Jahren war er noch Londons eingefleischtester Junggeselle. Jedem, der es hören wollte, erklärte er, daß er die Philosophie seines Vaters zu seiner eigenen gemacht hätte.«

»Und worin bestand diese Philosophie?« fragte Genny.

»Frühestens mit vierzig zu heiraten und dann ein achtzehnjähriges Mädchen, das so fügsam wie ein Schäfchen und gut zur Zucht geeignet wäre. Doch nachdem er dann einen Sohn hatte, erzog er ihn gänzlich anders als sein Vater. Nun ja, es gab auch schon unsinnigere Philosophien. Der arme Knight!«

Genny beugte sich vor. »Das mußt du uns erzählen!«

»Knight hat also geheiratet«, begann Arielle unter fröhlichem Lachen. »Und jetzt hat er sieben Kinder! Es ist eine herrliche Geschichte. Er heiratete die schönste Frau, die mir je begegnet ist. Sie brachte bereits drei Kinder in die Ehe mit. Das heißt, es waren nicht ihre eigenen, sondern Kinder ihrer Kusine. Die Kusine war ermordet worden. Ziemlich verworren, nicht wahr? Nun, wie gesagt, sie heirateten, und Lily, so heißt Knights Frau, brachte zweimal Zwillinge zur Welt.«

»Und was hält Knight jetzt von der Philosophie seines Vaters?« fragte Genny.

»Meine Güte, gar nichts mehr«, sagte Burke grinsend.

»Wann immer man ihn zu Gesicht bekommt«, fuhr Arielle fort, »klammern sich mindestens drei seiner Kinder an seine Hände, Beine und Ohren.«

»Knight ist sehr glücklich«, sagte Burke.

»Und Lily ist so schön, daß alle Männer stehenbleiben und ihr nachgucken. Auch wenn sie sämtliche sieben Kinder im Schlepptau hat. Es ist furchtbar komisch, dann mitanzusehen, wie Knight den großzügigen Ehemann spielt, dem es gar nichts ausmacht, daß die armen Gaffer ihr nachstarren.«

»Starrst du ihr auch nach, Burke?« fragte Alec.

»Ab und zu. Aber nur, damit meine Frau eifersüchtig wird.«

»Du eingebildeter Schwachkopf!« sagte Arielle in bester Stimmung.

Der ganze Abend verlief äußerst vergnüglich. Doch als Burke Drummond von Lannie, seiner früheren Schwägerin, sprach, hatte Alec wieder eine plötzliche Erinnerung. Ganz deutlich sah er diese Lannie vor seinem geistigen Auge. Die kleine Hand auf seinem Jackettärmel, plapperte sie drauflos. Er vergaß die Wildente, an die er sich gerade gemacht hatte, und lieferte eine genaue Beschreibung von ihr.

Mit freudig erregtem Lächeln erklärte Genny allen am Tisch, daß er sich täglich an mehr erinnere. »Ich glaube, wenn wir zum Landsitz Carrick kommen, fällt ihm alles wieder ein.«

»Ihr werdet also nicht noch eine Weile in London bleiben?« fragte Burke.

»Nein«, sagte Alec. »Es hat großen Ärger gegeben. Man hat mir gesagt, daß das Haus niedergebrannt ist und mein Verwalter ermordet wurde.«

»Großer Gott!«

»Wie schrecklich!« sagte Arielle. »Es war ein großes Landhaus, über zweihundert Jahre alt, mit vielen schönen Möbeln. Hoffentlich konnten einige gerettet werden. Vielleicht kehrt dein Gedächtnis wirklich wieder zurück, wenn du das Haus erblickst, in dem du deine Kindheit verlebt hast, Alec.«

»Oder ich brauche noch einen Schlag auf den Schädel. Meine Frau hat mir schon dann und wann angeboten, daß sie es gern übernehmen würde, mir einen zu versetzen.«

»Erzähl uns, wie ihr euch kennengelernt habt!« sagte Arielle.

»Ich kann es nicht«, sagte Alec.

Daraufhin übernahm Genny den Bericht. In verkürzter Version, ohne Erwähnung des Bordellbesuchs und ihrer Gewohnheit, in Männerkleidung herumzuziehen. Alec verriet durch nichts, daß er sich an irgend etwas erinnerte. Es war entmutigend, daß er sich an Burkes frühere Schwägerin zu erinnern wußte, doch nicht an seine eigene Frau.

Danach überließen die Frauen ihre Männer dem Portwein und den Zigarillos. Als sie allein waren, sagte Arielle sofort zu Genny: »Ich nehme an, du bist schwanger.«

»Ja. Mir wird aber nur noch selten übel. Nur die Überfahrt nach England möchte ich so schnell wie möglich vergessen. Ich wäre unterwegs am liebsten gestorben, aber vorher hätte ich noch gern Alec für das, was er mir angetan hat, umgebracht.«

»Es war alles sehr schwierig für dich, nicht wahr?«

Zu Gennys Überraschung und äußerstem Kummer ließen Arielles freundliche Worte bei ihr die Tränen aufsteigen. Sie wandte den Kopf ab und drängte sie zurück.

»Ich kann mir kaum vorstellen, wie dir zumute sein muß. Mit einem Mann verheiratet zu sein, der sich nicht an dich erinnern kann! Aber es muß sehr hart sein. Doch eins will ich dir sagen. Alec ist ein guter Mensch. Nestas Tod hat ihn sehr schwer getroffen. Es war von seiner Seite aus nicht die große Liebe, aber er mochte sie sehr gern und fühlte sich an ihrem Tod mitschuldig. Von Hallie wollte er zuerst nichts wissen, weil er in ihr die Ursache für Nestas Tod sah. Wir boten ihm an, sie zu uns zu nehmen. In dem Moment kam ihm zu Bewußtsein, daß es unrecht von ihm war. Deshalb behielt er sie bei sich. Ihre Erziehung ist sicherlich bisher höchst ungewöhnlich verlaufen. Aber da Alec sie von Herzen liebt, wird das nach meiner festen Ansicht keine abträglichen Folgen haben. Jetzt hat Hallie ja auch dich, und ich halte dich für eine sehr vernünftige Frau. Kommst du mit deiner neuen Stieftochter gut aus?«

»Sogar sehr gut. Ich glaube, wenn Hallie mich nicht gemocht hätte, hätte er nicht an eine Ehe mit mir gedacht.«

»Wie gut, daß sie nicht eifersüchtig auf dich ist!«

»O nein. Noch vor unserer Hochzeit verlangte sie von uns ein Brüderchen oder Schwesterchen. Vielleicht sah sie in mir ein Mittel zum Zweck.«

»Ich glaube eher, daß sie in dir die Frau sah, die ihren Vater glücklich machen würde.«

Diese Bemerkung ließ Genny stutzen. Dann sagte sie schwärmerisch: »Manchmal wünschte ich, daß ich so schön wäre wie diese Lily, von der du erzählt hast. Ist sie als Frau so schön wie Alec als Mann?«

»So ungefähr, ja. Aber weißt du, Genny, Alec ist sich seines guten Aussehens kaum bewußt. Genauso wenig, wie Lily sich auf ihre Schönheit etwas einbildet. Im übrigen ist Alec willensstark, störrisch wie ein Esel und treu wie Gold.«

»Du müßtest noch hinzusetzen, daß er sehr starre Ansichten über die Rolle der Frau im Leben hat.«

»Wie meinst du das? Welche Rolle?«

»Hör zu, mein Vater war ein hervorragender Schiffsbauer. Von ihm lernte ich, Schiffe zu konstruieren und zu bauen.

Doch dann mußte ich erfahren, daß Männer es nicht ertragen, wenn eine Frau auf ihrem Gebiet genauso viel kann wie sie. Warum, weiß ich nicht, aber es ist so. Wenn ich Alec nicht begegnet wäre, wäre ich jetzt Besitzerin einer Werft, die zum Bankrott verdammt sein würde, weil kein Mann mit Selbstachtung mit mir, einer Frau, Geschäfte machen würde.«

»Und Alec nahm die gleiche Haltung ein?«

»Genau. Ich kann dir sagen, wir hatten die heftigsten Auseinandersetzungen. Doch dann geschah sein Unfall. Da stellte ich meine Ansichten und Interessen zurück, weil er mich brauchte. Und immer noch braucht. Und Alec ist mir wichtiger als alles andere.«

»Ich verstehe«, sagte Arielle bedächtig. Und sie verstand wirklich, wie stark die sehr verletzliche junge Frau Alec Carrick liebte. Doch wahrscheinlich war Genny nicht weniger willensstark als ihr Mann. Und genauso störrisch. »Jetzt bekommst du ein Kind von ihm. Und bist die Stiefmama seiner Tochter. Kurz und gut, du bist, was jede gute Ehefrau sein sollte. Läuft es darauf hinaus?«

»Ja.«

»Du mußt wissen, daß meine Schwester Nesta alles für Alec getan hätte. Soweit ich mich erinnere, hat sie ihm nie widersprochen. Dafür hat er sie stets mit größter Fürsorge behandelt, war liebevoll und freundlich. Doch im Grunde blieb er immer der Herr, war tonangebend und bestimmte, was zu tun war. Es ist durchaus möglich, daß er mit der Zeit so etwas wie ein Haustyrann wurde. Mein Urteil über Alecs Charakter schöpfe ich in der Hauptsache aus dem Inhalt der vielen Briefe, die mir Nesta in all den Jahren schrieb, als wir uns kaum gesehen haben. Sie liebte ihn bis zum Wahnsinn und darüber hinaus. In ihren Augen war er ein Ritter ohne Fehl und Tadel. Daher war sie auch bereit, sich ihm völlig zu unterwerfen. Er hätte sie sozusagen als Fußabtreter benutzen können, ohne daß sie aufgemuckt hätte.«

»Das könnte sogar einen Heiligen zum Tyrannen werden lassen, und der Himmel weiß, daß Alec nie ein Heiliger war. Ich halte es für ausgeschlossen, daß ich mich je als Fußabtreter mißbrauchen lassen würde.« Genny dachte an den vorhergegangenen Abend, als sie sich angeschrien hatten. »Aber wenn eine Frau nicht sehr aufpaßt, kann es leicht so weit kommen.«

»Das wird alles anders werden, wenn Alec wieder ganz gesund ist. Aber zurück zu Nesta. Versteh mich nicht falsch, Genny, er hat sie sehr glücklich gemacht! Wann immer ich jetzt an Nesta denke, wird mir klar, wie glücklich sie in diesen fünf Jahren mit Alec war.«

»Ich glaube, Alec hat nie daran gedacht, noch einmal zu heiraten«, sagte Genny. Als sie in den schönen Augen Arielles deren besorgtes Interesse sah, machte sie aus ihrem Herzen keine Mördergrube mehr. Sie erzählte ihr alles über ihr schreckliches Erlebnis mit der Frau, die sich Eileen Blanchard nannte.

Sie schloß: »Und genau das ist es, was Eileen gesagt hat. Daß Alec nie mehr heiraten wollte.«

»Wie peinlich das für dich gewesen sein muß! Diese Frau hat sich benommen wie eine enttäuschte Mätresse...«

»Oder Geliebte. Ich glaube, der Unterschied besteht darin, ob man sich aushalten läßt oder nicht.«

Arielle mußte lachen. »Da muß ich mich bei Burke erkundigen. Ich bin sicher, daß er darüber Bescheid weiß. Nun, was mir an der Geschichte wesentlich erscheint, ist, daß Alec ein sehr gutaussehender Mann ist. Die Frauen verehren ihn. Ich hoffe, du verübelst es mir nicht, Genny, aber du scheinst mir bei weitem nicht so fügsam zu sein wie Knights legendäres Schäfchenweib.«

»Nein, das bin ich auch nicht. Aber wie gesagt, Alec merkt es nicht. Er hält mich für sanft, süß und nachgiebig. Und verdammt noch mal, so habe ich mich ja auch seit seinem verfluchten Unfall verhalten. Das ist ungerecht!«

»Was ist ungerecht?«

Alec stand lächelnd in der Tür des Wohnzimmers.

Sie reagierte schnell: »Daß ihr Männer in souveräner Ungestörtheit diesen teuren Cognac trinkt und euch Klatschgeschichten erzählt.«

»Wenn wir zu Hause sind, bekommst du auch einen Cognac. Vielleicht kann ich dich sogar ein bißchen betrunken machen. Also sei wieder lieb!«

Eine Stunde später saßen sie vor dem Kamin im Schlafzimmer, Genny auf Alecs Schoß, und tranken ein wenig Cognac. Wie es seine Gewohnheit war, strich er ihr leicht über den Leib. »Du bist immer noch zu dünn«, sagte er.

»Ha, du scheinst am liebsten Frauen zu haben, die fett wie Suppenhühner sind.«

»Nein«, sagte er nachdenklich. »Das ist nicht wahr. Küß mich, Genny! Wir haben uns lange nicht geliebt.«

»Doch. Erst heute morgen.«

»So lange ist das schon her?«

Sie saß auf seinem Schoß, das Gesicht ihm zugewandt, die Beine um seine Hüften gelegt. In dieser Stellung drang er in sie ein. Er liebkoste sie mit seinen Fingern, seinem Mund, bis sie beide vor Wonne stöhnend den Höhepunkt erreichten.

Es war herrlich gewesen. Erschöpft blieb sie sitzen und legte den Kopf an seine Schulter, ohne sich zu rühren. Es überraschte sie nicht, als sie ihn bald wieder spürte, steif und drängend. Sie nahm seinen Kopf in die Hände und küßte ihn, während er sie abwechselnd anhob und wieder an sich zog. Bald näherte sie sich erneut ihrem Höhepunkt und stöhnte an seinem Mund. Ihre völlige Hingabe trieb ihn zur Ekstase, bis sie vor Lust in eins verschmolzen.

Am nächsten Morgen brachten die Ravensworths ihre beiden kleinen Söhne mit, um Hallie zu besuchen. Genny sah, wie ihre fünfjährige Stieftochter für die Kleinen die liebevolle, aber keinen Unsinn duldende Mutter spielte. Als Arielle fragte, ob Hallie bei ihr bleiben könne, wenn Alec und Genny zum Landsitz fuhren, wandte sich Alec sofort an seine Tochter. »Hättest du Lust dazu, Hallie?«

Hallie überlegte eine Weile und lächelte dann. Genny stockte der Atem, als sie dieses schöne Lächeln sah. Ihr war gar nicht aufgefallen, wie selten Hallie in letzter Zeit fröhlich gewesen war. »Ja, Papa, sehr gern, wenn es Onkel Burke und Tante Arielle recht ist.«

»Wir hätten dich sehr gern bei uns«, sagte Burke.
»Dann ist es abgemacht«, sagte Hallie. Sie sah Genny an. »Kommst du ohne mich zurecht?«
»Das schon, aber du wirst mir schrecklich fehlen.«

Am späten Nachmittag fand Genny ihren Mann in der Bibliothek. Er saß über den Papieren an seinem Schreibtisch.
»Was machst du denn da?«
Geistesabwesend rieb er sich das Kinn. »Alles noch Abrechnungen von der letzten Reise der *Night Dancer*.«
»Kann ich das denn nicht erledigen?«
Alec sah sie an, als hätte sie ihn aus höchster Not gerettet. »Würde dir das wirklich nichts ausmachen?«
»Natürlich nicht. Ich – ich will doch kein unnützes Anhängsel sein, Alec.«
Er warf den Federhalter auf die Schreibtischplatte, lehnte sich zurück, und sein Gesicht verzog sich zu einem breiten Lächeln. »Ein Anhängsel? Das hört sich ziemlich abgeschmackt an. Du bist meine Frau, Genny, und du kriegst ein Kind von mir. Aber wenn es dir Spaß macht, dann tu es von mir aus!«
Als Genny später eine lange Zahlenreihe addierte, fragte sie sich, ob Alec im Besitz seines vollen Gedächtnisses ihr die Arbeit auch überlassen hätte. Sie konnte sich das kaum vorstellen. Nicht bei dem Alec, der im Oktober nach Baltimore gekommen war.

Erst nach Weihnachten reisten die Carricks von London ab. Am 7. Januar fuhr ihre Kutsche durch ein mächtiges Eichentor und rollte dann eine lange Baumallee zum Landsitz entlang. Ein zahnloser Alter winkte ihnen zu, und Alec tippte an seinen Hut. Das ist wohl der Torwächter, dachte er.
Er hatte erwartet, daß die Erinnerung an die Vergangenheit hier schlagartig zurückkehren und ihn wieder zu einem vollwertigen Menschen machen würde. Gewisse Dinge erkannte er auch sofort wieder, wie den unglaublich dicken Stamm einer Eiche dicht neben der Auffahrt. Er wußte auch

gleich, daß in der Rinde seine Initialen eingeritzt waren. Als das Anwesen in Sicht kam, zog er scharf den Atem ein. Mit seinen drei aufsteigenden Stockwerken, den beiden Rundtürmen an jeder Seite, den zahllosen Schornsteinen, den großen, zweigeteilten Fenstern und dem gewaltigen, mit Schnitzwerk versehenen Portal sah es wie eine Mischung von mittelalterlichem Schloß und elisabethanischem Herrenhaus aus. Ein großer Teil des schönen, ausgebleichten roten Backsteinbaus war brandgeschwärzt. Doch schwer beschädigt schien nur der Ostflügel zu sein.

Mein Elternhaus, dachte er. Der Ort, an dem ich meine Kindheit verbracht habe. Vorstellungen stürmten auf ihn ein, überfluteten ihn. Es waren kurze, kristallklare Vorstellungen, die ihm in einzelnen Bildern für Sekundenbruchteile durch den Kopf schossen. Er sah sich zu einer sehr schönen Frau mit Haaren wie geschmolzenes Gold emporschauen und wußte, daß sie seine Mutter und er noch ein sehr kleiner Junge war. Dann war da ein hochgewachsener Mann, prächtig anzuschauen auf seinem schwarzen Pferd, der lachend etwas zu ihm sagte, und wieder war er noch ein kleines Kind. Ebenso plötzlich war der Mann wieder verschwunden, und er sah seine Mutter weinen. »O Gott«, flüsterte Alec. Die Bilder bedrängten und schmerzten ihn.

»Alec? Alles in Ordnung?«

Gennys Hand lag fest auf seinem Arm und schüttelte ihn. Nein, er wollte keine weiteren Erinnerungen mehr. Sie taten ihm zu weh. Sein Herz pochte, und sein Atem kam in rauhen Stößen.

Auf der Vortreppe stand ein alter Mann und starrte ihn an. Wer zum Teufel war das?

»My Lord! Dank dem Himmel, daß Sie wieder da sind!«

Das mußte Smythe sein. Er war schon in Alecs Kindheit der Butler der Carricks gewesen. Der Anwalt hatte ihm von Smythe und von Mrs. MacGraff, der Haushälterin, erzählt.

In dem Augenblick, da Alec durch die weiten Türflügel ins Haus trat, erhoben sich wilde Gefühlsstürme in ihm, doch keine Erinnerungen. Die mächtige, zweistöckige Eingangshalle war rauchgeschwärzt, aber unbeschädigt. Dieser Anblick bewegte sein Gemüt – zeitweise war er von Glücksgefühlen überwältigt, dann wieder traten ihm Tränen in die Augen. Er war heimgekommen, um Erinnerungen zu finden. Doch statt dessen stürmten lang vergessene Gefühle auf ihn ein. Um sie abzuschütteln, fluchte er laut und ausgiebig.

Mrs. MacGraff sagte: »My Lord, was fehlt Ihnen?«

Rasch trat vor. »Seine Lordschaft hat eine Krankheit hinter sich. Hier in seinem Zuhause wird er sich bald besser fühlen.«

Dann führte Smythe sie die gewundene Treppe in die oberen Räume. »Sind Sie allein gekommen?« erkundigte er sich.

»Wäre das ein Problem?« fragte Alec zurück.

»Die Männer, die Ihren Hausverwalter ermordet haben, sind noch auf freiem Fuße, my Lord. Sie sind sehr gefährlich.«

»Aber Sie leben doch auch hier, Smythe. Und wie steht es mit der übrigen Dienerschaft?«

Smythe berichtete vom Personal, von den Schäden am Landsitz und den Machenschaften des Friedensrichters Sir Edward Mortimer. Dann riß er die Türen der Elternsuite auf.

»Meine Güte«, sagte Genny, als sie der unglaublich prachtvollen Einrichtung ansichtig wurde. Es war ein riesiges Gemach, wie für einen König gebaut und eingerichtet. Schwere Vorhänge aus Goldbrokat, ausladende dunkle Sessel und Sofas, die kostbarsten und dicksten Aubusson-Teppiche auf den glänzend polierten Parkettfußböden. Der Kamin, in dem ein loderndes Feuer brannte, war aus teurem dänischen Ziegelstein. Und mittendrin stand Alec und schien auf etwas zu warten.

Doch keine neuen Erinnerungsbilder tauchten auf, um ihn zu peinigen.

»Gott sei gedankt«, sagte er.

Es war fast Mitternacht, als Genny und Alec auf einem breiten, tiefen Armsessel ausruhten, sie auf seinem Schoß.

»Gott sei Dank beschränken sich die Schäden hauptsächlich auf den Ostflügel. Dort hat Arnold Cruisk, mein Hausverwalter, seine Wohnung gehabt. Man hat ihn mit voller Absicht umgebracht. Ich habe schon mit vielen Dienern gesprochen. Sie glauben alle nicht, daß der Mörder auch für die Brandstiftung verantwortlich ist. Sie meinen, das Feuer sei durch Zufall entstanden. sie sagen, daß alle Bewohner den Landsitz viel zu sehr lieben, als daß sie ihm Schaden zufügen könnten.« Alec seufzte.

»Und in diesem Zimmer bist du sicher?«

Die Frage überraschte ihn. Er riß die Augen weit auf. »Du weißt?«

»Ja. Dir kamen Erinnerungen, die dich quälten. Aber hier drin lassen sie dich in Ruhe.«

Aufmerksam betrachtete er seine Frau. Er war ein wenig erschrocken, daß sie ihn so genau kannte, daß sie deutlich gemerkt hatte, was ihm widerfahren war. Sie hatte Smythe, Mrs. MacGraff und das halbe Dutzend weiterer Hausangestellter, die sich ständig hier aufhielten, so behandelt, wie es sich geziemte. Die Leute schienen keinen Anstoß daran zu nehmen, daß sie Amerikanerin war. Dabei war es Alec entgangen, daß die Bereitwilligkeit des Personals, sich allen ihren Wünschen zu fügen, auf der deutlich sichtbaren Besorgtheit seiner Frau um ihn beruhte.

»Du bist ganz schön scharfsichtig, wie?«

»Mehr als du weißt, my Lord. Und nun sag mir, ob ich mich irre! Du hast Bilder aus der Vergangenheit gesehen. Doch diesmal hast du auch die Gemütsbewegungen erlebt, die du zur Zeit dieser Erinnerungen gehabt hast. Das muß schrecklich für dich gewesen sein.«

»Du hast völlig recht. Es war verwirrend.«

»Oh, Alec, du bist ein Meister der Untertreibung! Ich glaube, du bist der wunderbarste Mann auf der Welt, und ich liebe dich von ganzem Herzen.«

Kaum hatte sie das gesagt, da fuhr sie sich mit der Hand an den Mund. Aber die Worte waren nun einmal ausgesprochen und ließen sich nicht mehr zurücknehmen. Erschrokken schaute sie klopfenden Herzens Alec an.

Sehr langsam begann er zu lächeln. Dann setzte er sie ein

Stück von sich weg, nahm ihren Kopf in die Hände und küßte sie. Sein warmer Atem roch nach dem süßen Bordeaux, den er zum Abendessen getrunken hatte. Seine Zunge berührte ihre Lippen. Sie öffnete ihre Lippen, gab ihm ihren Mund, ihren Körper, sich selbst. Als sich ihre Zungen berührten, durchfuhr sie ein Feuer, dessen Hitze zwischen ihren Beinen brannte.

»Alec«, hauchte sie an seinem Mund.

»Hast du mir je zuvor gesagt, daß du mich liebst?«

»Nein. Zuerst habe ich es auch nicht gewußt. Und danach traute ich mich nicht.«

Er streichelte ihre Brüste. »Du hast dich nicht getraut, mir zu sagen, daß du mich liebst? Aber du bist doch meine Frau.«

»Aber du liebst mich nicht. Du hast mich nie geliebt. Du sahst in mir nur ein sehr sonderbares Wesen – eine Frau ohne Gefühl für Mode, die dich brauchte, damit du für sie Kleider kaufen konntest.«

»Das hast du mir ja noch nie gesagt. Hast du dich nicht getraut, mir deine Liebe zu gestehen? Nun hast du es aber getan, und das gibt mir ein wunderbares Gefühl, Lady Sherard. Denn ein Mann will geliebt werden. Er will, daß seine Frau sich ihm vollständig unterwirft.«

Und das, dachte Genny, habe ich jetzt auch getan.

»Und weißt du noch etwas, Genny Carrick? Du bist gar kein sehr sonderbares Wesen – du bist eine sehr süße, liebevolle, schwangere Frau. Du faszinierst mich, Genny. Und weißt du, was ich jetzt mir dir machen möchte?«

Ihr Herz klopfte laut und schnell.

»Ich möchte deinen Leib küssen, Genny ... und dann will ich dich überall liebkosen. Ich will, daß du an meinen Haaren und Schultern zerrst und den Rücken hochwölbst und laut schreist, wenn ich dich zum Höhepunkt bringe.«

Sie bebte am ganzen Leibe, aber ihr Lächeln war das einer Sirene. »Und weißt du, was ich will, Alec? Ich will dich küssen und in mir fühlen, bis du vor Wonne zu stöhnen anfängst.«

»Frau«, sagte er, zu gleicher Zeit erfreut, erschreckt und erregt, »ich erkläre dich zur Siegerin. Aber eigentlich gewinnen wir dabei doch beide, nicht wahr?«

Genny war vollständig seiner Meinung. Und so nahmen sie einander, und die Lust, die einer dem anderen gab, glich der Lust, die einer vom anderen empfing. Genny sagte ihm wieder, daß sie ihn liebte. Und er lächelte und küßte sie leidenschaftlich. Im Einschlafen dachte sie: er aber liebt mich nicht. Wie sollte er auch? Er konnte sich ja nicht daran erinnern, wer sie war.

Und doch, er erinnerte sich bereits an so vieles. Bald würde ihm wieder alles einfallen. Das wußte sie.

23

Alecs Gedächtnis kam auch zurück. Es geschah innerhalb einer Sekunde. Aber keiner hätte sich träumen lassen, daß Genny die Erinnerung auslösen würde.

Genny saß in Arnold Cruisks Büro im zerstörten Ostflügel und durchstöberte alte Papiere und Kontobücher. Sie hatte bereits ganze Stapel angesengter Blätter geprüft, die Haushaltsbücher der letzten fünf Jahre, darin aber nichts gefunden. Keinen Anhaltspunkt für das Motiv des Mordes an dem Verwalter. Weil hier drin alles vor Schmutz starrte, hatte sie Männerkleidung angezogen. Dieselbe, die sie bei der Arbeit auf der Werft in Baltimore getragen hatte.

Sie erteilte gerade Giles, einem Diener, weitere Anweisungen, als Alec beschwingt das ausgebrannte Bürozimmer betrat.

Sie begrüßte ihn und wollte sich erkundigen, wie sein Besuch bei Sir Edward Mortimer verlaufen sei. Da stellte Giles ihr noch eine Frage. Sie gab ihm die Antwort, wandte sich dann Alec zu und bemerkte, daß er sie anstarrte. Fragend legte Genny den Kopf zur Seite, während sie die schmutzig gewordenen Hände an den Hosenbeinen abwischte. Sie lächelte. »Ja, Baron?«

Alec rührte sich nicht. In seinem Kopf wirbelten Gefühle und Bilder umher, mehr Erinnerungen, als, wie er meinte, ein einzelner Mensch haben könnte. Sie richteten in seinem Geist ein Chaos an, eine geistige Hölle. Doch dann urplötzlich ordnete sich das quälende Chaos. Es fiel ihm wie Schuppen von den Augen. Und zum erstenmal sah er im Geist Genny in dieser Männerkleidung an Deck der *Pegasus* stehen. Er erinnerte sich an seine Gefühle bei dieser ersten Begegnung mit ihr. Sie hatte einem ihrer Männer, genau wie eben Giles, Befehle erteilt. Gnädiger Himmel, dachte er leicht benommen, ich bin wieder ein vollwertiger Mensch.

»Alec? Geht es dir gut?«

»Ich glaube, ja«, sagte er, ohne sich zu rühren. Alles war jetzt wieder an seinem rechten Platz. Genny war an ihrem rechten Platz.

Genny war nicht entgangen, daß etwas vorgefallen sein mußte. Rasch sagte sie zu Giles: »Das wäre im Augenblick alles. Ich danke Ihnen für Ihre Hilfe.«

Alec sah den Diener gehen. Selbstverständlich erinnerte er sich jetzt auch an Giles. Er selber hatte ihn vor etwa fünf Jahren eingestellt, kurz bevor Nesta Hallie zur Welt gebracht hatte und im Kindbett gestorben war. Er betrachtete seine Frau. Seine unbegreifliche amerikanische Frau, die eine Werft geleitet hatte. »Darf ich erfahren«, sagte er äußerst sachlich und sehr betont, »was zum Teufel dich bewogen hat, hier wieder den Mann zu spielen?«

Der kalte, distanzierte Klang seiner Stimme ließ sie wie angewurzelt stehenbleiben. Dies war nicht mehr derselbe Mann, der sie heute morgen geweckt hatte, als seine Hand schon zwischen ihren Beinen lag. Der Mann, der ihr dabei gesagt hatte, wie süß und verführerisch sie sei. Dies war ein anderer Alec. Dies, erkannte sie erschrocken, war der Alec, den sie geheiratet hatte.

»Du hast dein Gedächtnis wieder!« schrie sie, vor Erregung bebend. Welche Freude für ihn, für sie, für sie beide!

»Ja, ich erinnere mich wieder an alles. Auch daran, als ich dich zum erstenmal erblickt habe. Du warst genauso angezogen wie heute. Und gerade so wie eben erteiltest du einem Mann Befehle.«

Sie empfand höchste Erleichterung und Freude für ihn. Sie war glücklich, wahnsinnig glücklich. Bewegt lief sie auf ihn zu und landete an seiner Brust. »Alec, Alec, du hast dich und mich wieder gefunden. Das ist herrlich! Oh, mein Liebster, du mußt dich jetzt fühlen, als könntest du Bäume ausreißen!«

Sie küßte ihn auf Kinn, Wange und Mund und plapperte die ganze Zeit wie eine aufgeregte Elster.

Er lächelte. Endlich lächelte er.

»Ich habe es hinter mir«, sagte er. »Merkwürdig, daß gerade du den Moment der Erinnerung ausgelöst hast. Du in deinen Männerkleidern, wie bei unserer ersten Begegnung. Genauso auch deine Kopfhaltung, als du mit Giles sprachst. Aber entscheidend war der Anblick der Kleidung.«

»Dann wollen wir sie einrahmen und sie an einem Ehrenplatz ausstellen!«

Darauf wußte er nichts zu erwidern. Denn in diesem Augenblick verschmolz Vergangenheit und Gegenwart. Ihm wurde urplötzlich klar, wie anders er vor seinem Unfall gewesen war. Doch nein, nicht er war es, der sich durch den Unfall verändert hatte, sondern Genny. Und jetzt würde sie wieder ihre alte Lebensweise aufnehmen. Ihm war, als würde er in einen Sumpf hineingezogen. Vor fünf Minuten war noch alles klar und deutlich gewesen, und jetzt geriet sein Geist schon wieder in völlige Verwirrung. Er schob sie von sich.

Mit den Fingerspitzen streichelte sie ihm die Wange. »Alec, ist alles in Ordnung? Oder hast du Kopfschmerzen?«

Sanft und weich, freigiebig und unterwürfig – all das war sie nach dem Unfall geworden. Sie hatte ihm in allem nachgegeben, hatte ihm alle Wünsche von den Augen abgelesen und seine Begierden willig erfüllt. Jetzt fiel ihm auch ein, daß er sich gelegentlich darüber gewundert, sie danach ausgefragt und sie wegen ihres trotzigen Kinns geneckt hatte. Alec, der Mann ohne Gedächtnis, hätte bestimmt nur gelacht, wenn er sie in Männerkleidung in den Ruinen hätte herumstöbern sehen. Aber der alte Alec, der Mann, den sie geheiratet hatte, der Mann, zu dem er jetzt wieder geworden war, der nie einen Zweifel darüber gelassen hatte, was er von Frauen hielt, die sich als Männer verkleideten – dieser Mann war von ihr äußerst geschickt und sehr schlau an der Nase herumgeführt worden. Er fühlte sich betrogen – er, Alec Carrick, der immer nur Verachtung für Männer aufgebracht hatte, die sich von einer Frau an der Nase herumführen ließen. Sie hatte ihn wirklich sehr schön eingewickelt.

Er betrachtete sie und kratzte sich dabei am Kinn. »Wenn du Männerhosen trägst, Genny«, sagte er schließlich, »hat das einen großen Nachteil für mich. Ich muß sie dir nämlich ganz ausziehen, wenn ich dich haben will. Darum soll eine Frau nur Röcke tragen, meine Liebe. Die braucht man nur hochzuschlagen und kann sich dann überall mit ihr vergnügen.«

Sie trat erbleichend, verdutzt und verletzt zurück. »Ich habe die Männerhosen nur angezogen, weil hier drin alles verdreckt ist. Ich wollte doch die neuen Kleider, die du mir gekauft hast, nicht ruinieren.«

»Ich kann mich entsinnen, daß du immer vernünftige Gründe anzuführen wußtest, wenn du wieder mal den Mann spielen wolltest. Bist du immer auf Männer neidisch gewesen, Genny?«

Sie starrte ihn an, und Zorn wallte in ihr auf. Was gab ihm das Recht, sie so unverfroren und grausam zu behandeln? »Nein, ich war niemals neidisch auf Männer. Ich kann sie nicht einmal leiden, wenn sie sich anmaßen, auf Frauen herunterzublicken, die zufälligerweise ebenso tüchtig sind wie sie.«

»Aber, Genny, du würdest doch vom Schiffbau nicht das Geringste verstehen, wenn dein Vater dich nicht wie einen Sohn behandelt und dir alles beigebracht hätte.«

»Auch ein Mann würde nicht das Geringste vom Schiffbau verstehen, wenn er keinen Lehrmeister gehabt hätte. Leuchtet dir das nicht ein?«

»Es sagt mir nur, daß du keine Mutter gehabt hast, die dich

zur Frau erzogen hätte. Daher kommt es, daß du zwar in Männerkleidung herumspazieren, aber dir nicht mal ein anständiges Frauenkleid kaufen kannst. Etwas anderes kann ich daraus nicht entnehmen.«

Da schlug sie so kräftig zu, daß sein Kopf zur Seite flog. Er packte sie an den Armen und schüttelte sie. Dann ließ er sie wieder los. »Du ziehst jetzt diese verdammten lächerlichen Sachen aus, oder ich reiße sie dir vom Leibe. Hast du verstanden? Ich will nicht noch einmal erleben, daß du dich als Mann verkleidest.«

Ohne ein weiteres Wort rannte sie aus dem Zimmer.

Schweigend sah Alec ihr nach. Sie hat mich prächtig hereingelegt, dachte er wieder, nach allen Regeln der Kunst. Und er war so dumm gewesen, ihr alles durchgehen zu lassen, so daß sie ihren absurden Gelüsten frönen konnte. Er hatte ihr gestattet, die Buchhaltung für die *Night Dancer* zu erledigen. Alles aus Liebe zu ihr. Alles, um ihr Vergnügen zu machen.

Nein, das stimmte ja nicht. Es war der Alec ohne Gedächtnis gewesen, der sie geliebt hatte. Nicht der alte, der echte Alec. Der alte Alec hatte die Weiber in ihre Schranken verwiesen, hatte sie benutzt und seinen Spaß mit ihnen gehabt, wenn er Lust dazu hatte. Aber er hatte ihnen nie erlaubt, sich in sein Herz zu schmeicheln und Teil seiner selbst zu werden. Der alte Alec hatte mehrmals mit Eileen Blanchard geschlafen. Der alte Alec hatte im Scherz gesagt, sie könne ihm zu Weihnachten einen ganzen Harem schenken.

Eigentlich hätte er jetzt Champagner bestellen und seine völlige Genesung feiern sollen. Aber er war mit einer Frau verheiratet, die es fertiggebracht hatte, einen willensschwachen Esel aus ihm zu machen, der alles für richtig fand, was sie wünschte, und sie darin sogar noch unterstützte. Das war unerträglich.

Da spielte sie den Mann, obwohl sie mit seinem Kind schwanger war. Am liebsten hätte er sich selber angeschrien: dem mußt du ein Ende machen! Er war ja Gott sei Dank wieder er selbst. Kein einziger weißer Fleck mehr in seiner Erinnerung! Er wußte wieder, wer Burke und Arielle Drummond waren, und wer Knight Winthrop war. Er hörte ihn geradezu mit dem witzigsten Zynismus die Philosophie seines Erzeugers predigen. Jetzt war Knight verheiratet und hatte sieben Kinder. Und er, Alec, der Mann, der nie wieder heiraten wollte, war an ein Weib gefesselt, deren Motive ihm ewig unklar geblieben waren, die ihm den Kopf verdreht hatte und ihn nach ihrem Belieben erregen konnte. Zu einem aufbrausenden Wicht hatte sie ihn gemacht, einen Typ, den er immer verabscheut hatte.

Aber er war ja wieder gesund. Was auch inzwischen geschehen sein mochte, er war wieder der, der er einmal gewesen war. Er sah Hallie vor sich, er kannte sie wieder. Ach, er wünschte, sie wäre hier, damit er sie an sich drücken und ihr sagen könnte, wie sehr ihr Vater sie lieb hatte. Er sah wieder den kleinen Jungen vor sich, der er vor zwanzig Jahren gewesen war, der machtlos seine Mutter weinen sah, weil sein Vater gestorben war. Doch jetzt fühlte er nicht mehr den furchtbaren, würgenden Schmerz von damals.

Und er erinnerte sich, wie Genny in der Hochzeitsnacht vertrauensvoll, süß und staunend zu ihm aufgeblickt hatte. Da hatten sie sich geliebt, bis Wonneschauer sie und ihn durchrieselt hatten. Er hatte sie in den Armen gehalten und ihr wunderbares Haar gestreichelt, und so waren sie in enger Umarmung eingeschlafen. Und in den dunklen Stunden der Nacht hatte er sie wieder geweckt, und sie hatten sich wieder geliebt, und Gennys Lustschreie waren durch die Nacht geklungen und hatten ihn mit tiefer Befriedigung erfüllt.

Alec schaute sich in dem rauchgeschwärzten, verwüsteten Zimmer um. Er hätte gern gewußt, was Genny wirklich hier gemacht hatte. Er sah die Stöße angekohlter Papiere auf der Schreibtischruine seines Verwalters, und zynisch dachte er: sie hat wohl versucht, den Wert des Landsitzes Carrick zu berechnen.

Bedächtig legte Genny den zweiten Männeranzug an, den sie besaß. Dann trat sie zurück und betrachtete in dem Drehspiegel ihre Figur. In der Lederweste, die die breiter gewordene Taille verbarg, sah sie immer noch recht schlank aus. Und auch vor dem Spiegel reckte sie trotzig das Kinn.

Sie würde sich nicht von ihm herumkommandieren lassen.

Wenn er ein Despot sein wollte, dann sollte er sich zum Teufel scheren. Sie würde ihn nicht den Tyrannen spielen lassen und seine pflichtbewußte, gehorsame Sklavin sein. Sie würde sich seine schlechte Laune und die unsinnige Behauptung, sie wäre auf Männer neidisch, nicht gefallen lassen. Schließlich trug sie sein Kind im Leib. Da mußte es doch auch dem Dümmsten einleuchten, daß sie durch und durch Frau war.

Was hatte denn den Anstoß zu seiner Gesundung gegeben? Sie war es gewesen, sie mit dieser albernen Männerkleidung. Er müßte ihr dankbar sein. Aber nein, er hatte sich plötzlich in einen Mann verwandelt, der noch schlimmer als der alte Alec war.

Genny warf einen Blick auf das Kleid, das Mrs. MacGraff ihr auf dem Bett bereitgelegt hatte. Es war eins der neuen Kleider, die Alec ausgesucht hatte. Blaßlavendelfarbene Seide mit tiefem Ausschnitt, eng unter dem Busen, und weit herabfallendem Rock. In diesem Kleid sah sie wie eine köstliche Blume der Weiblichkeit aus, wie ein erlesenes Wesen, dem ein Mann wohl Beifall zollen und seinen Schutz anbieten mußte.

Sie schlug sich auf den Schenkel, der in Männerhosen steckte. Nein, sie würde das verdammte Kleid nicht anziehen! Erst mußte er sich entschuldigen und aufhören, den arroganten Flegel zu spielen – ja, dann würde sie gern jedes Kleid anziehen, in dem er sie zu sehen wünschte. Aber sie ließ es sich nicht bieten, wie eine berechnende Person behandelt zu werden, die ihn absichtlich hinters Licht geführt hatte.

Sie erinnerte sich an jedes seiner grausamen Worte. Sie würde sie wohl ihr ganzes Leben lang nicht vergessen.

Erwartete er denn wirklich von ihr, daß sie vor ihm auf den Boden fallen würde, damit er ihr die Sporen in die Seiten drücken konnte? Während seiner Krankheit war sie sanft, liebevoll und unterwürfig gewesen. Sie hatte gemeint, er brauche ihre ganze Unterstützung, all ihr Verständnis, ihre Liebe und ihre volle Anerkennung. Doch sie ahnte tief im Inneren, daß sie so nicht weitermachen durfte, wenn er nicht tatsächlich zum Tyrannen werden sollte. Es lag auch nicht in ihrem Charakter, eine unbedeutende, ängstliche kleine Frau zu werden, die in jeder Hinsicht von ihrem Mann abhängig war.

Genny reckte die Schultern und marschierte aus ihrem Schlafzimmer den langen Flur hinunter zur Haupttreppe. So schritt sie in das Wohnzimmer, blieb stehen und wartete, bis sich Alec, der mit dem Rücken zu ihr stand und sie hereinkommen hörte, langsam zu ihr umdrehte.

Er sah sie an, und seine Finger schlossen sich so fest um den Stiel des Weinglases, daß die Knöchel weiß hervortraten.

Sie sah genauso aus wie damals, als er sie zum erstenmal an Bord der *Pegasus* erblickt hatte. Nun, das stimmte nicht ganz. Ihre Brüste waren durch die Schwangerschaft voller geworden. Selbst die weite Jacke konnte diesen Umstand nicht verbergen. Mit einem Mann war sie nicht mehr zu verwechseln.

»Guten Abend«, sagte sie mit schneidender Stimme, die ihn sofort gegen sie aufbrachte.

Sehr ruhig erwiderte Alec: »Du gehst sofort in dein Schlafzimmer zurück und legst diese Kleidungsstücke ab.«

Sie schob das Kinn noch ein wenig vor. »Nein.«

Seine Augen funkelten. Seine Züge verhärteten sich. »Ich habe dir bereits gesagt, was ich tun werde, wenn ich dich noch einmal in Männerkleidung sehe. Hast du meine Worte schon vergessen? Oder bildest du dir ein, du könntest mich weiterhin zurechtstutzen und wie einen willensschwachen Dummkopf behandeln?«

»Dich zurechtstutzen? Wovon redest du überhaupt?«

»Du weißt sehr gut, wovon ich rede. Du hast dich lange Zeit sanft und unterwürfig verhalten. Das war aber nur Verstellung, bis hin zu jedem Stöhnen, das aus deinem hübschen Mund kam, wenn ich dich liebte. Du hast mich mit

Samthandschuhen beherrscht. Diese Tage sind vorbei, Madam. Entweder ziehst du dir diese Sachen jetzt selber aus, oder ich mache es für dich.«

Es traf zu, sie hatte sich sanft und unterwürfig verhalten, aber... »Es war keine Verstellung, Alec. Du brauchtest mich, und deshalb habe ich mich so gegeben, wie es für deinen Zustand nötig war. Ich würde dich nie hinters Licht führen. Selbst wenn du dein Gedächtnis nicht wiedergefunden hättest, bezweifle ich, daß das möglich gewesen wäre.«

Seine hämische Miene verzerrte sein Gesicht. Sie haßte diesen Blick. »Nun, ich frage mich jetzt selber«, überlegte er laut, »wie es kam, daß ich dich geheiratet habe. Habe ich in dir eine Herausforderung gesehen? Wollte ich einem übergeschnappten Weib zeigen, wo sein Platz ist? Irgendwie bin ich mir über meine Beweggründe nicht mehr im klaren.«

»Ich würde sagen, du lieb... du hattest etwas für mich übrig.«

Er lachte laut auf. »Nein. Es ist mir wieder eingefallen. Ich habe es als Kavalierspflicht angesehen. Dummerweise. Ich hatte wegen deiner mißlichen Lage Mitleid mit dir und hielt es für meine Pflicht, dich zu schützen. Du hast mir einfach leid getan, besonders nach dem Tod deines Vaters. Du standest allein und hilflos in der Welt.«

»Ich war nicht hilflos!«

»Ach nein? Die Werft wäre bankrott gegangen, und wenn du so intelligent wärst, wie du glaubst, dann hättest du dir das selber eingestanden und...«

»Hätte einen großen, bedeutenden Mann geheiratet, wie?«

»Du bist doch nicht dumm, nicht wahr? Du hast die Lage ganz realistisch eingeschätzt. Und du hast einen großen, bedeutenden Mann geheiratet. Einen Mann, der für dich sorgt und dir so viele Kleider kaufen kann, wie du wünschst.«

»Ich hatte dein Mitleid nicht nötig, Alec. Und ebenso wenig deinen Schutz. Dein Modegeschmack hat sich allerdings als eine feine Sache erwiesen.«

»Nun, jedenfalls habe ich dir mein Mitleid geschenkt und

dir meinen Schutz gewährt. Denn, Genny, ich bin ein Mann, der als Gentleman erzogen wurde.«

»Wie kann ein Gentleman dann so grausam sein? Ein merkwürdiger Widerspruch, finde ich.«

»Grausam? Meinst du das wirklich? Da bin ich anderer Meinung. Zum erstenmal seit meinem Unfall sehe ich jetzt alles ganz klar. O ja, ich will der Wahrheit die Ehre geben, ich wollte dich auch gern entjungfern. Du warst eine eiserne Jungfrau, Eugenia, und das hat mich gereizt. Bis dahin hatte ich mir eingebildet, mir wären die Frauen mit Erfahrung viel lieber. Frauen, die es verstehen, Lust zu spenden, und die selbst auch aufs schönste befriedigt werden wollen. Aber das fiel gar nicht ins Gewicht. Denn in dir schlummerte eine starke Leidenschaft, die nur darauf wartete, erlöst zu werden. Eine schlafende Schönheit in Männerkleidung. Und mich verlangte nach deiner Leidenschaft, Genny. Da fühlte ich mich allmächtig. Du bist auf alles eingegangen, Genny. Ja, das war wahrscheinlich mein Hauptgrund, dich zur Frau zu nehmen.«

»Es sah aber so aus, als machte es dir immer noch Freude, mich zu lieben.«

»Ja, ich glaube, das ist wahr. Du und ich, wir haben die gleiche leidenschaftliche Veranlagung. Deshalb habe ich dich geheiratet. Hinzu kommt, daß Hallie mit dir einverstanden war.«

»Du hast doch schon mit so vielen Frauen geschlafen und hast sie nicht geheiratet. Warum gerade mich?«

»Weil du so verdammt rührend warst. Und nun, mein liebes Weib, geh und zieh dir diese blödsinnigen Kleidungsstücke aus! Ich setze mich nicht mit so einem Wesen zu Tisch.«

»Nein. Nein, das tu ich nicht. Ich lasse mich von dir nicht herumkommandieren, Alec. Du bist mein Mann, aber nicht mein Wächter.«

»Ich bin alles für dich, Genny. Und ich bestimme zu jeder Zeit, was du verdient und was du nötig hast.«

Sie konnte sich nur noch mit größter Mühe beherrschen.

»Ich verstehe überhaupt nicht, was du willst. Ich bin doch nur in dieses Büro gegangen, um zu sehen, ob ich etwas entdecken könnte, was ein Licht auf den Mord an deinem Verwalter wirft. Was macht es denn da aus, was ich bei dieser Gelegenheit trage? Wen kümmert es, um Himmels willen? Warum benimmst du dich so schrecklich?«

»Ich habe dich nicht gebeten, den Detektiv zu spielen. Es gehört sich nicht für eine Frau, ein solches Risiko auf sich zu nehmen. Du hättest dich in dem Zimmer verletzen können, und...«

Sie konnte es nicht mehr mitanhören. »Hör auf! Ich kann es kaum glauben, daß du solche Sachen sagst. Alec, ich bin deine Frau, und ich will dir und mir helfen. Es geht um diesen Landsitz, der mein Haus genauso ist wie deins. Der Mord an deinem Verwalter geht mich genauso viel an wie dich.«

Mit undurchdringlicher Miene kam er auf sie zu und packte sie mit seinen Händen fest an den Schultern. »Hör mich an, Lady Sherard! Du bist meine Frau und trägst mein Kind unter dem Herzen. Es darf dir nichts zustoßen. Ich bin für deine Sicherheit verantwortlich. Kannst du nicht einmal so etwas Einfaches verstehen?«

»Du bist ein Narr«, sagte sie mit flacher Stimme. »Ein verdammter Narr. Laß mich los!«

»Ziehst du diese Kleidungsstücke aus?«

»Geh zum Teufel!« sagte sie.

Plötzlich ließ er sie los und schob sie auf ein Sofa. Dann ging er zur Tür, zog sie zu, schloß ab und drehte sich um.

»Jetzt«, sagte er.

Sie raffte sich auf und rannte hinter das Sofa.

»Wenn du mich anrührst, Alec, wird es dir später sehr leid tun.«

»Ich kann mir vorstellen, daß du es versuchen wirst«, sagte er gleichgültig. »Aber das macht nichts. Wenn du doch nur einsähst, daß du eine Frau bist! Du bist nur halb so stark wie ich...«

»Aber ich bin zu allem entschlossen. Ich meine es ernst, Alec. Laß diesen Unsinn und schließ die Tür auf!«

Es war, als hätte sie die richtigen Worte gefunden. Denn er nickte und sagte: »Du hast recht. Das war keine gute Idee.« Wenige Augenblicke später war die Tür offen, und er stand vor ihr und verbeugte sich ironisch.

Genny zwang sich, nicht zu rennen, als sie an ihm vorbeiging. Plötzlich packte er sie um die Taille und hob sie hoch wie einen Sack Mehl. Dann schien es ihm einzufallen, daß sie sein Kind im Schoß trug, und er legte sie sich mit einer schnellen Hebung über die Schulter.

Sie drohte ihm mit allen möglichen Körperverletzungen, die ihr gerade in den Sinn kamen. Er lachte nur. Als sie ihm drohte, nach der Dienerschaft zu schreien, lachte er noch lauter. Mit den Fäusten trommelte sie auf seinen Rücken, was ihm nichts auszumachen schien. Sie blickte auf und sah Smythe, den Diener Giles und Mrs. MacGraff. Keiner von ihnen sprach ein Wort. Giles schien sich sogar ein Lachen zu verbeißen. Dies brachte sie noch mehr in Wut, und sie schlug wieder auf den Rücken ihres Mannes ein.

»Laß es sein!«

Er schüttelte nur den Kopf und ging schneller. Er trug sie in die große Suite und stieß hinter sich die Tür mit dem Hakken zu. Dann legte er sie aufs Bett und schloß beide Türen ab.

Genny stand rasch auf und lief zum anderen Ende des Betts. Von dort aus beobachtete sie ihn. Mit den Augen verfolgte sie jede Bewegung, die er machte. Dabei wich sie zur Wand zurück, wo sie einen kurzen Blick aus dem Fenster warf. Hinausspringen war nicht möglich. Es war fast zehn Meter hoch.

»An Flucht ist nicht zu denken«, mahnte er sie. »Als Frau bist du nur mit geringem Verstand begabt, aber ich erinnere dich daran, daß wir Dezember haben und du schwanger bist. Mit Rücksicht auf deinen Zustand werde ich mich damit begnügen, dir die Sachen vom Leibe zu reißen. Viel lieber würde ich dir eine tüchtige Tracht Prügel verabreichen. Aber als vernünftiger Mensch bin ich kompromißbereit. Komm her, Genny!«

Sie rührte sich nicht, sie reckte nur das Kinn. »Geh zum Teufel!«

»Du wiederholst dich. Komm her! Ich sage es dir nicht noch einmal.«

»Das ist gut. Du langweilst mich nämlich, Alec.«

Er kam auf sie zu. Genny rannte zu der Tür, die ins Nebenzimmer führte. Sie hoffte inbrünstig, er hätte den Schlüssel steckenlassen. Das war nicht der Fall. Und schon schlossen sich seine Hände um ihre Unterarme.

»Jetzt!« sagte er und riß ihr das Hemd vom Hals bis zur Gürtellinie auf. Knöpfe flogen zu Boden. Er griff nach der Weste und zog sie ihr aus, obwohl sie wild mit den Armen um sich schlug.

»Mal sehen, was wir hier haben.« Er drehte sie zu sich um. Genny gelang es, einen Arm freizubekommen und schlug ihm mit der Faust in den Unterleib. Er stöhnte, und seine Augen schossen zornige Blitze.

»Laß mich los, Alec! Schließ die Tür auf und laß mich in Ruhe! Wenn du willst, daß ich fortgehe, gehe ich. Morgen früh. Dann wirst du meine Gesellschaft nie mehr ertragen müssen. Aber laß mich los!«

Seine wortlose Antwort kam schnell. Im nächsten Augenblick lag ihr Hemd in Fetzen am Boden, und das Unterhemd war vorn der Länge nach aufgerissen. Er zog es ihr aus. Nun war sie bis zur Taille nackt. Sie merkte, daß er sie ansah, und das machte sie noch wütender. Gleichzeitig wurde sie sich ihrer Hilflosigkeit bewußt. »Das werde ich dir nie verzeihen, Alec! Verdammter Kerl, laß mich jetzt gehen!«

Er sah sie nur weiterhin schweigend an. Nach einer Weile sagte er: »Deine Brüste sind noch größer geworden.« Sanft umspannte er eine Brust mit der Hand. »Schwerer auch. Und sie sind außerordentlich schön.« Sie zuckte zusammen. Doch den anderen Arm hatte er ihr um den Hals gelegt, und so konnte sie nicht weg.

»Laß mich los!«

»Gut«, sagte er freundlich und zog ihr die Stiefel, die Hose und die Wollstrümpfe aus. Nun war sie völlig nackt, und er sagte lächelnd: »Sehr hübsch, mein liebes Weib. Wirklich sehr hübsch.«

Wieder war seine Hand an ihrer Brust, um sie sanft zu streicheln. Sie spürte Verlangen aufsteigen, drängte es aber entschlossen zurück. Er nahm sie auf die Arme und trug sie zum Bett.

Dort setzte er sich zu ihr. »Nun können wir uns miteinander unterhalten, Frau«, sagte er so unbekümmert, als spräche er über das Wetter. »Du willst mich also verlassen?«

»Ja. Hier werde ich ja nur erniedrigt und beleidigt.«

»Wie wäre es denn, wenn du dich auf deinen schönen Rükken legtest? Ich könnte dann, vollständig angezogen, dich betrachten, wie du splitternackt vor mir liegst. Ist dir das recht?«

Sie wollte ihn schlagen, doch er drückte ihr den Arm aufs Bett. »Nein, nicht schlagen! Ich will mir unseren Sohn ansehen.«

»Es ist eine Tochter!«

Leicht strich er ihr mit der flachen Hand über den Bauch und sagte leise: »Du gehst nirgendwohin. Du bist meine Frau und wirst genau das tun, was ich dir sage.«

In diesem Augenblick knurrte Gennys Magen laut und vernehmlich.

Alec riß die Augen auf und lachte. »Ich gebe dir etwas zu essen, aber noch nicht gleich. Nein, jetzt möchte ich deinen Anblick genießen.«

Er beugte sich vor und küßte ihren Bauch. Leichte, kurze Küsse. Dann richtete er sich wieder auf. Seine Augen hatten sich verdunkelt. Daran sah sie, daß er sie nehmen wollte.

»Du kannst mich doch gar nicht leiden«, sagte sie. »Wie kannst du denn da den Wunsch haben, mit mir zu schlafen?«

»Du hast einen so schönen Körper, Genny. Es macht mir große Freude zu beobachten, wie dein Bauch und deine Brüste anschwellen.«

»Mir ist kalt, Alec.« Und wirklich ging ein Frösteln durch ihren Körper.

24

»Ich meine es ernst, Genny. Anweisungen kannst du Mrs. MacGraff erteilen. Dazu hast du ein Recht. Aber halte dich aus dieser Mordsache heraus! Wir wissen nicht, wer darin verwickelt ist. Und ich will nicht, daß du dich in Gefahr begibst.«

Er war immer noch tief in ihr, war ein Teil von ihr. Und er hatte gesagt, daß er sie nie verlassen werde. Das war eine Lüge. Es war das, was einem Mann in sexueller Erregung leicht über die Lippen geht.

Sie schwieg längere Zeit.

Dann sagte er im Ton des vernünftigen Mannes, der es mit einer unvernünftigen Frau zu tun hat: »Genügt es dir denn nicht, meine Frau zu sein?«

Sie antwortete mit einer Gegenfrage: »Würdest du mir jetzt die Werft überschreiben?«

Das ließ ihn verstummen. Er zog sich aus ihr zurück, wälzte sich auf den Rücken und starrte die Decke an. Sie kam sich verlassen vor, schwieg aber ebenfalls. Was gab es denn auch noch zu sagen?

»Warum jetzt auf einmal? Ich erinnere mich, daß du keine Überschreibung haben wolltest. Du hast es kategorisch abgelehnt, als ich es dir anbot. Da hattest du noch Vertrauen zu mir, obwohl ich damals nicht gesund, sondern ein Mann ohne Gedächtnis war. Jetzt aber, wo ich wieder der Mann bin, mit dem du die Ehe eingegangen bist, glaubst du mir nicht mehr, daß ich immer für dich sorgen werde.«

»Aber die Werft gehört mir. Ich will, daß sie meinen Namen trägt. Ich will nicht, daß meine Existenz von deinen Launen abhängt.«

Er drehte sich zu ihr um. Zorn verzerrte plötzlich sein Gesicht. »Aber ich durfte nach meinem Unfall von deiner Gnade, von deinen willkürlichen weiblichen Launen abhängig sein!«

»Das ist wahr. Aber ich habe dein Vertrauen auch nicht enttäuscht, oder? Ich habe zu dir gehalten und dir alles gegeben, was ich konnte. Und dann schenkte ich dir mein Vertrauen, und jetzt sieht man, was ich dadurch gewonnen habe – einen anderen Mann, der mir ablehnender gegenübersteht als der Mann, den ich geheiratet habe.«

»Ich würde nicht sagen, daß meine Ablehnung deiner lächerlichen Gewohnheit, in Männerkleidern umherzugehen, etwas damit zu tun hat, daß du mir vertrauen kannst. Ich habe mit keiner anderen Frau geschlafen. Ich habe dich nicht geschlagen. Ich habe dir keinen Grund gegeben, an meiner Ehrenhaftigkeit zu zweifeln oder dich zu beklagen, daß ich meine Verantwortung für dich vernachlässige. Und jetzt, Madam, will ich dir nur noch eins sagen. Ich werde dir nichts überschreiben. Gar nichts. Du wirst lernen, mir zu vertrauen, und damit basta.«

Sie schlug ihm mit der Faust auf die Schulter. »Die Werft gehört mir! Ich verlange, daß du sie mir zurückgibst. Das ist nur gerecht.«

»Was gerecht ist und was nicht, bestimme ich. Und jetzt mußt du etwas essen. Ich will nicht, daß mein Sohn Hunger leidet.«

»Es ist eine Tochter, verdammt noch mal!«

»Nein«, sagte er, riß die Bettdecke weg und betrachtete ihren Bauch. »Es ist ein Sohn. Ich weiß es. Soll ich dir dein Essen raufbringen lassen? Nein, du brauchst nichts zu sagen. Ich lasse es raufbringen.«

Er stand auf, nackt, langgliedrig und schön gebaut, und zog an dem Klingelzug. Dann fachte er das Feuer an, und sie beobachtete das Spiel seiner Schulter- und der kräftigen Beinmuskeln. Schließlich schlüpfte er in einen Morgenrock aus dickem schwarzem Samt mit goldfarbenen Samtmanschetten. So ging er zur Schlafzimmertür und erteilte den Dienern Anweisungen für das Abendessen.

Alec war wie erstarrt. Warum hatte sie ihn geheiratet? Sie hatte doch gewußt, daß er ihre Lebensweise ablehnte. Die letzten beiden Monate hatten sie außerhalb der Wirklichkeit gelebt. Niemand hatte das voraussehen können. Doch diese Monate waren jetzt vorüber, als hätte sie es nie gegeben. Und der jetzige Alec hatte sich sehr verändert. Er war noch schärfer und ausgeprägter in seinen Ansichten als der Alec, mit dem sie die Ehe geschlossen hatte. Es war, als hätte er Angst, ihr auch nur um einen Fußbreit nachzugeben.

Langsam sagte sie: »Es war eine Dummheit von mir, dir Vertrauen zu schenken. Ich hätte dich damals die Übertragungsurkunde sofort unterschreiben lassen sollen. Du warst ja dazu bereit. Vielleicht hast du es vergessen, aber damals warst du noch ein vernünftiger, freundlicher und großzügiger Mensch. Na ja, es war mein eigener Fehler. Jetzt habe ich überhaupt kein Geld mehr. Ich habe nichts.«

»Ich setze dir ein großzügig bemessenes Taschengeld aus.«

Als sie in Schweigen verharrte, fragte Alec in schärferem Ton: »Willst du denn nicht wissen, wieviel ich dir gebe?«

Ungesehen von ihm, ballte sie die Faust im Schoß.

Alec blickte auf ihren gesenkten Kopf. Es ist wahr, dachte er, sie hat eine Menge für mich getan. Sie hatte sich ihm geschenkt, sie hatte jede Aufregung von ihm ferngehalten und ihn getröstet, soweit sie es vermochte. Und zum Dank dafür hatte er sich jetzt gegen sie gestellt. Aber sie war doch eine Frau, seine Frau ...

Sie ist ganz anders als Nesta. Sie war anders als jede Frau, die er vor ihr gekannt hatte. Seufzend öffnete er den beiden Dienern, die das Essen brachten, die Tür. Sie zogen einen niedrigen Tisch vor den Kamin, deckten ihn, stellten die Stühle zurecht und warteten dann auf weitere Anweisungen.

Er dankte ihnen und entließ sie.

»Soll ich dir einen Morgenrock bringen, oder möchtest du lieber nackend essen?«

Genny erhob sich, schob das Kinn vor, ging langsam zu dem gedeckten Tisch und nahm daran Platz. Die Hitze, die vom Kamin ausströmte, erwärmte ihren nackten Körper.

Überrascht sah Alec sie an. Das hatte er nicht erwartet. Er mußte lächeln. Sie liebte Herausforderungen, seine Frau. Er warf seinen Morgenmantel ab und setzte sich ebenfalls nackt zu ihr.

Sie ließen es sich wohl sein. Es gab Hasenbraten in Soße mit Korinthengelee. Es folgte Rumpsteak in Austernsoße. Die Karotten und die Pastinakwurzeln waren knackigfrisch, die geschmorten spanischen Zwiebeln würzig. Alec goß ihr ein Glas französischen Süßwein ein.

»Ich möchte dir etwas sagen, Alec.«

»Willst du in einer Liverpooler Werft arbeiten? Als schwangere Frau in die Takelage klettern?«

»Nein.«

»Was denn, Frau?«

»Es handelt sich nicht um uns, nicht um unsere persönlichen Beziehungen, meine ich. Es geht um den Mord an deinem Verwalter. Ich neige zu der Ansicht, daß die Täter nicht unter deinen Pächtern zu suchen sind – auch wenn Sir Edward sie, glaube ich, als Mördergesindel bezeichnet hat. Ich meine, der Schurke in diesem Stück könnte der Verwalter selber gewesen sein.«

»Mein Verwalter ist tot. Ich halte es für unwahrscheinlich, daß er Selbstmord begangen hat.«

»Wenn ich es richtig verstanden habe, geht man von der Theorie aus, daß Arnold Cruisk einigen unehrlichen Pächtern auf die Schliche kam und ihnen drohte, er werde sie deportieren lassen. Deshalb sollen sie ihn umgebracht haben. Ich glaube dagegen, die richtige Antwort lautet: Mr. Cruisk war unehrlich.«

»Aber ich habe den Mann persönlich vor fünfeinhalb Jahren eingestellt. Er hat mir immer detaillierte Kontoauszüge geschickt und mich ständig über alles auf dem laufenden gehalten. Mit peinlicher Gewissenhaftigkeit hat er jedes Vierteljahr Geld bei meiner Bank eingezahlt. Bevor er zu mir kam, war er Verwalter bei Sir William Wolverton. Sir William schrieb mir, er sei ein ausgezeichneter, sehr fähiger und vertrauenswürdiger Mann.«

»Wo ist Sir William jetzt?«

»Lieber Himmel, Genny, warum willst du denn das wissen? Also schön. Er lebt in Dorset, in der Nähe von Chipping Marsh. Falls er noch am Leben ist. Mein Verwalter war bei ihm ausgeschieden, weil dessen Sohn die Verwaltung des Landsitzes übernommen hatte.«

»Ich meine, wir sollten ihm schreiben. Es besteht immerhin die Möglichkeit, daß Mr. Cruisk das Empfehlungsschreiben von Sir Williams gefälscht hat. Du kennst diesen Sir William Wolverton nicht persönlich, oder?«

»Ich habe dir doch gesagt, daß es dir nicht zusteht, Detektiv zu spielen.«

Darüber ging Genny einfach hinweg. »Diese Überlegungen sind nämlich der Grund, warum ich heute nachmittag die Unterlagen in seinem Büro durchgesehen habe. Irgendwie müßte doch zu beweisen sein, daß er ein Schurke war. Die Abrechnungen, die er dir geschickt hat, können ja völlig aus der Luft gegriffene Aufstellungen sein. Ich habe darüber auch des längeren mit Mrs. MacGraff, mit Giles und mit Smythe gesprochen. Sie sagen, unter den Pächtern seien zwar einige Hitzköpfe. Aber Verbrecher? Mörder? Daran glauben sie nicht. Andererseits war Arnold Cruisk nicht gerade beliebt bei ihnen. Er war ein Prahlhans, sagte Smythe. Er tat so, als gehörte der Landsitz ihm und nicht dir.«

Smythe hatte Alec bei dessen Ankunft etwa das gleiche berichtet.

»Natürlich können ihre Meinungen nicht als Beweise angesehen werden. Aber ich habe auch mit einem der Hausmädchen gesprochen. Sie heißt Marge.«

Alec kaute sorgfältig an einer Pastinakwurzel. Erst als er den Bissen heruntergeschluckt hatte, sagte er: »Na und?«

»Noch bin ich mir meiner Sache nicht sicher. Als ich sie aufsuchte, weinte sie herzzerbrechend. Sie schien völlig aufgewühlt zu sein. Aber ausgesagt hat sie eigentlich nichts. Doch es machte mich stutzig, daß sie regelrecht in Verzweiflung geriet, als ich ihr Fragen stellte. Ich glaube, nein, ich bin sicher, daß sie etwas weiß, aber Angst hat, darüber zu sprechen.«

Alec spielte mit seiner Gabel. Sie war aus schwerem Gold und trug in kunstvoller Prägung das Familienwappen: einen Adlerkopf über einem goldenen Schild, der von zwei geflügelten Zobeln gehalten wurde. Die Zobel trugen juwelenbesetzte Halsbänder. Darunter stand das Motto der Carricks: Fidei tenax, in Treue fest.

Treue, Vertrauen – das einzige, was ihm seine Frau verwehrte.

Merkwürdig allerdings, daß ihre Darlegungen mit seinen eigenen Überlegungen weitgehend übereinstimmten. Allerdings war er nicht auf die Idee gekommen, an Sir William Wolverton zu schreiben. Das würde er jetzt nachholen. Er kannte jeden einzelnen seiner Pächter seit frühester Jugend. Unter ihnen gab es zwei Raufbolde und mehrere habgierige Kerle. Aber die Mehrzahl bestand aus ehrlichen, hart arbeitenden Menschen. Selbst die Raufbolde würden nie einen Mord begehen. Außerdem hatte er sich oft genug gefragt, worin ihre Unehrlichkeit eigentlich bestehen sollte. Hatten sie vielleicht einen Pflug gestohlen und verkauft? Aus der Nähe betrachtet, war das eine recht lächerliche Theorie.

Von dem Hausmädchen hatte er nichts gewußt. Er blickte auf und sah, daß seine Frau ihm auf den Mund schaute. Ihr Verlangen war deutlich. Er lächelte, das typische Lächeln eines selbstbewußten Mannes. Es war schön, von der eigenen Frau begehrt zu werden.

Jetzt, dachte er, jetzt will ich sie haben.

Er nahm sie mit der ganzen Leidenschaft, die ihm zu eigen war, und in diesen langen Minuten war sie sein. Doch noch im Einschlafen wurde ihm klar, daß auch er ihr vollständig und unwiderruflich verfallen war. Da hörte er ein Geräusch. Langsam wandte er den Kopf auf dem Kissen. Noch einmal das gleiche Geräusch. Es war ein Schluchzen. Er erstarrte und wußte nicht, was er tun sollte. Schon hob er die Hand, um ihr über die Schulter zu streichen. Doch dann ließ er sie langsam wieder sinken.

Warum konnte sie nicht so sein, wie er sie sich wünschte? War das zu viel verlangt?

Das Schluchzen hörte allmählich auf. Alec lag lauschend da. Ihre unregelmäßigen Atemzüge wurden ruhiger. Sie war eingeschlafen.

Lange Zeit starrte er ins Dunkel. Ehe er einschlummerte, fiel ihm etwas ein. Genny war nie langweilig. Sie ärgerte ihn, sie versetzte ihn in Wut, sie führte ihn an der Nase herum. Aber langweilig war sie nie. Sie war und blieb ein Geheimnis für ihn.

Er dachte an die grausamen Worte, die er ihr gesagt hatte. Daß er sie nur geheiratet hätte, weil sie so rührend gewesen wäre.

Er war ein Narr, ein Betrüger, ein Feigling. In Wirklichkeit hatte er sie geheiratet, weil er ohne sie nicht leben konnte. Das war die reine Wahrheit. Und er hätte ihr die Wahrheit sagen sollen. Vielleicht kann man Vertrauen nur erringen, wenn man dem geliebten Menschen völlige Anerkennung entgegenbringt. Und Achtung. Sie nötigte ihm beides ab. Es war Zeit, ihr das zu sagen.

Doch am nächsten Morgen vergaß Alec seinen Vorsatz, es ihr zu sagen – daß er sie liebte und achtete. Sie stöberte schon wieder in dem Verwaltungsbüro herum. Männerkleidung trug sie diesmal nicht. Er hatte jedes Kleidungsstück einzeln in Fetzen gerissen. Statt dessen trug sie eins der neuen Kleider, die er ihr in London gekauft hatte, blaßpfirsichfarbene Seide. Und prompt hatte sie es in dem schmutzstarrenden, rauchgeschwärzten Raum ruiniert.

Als sie merkte, daß ihr jemand zusah, blickte sie auf. »Ich habe nichts gefunden«, sagte sie. »Es ist sehr deprimierend, wenn man eine Theorie hat und sie nicht beweisen kann. Hast du schon den Brief an Sir William geschrieben?«

»Ja. Ich habe ihn sogar durch Boten übermittelt. Wenn wir Glück haben, können wir schon in drei Tagen von ihm hören.«

»Von Mrs. MacGraff habe ich erfahren, daß wir heute zum Abendessen Sir Edward zu Gast haben.«

»Ja. Und ich hoffe, du wirst dazu ein anderes Kleid anziehen. Ich möchte nicht, daß Sir Edward glaubt, ich gäbe meiner Frau solche Fetzen zum Anziehen.«

»Fetzen! Den Ausdruck habe ich noch nie gehört. Echt englisch, wie?«

Damit hatte sie ihm den Wind aus den Segeln genommen. Seine Lippen wurden schmal. »Wie drückt sich denn ein amerikanischer Mann aus, wenn er sagen will, daß er seine Frau nicht aus Geiz kurzhält?«

»Vielleicht sagt er, daß er sie liebt. Mehr ist wirklich nicht nötig.«

Er sah die aufwallende Hoffnung in ihren ausdrucksvollen Augen, und sein Vorsatz fiel ihm wieder ein. Doch er schwieg. Und nach einiger Zeit erlosch die Hoffnung in ihren Augen. An ihre Stelle traten Kummer und Mißtrauen.

»Verdammt noch mal«, sagte er ganz leise. Dann trat er zu ihr und riß sie in seine Arme. »Verzeih mir«, sagte er, den Mund an ihren Haaren. »Verzeih mir, Genny! Ich bin ein abscheulicher, roher Mensch, und es tut mir sehr leid.«

Sie blieb abweisend, und daran konnte er ermessen, wie tief er sie verletzt hatte. Er küßte sie auf die Schläfe, dann ihr Ohr. »Verzeih mir!« sagte er wieder.

»My Lord... o Verzeihung, aber...«

Langsam ließ Alec seine Frau los, und ebenso langsam drehte er sich um. »Schon gut, Mrs. MacGraff. Was gibt's?«

»Ich, äh, das heißt, ich wollte eigentlich die Lady sprechen, aber...«

Alec hörte hinter sich Gennys schweres Atmen. In freundlichem Ton sagte er: »Die Lady ist im Augenblick etwas kurzatmig. Sie wird Sie in einer Viertelstunde rufen lassen.«

»Nein, nein«, sagte Genny. »Was ist, Mrs. MacGraff?«

»Ich weiß auch nichts Genaues, my Lady, aber Marge weint und ist ganz außer sich, und sie hat mich angefleht, sie bei Ihnen vorzulassen. Ich verstehe das alles nicht.«

Genny wollte Alec nicht gehen lassen, nicht gerade in diesem Augenblick, da es schien, daß er... Aber es ließ sich wohl nicht vermeiden. »Bringen Sie Margie in das kleine gelbe Zimmer! Ich komme gleich.«

Alecs Stirn umwölkte sich. Er hatte Genny so viel zu sagen. Entschuldigungen, Erklärungen und Versprechen. Es drängte ihn, ihr seine Gefühle zu offenbaren. Doch jetzt war wohl nicht der richtige Zeitpunkt dafür. Also fragte er nur: »Kann ich mitkommen?«

»Bleib hier, Alec! Stell dich irgendwo ins Dunkle, wo man dich nicht sieht! Ich bringe dann Margie her. Ich habe vorhin schon mit ihr gesprochen. Habe sie bedrängt und ihr gut zugeredet. Es geht bestimmt darum, daß sie etwas von dem Mord an Mr. Cruisk weiß.«

Nach fünf Minuten war Genny wieder da. In ihrem Schlepptau kam Marge. Es war deutlich zu sehen, daß das Mädchen das ausgebrannte Zimmer nicht betreten wollte. Aber Genny schob sie rein und schloß die halbzerstörte Tür hinter ihr.

Alec verhielt sich, ihrem Blick verborgen, mäuschenstill und hatte nur Augen für seine Frau. Sie sprach freundlich, aber fest auf Margie ein, die in Tränen ausbrach. Genny tröstete sie. Und dann lauschte er offenen Mundes, als Margie ihrer Zunge freien Lauf ließ.

»Er hat mich vergewaltigt, my Lady. Ja, er hat mir Gewalt angetan, und dann sagte er, wenn ich Mr. Smythe oder Mrs. MacGraff auch nur ein Sterbenswörtchen verrate, wird er dafür sorgen, daß Ma und meine kleinen Schwestern im Straßengraben enden. Er sagte, er kann alles machen, solange der Baron nicht da ist, er ist jetzt der Herr, und er kann mit mir und allen anderen machen, was er will.«

Genny zog das Mädchen an sich. »O Margie, das tut mir leid, aufrichtig. Aber jetzt ist es vorbei, wirklich ganz vorbei, und du hast nichts zu befürchten. Baron Sherard ist ein gerechter Mann. Er wird dich verstehen, das verspreche ich dir. Du mußt nur die Wahrheit sagen. Dann hast du nichts zu befürchten, wirklich nicht.«

Margie wich zurück. Ihre dunklen Augen füllten sich wieder mit Tränen. Dann legte sie ein Geständnis ab. »Ach, Sie verstehen mich nicht, my Lady! Er wollte mich noch einmal vergewaltigen, hier in diesem Büro. Ich wehrte mich und bekam diesen Kerzenständer in die Hand und schlug damit auf ihn ein, und die Kerzen flogen durchs Zimmer, und sie brannten, und die Vorhänge fingen Feuer, und ich wollte löschen, wirklich, ich hab' es versucht, aber ich schaffte es nicht und rannte weg, und es war furchtbar ... ganz schrecklich!«

»Und als dann Sir Edward kam, hattest du noch mehr Angst, nicht wahr?«

»O Gott, in meinem ganzen Leben hab ich nicht so viel Angst gehabt!«

»Ich weiß. Es war richtig von dir, Margie, daß du mir alles erzählt hast. Ich werde mit seiner Lordschaft und mit Sir Edward sprechen. Du hast in Notwehr gehandelt. Hab jetzt keine Angst mehr! Geh auf dein Zimmer und schlafe dich richtig aus!«

Das erschöpfte Mädchen nickte stumm. Als Margie weg war, trat Alec aus dem schützenden Dunkel hervor.

»Dieser Schweinehund!« sagte er. »Und keiner von uns hat etwas gemerkt oder einen Verdacht gehabt oder ...«

»Merkwürdig, nicht wahr? Was sagen wir nun zu Sir Edward?«

»Auf keinen Fall die Wahrheit«, sagte Alec nachdenklich. »Er läßt sich nie von seiner vorgefaßten Meinung abbringen. Er wird das Mädchen sicherlich für eine Schlampe halten und ihre Deportierung in die Wege leiten. Nein, ich denke mir etwas aus, was ich ihm erzählen werde.«

Und das tat er denn auch während des Abendessens. Er erzählte eine wunderbare Geschichte. Wie Mr. Cruisk Unterschlagungen begangen und befürchtet habe, er, Alec, werde seinen Betrug aufdecken und ihn nach Newgate schicken. Er, Alec, nehme an, daß der Verwalter bei der Flucht aus Versehen einen Kerzenständer umgestoßen habe und in dem entstandenen Feuer umgekommen sei.

Sir Edward hatte gerade das dritte Glas des ausgezeichneten Portweins geleert, und daher legte er auch keinen besonderen Wert darauf, ob die Geschichte des Barons tatsächlich der Wahrheit entsprach. Er dachte, als Erklärung würde es ausreichen, und nickte gütig.

Am nächsten Vormittag erhielt Alec auf die Frage nach der

Baroneß die Antwort, man habe sie zuletzt auf dem Weg zu den Stallungen gesehen. Es war ein kalter Tag. Der Himmel hing voller Schneewolken. Alec ging eilig hinüber. Vor den Ställen blieb er eine Weile stehen. Auf dem Dach waren manche Schiefertafeln locker, andere fehlten ganz. Der ältere Teil des Gebäudes drohte schon einzustürzen. Das Holz sah verfault aus, und mehrere Fenster hingen gefährlich lose in den Angeln. Alec zog die Brauen zusammen. Es gab viel zu tun auf dem Landsitz Carrick. Dann begab er sich in den Futterraum an der Rückseite der Stallungen.

»Hallo«, sagte er zu Genny. »Sir Edward war noch einmal hier. Offenbar wollte er sich vergewissern, daß er gestern abend, als er unter der Wirkung meines ausgezeichneten Portweins stand, auch richtig gehört hatte. So mußte ich ihm meine Darbietung bei hellem Tageslicht wiederholen. Ich tat es und beseitigte alle seine Zweifel. Ich muß schon sagen, ich bin ein geborener Schauspieler. Jetzt ist er auf dem Heimweg, hoffentlich vollauf mit der Erzählung zufrieden, da ja auch der Baron damit zufrieden erschien.«

Genny ließ den Lappen sinken, mit dem sie gerade die Steigbügel an Alecs Sattel geputzt hatte.

»Wir beide sind schon ein ganz nettes Team«, sagte Alec und schloß die Tür der Futterkammer.

»Vielleicht.«

Er hob eine Augenbraue. »Du hast es sehr gut verstanden, aus Margie die Wahrheit herauszuholen. Ich bin wirklich sehr stolz auf dich.«

»Wirklich?« sagte Genny, und das klang ebenso mißtrauisch wie abwartend.

Alec runzelte die Stirn. Er hatte sie selber so mißtrauisch gemacht. Nachdem Genny sich gestern abend zurückgezogen hatte, wäre er ihr liebend gern gefolgt. Doch Sir Edward war von den Spielkarten nicht wegzukriegen gewesen. Und so hatte Alec bei Genny wieder an Boden verloren. »Komm her!« sagte er jetzt und zog sie in die Arme. »Wo war ich stehengeblieben? Ach ja, jetzt fällt es mir wieder ein. Wie ein Märtyrer warte ich auf das Eingreifen eines gütigen Gottes. Willst du mir verzeihen?«

Sie sah ihn prüfend an. »Verzeihen? Und was genau?«

Er grinste, und sie fühlte, wie ihr das Herz überlief. Sie würde ihm wahrscheinlich alles verzeihen, so sehr war sie von ihm berauscht.

Mit den Fingerspitzen zeichnete er ihre Wangenknochen nach, über die Nase bis hinab zu dem kleinen Kinngrübchen. »Daß ich dir die Freude vergällt habe, Detektiv zu spielen. Daß ich dir verboten habe, Männersachen zu tragen...«

»Du hast sie ja inzwischen vollständig zerfetzt!«

»Ich kaufe dir zwanzig Paar Hosen. Und Stiefel? Mindestens zehn Paar, weißes Leder mit Fransen. Und...«

Sie boxte ihm leicht gegen den Arm. »Nicht weiter, bitte«, sagte sie mit gesenktem Kopf und gepreßter Stimme.

»Aber vor allem mußt du mir verzeihen, daß ich dir verboten habe, du selbst zu sein. Und damit meine ich das Mädchen, in das ich mich einmal verliebt habe, Genny. Ich hatte das süße, unterwürfe Wesen gern, das für mich sorgte, als ich das Gedächtnis verloren hatte. Aber geheiratet habe ich doch das wilde Mädchen mit all ihren Widerhaken. Sie treibt mich einmal zum Wahnsinn und schenkt mir gleich darauf die höchste Ekstase. Sie macht mich wütend und über alle Maßen glücklich. Sie bringt es fertig, daß ich vor Zorn über ihre Sturheit heule und vor Verlangen nach ihr stöhne. Sag, daß du dem dummen Mann verzeihst, Genny! Sei meine große Liebe, meine Frau und meine Partnerin!«

Sie sah ihn lange stumm an.

»Natürlich wirst du mich fragen, warum ich mich so plötzlich gewandelt habe. Die Wahrheit ist, daß ich gemerkt habe, daß ich mich dir gegenüber wie ein verdammter Idiot benommen habe. Ehrlich gesagt, Genny, ich habe weniger als vierundzwanzig Stunden gebraucht, um zur Vernunft zu kommen. Ich mache immerhin Fortschritte, meinst du nicht? Ich habe erkannt, daß es zwischen uns Mißtrauen, Zorn und Kummer nicht mehr geben darf, höchstens mal für zehn Minuten. Mit uns haben zwei sehr starke, dickköpfige Charaktere den Ehebund geschlossen. Zweifellos werden wir uns noch manchmal anschreien, daß unsere Umgebung sich die Ohren zuhalten wird, aber gleich danach werden wir gemeinsam darüber lachen, Genny. Denn wir beide sind für immer und ewig miteinander verbunden, und ich bin mehr als bereit, das anzuerkennen. Ich möchte, daß du es ebenso anerkennst, mir Vertrauen schenkst und dich bemühst, mir zu verzeihen. Was sagst du dazu?«

»Und du wirst dich bemühen, kein Haustyrann zu werden?«

Er lächelte verlegen. »Bin ich denn einer gewesen? Nur weil ich dir gesagt habe, was du zu tun hast, dich herumkommandiert und mich spöttisch über deine Ideen und Ansichten geäußert habe? Ich werde mich bemühen, dieses Verhalten in Zukunft zu vermeiden – höchstwahrscheinlich. Und wie steht es mit dir? Wirst du dich bemühen, mich nicht unter den Pantoffel zu zwingen und zu deinem Schoßhündchen zu machen?«

»Höchstwahrscheinlich. Obwohl es mir gefallen würde, dich mit einem Fleischknochen im Mund zu meinen Füßen liegen zu sehen.« Sie wurde ernst. »Ich weiß wirklich nicht, wie wir das hinkriegen sollen. Wir sind in einer schwierigen Lage, Alec.«

»Das ist doch herrlich! Wenn Schwierigkeiten auftreten, bin ich immer in Bestform. Schwierigkeiten erregen mich. Weißt du, worauf ich gerade jetzt Lust habe? Ja? Du, dann tu ich es auch. Du brauchst mir nur zu sagen, daß du mich mehr liebst als die Steigbügel an diesem spanischen Sattel.«

»Ich liebe dich mehr als jeden Steigbügel der Welt, unabhängig von seiner Nationalität.«

»Und ich dich, Genny. Ich liebe dich über alles.«

Bei diesen Worten schloß er die Tür zur Futterkammer ab und wandte sich seiner Frau zu.

»Wollen wir noch einmal neu anfangen?«

Sie reichte ihm die Hand. »Ja«, sagte sie. »Ich möchte es gern.«

EPILOG

Landsitz Carrick, Northumberland, England
Juli 1820

Noch nie im Leben hatte Alec so viel Angst ausgestanden. Diesen Tag würde er zeit seines Lebens nicht vergessen. Doch nun war alles vorüber. Er fühlte sich leer, unvorstellbar erschöpft und unendlich glücklich. Denn Genny war außer Gefahr, sein kleiner Sohn war wohlauf und schrie wie am Spieß. Wenn er aufmerksam lauschte, konnte er seine kräftige Stimme durch die geschlossenen Türen hören. Dann wurde es plötzlich still. Alec lächelte zufrieden. Offenbar hatte die Amme seinen Sohn an die Brust genommen, wo er selig nuckelte. Alec setzte sich auf einen Sessel neben dem Bett, lehnte sich zurück und schloß die Augen. In was für schlimme Situationen man sich bringen konnte! Gestern früh hatten Genny und er beschlossen, den Einspänner zu nehmen und mit einem Picknickkorb voll aller Köstlichkeiten, die die Köchin zustandebrachte, nach Mortimer's Glen zu fahren. Das war ein wunderbares Stückchen Erde, unberührt und abgelegen, mit einem kalten Bergbach, zahllosen Eichen und weichem Moosboden.

Eine Zeitlang war es ihm gelungen, Genny ihre Rückenschmerzen und ihren geschwollenen Leib vergessen zu lassen. Er erzählte ihr Geschichten, die sie zum Lachen brachten. Bis urplötzlich ohne Vorwarnung ein schreckliches Gewitter mit flutähnlichen Wolkenbrüchen über sie hereinbrach. Im Nu verwandelte sich das enge Tal in eine Sumpflandschaft.

Auf der eiligen Rückfahrt erlitt der Einspänner einen Radbruch und stürzte um. Dadurch setzten bei Genny eine Woche zu früh die Wehen ein, und sie waren noch viele Meilen vom Landsitz entfernt.

Alec schlug die Augen auf und schaute auf seine jetzt schlafende Frau. Es war, als müsse er sich vergewissern, daß sie nicht ebenso wie Nesta den Tod im Kindbett gefunden, daß er nicht versagt hatte und wieder allein war. Doch die Farbe war in ihre Wangen zurückgekehrt, ihr Atem ging regelmäßig, und ihr frisch gebürstetes Haar schimmerte.

Bei der Erinnerung an die überstandene Not zogen sich seine Bauchmuskeln schmerzhaft zusammen. Noch nie hatte er eine Geburt miterlebt. So etwas war Männern nicht gestattet. Obgleich er damals zuweilen Nestas Schmerzensschreie gehört hatte, waren sie nicht bis an sein Herz gedrungen, weil sie so weit von ihm entfernt gewesen war.

Bei Genny war es anders gewesen. sie hatte ihn aus angsterfüllten Augen angeschaut, stöhnend nach seiner Hand gefaßt und sie gedrückt, wenn sie es vor Schmerzen nicht mehr aushalten konnte. Wie ein erschrockener, zitternder Schwächling hatte er neben ihr gesessen. Bis ihm jener moslemische Arzt einfiel, der ihn über Geburtshilfe aufgeklärt hatte. Da strotzte er plötzlich vor Energie. Ja, er würde seinem Sohn in die Welt helfen und seine Frau retten.

Gott sei Dank, daß er sich dann der verfallenen kleinen Hütte entsann, die nur eine Viertelmeile von dem Tal entfernt lag. Auf seinen Armen trug er Genny hinüber. Immer wenn eine neue Wehe einsetzte, mußte er stehenbleiben. Als sie dort waren, zog er sie aus, machte ein Feuer an und handelte wie ein Mann, der weiß, was er tut.

Aber sie schrie und hörte nicht auf zu schreien und war weit weg von ihm, allein mit ihren Qualen. Schließlich schritt er zur Tat, preßte ihren Bauch zusammen, steckte die Hand in sie und leitete seinen Sohn durch den Geburtskanal, bis er ihm in die zusammengelegten Hände glitt. Staunend blickte er eine Zeitlang auf das Wunder, das sich vor seinen Augen vollzogen hatte. »Genny, meine Liebste«, flüsterte er dann, »wir haben einen Sohn. Jetzt ist alles vorbei, und du hast mir einen Sohn geschenkt.«

Und Genny, die nach all der Pein nahezu ohnmächtig war, kam zu sich und krächzte mit heiserer Stimme: »Nein, Alec, du irrst dich, es muß eine Tochter sein. Ich habe dir doch eine Tochter versprochen.«

Lachend trennte er die Nabelschnur ab und wickelte den Sohn in sein eigenes nasses Hemd. »Hallie wird strahlen, und du, Madam, bist bald wieder auf den Beinen. Und jetzt mußt du noch die Nachgeburt loswerden.«

Drei Stunden später, gerade bei Sonnenuntergang, fand ein Suchtrupp von Dienern, den Smythe losgeschickt hatte, Genny und ihn und ihren kleinen Säugling.

Alec war jetzt eingeschlummert. Er wußte nicht, wie lange er geschlafen hatte. Aber beim Aufwachen erblickte er seine Tochter vor sich. Ihr ernstes kleines Gesicht war voller Besorgnis.

»Papa? Bist du wach? Ist Genny wohlauf? Und mein Brüderchen auch? Ich habe mich hier reingeschlichen, als gerade keiner aufpaßte.«

»Ja, ja, ja, alles ist in bester Ordnung.«

»Mama sieht schrecklich müde aus, Papa.«

»In zwei Tagen ist sie wieder munter wie der Fisch im Wasser.«

»Wie soll er heißen?«

»Deine Mutter und ich haben es noch nicht entschieden. Was meinst du denn, Hallie?«

»Ernest oder Clarence.«

»Warum denn solch fromme Namen?«

»Das Kindermädchen sagt, er ist ein so schönes Kind, daß er bestimmt später, wenn er groß ist, ein schlimmer Taugenichts wird. Deshalb muß er streng erzogen werden, um den rechten Weg zu finden. Religion und gute Taten und so. Da dachte ich, daß so ein frommer Name ihm dabei helfen wird.«

»Meine Güte! Als ich ihn sah, dachte ich, es wäre ein verschrumpeltes Äffchen. Genau wie du, als du so klein warst wie er.«

»Papa, ich bin doch kein schönes Kind!«

»Nein«, sagte Alec trocken, »ganz und gar nicht. Du siehst gerade noch passabel aus. Bestimmt wirst du mal eine alte

Jungfer und pflegst mich und deine Mutter, wenn wir beide alt sind.«

»Papa, wir müssen einen Namen für unser Baby finden. Sonst weiß es nicht, was es von der Sache halten soll.«

Plötzlich fiel Alec ein, daß es viele Tage gedauert hatte, bis Hallie ihren Namen bekam, weil er damals nichts mit ihr zu tun haben wollte. Er schüttelte den Kopf und sagte: »Gut. Wir fragen Genny, sobald sie wach ist.«

»Ich bin schon wach.«

Hallie eilte an ihr Bett und streichelte mit ihrer kleinen Hand Gennys Wange. »Mama, geht es dir wieder gut?«

»Ich fühle mich blendend, mein Liebes. Also, Hallie, dein Vater hat schon einen Namen ausgesucht. Wir haben ausführlich darüber gesprochen, als ich in der Hütte in den Wehen lag. Sag ihn ihr, Alec!«

»James Devenish Nicholas St. John Carrick.«

Hallie starrte ihn ungläubig an.

Genny lachte und nahm ihr Händchen. »Wir gewöhnen uns schon daran, Hallie. Und dein Papa besteht darauf. Wir kommen ihm einfach ein Stück entgegen und rufen dein Brüderchen Dev.«

»Dev«, sagte Hallie und überlegte. »Das gefällt mir. Kann ich ihn jetzt sehen?«

»Selbstverständlich«, sagte Alec. »Aber wenn du mich ein bißchen lieb hast, dann wecke ihn nicht auf!«

Gleich darauf waren sie wieder allein, und Alec setzte sich vorsichtig zu Genny aufs Bett. »Kein dicker Bauch mehr«, sagte er nachdenklich.

Genny gähnte. »Na, ein Glück!«

»Du fühlst dich wirklich gut?«

»Ja. Du bist ja bei mir. Du bist gut zu gebrauchen, besonders dann, wenn eine Frau ein Kind kriegt. Ohne dich hätte ich wohl den Verstand verloren.«

»Geht alles vorüber. Mrs. MacGraff hat mir mitgeteilt, daß Arielle und Burke in zwei Tagen hier sein wollen. Und jetzt schön still sein, Madam!« Er zog eine Decke über sich und legte sich behutsam neben sie. »Laß uns ein bißchen schlafen!

Der liebe Gott weiß, daß ich Schlaf verdient habe. Und da du eine schwache Frau bist, wird er auch Verständnis dafür haben, daß du noch ein bißchen schläfst, obwohl du keinen Grund dafür hast.«

»Du bist ein lieber Mann, Alec, aber jetzt möchte ich dir gern eins auf den Kopf geben.«

»Ich weiß«, sagte er und küßte ihre Wange.

»Ich habe im letzten Vierteljahr eine Menge Geld verdient. Mein Entwurf für einen Klipper war fabelhaft. Ich werde noch sehr reich werden.«

»Wie kommst du jetzt ausgerechnet darauf?«

»Ich wollte dich nur daran erinnern, was ich für eine hervorragende Geschäftsfrau bin. Und jetzt bin ich auch Mutter. Du siehst vor dir eine hochbegabte...«

»Ich sehe eine hochbegabte Göre. Eine zügellose Göre – wenigstens warst du das mal. Glaubst du, daß du es wieder wirst?«

Sie konnte nicht einmal lachen, so müde war sie. Sie fühlte sich warm, behaglich und überaus glücklich. Das Leben war schön.

»Wahrscheinlich«, murmelte sie.

»Ich werde die Tage zählen«, sagte Alec. »Aber ohne mich zu beklagen. Ich kümmere mich um Sohn und Tochter und passe auf, daß der Ausbau der Stallungen fertig wird, und ich werde auch besser reiten lernen.«

»Nein, laß uns auf große Fahrt gehen, Alec! Wir nehmen die *Night Dancer* und segeln los. Ich will die Affen von Gibraltar sehen. Und den Gouverneur kennenlernen. Wie hieß er doch gleich?«

Ihre Worte erregten ihn.

Das Meer! Ja, auch er wollte wieder ein schwankendes Deck unter den Füßen spüren. Auf die verdammten Affen konnte er verzichten, aber wenn Genny sie unbedingt sehen wollte...

Sie war eingeschlafen.

Er küßte ihre Schläfe.

Dann schloß auch er die Augen und malte sich aus, wie sie

alle vier an Bord seiner Schonerbark gingen. Richtung Gibraltar. Und er könnte ihnen Italien und Nordafrika zeigen, und vielleicht könnten sie auch nach Griechenland segeln. Auch, Santorin im Sommer! Es gab keinen schöneren Flecken auf dem Antlitz der Erde...

JEAN PLAIDY

Der scharlachrote Mantel
01/7702

Die Schöne des Hofes
01/7863

Im Schatten der Krone
01/8069

Die Gefangene des Throns
01/8198

Königreich des Herzens
01/8264

Die Erbin und der Lord
01/6623

Die venezianische Tochter
01/6683

Im Sturmwind
01/6803

Die Halbschwestern
01/6851

Im Schatten des Zweifels
01/7628

Der Zigeuner und das Mädchen
01/7812

Sommermond
01/7996

Darüber hinaus sind von Philippa Carr noch als Heyne-Taschenbücher erschienen: „Geheimnis im Kloster" (01/5927), „Der springende Löwe" (01/5958), „Sturmnacht" (01/6055), „Sarabande" (01/6288), „Die Dame und der Dandy" (01/6557).

Wilhelm Heyne Verlag München